KB151091

세계3대 명탐정

걸작선 알파(α)

아서 코난 도일
운노 주자
길버트 키스 체스터턴

玄人

세계3대 명탐정

걸작선 알파(α)

아서 코난 도일
운노 주자
길버트 키스 체스터틴

목   차

그리스어 통역

The Greek Interpreter

아서 코난 도일
Arthur Conan Doyle

셜록 홈즈
Sherlock Holmes

셜록 홈즈와는 오랜 시간 친하게 지내왔으나 홈즈가 친척이나, 젊은 시절에 대해서 이야기한 적은 거의 없었다. 그랬기에 나는 점점 홈즈가 정이 없는 사람이 아닐까 하는 생각이 들기 시작했다. 그리고 결국에는, 홈즈가 보통 사람들과는 달라서 머리는 아주 좋지만 인정은 결핍된 사람이라고 생각하게 되었다.

여자를 아주 싫어한다는 점과, 새로운 친구를 사귀려 하지 않는다는 점은 정이 없는 홈즈의 성격을 잘 보여주는 것이며, 친척에 관한 이야기를 한마디도 하지 않는 것은 그런 성격을 더욱 분명히 보여주는 것이라 여겨졌다. 나는 홈즈를 친척조차 하나도 없는 고아라고 생각하고 있었다. 그랬기에 홈즈가 어느 날 갑자기 형님에 대한 이야기를 꺼냈을 때는 깜짝 놀라지 않을 수 없었다.

어느 여름의 저녁, 차를 마시고 난 뒤 나와 홈즈는 골프 클럽에 관한 이야기나 황도 경사도 변화의 원인 등, 이런저런 잡담을 나누고 있었다. 그러다 격세유전과 유전적 특성의 문제에 관해서 이야기하게 되었다. 어떤 사람의 특정한 재능은

어디까지가 조상들로부터 물려받은 것이고, 어디까지가 젊었을 때의 훈련에 의한 것일까 하는 점이 논의의 초점이었다.

"내가 지금까지 자네에게서 들은 바에 의하면, 자네의 날카로운 관찰력과 독특한 추리력은 자네의 체계적인 훈련 때문인 것 같아."

내가 주장하자 홈즈가 생각에 잠긴 채 대답했다.

"물론, 어느 정도까지는 그렇겠지. 우리 조상들은 대대로 지방의 대지주로 모두가 그 계급에 어울리는 생활을 했던 듯해. 하지만 나의 이 본능은 혈통이야. 아무래도 할머니에게서 물려받은 것 같아. 할머니는 베르네라는 프랑스인 화가의 동생이었는데 예술가 집안에는 종종 이색적인 사람이 태어나기 마련이지."

"하지만 자네의 재능이 유전적인 것이라는 점을 어떻게 알 수 있지?"

"우리 형제 중에서는 마이크로프트가 이러한 재능을 나보다 더 많이 타고났어."

이것은 정말 처음 듣는 이야기였다. 영국에 홈즈처럼 독특한 재능을 가진 사람이 한 명 더 있는데 경찰과 세상 사람들이 모르고 있다니 어떻게 된 일일까? 나는 홈즈가 자신을 낮추기 위해서 형제 쪽이 자신보다 더 뛰어나다고 말한 것 아니냐는 식으로 물어보았다. 그 얘기를 듣고 홈즈는 웃었다.

"왓슨, 나는 겸손을 미덕 중 하나로 생각하는 사람들에게 동의할 수 없다네. 이론가는 사실을 정확하게, 있는 그대로 볼 필요가 있어. 자신을 과소평가하는 것은, 과대평가하는 것만큼이나 진실에서 멀어지게 하는 거야. 그러니 마이크로프트가 더 관찰력이 뛰어나다고 말했다면 그것을 액면 그대로 받아들여도 돼."

"마이크로프트는 자네의 동생인가?"

"아니, 7살 많은 형이야."

"어째서 유명해지지 않은 거지?"

"동료들 사이에서는 아주 유명해."

"어떤 동료들?"

"예를 들자면 디오게네스 클럽도 그중 하나지."

그런 클럽은 들어본 적도 없었다. 그런 마음이 내 얼굴에 나타난 모양이었다.

셜록 홈즈가 회중시계를 꺼내며 말했다.

"디오게네스 클럽은 런던에서도 가장 특이한 클럽인데 마이크로프트도 그곳의 이상한 사람들 중 한 명이야. 매일 4시 45분부터 7시 40분까지 형은 클럽에 있어. 지금 6시니까 자네가 혹시 아름다운 밤의 산책을 나가고 싶다면, 특이한 사람을 둘 정도 소개시켜주기로 하지."

5분 뒤, 우리는 거리로 나가 리젠트 광장을 향해 걷고 있었다.

"자네는 마이크로프트가 왜 그 재능을 탐정 일에 활용하지 않는지 이상히 여기겠지? 그러지 못하는 거야."

"하지만 조금 전에 자네가 말하지 않았나……."

"분명히 형은 관찰력이나 추리력에 있어서 나보다 뛰어나다고 말했어. 안락의자에 앉아 추리하는 것만으로 충분하다면 형은 지금까지 예를 찾아볼 수 없는 위대한 탐정이 되었을 거야. 하지만 형에게는 그럴 마음이 없고 정력도 없어. 스스로 수수께끼를 풀어도 그것을 실증하러 가기를 싫어해. 수고를 해가며 자신의 옳음을 증명하기보다는, 그냥 내버려둬서 틀렸다고 생각하게 하는 편이 더 낫다고 여기는 성격이야.

나는 몇 번이고 형에게로 문제를 가지고 가서 도움을 받았는데, 나중이 되면 언제나 형이 옳았다는 사실을 알게 되지. 하지만 사건을 재판관이나 배심원의 손에 넘기기 전에 처리해야 하는 실지의 일을 전혀 하지 못해."

"그럼 프로 탐정이 아니란 말인가?"

"물론이지. 내게는 생계를 꾸려가기 위한 일이지만 형에게는 좋아서 하는 취미에 지나지 않아. 형은 수학에 특히 뛰어난 재능이 있기 때문에 한 관청에서 회계검사를 하고 있어. 집은 펠멜 가야. 매일 아침 모퉁이를 돌아서 화이트홀 가의 관청까지 걸어갔다가 저녁이 되면 같은 길을 따라서 퇴근해. 1년 내내 이것 이외는 운동도 하지 않고, 다른 곳에 가지도 않아. 단 하나, 디오게네스 클럽만은 예외야. 하지만 그것도 형네 집 바로 앞에 있어."

"처음 듣는 클럽인데."

"물론 그렇겠지. 자네도 잘 알고 있는 것처럼 런던에는 내성적인 성격이나, 사람을 싫어하는 성격 때문에 타인과 교제하기를 싫어하는 사람들이 아주 많다네. 하지만 그런 사람들이라 할지라도 편안한 의자나 신간 잡지까지 싫어하는 건 아니야. 디오게네스 클럽은 그런 사람들을 위해 만들어졌지. 말하자면 런던에서 사람 사귀는 데 가장 서툴고 사교를 싫어하는 사람들이 모여 있는 셈이야. 그 클럽의 회원은 다른 회원에게 관심을 가져서는 안 돼. 손님을 맞이하는 방 외에서는 어떤 사정이 있어도 대화를 나눠서는 안 돼. 이 규칙을 3번 위반한 사실이 위원회에 알려지면 제명당하고 말지. 형은 클럽 창립자 중 한 명이야. 나도 가본 적이 있는데 아주 편안한 곳이야."

이야기를 나누는 동안 우리는 펠멜 가로 접어들었다. 그 길을 세인트 제임스의 끝 쪽에서부터 걸었다.

셜록 홈즈는 칼튼을 조금 지난 곳에 있는 건물 앞에서 멈춰 섰다. 그리고 말을 해서는 안 된다고 내게 주의를 준 뒤, 앞장서서 현관 안으로 들어섰다. 통유리 너머로 넓고 호화로운 방이 얼핏 보였다. 꽤나 많은 사람들이 각자 자신의 조그만 둥지에 앉아 있는 듯한 모습으로 신문을 읽고 있었다. 홈즈는 펠멜 가가 보이는 조그만 방으로 나를 안내하더니 곧 한눈에 알아볼 수 있을 법한 사람을 데리고 왔다.

마이크로프트 홈즈는 셜록보다 몸집이 크고 살이 찐 사람이

었다. 몸은 뚱뚱하고 얼굴은 커다랬으나 그 커다란 얼굴에는 홈즈와도 같은 날카로움이 있었다. 눈은 묘하게 밝은 느낌을 주는 옅은 회색이었다. 그것이 언제나 먼 곳을 바라보는 듯한, 내성적인 느낌을 띠고 있었다. 그 눈빛은 셜록이 전력을 다해 집중할 때만 볼 수 있는 것이었다.

"처음 뵙겠소."

이렇게 말하며 마이크로프트가 바다표범의 지느러미처럼 크고 넓적한 손을 내밀었다.

"당신이 셜록의 활약을 기록한 이후부터 어디를 가나 동생에 대한 이야기를 듣고 있소. 그런데 셜록, 지난주는 매너하우스 사건으로 네가 상의를 하러 올 줄 알았는데. 네게는 약간 벅차지 않을까 싶었거든."

"아니, 해결했어."

"역시 아담스였지?"

"응, 아담스였어."

"처음부터 알고 있었어."

두 사람은 활 모양처럼 둥근 창문 옆에 나란히 앉았다.

"인간을 연구하고 싶어 하는 사람에게 이 클럽은 최고의 장소야." 마이크로프트가 말했다.

"여러 가지 타입의 멋진 표본들이 있어. 예를 들어서 이쪽으로 걸어오고 있는 두 사람을 보라고."

"당구의 득점 계산원하고 또 한 사람의 남자 말이지?"

"맞아. 또 한 사람은 누구라고 생각하지?"

그 두 남자가 유리 창 정면에서 멈춰 섰다. 내가 보기에 한 사람이 당구와 관계가 있다고 여겨지는 증거는 조끼의 주머니 위에 묻은 초크의 흔적뿐이었다. 또 한 사람은 몸집이 아주 작고 얼굴이 검게 탄 사람인데 모자를 뒤로 젖혀 쓰고 몇 개의 꾸러미를 옆구리에 끼고 있었다.

"군인 출신이야."라고 셜록이 말했다.

"이제 막 제대한."이라고 마이크로프트가 말했다.

"인도에서 근무를 한 듯하군."

"하사관이야."

"포병대 소속이었나?"

"그리고 홀아비 생활을 하고 있어."

"하지만 아이가 하나 있어."

"하나가 아니야, 하나가 아니라고."

"이거 참." 내가 웃으며 말했다. "나는 점점 더 모르겠는데."

"아니야." 홈즈가 대답했다. "차림새도 그렇고, 위엄 있는 얼굴도 그렇고, 햇빛에 탄 피부도 그렇고, 틀림없이 군인이야. 그것도 그냥 병사는 아니야. 또 인도에서 돌아온 지 얼마 되지 않았다는 사실도 한눈에 알아볼 수 있어."

"제대한 지 얼마 되지 않았다는 사실은 구두를 보면 분명해. 아직도 보급품을 신고 있으니." 마이크로프트가 말했다.

"걸음걸이로 봐서 기병은 절대 아니야. 하지만 모자를 삐딱하게 썼었던 듯, 한쪽 얼굴이 하얗잖아. 몸집으로 봐서 공병은 아니야. 포병이었어."

"그리고 정식 상복을 입고 있으니 말할 것도 없이 얼마 전에 가족 중 누군가가 죽은 거겠지. 스스로 장을 보았으니 아내를 잃은 거야. 저길 봐, 아이들 물건을 샀잖아. 딸랑이를 산 것을 보니 한 명은 아직 갓난아기로군. 아내는 아이를 낳다가 목숨을 잃은 듯해. 거기에 그림책을 들고 있으니 아이가 하나 더 있다고 볼 수 있지."

홈즈가 자신보다 형이 더 뛰어난 재능을 가지고 있다고 말한 의미를 나도 알 것 같았다. 홈즈는 내게 눈짓을 보내더니 생긋 웃었다. 마이크로프트는 대모갑으로 된 담배상자에서 코담배를 집어 냄새를 맡은 뒤, 크고 빨간 비단손수건으로 웃옷에 떨어진 담배가루를 털었다.

"그런데, 셜록." 마이크로프트가 말했다. "네가 맡고 싶어 할 만한 사건이 있어. 내가 의뢰를 받았는데 아주 특이한 사건이야. 나는 기운이 딸려서 어중간한 데까지밖에 밝혀내지 못했지만, 그래도 꽤나 흥미로운 추리문제였지. 얘기를 들어 보고 싶다면……."

"형, 꼭 좀 들려줘."

마이크로프트가 수첩을 찢어 무엇인가를 쓰더니 벨을 울려 급사에게 건네주었다.

"멜라스라는 사람에게 잠깐 와달라고 부탁했어. 내 위층에 살고 있어서 조금 알고 지내는 사이야. 난처한 일이 생겼다며 상의를 하러 왔었어. 그리스계 사람인 듯한데 어학에 아주 능해서 재판소에서 통역을 해주기도 하고, 노섬벌랜드 거리의 호텔에서 묵는 동양인 부자들을 상대로 안내를 해주기도 하며 생활하고 있어. 그의 이상한 체험담을 본인에게서 직접 들어보기로 하자고."

몇 분 뒤, 키가 작고 뚱뚱한 남자가 우리와 자리를 함께 했다. 올리브색 얼굴과 새카만 머리카락이, 남자가 남국 출신임을 말해주었다. 하지만 말투는 교양 있는 영국인과 조금도 다르지 않았다. 남자는 셜록 홈즈와 열정적으로 악수를 나누었는데 이 유명한 탐정이 자신의 이야기를 듣고 싶어 한다는 사실을 알고 검은 눈동자를 기쁘다는 듯 반짝였다.

"경찰은 제 얘기를 믿으려 하지 않습니다. 절대로 믿지 않으려는 듯했습니다." 남자가 슬프다는 듯 말했다. "이런 일은 들어본 적도 없기에 그럴 리가 없다고 경찰은 생각하고 있는 듯했습니다. 하지만 얼굴에 반창고를 붙인 그 가엾은 남자가 어떻게 되었는지 알아야만 제 마음이 편할 것 같습니다."

"알았어요, 자세히 말씀해 보세요."라고 셜록 홈즈가 말했다.

"오늘이 수요일이죠?"라고 멜라스가 말했다. "그렇다면 그건 월요일 밤이었으니 그저께의 일이네요. 이분께 들으셨을 줄로 압니다만, 저는 통역을 하고 있습니다. 어느 나라 말이든 대부분은 통역을 합니다만, 출생이 그리스고 이름도 그리스 이름이기에 주로 그리스어와 관계된 일을 하고 있습니다. 몇 년 전부터 이미 런던에서 가장 뛰어난 그리스어 통역이라고 소문이 났기에 호텔들 사이에서 제 이름은 꽤나 유명한 편입니다.

어려움에 처한 외국인이나 밤늦게 도착해서 제 통역을 요청하는 여행자들이 있기 때문에, 아주 늦은 시간에 나가야 하는 경우도 드물지 않습니다. 그랬기에 월요일 밤, 래티머라는 멋쟁이 청년이 갑자기 제 방으로 찾아와서 밖에 마차가 기다리고 있으니 함께 가달라고 했을 때도 별로 놀라지 않았습니다.

그리스인 친구가 상업상의 용무로 와 있는데 그리스어밖에 모르기 때문에 통역이 꼭 필요하다는 것이었습니다. 집은 켄징턴으로 약간 멀기 때문에 매우 서두르고 있는 듯, 밖으로 나서자마자 저를 재촉해서 마차에 태웠습니다. 영업용 마차라고 했지만, 저는 마차에 오르자마자 이건 자가용이 아닐까 싶었습니다. 런던의 수치라고도 할 수 있는 평범한 영업용 사륜마차보다 훨씬 더 넓었으며, 비록 닳기는 했지만 장신구도 꽤나 값나가는 것이었습니다.

래티머는 저와 마주보고 앉았습니다. 그리고 마차는 차링 크로스를 지나 섀프츠베리 거리를 달렸습니다. 옥스퍼드 가로 들어섰을 때 켄징턴으로 가는 길이라면 이건 돌아가는 길이

아니냐고 물어보았습니다. 그 순간 래티머가 어처구니없는
행동으로 제 말을 가로막았습니다. 래티머는 우선 납을 넣어서
무시무시하게 보이는 몽둥이를 주머니에서 꺼내더니 그 묵직
함과 강함을 시험해보듯 몇 번이고 앞뒤로 흔들었습니다.
그리고 아무 말 없이 그것을 옆자리에 놓았습니다. 그런 다음
양쪽의 창문을 닫았는데 놀랍게도 양쪽 창문의 유리에는 밖이
보이지 않도록 종이가 붙어 있었습니다.

　‘밖을 안 보이게 해서 죄송합니다, 멜라스 씨.’하고 청년이
말했습니다. ‘사실은 당신께 목적지를 알리고 싶지 않습니다.

길을 기억해두셨다가 나중에 찾아오기라도 하면 저희가 난처해집니다.'

짐작하셨겠지만 그 말을 듣고 저는 깜짝 놀랐습니다. 상대는 어깨가 떡 벌어져 힘이 세 보이는 청년이었습니다. 몽둥이 없이 격투를 벌여도 이기기는 힘들었을 겁니다.

'꽤나 이해할 수 없는 일을 하시는군요, 래티머 씨.'라며 웅얼거리듯 제가 말했습니다. '아시겠지만 이건 불법행위입니다.'

'틀림없이 약간은 무례한 행동일지도 모르겠습니다. 하지만 그에 대한 보수는 충분히 해드릴 생각입니다. 단, 한 가지 주의를 드리고 싶습니다만, 오늘 밤에는 무슨 일이 있어도 다른 사람에게 도움을 청하거나 저를 난처하게 만들지 마셨으면 합니다. 큰일이 벌어질 테니까요. 이 마차 안에서든, 저희 집 안에서든 당신의 운명은 제 손에 달려 있다는 사실을 잊지 말아주셨으면 합니다.'

부드럽게 말했지만 어딘가 사람을 협박하는 듯한, 화나게 만드는 듯한 말이었습니다. 저는 말없이 앉아서 대체 무슨 일 때문에 이렇게 의심스러운 방법으로 나를 데려가는 걸까 이상하게 생각했습니다. 하지만 몸부림을 쳐봐야 소용없는 일이라는 사실을 알고 있었기에, 어떤 일이 벌어질지 기다릴 수밖에 없었습니다. 어디로 가는지도 모르는 채로 마차는 2시간 가까이 달렸습니다. 가끔 돌이 덜컹거리는 소리가 들리면 자갈을 깔아놓은 길이라는 사실을 알 수 있었고 아무런 소리도 들리지 않으면 아스팔트도로를 달리고 있다는 사실을 알 수는 있었지만, 그런 소리의 변화를 제외하면 어디를 달리고 있는 것인지 밝혀낼 만한 단서는 아무것도 없었습니다. 창에 종이를 붙여놓아 빛이 전혀 들어오지 않았고, 앞쪽 유리창에는 파란 커튼이 쳐져 있었으니까요.

7시 15분쯤에 펠멜 가에서 출발했는데 마침내 마차가 멈춰 섰을 때 제 시계는 9시 10분 전을 가리키고 있었습니다. 남자가 창을 열었을 때 낮은 아치형 문과 그 위에 켜져 있는 램프가 얼핏 보였습니다. 쫓기듯 마차에서 내리자 문이 휙 열려 순식간에 집 안으로 끌려 들어갔지만 그때 양 옆으로 잔디밭과 나무가 서 있는 모습을 얼핏 보았습니다. 하지만 그것이 개인 저택의 부지인지 들판인지는 분명히 말씀드릴 수가 없습니다.

집 안에는 색이 들어간 등피에 덮인 가스등이 밝혀져 있었지만 불을 아주 작게 해놓았기에 홀이 상당히 넓고 그림이 몇 점 걸려 있다는 사실밖에는 알 수가 없었습니다. 하지만 그 희미한 불빛으로도 문을 연 사람이 조그맣고 천박하며 등이 굽은 중년남자라는 사실을 알 수 있었습니다. 또한 저를 바라보았을 때 반짝이는 물체가 있었기에 안경을 끼고 있다는 사실도 알 수 있었습니다.

'이 사람이 멜라스 씨인가, 해럴드?'라고 중년 남자가 말했습니다.

'그렇습니다.'

'그래, 잘했어! 정말 잘했어! 멜라스 씨, 용서해주기 바라오. 어쨌든 당신이 없으면 우리가 어려움을 겪게 돼요. 우리 지시대로 일을 해준다면 결코 후회하는 일은 없을 거요. 하지만 쓸데없는 짓을 하면 어떻게 될지 모르오.'

초조한 듯하고 딱딱한 말투였는데 그 사이사이에 큭큭 웃는 듯한 소리가 섞여 있었기에, 듣고 있으면 청년보다 섬뜩한 느낌을 주는 목소리였습니다.

'제게 뭘 원하시는 거죠?'라고 제가 물었습니다.

'이 집에 그리스 신사가 와 계시니 두어 가지 질문을 하고 그 대답을 내게 들려주면 되오. 단, 내가 지시한 것 이외의 말을 하면,' 여기서 남자는 다시 신경질적으로 큭큭 웃었습니다. '태어난 것을 후회하게 될 게요.'

이렇게 말하며 중년남자는 문을 열어 꽤나 돈을 들여 꾸민 방으로 저를 데리고 들어갔습니다. 거기도 불을 조그맣게 해놓은 램프가 하나 있을 뿐이었습니다. 넓은 방으로 카펫에 발이 묻힐 정도였으니 꽤나 비싼 것이라는 사실을 알 수 있었습니다. 의자는 벨벳을 씌운 것이었고, 난로 위에는 대리석으로 만든 커다란 선반이 있었으며, 그 옆에 일본의 갑옷 같은 것이 한 쌍 놓여 있는 것이 눈에 들어왔습니다. 램프 바로 아래에 의자가 하나 있었는데 거기에 앉으라고 중년남자가 몸짓으로 제게 말했습니다.

한동안 청년의 모습이 보이지 않더니, 헐렁헐렁한 가운과 같은 옷을 입은 신사를 데리고 갑자기 모습을 드러냈습니다. 신사가 우리 쪽으로 천천히 걸어왔는데 어두운 불빛 속으로 들어와 어느 정도 모습을 뚜렷이 알아볼 수 있게 되었을 때, 저도 모르게 오싹한 느낌이 들었습니다. 신사의 얼굴은 죽은 사람처럼 창백했으며, 무서울 정도로 말랐고, 체력이 아닌 정신력으로 버티고 있는 사람처럼 튀어나온 눈이 번뜩이고 있었습니다. 그러나 그처럼 수척해진 몸보다 저를 더욱 오싹하게 한 것은 반창고를 열십자로 붙인 추한 얼굴이었습니다. 입 위에도 커다란 것이 하나 붙어 있었습니다.

그 기괴한 남자가 의자에 앉았다기보다는 털썩 쓰러지자, 중년 남자가 외쳤습니다.

'해럴드, 돌 판을 가지고 왔나? 손을 움직일 수 있게 해주었겠지? 됐어, 석필을 건네줘. 멜라스 씨, 당신이 질문을 하면 이 남자가 대답을 쓸 겁니다. 우선, 아직도 서류에 서명할 생각이 없는지 물어봐 주시오.'

기묘한 남자의 눈이 불꽃처럼 타올랐습니다.

'서명할 수 없어!' 남자가 돌 판에 그리스어로 썼습니다.

'절대 할 마음이 없단 말인가?' 제가 폭군의 명령에 따라 물어보았습니다.

'그녀가 내 눈앞에서, 내가 알고 있는 그리스인 신부에 의해 결혼하는 것을 보기 전까지는 절대로 할 수 없다.'

중년남자가 악의 담긴 웃음을 큭큭 웃었습니다.

'그렇다면 당신은 어떻게 돼도 상관없단 말이지?'

'나는 어떻게 되든 상관없어.'

이것이 입으로 묻고 글로 답한 우리의 기묘한 일문일답이었습니다. 이쯤에서 서류에 서명하는 것이 어떻겠느냐고 저는 몇 번이고 물어봐야 했습니다. 그때마다 분노 섞인 같은 대답이 돌아왔습니다. 그러는 사이에 제 머릿속으로 좋은 생각이 스치고 지나갔습니다. 하나의 질문을 할 때마다 제 자신의 짧은 말을 덧붙이는 것이었습니다. 처음에는 두 사람이 눈치를 채는지 살펴보기 위해 별것 아닌 말을 덧붙여보았는데 아무래도 눈치 채지 못하는 듯했기에 위험한 속임수를 써보기로 했습니다. 그렇게 해서 저희는 다음과 같은 말을 주고받았습니다.

'더 고집 부려봐야 소용없어. 네 몸만 다칠 뿐이야. (당신은 누구?)'

'어떻게 되든 상관없어. (난 런던은 처음이오.)'

'네 운명은 너 하기에 달렸어. (언제부터 이 집에 있었죠?)'

'마음대로 해. (3주 전부터.)'

'재산은 결코 네 것이 되지 않을 거야. (어떤 괴로움을 당하고 있죠?)'

'악당의 손에 넘겨줄 수는 없어. (먹을 걸 주지 않소.)'

'서명을 하면 풀어줄게. (여기는 어딘가요?)'

'무슨 일이 있어도 서명할 수 없어. (나도 모르겠소.)'

'그녀를 위해서도 좋지 않아. (당신의 이름은?)'

'그녀에게서 직접 듣고 싶어. (크라티데스)'

'서명하면 그녀를 만나게 해주지. (어디서 오셨나요?)'

'그렇다면 차라리 그녀를 만나지 않겠어. (아테네).'

홈즈 씨, 시간이 5분만 더 있었어도 녀석들의 눈앞에서 이번 사건의 진상을 들을 수 있었을 겁니다. 어쩌면 사건을 해결할 수 있었을지도 모릅니다. 그런데 갑자기 문이 열리더니 여자 하나가 방 안으로 들어왔습니다. 잘 보이지는 않지만 키가 크고, 기품이 있고, 머리가 검은 여자로 품이 넓은 흰색 가운 같은 것을 입고 있다는 사실만은 알 수 있었습니다.

'해럴드!' 여자가 서툰 영어로 말했습니다. '전 더 이상 혼자서 저기에 있을 수 없어요. 너무 외로워서……, 어머, 폴이잖아요.'

이 마지막 말은 그리스어였는데 이 말을 들은 남자는 온몸의 힘을 짜내서 입의 반창고를 떼어낸 뒤 '소피! 소피!'하고 커다란 소리로 외치며 여자의 팔 안으로 돌진해 갔습니다. 하지만 둘이서 끌어안고 있었던 건 한순간에 지나지 않았습니다. 젊은이가 여자를 데리고 방 밖으로 나갔으며 중년 남자가 야윈 희생자를 다른 문으로 간단히 끌고 나갔습니다. 아주 잠깐 동안 저는 혼자 방에 남아 있었습니다. 순간 이곳이 어디인지 알아낼 수 있을 만한 단서는 없을까 싶어 의자에서 일어났습니다. 하지만 발걸음을 떼지 않기를 잘했습니다. 얼굴을 들어보니 중년남자가 문에 서서 저를 가만히 지켜보고 있었습니다.

'당신은 이제 됐소, 멜라스 씨.' 중년남자가 말했습니다. '눈치 챘을 테지만 당신을 믿고 극히 내밀한 일에 협조를 구한 거요. 이번 교섭을 시작한, 그리스어를 할 줄 아는 친구가 갑자기 동쪽으로 돌아가게 되었기에 어쩔 수 없이 당신의 힘을 빌리게 된 거요. 친구 대신 임무를 수행해줄 사람을 찾다가 다행히 당신을 알게 된 거요.'

저는 말없이 고개를 끄덕였습니다.

'여기에 5파운드가 있소.' 이렇게 말하며 중년남자가 제게 다가왔습니다. '일에 대한 보수는 이거면 충분하겠지? 단, 이 점만은 잘 기억해두시오.' 내 가슴을 툭 치더니 큭큭 웃으며 중년남자가 덧붙였습니다. '혹시라도 이번 일을 누군가에게 —알겠소, 단 한 사람에게라도— 말한다면 아아, 신이시여, 자비를 베푸소서, 라는 말을 하게 될 거요.'

그 남자에게서 받은 역겨움과 두려움은 도저히 말로 표현할 수 없는 것이었습니다. 그때는 램프가 중년남자의 머리 위에 있었기에 그 모습이 전보다 잘 보였습니다. 초라하고 검은 얼굴로 뾰족한 구레나룻이 실처럼 가늘고 푸석푸석했습니다. 이야기할 때는 얼굴을 앞으로 내밀고 무도병에 걸린 사람처럼 입술과 눈꺼풀을 꿈틀꿈틀 움직였습니다. 그 기묘하게 큭큭거리는 웃음도 어떤 신경의 병 때문이라고 여겨졌습니다. 그러나 중년남자의 얼굴이 섬뜩하게 보인 것은 눈 때문이었습니다. 강철처럼 회색이었는데 차갑게 빛났으며 그 안에서 악의와 냉혹한 잔인함이 느껴졌습니다.

'당신이 얘기를 하면 금방 알 수 있어.'라고 중년남자가 말했습니다. '정보망이 있으니까. 자, 마차가 기다리고 있어. 우리 친구가 중간까지 같이 갈 거야.'

저는 떠밀리듯 복도를 지나 마차에 올랐는데 그때 다시 얼핏 나무들과 정원을 보았습니다. 래티머가 바로 뒤따라 타더니 아무 말 없이 제 맞은편에 앉았습니다. 우리는 입을 다문 채 창문을 닫은 마차로 다시 언제 끝날지도 모를 길을 달리기 시작했습니다. 그리고 한밤중이 되어서야 마차가 드디어 멈춰 섰습니다.

'멜라스 씨, 여기서 내리시오.'라고 래티머가 말했습니다. '댁에서 먼 곳에 내려드려 죄송하지만 어쩔 수 없소. 마차를 뒤따라오거나 하는 짓은 하지 않는 편이 좋을 거요. 당신만 힘들어질 뿐이니.'

래티머는 이렇게 말하며 문을 열었습니다. 제가 뛰어내리자마자 마부가 말에 채찍을 가했고, 마차는 덜컹거리는 소리를 내며 순식간에 멀어져갔습니다. 저는 당황해서 주위를 둘러보았습니다. 제가 서 있는 곳은 히스 덤불이 무성한 공유지 같은 땅으로, 곳곳에 가시금작화가 거뭇거뭇하게 섞여 있었습니다. 멀리 떨어진 곳에 인가가 보였고 2층 창에 불이 켜져 있었습니다. 반대쪽으로는 철도의 빨간 신호등이 보였습니다.

저를 태워다준 마차는 이미 보이지 않았습니다. 주위를 둘러보며 여기는 대체 어딜까 생각하고 있는데 어둠 속에서 누군가가 이쪽을 향해 걸어오고 있었습니다. 점점 다가오는 모습을 바라보고 있자니 역무원의 빨간 모자를 쓰고 있었습니다.

'여기는 어디죠?'라고 제가 물었습니다.

'원즈워스 공유지입니다.'

'런던행 기차도 있나요?'

'클래팜 환승역까지 1마일(약 1.6㎞ — 역주) 걸어가면 빅토리아 역으로 가는 막차를 탈 수 있을 겁니다.'

홈즈 씨, 이것으로 제 모험은 끝났습니다. 어디로 끌려갔던 건지, 상대방이 누구인지, 이 이상은 아무것도 말씀드릴 게 없습니다. 하지만 부정이 행해지고 있는 것만은 틀림없는 사실이니 가능하다면 그 불행한 남자를 돕고 싶습니다. 오늘 아침에 이 모든 사실을 마이크로프트 홈즈 씨에게 전부 이야기했으며, 경찰에도 신고를 해두었습니다."

이 기묘한 이야기가 끝났을 때 한동안은 아무도 입을 열지 않았다. 잠시 후 셜록이 형에게 물었다.

"그래서 어떤 조치를 취했지?"

마이크로프트가 옆의 테이블 위에 있던 데일리 뉴스를 집어

들었다.

"「아테네에서 온 그리스 신사, 크라티데스. 영어는 모름. 그 사람의 소재에 관한 정보를 주시는 분께 사례하겠음. 또한 소피라 불리는 그리스 여성에 대한 정보를 주시는 분께도 사례하겠음. X2473」이런 광고를 모든 신문에 내봤지만 아직 아무런 반응도 없어."

"그리스 대사관에 알아보는 건 어떨까?"

"알아봤지만 아무것도 모르더군."

"그럼 아테네의 경찰에 전보를 쳐보는 건 어떨까?"

"홈즈 가의 활동력은 셜록이 전부 물려받았습니다."라고 마이크로프트가 나를 돌아보며 말했다. "어쨌든 이 사건을 꼭 좀 맡아줬으면 한다. 그리고 잘 해결이 되면 알려줘."

"알았어." 셜록은 의자에서 일어났다. "꼭 알려주도록 할게. 멜라스 씨에게도요. 멜라스 씨, 제가 당신이라면 녀석들을 충분히 경계할 겁니다. 이 광고를 본다면 당신이 배신했다는 사실을 녀석들이 눈치 챌 테니까요."

돌아가는 길에 홈즈는 전보국에 들러 몇 통인가의 전보를 쳤다.

"왓슨."하고 셜록이 말했다. "오늘 밤의 산책은 헛수고가 아니었지? 내가 관여한 사건 중에서 가장 재미있는 몇몇 사건은 이렇게 마이크로프트에게서 넘겨받은 거야. 지금 들은 사건도 해결의 길은 딱 하나밖에 없는데 꽤나 분명한 특징을 가지고 있어."

"해결 방법이 있나?"

"이렇게 많은 사실들을 알고 있는데 진상을 밝혀내지 못한다면 그게 더 우습지. 자네 역시 조금 전에 들은 여러 가지 사실을 바탕으로 자네 나름대로의 해석을 가했을 거라 생각하는데."

"상당히 막연하기는 하지만."

"그럼 자네의 해석을 들어보기로 할까."

"그 그리스 여성은 해럴드 래티머라는 젊은 영국인에게 유괴되어 온 것이 틀림없어."

"어째서?"

"아테네잖아."

설록 홈즈는 머리를 가로 저었다. "그 젊은이는 그리스어를 몰라. 그리스 여성은 영어를 꽤나 잘해. 그러니까 그리스 여성은 꽤 오래 전부터 영국에 와 있었지만 젊은이는 그리스에 가본 적이 없는 것 같아."

"그렇군. 그렇다면 그리스 여성이 영국으로 여행 온 것을 해럴드가 사로잡았고, 함께 도망치려 하는 거로군."

"그쪽이 사실에 더 가까울 거야."

"그런데 아가씨의 오빠가—그는 틀림없이 여자와 아주 가까운 사이일 거야— 그리스에서 두 사람의 교제를 막기 위해서 찾아왔어. 방심한 사이에 오빠는 그 젊은이와 나이 많은 사람의 술수에 걸려들고 만 거야. 두 사람은 오빠를 잡아놓고 폭력으로 서류에 서명을 시키려 했어. 그 서류는 오빠가 관리하고 있는 여자의 재산을 여자와 남자에게 양도하겠다는 내용이겠지. 오빠는 서명을 거절했어. 그래서 남자들은 교섭을 진행하기 위해서 통역이 필요했던 거고, 멜라스 씨를 고른 건데, 그전에도 다른 사람을 통역으로 쓴 적이 있었던 듯해. 아가씨는 오빠가 영국에 와 있다는 사실을 몰랐었지만 우연한 기회에 그 사실을 알게 됐어."

"굉장해, 왓슨."하고 홈즈가 커다란 소리로 말했다. "아마도 그것이 진상일 거야. 어쨌든 패는 전부 손에 쥐고 있어. 이제는 녀석들이 폭력을 쓰지나 않을까 하는 점만이 걱정이야. 저쪽이 시간만 준다면 우리가 반드시 이길 거야."

"하지만 녀석들의 집을 어떻게 알아내지?"

"그 점은 우리의 추리가 정확하다면, 또 그 아가씨가 예전이나 지금 소피 크라티데스라고 불리고 있다면 아가씨가 있는 곳을 밝혀내는 것은 그다지 어려운 일이 아닐 거야. 우리는 그녀에게 희망을 걸 수밖에 없어. 오빠인 폴은 런던에 처음 온 거니까. 그 해럴드라는 남자가 아가씨와 연인이 된 지는 상당한 시간이, 적어도 몇 주일은 지났을 거야. 그 사실을 알고 오빠가 그리스에서 여기까지 찾아올 만큼의 시간이 있었을 테니. 해럴드와 아가씨가 그동안 같은 장소에서 살고 있었다면 마이크로프트가 낸 광고에 어떤 반응이 있을 거야."

이런 이야기를 나누며 우리는 베이커 가의 집으로 돌아왔다. 홈즈가 앞장서서 계단을 올랐는데 방문을 연 순간 깜짝 놀라서 걸음을 멈췄다. 나도 홈즈의 어깨 너머로 방 안을 들여다보고 깜짝 놀랐다. 홈즈의 형인 마이크로프트가 팔걸이의자에 앉아 담배를 피우고 있지 않은가.

"들어와라, 셜록! 왓슨 씨도 어서 오세요." 마이크로프트가 우리의 놀란 얼굴을 보더니 미소 지으며 점잖게 말했다. "내게 이런 에너지가 있을 줄은 몰랐지, 셜록? 하지만 이번 사건이 아무래도 마음에 걸려서."

"어떻게 온 거지?"

"승합마차로 너희를 앞지른 거야."

"뭐, 특별한 일이라도 있었어?"

"광고에 대한 답이 왔어."

"정말이야?"

"응, 네가 돌아간 직후에."

"그 내용은?"

마이크로프트가 종이 한 장을 꺼냈다.

"이거야. 대형판 베이지색 종이에 몸이 약한 중년남자가 J펜으로 쓴 거야. 내용은 '안녕하십니까. 오늘 신문의 광고를 보았습니다. 저는 찾고 계신 젊은 여성을 잘 알고 있습니다. 저희 집으로 와주신다면 그녀의 신상이나 여러 가지 고통에 대해서 자세히 들려드리겠습니다. 그녀는 지금 베켄햄의 마이

틀즈 저택에서 묵고 있습니다. J. 다벤포트 드림' 보낸 사람의 주소는 로어 브릭스턴이야. 어때, 셜록 지금부터 마차로 가서 자세한 얘기를 들어보지 않을래?"

"하지만 형, 지금은 아가씨의 신상에 관한 이야기보다 오빠의 목숨이 더 중요해. 지금부터 경찰청으로 가서 그렉슨을 데리고 베켄햄으로 가는 게 좋겠어. 한 사람의 목숨이 달려 있으니 한시도 지체할 수 없어."

"도중에 멜라스 씨도 태우고 가세."라고 내가 말했다. "통역이 필요할지도 모르니."

"그렇군." 셜록 홈즈가 말했다. "급사에게 사륜마차를 불러 달라고 해줘. 바로 출발하기로 하지." 이렇게 말하며 테이블의 서랍에서 권총을 꺼내 주머니에 넣는 모습을 나는 보았다.

"음." 셜록이 나의 시선에 답했다. "지금까지의 얘기를 들어보니, 거친 녀석들 같아."

펠멜 가에 있는 멜라스 씨의 집 앞에 이르렀을 때, 주위는 거의 어둠에 잠겨 있었다. 멜라스 씨는 조금 전에 신사 하나가 찾아와서 함께 나갔다는 것이었다.

"어디로 갔죠?"라고 마이크로프트가 물었다.

"모르겠습니다."라고 문을 열어준 여자가 대답했다. "그 신사와 함께 마차로 떠난 것 외에는 아무것도 모릅니다."

"그 신사가 이름을 말했나요?"

"아니요."

"그 신사는 키가 크고 꽤나 잘 생겼고 피부가 거뭇한 젊은이였죠?"

"아니요, 키가 작고 안경을 낀 마른 얼굴의 사람이었습니다. 하지만 활달해서 이야기를 하는 동안 웃음이 끊이지 않았습니다."

"가자." 셜록 홈즈가 갑자기 외쳤다.

"일이 급하게 됐어!" 경시청으로 가면서 셜록이 말했다. "녀석들이 멜라스를 다시 잡아간 듯해. 멜라스가 배짱이 없는 사람이라는 사실은 먼젓번의 경험으로 녀석들도 알고 있을 거야. 멜라스는 그 악당이 찾아온 것만으로도 몸이 얼어붙었을 거야. 물론 녀석들은 멜라스에게 다시 통역을 시킬 생각일 테지만, 일이 끝나면 배신에 대한 재판을 내릴 거야."

우리는 기차를 타면 마차와 거의 동시에 도착하거나, 혹은 조금 먼저 베켄햄에 있는 악당의 집에 도착할 수 있을 것이라 생각했다. 그런데 경찰청으로 가서 그렉슨 경감을 만나 악당들의 집에 들어가기 위한 법률상의 수속을 밟게 하는 데 1시간이나 걸리고 말았다. 런던 브리지 역에 도착한 것은 10시 15분 전. 베켄햄 역의 승장장에 내려선 것이 이미 10시 반이었다.

마차를 반 마일쯤 달려서 마이틀즈 저택에 도착했다. 크고 어두운 건물이 저택 안의 길 끝에 서 있었다. 그곳에서 마차를 내린 네 사람은 한 덩어리가 되어 길을 따라 걸었다.

"창이 전부 어두운데요." 경감이 말했다. "아무도 없는 것 같습니다."

"새가 떠나 둥지가 텅 비었군."하고 셜록이 말했다.

"어떻게 알 수 있죠?"

"무거운 짐을 실은 마차가 나간 지 1시간도 되지 않았어요."

경감이 웃음을 터뜨렸다. "문에 켜놓은 불빛으로 마차의 바퀴자국은 보이지만, 짐을 실었다는 점은 어떻게 알 수 있단 말입니까?"

"같은 바퀴자국이 반대 방향을 향해 난 것도 보셨지요? 밖으로 나간 것의 자국이 훨씬 더 깊게 파여 있어요. 그러니 그 마차에 무거운 짐이 실려 있었다고 볼 수 있을 거예요."

"당신이 한 수 위로군요." 경감은 어깨를 들썩였다. "이 문을 열려면 힘 좀 써야겠습니다. 하지만 소리를 듣고 누군가가 나올지도 모릅니다."

경감이 문의 고리를 소리 높이 울리고 벨의 끈을 잡아당겼으나 아무런 반응도 없었다. 셜록은 어딘가로 모습을 감추었다가 곧 돌아왔다.

"창이 하나 열려 있어요."라고 셜록이 말했다.

"홈즈 씨, 당신이 적이 아니라 경찰 편이라는 사실에 감사드립니다." 경감은 셜록이 창의 걸쇠를 능숙하게 풀었다는 사실을 꿰뚫어보았다. "상황이 이러니 무단으로 들어갈 수밖에 없겠습니다."

우리는 차례차례 커다란 방으로 들어갔다. 그곳은 멜라스가

끌려왔던 방인 듯했다. 경감이 네모난 등에 불을 붙이자 멜라스가 이야기했던 2개의 문과 커튼, 램프, 일본의 갑옷 등이 보였다. 테이블 위에는 잔이 2개, 빈 블랜디 병, 그리고 먹다 남은 음식이 놓여 있었다.

"저건 뭐지?" 홈즈가 갑자기 말했다.

우리는 모두 멈춰 서서 귀를 기울였다. 낮은 신음소리가 머리 위에서 들려왔다. 셜록이 문을 향해 달려가 홀로 뛰어들었다. 기분 나쁜 소리는 위층에서 들려오고 있었다. 셜록은 계단을 달려 올라갔다. 경감과 내가 바로 뒤를 따랐고 형인 마이크로프트도 뚱뚱한 몸으로 최선을 다해 뒤따라왔다. 3층에는 문 3개가 나란히 늘어서 있었다. 그중 가운데 문에서 불행한 목소리가 흘러나왔다. 둔탁한 소리로 중얼거리기도 하고 높다란 소리로 훌쩍이기도 했다. 문은 잠겨 있었으나 바깥쪽 열쇠구멍에 열쇠가 그대로 꽂혀 있었다. 셜록이 문을 활짝 열고 뛰어들었다가 곧 목을 누르며 다시 뛰어 나왔다.

"목탄이야!" 셜록이 외쳤다. "잠시 기다리는 편이 좋겠어. 곧 맑아질 거야."

우리도 안을 들여다보았다. 방 안의 불빛이라고는 중앙에 놓인 조그만 놋쇠 솥에서 희미하게 반짝반짝 새어나오고 있는 파란 불꽃뿐이었다. 그 불꽃이 바닥 위에 섬뜩한 느낌의 푸르스름한 빛을 던지고 있었으며, 그 너머의 어둠 속으로 벽에 기대 웅크리고 있는 두 사람의 그림자가 희미하게 보였다.

열어젖힌 문으로 흘러나온 무시무시한 유독가스 때문에 숨이 막혀 우리는 기침을 했다. 셜록은 계단 끝에 있는 창문까지 달려가 신선한 공기를 한껏 들이마신 뒤, 방 안으로 달려 들어가 창문을 열고 놋쇠 솥을 정원으로 내던졌다.

"곧 들어갈 수 있을 거예요." 셜록이 숨을 헐떡이며 방에서 뛰어나왔다. "초는 없나? 저런 공기 속에서는 성냥불도 붙지 않겠군. 형, 문에서 불을 들고 서 있어줘. 우리가 저 두 사람을 끌어낼 테니. 자, 어서!"

우리는 중독된 두 사람이 있는 곳으로 달려가 계단 위까지 끌어냈다. 두 사람 모두 입술이 자줏빛이었으며, 정신을 잃은 상태였다. 얼굴은 충혈 되고 부어 있었으며, 눈이 튀어나와 있었다. 얼굴이 너무나도 심하게 일그러져 있었기에 그중 한 사람이 검은 구레나룻을 기른 뚱뚱한 사람이 아니었다면 불과 몇 시간 전에 디오게네스 클럽에서 헤어진 그리스어 통역이라는 사실조차 알 수 없었을 것이다. 통역은 손과 발이 단단히 묶여 있었으며 한쪽 눈 위에 세게 얻어맞은 자국이 선명하게 남아 있었다.

또 한 사람 역시 묶여 있었는데 키가 크고 아주 말랐으며, 얼굴에는 반창고가 여러 장 추하게 붙어 있었다. 이 남자는 우리가 바닥에 눕히자마자 신음소리를 그쳤는데 한눈에도 우리의 구조가 늦었음을 알 수 있었다.

그러나 멜라스는 아직 숨이 붙어 있었다. 암모니아와 브랜디

로 처치를 하자 1시간쯤 뒤에 눈을 떴다. 마지막에는 누구나 다다르는 죽음의 계곡에서 내 손으로 멜라스를 구해냈다는 사실에 나는 만족했다. 멜라스의 이야기는 간단한 것으로, 우리의 추리가 빗나가지 않았다는 사실을 증명해주었다. 그날 밤, 멜라스를 찾아온 손님은 방으로 들어서자마자 소매에서 호신용 봉을 꺼내 언제라도 눈 깜빡할 사이에 죽일 수 있다고 겁을 준 뒤, 그를 다시 데리고 갔다.

실제로 그 큭큭 웃는 악당이 불행한 언어학자에게 준 효과는 거의 최면술과도 같은 것이라고 해도 좋을 정도여서 그 남자에 대해서 이야기할 때 멜라스는 끊임없이 손을 떨었으며, 얼굴도 새파랗게 질려버리고 말았다. 멜라스는 베켄헴으로 끌려와 두 번째 교섭의 통역을 강요받았다.

이것은 처음보다 훨씬 더 극적이어서 두 영국인은 요구에 응하지 않으면 바로 죽이겠다고 포로가 된 그리스인을 협박했다. 그러나 상대방이 협박에 굴하지 않을 것이라고 생각했는지 다시 감금실에 가두었다. 그리고 이번에는 멜라스를 상대로 신문광고에 관한 일을 추궁했고 결국에는 몽둥이를 휘둘러 기절시켰다. 그리고 멜라스는 우리가 머리 위에서 지켜보고 있다는 사실을 깨달을 때까지 계속 의식을 잃은 상태였다.

이것이 그리스어 통역에 얽힌 기묘한 사건인데 아직 의문이 풀리지 않은 부분도 조금은 남아 있다. 우리는 신문광고를 보고 답장을 준 신사와 연락을 취해, 그 불행한 젊은 여성은 그리스의 한 부자의 딸로 친구를 만나러 영국에 온 것이라는 사실을 알게 되었다. 아가씨는 영국에 머무는 동안 해럴드 래티머라는 청년을 알게 되었다. 래티머는 아가씨를 구슬리고 교묘한 말로 꼬드겨서 자신과 함께 도망을 칠 결심을 하게 만들었다. 아가씨의 친구들은 이번 일의 중대함을 알고 있었으나 아테네에 있는 오빠에게 이 사실을 알리기만 했을 뿐, 더는 관여하지 않았다.

오빠는 영국에 도착하자마자 래티머와 그의 동료가 놓은 덫에 걸려버리고 말았다. 그의 동료는 윌슨 캠프라는 사람인데 화려한 범죄 경력을 가지고 있었다. 이 두 악당은 그리스인이 영어를 몰랐기에 붙잡아두면 어떻게든 될 것이라 생각하고 그대로 감금한 채 먹을 것도 주지 않고 잔혹한 방법을 썼다. 그리고 자신과 동생의 재산에서 손을 떼겠다는 서류에 억지로 서명을 시키려 했다.

두 사람은 이 그리스인이 왔다는 사실을 동생에게 알리지 않고 감금해 두었는데, 혹시 동생이 보더라도 알아보지 못하도록 얼굴에 반창고를 붙여두었던 것이다. 그러나 통역이 처음 왔을 때 동생은 여자의 직감으로 단번에 이 위장 공작을 꿰뚫어 보았다. 하지만 동생도 역시 악당들의 포로에 지나지 않았다.

그 집에는 마부와 그의 아내밖에 살지 않았는데 그들도 역시 두 악당의 앞잡이였다. 두 악당은 비밀이 폭로되었고, 포로로 잡고 있던 그리스인도 말을 듣지 않자, 겨우 몇 시간

전에 통보를 하고 가구가 딸린 그 집에서 아가씨를 데리고 도망친 것이었다. 그리고 그에 앞서 요구를 거절한 그리스인과 배신한 통역에게 복수를 한 것이었다.

몇 개월 뒤, 신문에서 오려낸 기묘한 내용의 기사가 부다페스트에서 우리에게로 보내졌다. 그 기사에 의하면 한 여성을 데리고 여행을 다니던 두 영국인이 비참한 최후를 맞았다는 것이었다. 두 사람 모두 칼에 찔려 죽었는데, 헝가리 경찰에서는 두 사람이 싸움을 하다 서로에게 치명상을 입힌 것이라 보고 있는 듯했다. 그러나 홈즈의 생각은 다른 듯했다. 홈즈는 지금도 그 그리스 아가씨를 만나면, 아가씨와 오빠에게 가해진 잔혹한 범죄가 어떤 식으로 보복을 받게 되었는지 들을 수 있을 것이라고 굳게 믿고 있는 듯했다.

마작 살인사건
麻雀殺人事件

운노 주자
海野十三

호무라 소로쿠
帆村荘六

1

그것은 한창 주가를 올리고 있는 청년탐정 호무라 소로쿠(帆村莊六)에게 있어서 잊으려 해도 도저히 잊을 수 없는 일생일대의 추태였다.

명색이 호무라 탐정이라는 자가 잠깐 일어나 손을 뻗기만 하면 닿을 정도로 가까운 곳에 몇 시간이고 앉아 있던 살인범을, 수치스럽게도 체포하지 못했던 것이다. 아니, 그것뿐만이 아니었다. 바로 코앞에서 펼쳐진 살인사건을 처음부터 끝까지 전혀 눈치채지 못했으니 호무라 탐정이 분해하는 것도 어찌 보면 아주 당연한 일이었다.

"이래서 승부에 너무 집착하는 건 좋지 않아……."

그가 아직도 이 말을 되풀이하고는 쯧쯧 혀를 차는 모습을 보면 정말 잊히지 않는 일인 듯했다. 그가 살인사건이라고는 눈치채지 못하고 그저 멍하니 바라보기만 했던 그 현장의 사건은 다음과 같은 것이었다.

×   ×   ×

그것은 후텁지근한 한여름 밤의 일이었다.

대도회지 도쿄의 호르몬을 전부 모아놓은 것처럼 정력적인 신시가지, 우리의 신주쿠 거리는 마치 끓고 있는 기름솥 안처럼 무더웠다. 그 더위 속에서 신주쿠 너머로 이어진 A정(町), B정, C정 등의 교외 주택지에 살고 있는 젊은이들이 서로 밀치기도 하고 부딪히기도 하면서 포장도로 위를 걷고 있었다. 교외의 주택도 생각 외로 시원하지 않은 모양이었다.

호무라 탐정은 포장도로에서 옆으로 꺾어져 커다란 빌딩과 빌딩 사이의 좁은 길로 들어서더니, 그 끝에 '마작'이라고 적힌 아름다운 전기간판이 달린 집의 문을 밀고 들어갔다. 그는 무더위에도 지지 않고 기분이 매우 좋았다. 그도 그럴 것이 오랜 시간 관여해왔던 한 커다란 사건을 어젯밤에 마무리 지었다는 어깨의 가벼움과 오랜만에 찾아온 한가로움을 맛보는 즐거움으로 아이처럼 들떠 있었기 때문이었다. 3년 가까이 병적으로 몰두하고 있는 마작을 오늘밤에는 마음껏 즐겨야겠다고 생각했다.

"야, 이거 대단하구만."

마작클럽 경기실의 커튼을 들춘 호무라가 그와 동시에 외쳤다. 이렇게 더운 날인데도 말 그대로 입추의 여지가 없는 만원이었다.

"어서 오세요. 오늘은 토요일 밤이라 이렇게 붐비는 거예요, 선생님."

마작의 걸인 도요가 코끝에 맺힌 구슬 같은 땀방울을 꼬깃꼬

깃해진 손수건으로 닦으며 이렇게 말했다.

"선생님은 그만둬줬으면 하는데, 도요 쨩(상대방을 친근하게 부를 때 붙이는 호칭. — 역주). 그 호시오 신이치로는 진짜 선생인데도, 그놈은 신 쨩, 신쨩, 하고 부르면서……."

"잠깐만요, 선생님."하고 도요가 귓불까지 빨갛게 물들이며 그의 말을 가로막았다. "지금 호시오 씨, 와 계신단 말이에요. 그런 말이 귀에 들어가면, 저 곤란해져요."

"곤란할 건 없잖아, 도요 쨩."하고 호무라는 더욱 신이 나서 떠들어댔다. "이런 건 듣게 하는 게 목적을 더 빨리 달성할 수 있는 법이야. 아니면 내가 신 쨩한테 진짜로 말해줄까? 사실은 도요 쨩이 구식으로 상사병을 앓고 있는데 선생님의 의견은 어떠십니까? 하고 말이야. 하지만 나를 선생님이라고 부르지 않기로 약속한다면, 내가 참아주기로 하지."

"그런 게 어딨어요?"

"도요 쨩, 기록."하고 외친 사람이 있었다.

"네, 지금 가요."하고 거기에 답한 뒤, 호무라를 돌아보며 낮은 목소리로 말했다.

"그 신 쨩의 친구들, 오늘도 낮부터 와서 특별실에서 하고 계세요. 호무라 씨도 그쪽으로 가보세요."

특별실이라는 것은 홀 옆에 있는 길고 가느다란 별실을 말하는데 거기에는 마작 테이블이 비교적 널찍하게 4개 놓여 있고 의자와 패도 상당히 고급스러운 것을 골라 놓았으며 테이블보로도 하얀 비단을 쓰는 호화로운 곳이었다. 호무라가 들어가보니 테이블 모두에 손님들이 있었다. 창문 가장 가까이에 있는 테이블에 도요가 말한 '예의 친구들' 4명이 테이블 하나를 둘러싸고 경기에 열중하고 있었다. 호무라는 옆에 있는 소파에 몸을 맡긴 채 잠시 자리가 나기를 기다려야만 했다. 그는 별 생각 없이 '예의 친구들' 쪽으로 얼굴을 향하고 있었다.

"이렇게 후텁지근한 것도 태양의 흑점 때문이야."라고 입구의 커튼 가장 가까이에 등을 향하고 앉아 있던 이과대학의 호시오 조교수가 말하며 마작 패를 짤그락짤그락 섞었다.

"태양의 흑점 같은 건 저리 치워버리라고. —오오, 좋은 패를 가져왔군."이라며 기분이 좋은 것은 친구들 중 한 사람으로 호시오 조교수의 맞은편에 앉은 부잣집 도련님, 게이오 대학의 수영선수인 마쓰야마 도라오였다.

"오늘은 좋은 패가 한 번도 안 들어오네."라고 마쓰야마의 왼쪽에 앉아 있는 가와오카 미도리가 새빨갛게 젖은 듯한 입술을 한껏 일그러뜨리며 한탄했다. 그리고 상아처럼 새하얗고 아름다운 두 팔을 뻗어 패를 하나 버렸다.

"그걸로 끝이야."라고 외치며 자기 패를 펼쳐 보인 것은 '콩알'이라는 별명이 있는 미소년 소노베 주이치였다. 소년이라고는 하나 그는 대학 건축과 2학년생으로 동료 남자들 가운데서는 가장 어렸지만, 가와오카 미도리는 열아홉 살이니 그녀보다는 오빠인 셈이었다.

"소노베 씨, 창문 좀 열어요. 덥네요." 미도리가 '너구리'라는 별명으로 불리고 있는, 약간은 추켜올려진 듯 부은 눈꺼풀의 눈을 괴롭다는 양 들며 말했다. 가장 구석에 있던 소노베가 자리에서 일어나 창문을 덜컹덜컹 올렸다. 강한 바람이 창문으로 슥 불어 들어왔다.

그때 마침 테이블 가운데 하나가 비었기에 호무라는 그 무리들 속으로 들어가 경기를 시작했다. 그 자리는 예의 친구들의 테이블이 정면으로 보이는 곳이었기에 그는 패를 쥐는 사이사이에 얼굴을 들어 호시오 조교수가 들고 있는 패를 뒤에서 보기도 하고, 가와오카 미도리의 새하얀 목덜미 부근을 훔쳐보기도 하며 그렇게 나쁘지만도 않은 기분이었다.

이후 호무라는 점점 경기에 빠져들었기에 그 친구들의 행동을 하나에서부터 열까지 관찰할 수는 없었지만, 나중에 생각해 보니 다음과 같은 일들이 마음에 걸리지 않는 것도 아니었다.

첫 번째는 마작의 걸인 도요가 들어와 호시오 조교수 뒤에 바싹 다가서서 오랫동안 적극적인 태도를 취했다는 사실, 그에 대해서 호시오는 약간 성가시다는 듯한 태도를 취한다는 사실을 알고 우스웠다.

두 번째는 마쓰야마가 스포츠맨답게,

"에잇!"

하고 커다란 소리를 지르며 거기에 쌓여 있는 마작의 패를 집어온다는 점이었다. 유심히 살펴보니 그는 그럴 때마다 마작 패의 면에 새겨져 있는 그림을, 꾹 세게 문질렀다. 그랬기에 엄지손가락이 아프지 않을까 여겨질 정도였다. 그것은 그의 나쁜 버릇이었다.

세 번째는 호시오 조교수가 크게 이긴 것을 기뻐하며 자리에서 벌떡 일어나다 옆에 있던 소노베의 찻잔을 엎었다는 사실이었다. 한바탕 소동이 벌어져 패들을 치우기도 하고, 젖은 곳을 닦기도 하고, 새 테이블보를 가져오게 해서 넷이서 네 귀퉁이를 당겨 압정으로 테이블에 고정시키는 등 소란스러웠다. 한 번은,

"아얏, 아파!"

라고 마쓰야마가 커다란 소리로 외쳤는데, 그를 보니 손가락 끝을 입 안에 넣고 빨고 있었다. 뭔가 거친 행동을 한 모양이었다. 누군가가 그것을 놀렸는지 한꺼번에 웃음이 터져 나왔는데, 어찌 된 일인지 그 이후부터 일행은 매우 조용했다.

"왜 그래요, 미도리 씨? 어디 몸이라도 안 좋아요?"

소노베가 맞은편에 앉은 미도리를 다급하게 부르는 목소리가 들려왔기에 호무라는 무슨 일인가 싶어 깜짝 놀랐다. 얼굴을 들어보니 무슨 일이 있었던 것인지 가와오카 미도리의 얼굴색이 창백해져 있었다. 안 그래도 백옥 같이 하얀 피부에서 핏기가 완전히 가셔 있었기에 마치 유리를 여러 장 겹쳐놓은 것을 들여다보는 것 같다는 느낌이 들었다. 소노베도 역시,

새파랗지 않다고는 말할 수 없는 낯빛으로 걱정스럽다는 듯 눈썹을 찌푸린 채 미도리의 안색을 살피고 있었다.

"얼른 의사의 진찰을 받아야겠어. 내가 당장 불러올 테니……."라며 소노베는 너무 걱정이 돼서 견딜 수 없다는 듯한 모습이었다.

"미도리, 속이라도 안 좋은 거야?"

호시오 조교수도 마작을 하던 손길을 멈추고 말했다.

"괜찮아요, 곧 좋아질 거예요."

"그래도……, 어쨌든 진찰을 받는 게 좋겠어요, 네, 네."라고 소노베는 지금 당장이라도 달려나갈 듯한 자세를 취하고 있었다. 호무라는 짚이는 구석이 있었다. 예의 친구들 가운데 가와오카 미도리를 놓고, 스포츠맨인 마쓰야마 도라오와 호시오 조교수가 경쟁을 벌이고 있다는 공공연한 소문 외에도, 소노베역시 사실은 미도리를 좋아하고 있다는 소문을 얼핏 들은 적이 있었는데 그 소문이 아무래도 사실인 듯했다.

"나, 나, 나는."하고 그때까지 유일하게 입을 다물고 있던 마쓰야마가 괴롭다는 듯 웅얼거렸다. "나는 머리가 아파. 어질어질해. 조금 쉬고 싶어, 아아."

이렇게 말하고 그는 자리에서 일어나 비틀비틀 방을 나섰다.

"이거 완전히 환자들만 있군."하고 호시오가 중얼거리며 의미 없이 웃었다.

이가 하나 빠진 것 같은 마쓰야마의 빈자리가 호무라의

눈에 어떤 좋지 않은 기분을 불러일으키게 했다. 그것은 불길한 풍경이었다. 오랜만에 탐정으로서의 기분을 잊고 이렇게 마작을 즐기며 편안한 기분을 느끼고 있던 그의 마음이, 어느 틈엔가 어지러워져 있다는 사실을 깨닫지 않을 수 없었다. 네 사람이 얼굴을 마주하고 앉아 있어야 할 마작 테이블에서 한 사람이 일어나 화장실에 가는 등의 일은 아주 흔히 있는 일 아닌가? 그런데 나는 왜 이런 일을 마음에 두고 있는 걸까? 하지만 이 클럽에 들어온 이후부터의 일들을 되짚어 생각해보니 자신은 마작에 몰두하고 싶어 하면서도, 사실은 옆 테이블의 상황에만 마음을 빼앗기고 있었다. 그는 이 방에 들어오자마자 가와오카 미도리가 화장실에 가려는 것인지 한 번 자리를 비웠다는 사실을 떠올렸다. 그러나 그때는 특별히 이상하다는 생각도 들지 않았다. 그런데 지금은 어째서 마음에 걸리는 걸까? 이번 경우는 미도리가 몸이 좋지 않은 듯 가라앉은 기분으로 있는 모습이 마음에 걸리는 것 아닐까? 만약 그렇다면, 혹시 자신도 진심으로 미도리를 좋아하고 있는 것 아닐까? 소노베나, 호시오나, 마쓰야마와 마찬가지로.

그런데 마쓰야마는 어째서 돌아오지 않는 것일까? 어째서 가와오카 미도리의 얼굴이 창백해진 뒤에 갑자기 마쓰야마도 머리가 아프다는 둥, 몸이 좋지 않아진 것일까? 마쓰야마는 정말 몸이 좋지 않은 것일까? 호무라는 언제부턴가 자신의 머릿속으로 여러 가지 의문이 솟아오르고 있다는 사실을 깨달았다. 아니, 이건 한심스럽게도 탐정이라는 직업의식이다. 오늘 밤에는 일을 잊고 오직 마작만 즐기기로 하지 않았는가. 쓸데없는 생각은 집어치우자.

그러는 사이에 남겨진 호시오와 소노베와 미도리 세 사람은 더 이상 승부를 겨룰 마음이 없어졌는지 테이블을 떠나 그 방에서 나가버렸다. 호무라 탐정은 마침내 편안한 마음이 되어 마작에 몰두할 수 있게 되었다.

2

호무라 탐정의 테이블도 그로부터 30분쯤 뒤에 승부가 끝나버리고 말았다. 막바지에 이르러 커다란 승기를 잡은 그는 2판에 걸쳐서 합계 3천 점 정도를 땄기에 약간은 우쭐한 기분이 들었다. 테이블을 떠날 때 주위를 둘러보니 모든 테이블의 손님들이 돌아간 뒤로, 희고 네모반듯한 테이블보 위에 여러 색깔의 패가 어지러이 흩어져 있었다. 시계를 꺼내 보니 벌써 11시를 조금 넘은 시각이었다.

옆의 홀에도 손님은 드문드문 있을 뿐이었다. 도요가 졸린 듯한 얼굴로 동네 상점의 지배인을 상대하고 있었다.

"도요 짱, 잘 있어."

"안녕히 가세요, 선생니임—이 아니라, 호 씨."

"모두들 벌써 돌아갔나?"라고 묻지 않아도 될 말을 호무라가 무심결에 물어버리고 말았다.

"아가씨하고 소노베 씨하고 신 짱은 그만 돌아간다며 조금 전에 막 나갔어요. 마쓰야마 씨만 혼자 안에 누워 계실 거예요."

"뭐? 마쓰야마 씨, 정말 몸이 안 좋은 거였어?"
라며 호무라가 뜻밖이라는 듯한 얼굴을 했다.

"어머, 왜요? 몸이 영 좋질 않은가봐요. 의사선생님을 부를까요, 하고 조금 전에 물어봤는데 필요 없다고 하셨어요. 신 짱 들도 한동안 지켜보고 있다가 너무 늦어서 돌아가야겠으니 잘 부탁한다고 말하고 집으로 가버렸어요."

"그건 좀 매정한데."

"하지만 신 짱 들은 집이 먼 걸요. 마쓰야마 씨만 바로 요기니까 그래도 상관없어요."
라며 도요는 신 짱 들의 교외 생활에 동정어린 변명을 시도했다.

"그럼 내가 좀 봐줘야겠군."

호무라 탐정은 옆의 조그만 문을 열고 좁은 계단을 터벅터벅 내려갔다. 계단이 끝난 곳에 좁은 복도가 있고 거기에 널따란 방이 있었다. 거기는 이 건물에 있는 모든 사람들의 침실이었다. 장지문을 열어보니 아니나 다를까 거기에 이부자리가 하나 펼쳐져 있었다. 머리가 아프다더니 마쓰야마는 머리까지 이불을 뒤집어 쓴 채 누워 있었다.

"마쓰야마 씨, 마쓰야마 씨. 몸은 좀 어떠세요?"

라고 호무라가 목소리를 점점 크게 해서 말했으나 마쓰야마는 단 한마디도 대답을 하지 않았다.

'잘도 자는군……'

호무라는 조용히 장지문을 닫고 발걸음을 돌려 두어 걸음 계단 쪽으로 걸어갔다. 그러다 무슨 생각을 했는지 갑자기 되돌아가서 장지문을 휙 열고 신을 신은 채로 성큼성큼 마쓰야마가 누워 있는 이부자리 쪽으로 다가가 주머니에서 라이터를 꺼내 짤각 불을 붙이더니 왼손에 쥐고 가만히 머리맡 쪽으로 내밀었으며, 다른 오른손을 뻗어 이불자락을 힘껏 쥐고 슥 들어보았다.

"앗!"

라이터의 옅은 노란색 빛에 비친 하나의 얼굴은, 틀림없이 마쓰야마 도라오의 얼굴이었으나, 거기에 이미 그 활기차고 명랑한 스포츠맨 마쓰야마의 얼굴은 없었다. 얼굴은 시커멓게 자줏빛으로 부어올랐으며, 두 눈은 험상궂게 부릅뜬 채 보이지 않는 먼 곳을 바라보고 있었다. 헐떡임이 끝난 위치에서 쩍 벌어져 있는 커다란 구강 안으로는 탄력을 잃은 혀가 축 늘어져 있었다. 희고 아름다운 이에는 끈적끈적한 갈색 액체가 반쯤 마른 듯 들러붙어 있었다.

"숨이 완전히 끊어졌군. 아무래도 중독사인 것 같아. 자살일까, 타살일까? ……"

과연 그는 당황한 빛도 보이지 않고, 커다란 목소리도 내지 않고, 그러나 미간에 깊은 주름을 만들어 5분 정도 무엇인가 생각을 정리하고 있는 듯한 모습이었다. 어디서 바람이 들어오는 것인지 라이터의 조그만 불꽃이 하늘하늘 흔들리자 죽은 자의 얼굴에 시커먼 여러 가지 그림자가 생겨 악귀처럼 무시무시하고 전혀 다른 사람 같은 표정이 차례차례로 구성되었는데, 바닥에서 벌떡 일어나 호무라 탐정을 덮칠 것처럼 보였다.

마침내 조용히 일어난 탐정은 마쓰야마가 죽은 방에서 나와 다시 따각따각 소리를 내며 계단 위로 되돌아갔다. 그는 이미 선생님도, 호 씨도 아니었다. 그는 도쿄 암흑계의 열쇠를 쥐고 있는 명탐정 호무라 소로쿠로 완전히 되돌아와 있었다.

그는 마작의 걸 도요 짱이 아닌, 후나키 도요노를 조용히 불러 아래층의 참사를 간단하게 들려주었다. 소리를 내서는 안 된다고 말해두었으나,

"어머, 마쓰야마 씨가 죽었다고요!"

라며 깜짝 놀랐기에 남아 있던 사람들 모두 단번에 사건이 일어났음을 눈치채고 우르르 한꺼번에 자리에서 일어나려 했다. 이에 호무라 탐정은 어쩔 수 없이 자신의 이름을 밝히고, 미안하지만 담당 경찰관이 와서 취조를 마칠 때까지 여기 있는 사람 모두 한 걸음도 이 안에서 밖으로 나가지 말아달라고 부탁해서 일동을 제지했다. 그리고 전화로 이 변사사건을 관할 경찰서에 급히 알림과 동시에 별실에 있던 이 빌딩의 경비원에게 우선은 시체가 있는 방을 지키게 했다. 그리고

당장에라도 울음을 터뜨릴 것 같은 얼굴을 하고 있는 도요노를 재촉해 특별 마작실 입구에 세워두어, 실내를 지금 그대로 유지하게 했다.

"신 짱 들의 집을 알고 있나?"
라고 호무라가 도요노에게 물었다.

도요노는 한동안 망설이는 듯한 모습을 보이더니 그 후에 그렇다고 말없이 고개를 끄덕여 보였다.

호무라는 사건의 참고인으로 조금 전에 집으로 돌아간 호시오, 소노베, 가와오카 미도리 세 사람을 가능한 한 빨리 이곳으로 소환할 필요가 있다고 생각했다. 도요노의 말에 의하면 세 사람은 여기서 약 1.5㎞쯤 떨어진 거리를 시내 전차로 종점까지 가서, 거기서 급행 전차로 갈아타는데 세 번째인 A역에서 내려 어두컴컴한 시골길을 550m쯤 가면 널따란 언덕 아래에 호시오의 하숙이 있다는 것이었다. 다음 역인 B역에서는 소노베가 내린다. 집은 역 바로 근처인데 부모님과 함께 살고 있다. 다시 그 다음인 C역에서는 가와오카 미도리가 내린다. 역 앞에서 대각선으로 300m쯤 들어간 곳에 그녀 숙모의 집이 있는데 거기서 임시로 거처하고 있다는 것이었다.

호무라 탐정은 경찰서로 다시 전화를 걸어, 그들이 집에 도착하기를 기다리고 있다가 즉시 현장으로 돌려보냈으면 좋겠다고 요청했는데 그것도 바로 승낙을 얻었다.

3

그 일들이 끝나자 호무라 탐정은 단 1초도 아깝다는 듯 아래층으로 내려가 마쓰야마의 시체를 자세히 살펴보았다. 특별히 이렇다 할 것은 찾아내지 못했으나 단 한 가지, 오른쪽 엄지의 안쪽에 바늘로 찔린 정도의 가벼운 상처가 있고 그 주위만이 사마귀처럼 볼록 솟아올라 붉은 빛을 띠고 있다는 사실을 발견했다. 그것은 마쓰야마가 하얀 천을 깔면서 '아얏' 하고 외쳤을 때 생긴 것인 듯했으나, 그 상처가 언제쯤부터 이렇게 생겼는지 자세히는 알 수 없었다. 독이 입으로 들어간 것인지, 주사된 것인지, 혹은 이런 상처를 통해서 들어간 것인지, 그것은 매우 흥미로운 문제였는데 호무라 탐정은 그 상처를 약간 중요시했다.

시체에 대한 조사가 끝나자 그는 계단 위로 다시 올라가 마쓰야마 들이 썼던 마작 테이블을 면밀하게 살펴보았다. 마쓰야마가 앉아 있던 장소에 대해서는 특히 주의를 기울여 천을 잡아당기기도 하고, 압정을 빼보기도 하고, 솔로 먼지를 모아 몇 개의 종이 꾸러미를 만들기도 했다. 그런 다음 테이블 아래로 기어 들어가더니 얼굴을 바닥에 댈 듯이 해서 이곳저곳을 살펴보다, 흡수지를 네 개로 잘라 네 사람의 발아래라 여겨지는 부근의 바닥 위를 흡수지로 꾹 눌러 무엇인가를 빨아들이는 것처럼 보였는데 그것도 역시 따로따로 종이 꾸러미에 넣고 연필로 기호를 적었다. 그는 테이블 아래서 나오려다 문득 미도리와 마쓰야마의 경계선에 해당하는 테이블 다리의 뒤쪽에 떨어져 있던, 바늘이 없는 압정의 머리를 발견했다. 그는 조심조심 핀셋으로 그것을 주웠다.

그 일을 마친 호무라 탐정은 패를 하나하나 집어 들어 세세하게 관찰했다.

그러는 사이에 판검사와 조사과 사람들이 도착했기에 패를 살펴보는 것은 일단 중지하고, 일행을 안내해서 시체가 있는 방으로 갔다. 바로 경찰의에 의해 진찰이 행해진 결과, 중독사라는 사실이 명확해졌다. 숨이 끊어진 지 아직 1시간도 지나지 않았음이 시체의 겨드랑이 아래에 남아 있는 미지근한 체온과 호무라가 참고로 들려준 이야기를 통해 증명되었다. 그러나 어떤 독이 사용되었는지, 또 독이 어디로 들어갔는지는 시체 해부를 해보지 않으면 알 수 없는 일이었다. 호무라가 엄지 안쪽에 있는 상처에 대해서 일단 담당관의 주의를 환기시켜두었다.

마작 테이블 주변에 대해서도 조사가 행해졌으나, 그것은 호무라 탐정이 한 것만큼 면밀한 것은 아니었다.

그런 다음 마침내 마쓰야마 도라오 변사사건에 대한 회의가 열렸다. 호무라 탐정은 마쓰야마 들의 동정에 대해서 그날 밤에 본 그대로를, 가리가네 검사와 가와구치 수사과장에게 설명했다. 그것은 이 글의 첫 부분에서 이야기한 대로였으나,

호무라 탐정 자신이 놓친 사실도 상당히 많을 것이라는 점도 덧붙이기를 잊지 않았다.

여러 가지 의견이 나왔으나 마쓰야마가 자살한 것이 아니라는 점에 있어서는 모두의 의견이 일치했다. 그는 자살을 할 만한 성격이 아니었으며, 그의 주머니에서도 유서 같은 것은 조금도 발견되지 않았고, 은행 통장에는 많은 금액의 예금이 있었으며, 주머니에 2통의 편지가 있었는데 한 통은 미도리의 남동생들이 보낸 것으로 내일 수영대회를 보기 위해 형님이 말씀하신 대로 10시 반까지 진구 가이엔 입구에 가 있겠다고 적혀 있었고, 다른 한 통은 미도리의 아버지가 보낸 편지로 평소와 다름없이 아이들의 학비를 보조해주어 감사하다는 사례의 글이 금50엔이라는 간이 영수증과 함께 들어 있었다. 이처럼 컨디션이 좋은 그가 자살을 했으리라고는 여겨지지 않았다. 그리고 그러한 사실은 그의 책상을 조사해보고, 그의 시체를 해부해보면 더욱 분명하게 밝혀질 터였다.

따라서 마쓰야마 도라오는 타인에게 살해당한 것이라고 일단 가설을 세운다면, 대체 누가 그에게 독을 주입했는지. 전후의 사정을 생각해보았을 때 가장 먼저 의심이 가는 것은 그의 마작 친구들 3명이었다. 그러나 담당관의 손에 세 사람에 대한 이렇다 할 증거는 들어온 것이 없었다.

가리가네 검사가 이렇게 말했다.

"이상한 점이라면 가와오카 미도리와 죽은 마쓰야마가 차례로 몸이 좋지 않았다는 점이야. 그런데 마쓰야마의 주머니에서 나온 편지에 의하면 마쓰야마는 가와오카 미도리에 대해서 상당한 우월권을 쥐고 있었던 듯해. 이 두 가지 사실은 서로 상반된 의미를 가지고 있는 것 같은데…….”

“저도 두 사람의 관계를 정확히는 모르겠습니다.”라고 가와구치 경위가 말했다. “마작의 걸에게 잠깐 물어보기로 합시다.”

도요노가 불려와 예의 친구들에 대해서 알고 있는 사실을 전부 말하라는 명령을 받았다. 그것은 대체로 호무라가 앞서 이야기한 것과 커다란 차이가 없었으나 그 외에도 이런 사실을 이야기했다.

“마쓰야마 씨는 미도리 씨 집에 상당한 보조를 해주고 있대요. 들리는 말에 의하면 그건 마쓰야마 씨에게 미도리 씨가 시집을 가기로, 마쓰야마 씨와 미도리 씨의 아버지 사이에 얘기가 이미 끝났기 때문이래요. 하지만 미도리 씨는 마쓰야마 씨를 그렇게 좋아하지 않는 것 같아요.”

“그럼 미도리 씨는 누구를 좋아하지?”
라고 가와구치 경위가 물었다.

“글쎄요, 그건…….”하고 그녀는 분명히 당황한 모습으로 우물쭈물 하다가, “누군지는 잘 모르겠어요.”라고 대답했다.

호무라 탐정은 도요노가 우물쭈물하는 이유를 잘 알 수 있을 것 같았다. 그녀는 미도리가 자신과 마찬가지로 호시오 조교수에게 상당한 호의를 품고 있다는 사실을 알고 있는 것이리라.

"그 얘기는 누구에게서 들은 거지?"라고 검사가 옆에서 물었다.

"소노베 씨가 그러던데요. 소노베 씨는 같은 동네에 살고 있으니 잘 알고 있는 거겠죠."

도요노를 잠시 나가게 한 뒤, 검사가 말했다.

"조금 전의 모순되었던 사실은 이걸로 설명할 수 있을 듯하군. 미도리는 돈과 아버지에게 얽매여 마음에도 없는 남자와 결혼할 수밖에 없는 상황이었던 거야."

"그런데 미도리가 마쓰야마에게 독을 쓴 것이라면, 어떤 방법으로 그렇게 한 걸까요?"라고 가와구치 경위가 반문했다.

"마쓰야마가 마음을 놓고 있었다면 그의 찻잔에 미도리가 독을 넣는 일쯤은 아주 간단한 일이었을 거야. 자네, 마쓰야마가 쓰던 찻잔에 대한 분석을 의뢰해주었으면 하네."

"제가 잠깐 말씀드리겠습니다만,"하고 아까부터 말없이 테이블 위에 마작 패의 앞면을 종류별로 가지런히 늘어놓고 그것을 유심히 바라보던 호무라 탐정이 말했다.

"패를 이렇게 순서대로 가지런히 늘어놓고 난 뒤에야 알게 된 사실인데, 보십시오, 여기 구삭(九索)이라는 패 4개가 늘어서 있습니다. 그런데 그 가운데 하나는 다른 세 개에 비해서 조각에 바른 물감이 상당히 바랬습니다. 물론 패에 물이 묻으면 색이 조금은 벗겨집니다만, 이 패를 자세히 살펴보면 색이

벗겨졌을 뿐만 아니라 원래는 빨강과 파랑이었던 것이, 빨강은 검게 변했고 파랑은 누런빛을 띠고 있습니다. 이건 물 때문에 벗겨진 것이 아니라 다른 이물질, 예를 들어 다른 약품을 바른 것이 아닐까 여겨집니다."

"오호, 그거 재미있는 발견이군. 그렇다면 범인은 마작 패의 파인 부분 안쪽에 독약을 발랐다는 얘기로군."하며 가리가네 검사는 감탄했다.

"그렇다면 그게 어떻게 해서 마쓰야마의 몸속으로 들어간 걸까요?"라고 경위가 옆에서 말했다.

"시체의 엄지손가락 안쪽에 조그만 상처가 하나 있는 것 같던데요."

"깊은 조각 속에 묻어 있던 독약이 상처를 통해서 그렇게 간단히 몸속으로 들어갈 수 있을까?"라고 호무라를 향해 물었다.

"범인의 준비는 매우 치밀한 것이었던 듯합니다."라며 호무라 탐정은 무엇인가를 떠올리듯 아랫입술을 씹었다. "마쓰야마 도라오는 패를 집어올 때, 엄지손가락 안쪽으로 이 조각된 부분을 힘껏 누르는 버릇이 있습니다. 그러니 오늘 밤에도 독약이 묻은 패를 있는 힘을 다해서 문질렀기에 그 상처로 독약이 들어간 것이라 여겨집니다."

"무슨 말인지 잘 알겠군."하며 검사가 고개를 끄덕였다.

"제 경험으로 보건대 이 독약은 아프리카산 스트로판투스라는 식물에서 채취한 것인 듯합니다. 아프리카 원주민들은 이걸 창이나 화살 끝에 발라 적과 싸우는데 이게 상처를 통해서 들어가면 심장마비를 일으킵니다. 용량이 극히 소량이어도 되기 때문에 효과가 있습니다."

"그런 독약을 가와오카 미도리가 잘도 손에 넣었군요."하고 경위가 의심스럽다는 듯 말했다.

"나는 미도리가 범인이라고 아직 단정 짓지 않았네."라고 검사가 변명했다.

"그리고 조금 더 재미있는 사실이 있습니다."라고 호무라 탐정이 둘의 얘기에는 개의치 않고 이야기를 이어갔다. "꽤를 확대렌즈로 관찰해본 결과, 중요한 사항을 발견했습니다. 조각된 부분의 모서리에 가느다랗고 하얀 섬유가 두어 가닥 부착되어 있었습니다. 이건 나중에 범인이 독약을 닦아냈을 때 쓴 재료가 무엇인지를 이야기해주는 것이라 생각됩니다. 핀셋으로 채취해서 간단히 실험을 해보니 그것은 탈지면이라는 사실이 밝혀졌습니다."

호무라 탐정의 설이 너무나도 명료한 것이었기에 검사와 경위는 감탄의 말조차 없이 입을 다물어버리고 말았다.

"그런데."라고 호무라 탐정은 여기서 갑자기 풀이 죽은 듯한 모습으로 말투를 바꿨다. "저의 이 설은 범인이 어떤 방법으로 마쓰야마를 살해했는가, 그것을 설명한 것에 지나지 않습니다. 마쓰야마가 누구에게 살해됐는지, 그것은 조금도 알아낼 수가 없습니다. 이렇게 수많은 증거를 남겼는데도 범인 자신을 식별해낼 수 있을 만한 것은 아직 무엇 하나 발견하지 못했습니다. 이번 범인은 범죄에 관한 한 상당한 천재성을 지니고 있음에 틀림없습니다."

그야 어찌 됐든 호무라가 짧은 시간 안에 밝혀낸 범행 방법이, 앞으로의 취조에 상당한 편의를 제공해줄 것만은 틀림없는 사실이었다. 그 점을 들어 검사 들이 호무라를 위로했다. 그때 세 사람을 찾으러 갔던 형사들이 우르르 들어왔다.

4

그 후의 취조는 이튿날 정오가 지난 시각에 같은 장소에서 시작되었다.

"마쓰야마의 사체해부 결과, 자살이 아닌 타살이라 판명되었습니다. 독은 호무라 씨가 말한 대로 엄지를 통해서 들어간 듯하고, 사인은 심장마비, 독은 스트로판투스인 듯하다는 사실도 전부 호무라 씨의 설과 일치합니다."
라고 가와구치 경위가 가장 먼저 보고했다.

"그럼 저도 한 가지 보고를 해두겠습니다."라고 호무라 탐정이 평소와는 달리 기운 없는 목소리로 말했다. "마작 테이블 부근에서 모은 여러 가지 자료를 검사해보았습니다만, 범인에 대해서는 조금도 알아내지 못했습니다. 이건 참으로 유감스러운 일이라 생각합니다. 단 한 가지, 보여드리고 싶은 것이 있는데, 이 압정의 머리 부분입니다.(라고 말한 뒤, 전날 밤 테이블의 다리 근처에서 주운 바늘이 없는 압정의 머리를 보이며) 이건 범행과 관계가 있는 것입니다. 보십시오, 이 압정은 머리를 아주 얇게 갈아놓았습니다. 이건 일부러 그렇게 한 것으로, 이 압정의 머리에 조그만 구멍이 있습니다만, 이 압정을 엄지손가락 안쪽으로 힘껏 눌러 마작 테이블에 박으면 압정의 머리가 얇기 때문에 바늘이 반대로 튀어나와 엄지손가락을 푹 찌르게 되어 있습니다. 마쓰야마는 범인이 원하는 대로 엄지손가락에 상처를 만들어버리고 만 것입니다."

"이거 대단한 사실을 알아냈군."하고 검사가 말했다. "그래, 범인의 지문이라도 묻어 있지 않았나?"

"마쓰야마의 지문은 뚜렷하게 묻어 있었지만, 그 외에는 누구의 지문도 보이지 않았습니다."

"그렇다면 범인은 마쓰야마가 그 압정을 쓸 기회를 노리고 있었겠군."하고 경위가 말했다.

"그 압정을 쓰게 하기 위해서 범인은 찻잔을 엎어 흰 천을 갈게 했습니다."

"음, 그렇다면,"하고 검사가 수첩의 페이지를 넘기며, "찻잔을 엎은 것은 호시오 신이치로였군. 호시오에게 혐의가 걸리는데."

"하지만 가리가네 검사님."하고 호무라가 말했다. "찻잔을 엎을 만한 곳에 일부러 놓아둘 수도 있지 않겠습니까?"

"그렇다면 소노베의 찻잔이었다고 하니 소노베가 범인이란 말인가?"라며 가와구치 경위가 말도 안 된다는 듯 웃었다. "그건 너무 지나친 생각 아닐까? 그보다 범인은 살인 기회를 잡기 위해서 언제나 독약과, 미리 손을 봐둔 압정과, 호무라 탐정의 설에 의해서 사용했다는 사실을 알게 된 탈지면 등을 늘 가지고 다녔을 테니 어젯밤 데려온 세 사람의 소지품을 검사해보면 될 것 같은데. 아니, 사실은 오늘 아침에 부하로부터 보고가 있었습니다만, 문제의 탈지면이 발견되었습니다. 그것을 가지고 있던 사람까지 알고 있습니다."

검사와 호무라 탐정은 어이가 없었다.

"그 사람은 호시오입니다. 사실은 호시오를 데리러 갔던 부하 형사가 여기로 호송해오는 도중에 호시오가 몰래 품속에서 꺼내 길가에 버린 것을 잽싸게 주운 것입니다. 거기에는 갈색 얼룩이 묻어 있었습니다. 감식반에 조사를 하게 했더니 예의 독약이 묻어 있었습니다."

"호시오를 조사해보았는가?"라고 검사가 물었다.

"바로 조사를 했습니다. 하지만 자백하지 않았습니다."

"그야 물론 그랬겠지. 호시오에게는 마쓰야마를 살해할 동기가 그렇게 충분하지 않으니."

"그렇지만도 않습니다, 가리가네 씨. 호시오는 이과의 선생입니다. 과학적 사실에 대해서는 아주 잘 알고 있을 것입니다.

게다가 호시오의 아버지는 고베에 살고 있는데 향료 도매상을 하고 있어서, 열대지방으로부터 여러 가지 향수의 원료를 사모아 팔고 있습니다. 아프리카의 약종을 들여오기에 아주 편리한 위치에 있습니다. 그리고 호시오는 약간 변태성욕자라는 소문입니다. 거기에 찻잔을 엎은 것도 어쨌든 그였습니다. 그의 범행 현장이 호무라 씨의 눈에 들어오지 않은 것은 선생이 등을 지고 있었기 때문입니다."

그러고 보니 호무라는 호시오의 패가 잘 보이는 곳에서 거기에만 마음을 빼앗겼기에 그의 행동에는 그다지 주의를 기울이지 않았다. 경위가 지적한 증거는 틀림없이 호시오에게 짙은 혐의를 걸어도 좋을 만한 것이었다.

이에 세 사람 앞으로 호시오가 불려오게 되었다. 탈지면과 독약을 구한 곳에 대한 자백을 요구했으나 그는 좀처럼 생각한 대로 이야기를 해주지 않았다. 그러나 경위가 역시 아주 익숙한 태도로 그에게 불리한 급소를 쿡쿡 찔러나가자, 더는 버틸 수 없었는지 그가 마침내 입을 열기 시작했다. 그것은 검사들이 상상조차 하지 못할 일이었다.

"사실 그 솜은 마작을 할 때 미도리 씨의 소매에서 훔쳐낸 것입니다. 독약에 대해서는 아는 것이 없습니다."

붉으락푸르락하며 이야기하는 호시오의 말은, 아무래도 거짓말인 것 같지가 않았다. 그는 자신의 변태성욕에 대해서 참으로 부끄럽기 짝이 없다는 듯 땀을 훔쳤다.

그것으로 그의 혐의가 풀린 것은 아니었으나 어쨌든 미도리에게 솜과 독약에 대해서 물어보기로 했다. 그녀는 마음이 약간 혼란스러운 듯, 어젯밤에 그녀를 데려온 형사의 부축을 받으며 그 자리에 앉았다. 취조에 대해서 그녀는 이런 식으로 변명을 했다.

"전 어제부터……."라고 약간 말끝을 흐렸다가, "사실은 월경이 시작됐어요. 그러니 탈지면을 가지고 있어도 이상할 건 없잖아요. 독에 대해서는 저도 몰라요. 마쓰야마가 죽었으면 좋겠다고 생각했었냐고요? 그야 저한테는 나쁘지 않은 얘기죠. 아무리 좋은 남자라 할지라도 돈에 팔려가기는 싫으니까요. 하지만 저는 마쓰야마 씨를 죽인 기억이 없어요."

조사를 하는 김에 소노베도 불러 물어보았다. 처음부터 끝까지 그는 모른다는 답으로 일관했다. 미도리가 탈지면을 가지고 있었다고 자백했는데 너는 그 사실을 알고 있었느냐고 묻자 그는 "그건 거짓말이다."라고 강하게 부정했다. 물어보니 그는 월경이라는 것에 대한 지식조차 부족한 소년이라는 사실이 판명되어 경위는 우습다는 듯 껄껄 웃었다. 호시오가 탈지면을 가지고 있었다는 사실을 알고 있었느냐고 물었으나 그것도 "모른다."고 말했다.

그러자 옆에 있던 형사가 한마디 했다.

"호시오가 솜을 버렸다는 사실을 이 사람이 보고 주의를 주었다고 합니다. 사실 저는 이 사람을 잡으러 갔었는데 끝내 만나지 못했기에 빈손으로 돌아왔습니다. 그런데 호시오를 찾으러 갔던 혼다 형사가, 호시오와 이 사람이 어두운 시골길을 함께 걷고 있는 것을 발견해서 데리고 돌아오는데, 그 도중에 호시오가 버린 것을 보고 이 사람이 주의를 주었다고 말했습니다."

그 형사가 불려와 틀림없이 그랬다고 대답하고, 또 나중에 보고할 생각이었는데 소노베의 품속에서 이런 것이 나왔다며 길이 대여섯 치(15~18㎝ — 역주)쯤이나 되는 니켈 문진을 제출했다. 소노베의 변명에 의하면 그것은 B역(A역의 잘못인 듯. — 역주)에서 내렸을 때 장사를 접으려 하고 있던 노점상인으로부터 산 것이라고 했다.

"당신은 왜 B역에서 내리지 않고 그 하나 전인 A역에서 내렸습니까?"라고 호무라가 이때 옆에 있다가 물었다.

"그날 밤은 왠지 꺼림칙한 생각이 들었기에 호시오 군과 조금 걸어볼 생각이었습니다."라고 시원시원한 태도로 소노베는 대답했다.

다음으로 혹시 몰랐기에 마작의 걸인 도요노가 심문을 받게 되었다. 여러 가지 질문을 받는 동안 도요노는 마침내 울음을 터뜨려버리고 말았는데, 마지막으로 한 말이 담당관들의 머릿속을 엉망진창으로 헝클어놓았다.

"저는 호시오 씨가 미도리 씨의 소매에서 솜을 훔치는 것을 보았습니다. 저는 분하고 억울해서 호시오 씨의 뒤로 가서 그 솜을 다시 훔쳤습니다. 그 솜은 똘똘 말아서 쓰레기통에 버렸으니 찾아보면 있을 겁니다."

그 탈지면은 과연 쓰레기통 속에 있었다.

하지만 그것으로 탈지면에 대한 호시오의 혐의는, 미도리에게서 다시 거슬러 올라가는 형태가 되고 말았다. 미도리에게서 훔친 솜이 호시오의 손에 들어갔다가, 그 뒤 도요노의 손으로 옮겨갔다고 한다면 호시오가 시골길에 버린 독이 묻은 솜은 그가 어디서 가져온 것이란 말인가? 그 자신이 처음부터 가지고 있었던 것이라고 해석할 수밖에 없었다. 소노베가 버린 것이 아니라는 사실은 호시오가 그 솜을 가지고 있었다고 자백했다는 점으로 분명히 알 수 있었다. 그러나 호시오는 도요노가 탈취했다는 사실을 모르고 있는 듯했다.

이렇게 해서 사건의 초점은 탈지면이 어디서 나왔는가 하는 점에 모여졌다. 미도리가 준비했던 솜 외에, 어딘가에서 호시오가 가져온 독이 묻은 솜이 있었다. 하지만 그 솜이 어디서 나왔는지 확인할 열쇠는 어디에서도 발견되지 않았다. 따라서 마쓰야마를 살해한 범인으로는 호시오가 가장 유력하고, 가와오카 미도리가 두 번째, 소노베가 세 번째, 도요노는 아마도 범인이 아닐 것이라 여겨졌지만 일단 네 번째 혐의자라 여겨졌으나, 그렇다고 해서 이렇다 할 유력한 증거가 있는 것도 아니었다. 사건은 글자 그대로 미궁 속으로 빠져버리고 말았다.

5

그날 밤, 호무라 탐정은 자신의 연구실에 틀어박혀서 사건의 처음부터 오늘의 취조까지를 몇 번이고 되풀이해서 되짚어보았다. 생각해보니 호시오와 미도리의 혐의가 농후한 것에 비해, 소노베에 대해서는 거의 생각할 것이 없었다. 하지만 그것은 정말로 의심할 점이 없기 때문일까 하고 호무라 탐정은 잠시 가상의 살인을 소노베 위로 옮겨가 다시 생각해보았다.

결정적인 증거는 없었지만 의심을 하려고 든다면 ⑴ 소노베가 찻잔을 일부러 쓰러뜨리기 쉬운 곳으로 밀어놓았다고 생각할 수 있다는 점. ⑵ 미도리가 몸이 안 좋다고 말했을 때 그가 크게 당황한 것은, 자신이 패에 발라놓은 독에 미도리가 중독된 것이 아닐까 걱정되었기 때문이 아니었을까? ⑶ 소노베가 앉았던 자리는 가장 구석이어서 독을 바르거나, 나중에 독을 탈지면으로 닦는 일을 은밀히 하기에 좋았다는 점. ⑷ 호시오가 탈지면을 버렸다는 사실을 소노베가 형사에게 가르쳐준 것은, 다른 일에 대해서는 입을 다문 채 이야기하지 않는 그의 태도를 생각해보면 이상한 행동이라 여겨지지 않는 것도 아니라는 점. ⑸ 소노베가 일부러 호시오와 같은 역에서 내렸으며, 거기에 살인의 흉기로 쓰일 법한 문진을 사서 가지고 있었다는 점 등, 이상하다면 이상한 일들이었다. 하지만 그것

들은 전부 의심스러운 일에 지나지 않을 뿐, 증거로 남겨진
것은 아무것도 없어서 근거가 매우 약했기에 단죄를 하려
해도 '증거불충분'으로 재판관이 일축할 성질의 것들이었다.

위의 각 사항들을 적어놓은 종이를 거듭 들여다보던 그가
갑자기,

"이거 좀 이상한데."

라고 중얼거렸다.

다섯 번째 항목에서 소노베가 문진을 샀다고 지적했는데,
만약 이것이 집으로 돌아가는 길에 소노베가 호시오를 살해할
생각으로 준비한 것이라면, 대체 소노베는 무엇 때문에 호시오
를 죽여야겠다고 결심하게 된 것일까? 그런 어설픈 방법으로
살해한다면 그가 저지른 일이라는 사실이 바로 판명될 터였다.
그가 그것을 모를 리도 없었을 텐데 굳이 그렇게 하려던 것은,
호시오에게 갑자기 어떤 약점을 잡혔기 때문이 아니었을까?
형사가 데리러 가지 않았었다면 호시오는 이미 이 세상 사람이
아니었을지도 모를 일이었다.

이런 생각이 들자 그는 호시오를 만나 추궁을 해보고 싶다는
마음이 들었다. 준비를 마친 뒤 바로 유치장으로 가서 호시오에
게 뭔가 말하기를 잊은 사실은 없는지, 특히 전차 안에서
특별한 일은 없었는지를 물어보았다.

호시오는 특별히 이렇다 할 일은 없었던 듯하다, 말하기를
잊은 것은 전차 안에서 내가 잘못해서 바닥에 떨어뜨린 탈지면

을 당황해서 줍는 모습을 소노베가 본 정도였다고 말했다.

혹시 몰랐기에 가와오카 미도리를 불러 말하기를 잊은 사실은 없었느냐고 물었더니, 그녀는 전보다 약간 차분한 태도를 보이며 이렇게 대답했다.

"저, 한 가지 사실을 잊고 있었어요. 그건 클럽에서 마작을 할 때였는데, 문득 발아래를 보니 그 탈지면이 떨어져 있기에, 어머 부끄러워라, 하는 생각이 들어 가만히 주웠어요. 그건 마작을 그만두기 조금 전이었어요. 분명히 주워서 소매 안쪽에 넣었는데 나중에 살펴보니 그 탈지면이 보이지 않았어요."

그건 틀림없이 첫 번째 솜을 호시오가 훔쳐낸 뒤의 일인 듯했다. 그 주운 솜에 독약이 묻어 있었던 것이다. 그것이 나중에 호시오의 손에 들어간 것이었다. 이에 그는 문득 생각난 것이 있어서 다시 물었다.

"전차 안에서 당신은 어디에 앉아 있었나요?"

"그게요, 그때는 너무 후텁지근해서 힘들었기에 옆 차량과 통로가 되어 있는 곳의 창문을 열어놓고 더위를 식히고 있었어요. 거기는 전차가 속력을 낼수록 강한 바람이 불어와서, 저 간신히 기운을 차릴 수 있었어요."

호무라 탐정이 찰싹 무릎을 쳤다. 그때 강한 바람 때문에 미도리의 소맷자락 속에 있던 탈지면이 바닥에 떨어져 데굴데굴 호시오 앞으로 굴러간 것이리라. 호시오는 그 전에 도요노가 솜을 훔쳐갔다는 사실을 몰랐기에 그것을 자신이 떨어뜨린 것이라 착각해서 다급히 주운 것이리라. 그렇다면 문제는 더욱 좁혀졌다. 가와오카 미도리가 마작 클럽에서 주운, 독이 묻은 솜은 누가 떨어뜨린 것일까?

소노베가 호시오에 대해서 살의를 품게 된 이유를 드디어 설명할 수 있게 되었다. 그 솜은 물론 소노베가 범행에 사용한 것으로, 잘못해서 하카마(일본 옷의 겉에 입는 주름이 잡힌 하의. — 역주) 사이로 떨어뜨렸고, 그것을 가와오카 미도리가 주운 것이리라. 그러나 그것 역시도 그의 자백이 없다면 특별히 결정적인 증거물이 될 수는 없을 터였다. 범죄에 있어서는 놀라울 정도로 천재에 가까운 소노베는 기발한 방법으로 친구 한 명을 살해하고 다른 두 친구에게 짙은 혐의를 씌우기에 성공했다. 소노베의 자백을 간단히 받아낼 수는 없으리라.

호무라 탐정은 괴롭다는 듯 끙끙 앓는 소리를 내며 거의 30분 동안이나 생각을 하는가 싶더니, 순간 갑자기 밝은 얼굴이 되어 자리에서 일어나 숙직을 하고 있는 경관을 재촉해서 가리가네 검사와 가와구치 조사과장의 임석을 청하게 한 뒤, 소노베를 불러냈다. 소노베는 비교적 생기 있게, 아름다운 얼굴에 생글생글 미소를 지으며 호무라 앞으로 나왔다. 그런 모습이 참으로 자신만만하게 보여서 호무라 탐정의 적개심을 불타오르게 했다.

호무라는 그를 앞에 두고, 마쓰야마 도라오 살해사건에 대한 자세한 이야기를 세세하게 하기 시작했다.

소노베는 자신의 이름이 나와도, 또한 살인마로서 활약한 상황을 자세히 들려주어도 얼굴색 하나 변하지 않았다.

이쯤 되자 호무라 탐정은 자신의 가정에 대해서 약간 자신이 없어졌으나, 두고보자며 기운을 차리고 마지막 비장의 카드를 꺼내들었다.

"그런데 교묘한 범인도 딱 한 가지, 깨닫지 못한 점이 있었습니다. 그게 바로 이겁니다."

라며 그가 핀셋 끝으로, 바늘 부분이 떨어져나간 압정의 머리 부분을 집어 들고 말했다.

"이 압정의 머리 부분에는 2개의 지문이 묻어 있습니다. 알겠습니까? 하나는 물론 이것 때문에 상처를 입은 고 마쓰야 마 도라오 군의 지문입니다. 다른 하나는 그의 지문이 아닙니다. 이 압정을 그가 사용하도록 일을 꾸민 그 범인의 지문입니다. 용의주도한 범인이 온갖 증거를 인멸하는 데 성공했음에도 불구하고, 유일하게 남긴 치명적인 증거입니다.

어떻습니까? 뭐 생각나는 일 없습니까? 그렇습니다. 범인은 패에 바른 독약을 알코올이 묻은 탈지면으로 닦는 일에만 열중했기에 이 압정의 머리에 남아 있는 지문은 닦기를 잊었던 것입니다. ——그래서 말인데요, 소노베 씨. 당신의 지문을 잠깐 채취하고 싶습니다만⋯⋯."

순간 소노베의 얼굴빛이 갑자기 창백하게 변하고, 몸을 부들부들 떨더니,

"미안하네, 마쓰야마 군!"

이렇게 말하고 뒤로 쿵 쓰러져버리고 말았다.

×   ×   ×

"그 압정의 머리 부분에 범인의 지문은 없었다고 자네는 말하지 않았나?"

라고 가리가네 검사가 이상하다는 듯, 나중에 호무라에게 물어보았다.

"아니, 그건——."

하고 호무라가 머리를 긁으며 말했다.

"아니, 그건 병법(兵法)입니다. 저렇게 기계처럼 정확하고 완벽하게 범죄를 해낸 범인도 역시 기계는 아니기 때문에, 슬프게도 생각지 못했던 곳을 찔리면 분명하게 준비가 되어 있지 않다는 이유로 갑자기 '불안'이 뭉게구름처럼 피어올라, 정체까지 드러내게 되는 법입니다. 이건 가와구치 경위님께서 종종 쓰시는 방법인데, 저는 기회를 노리고 있다가 의표를 찔러서 성공한 것입니다. 하지만 결국은 의표를 찌를 수밖에 없었다는 점도 그렇고, 범죄를 눈앞에서 보고도 눈치채지 못했다는 점도 그렇고, 이번에는 철저하게 저의 패배입니다."

파란 십자가
The Blue Cross

길버트 키스 체스터턴
Gilbert Keith Chesterton

브라운 신부
Father Brown

아침 하늘의 은색 띠와 녹색으로 빛나는 바다의 띠 사이를, 배는 하리치로 들어가 파리와도 같은 승객들의 무리를 뱉어냈다. 지금부터 우리가 발걸음을 따라가기로 되어 있는 인물은 이 인파 속에 섞여 있으면 조금도 눈에 띄지 않았지만, 눈에 띄지 않는 것이 본인의 바람이기도 했다. 이 사내에게는 어디 한 군데 사람의 시선을 끄는 곳이 없었다. 단, 그의 나들이옷처럼 화려한 복장과 공무원다운 엄숙한 얼굴이 약간 눈에 띄는 정도였다. 복장은 옅은 회색의 늘씬하고 짧은 상의, 하얀 조끼, 거기에 수수한 노란색 리본이 달린 은색 밀짚모자였다. 그 갸름한 얼굴은 모자의 색과는 대조적으로 거뭇했으며, 턱끝에는 엘리자베스 왕조 시대의 주름 잡힌 목깃이 아주 잘 어울릴 것 같은 스페인풍의 짧고 검은 수염이 자라 있었다. 사내는 참으로 한가로운 사람에게 어울리는 진지함으로 담배를 피우고 있었다. 설마 그 회색 상의에 총알을 장전한 권총이 숨겨져 있고, 하얀 조끼에는 경찰수첩이 감추어져 있으며, 밀짚모자 아래에 유럽에서도 둘째가라면 서러울 정도로 강력한 두뇌가 숨겨져 있으리라고는, 어디를 어떻게 둘러보아도, 누구도 알

수 없었다. 이 인물이 바로 파리 경찰의 주임으로, 세계에
그 이름을 드날리고 있는 민완형사 발랑탱이었는데, 그는
지금 금세기 최대의 사냥감 포획을 감행하기 위해 브뤼셀에서
런던으로 건너온 참이었다.

플랭보는 영국에 잠입해 있었다. 3개 국의 경찰이 이 거물급
범인의 행적을 따라 겐트에서 브뤼셀로 간신히 뒤쫓아 왔으며,
다시 브뤼셀에서 네덜란드의 갈고리 모양의 곶까지 추적했다.
추측에 의하면 그는 아마도 지금 런던에서 개최 중인 가톨릭
성체대회의 혼잡한 틈을 이용할 계획인 듯하다는 것이었다.
그는 아마도 이번 대회와 관계가 있는 하급의 서기나 비서로
분장해서 여행을 하고 있으리라. ―이렇게 생각하기는 했지만
물론 발랑탱에게 확신이 있는 것은 아니었다. 플랭보에 관해서
는 그 누구도 확신을 가질 수 없었다.

이 범죄계의 거물이 끊임없이 세상을 떠들썩하게 만들던
짓을 뚝 끊어버린 지도 벌써 반년이나 지났다. 그 이후부터는,
8세기의 유명한 롤랑이 죽은 후에도 그랬다고 하던데, 지구상
에 평화가 찾아왔다. 하지만 플랭보 최고의 시절(물론 이것은
그가 가장 악했던 시절이라는 의미다), 그는 카이저에도 뒤지
지 않을 정도로 세상에 군림했던 국제적 인물이었다. 플랭보가
다시 어마어마한 범죄를 저질러 이전의 범죄를 흐지부지하게
만들었다고 조간신문에서 떠들어대지 않는 날이 단 하루도
없었을 정도였다. 그는 커다란 키와 당해낼 자가 없을 정도의

육체적 힘을 가진 가스코뉴 출신 사내였는데, 그 타고난 육체적 힘의 폭발에 관해서는 황당할 정도의 전설이 몇 개나 전해지고 있었다. 예를 들어 예심판사를 쓰러뜨리고 거꾸로 들더니, "판사의 머리를 맑게 해주었다."고 말했다는 둥, 경찰에게 두 팔을 집힌 채로 리볼리 가를 달렸다는 둥. 유명한 플램보의 참으로 거짓말 같은 힘이 발휘된 것은 대체로 이렇게 존엄한 맛은 없지만, 피를 흘리는 끔찍한 장면도 없는 것들뿐이라는 사실을 그를 위해서 덧붙여두지 않으면 안 될 것이다. 그가 전문으로 삼고 있는 범죄는 주로 천재성이 번뜩이는 대대적인 절도였다. 절도라고는 하지만 그것은 하나같이 거의 처음 보는 수법이었기에 그 가운데 하나만 놓고 보아도 나름대로 한 편의 이야기가 될 법한 것들뿐이었다. 런던에서 그 커다란 티롤리안 유업회사를 경영한 사람도 다름 아닌 바로 그였는데 이 회사는 낙농장이나 젖소는커녕 배달차나 우유조차도 가지고 있지 않으면서 수천에 달하는 고객을 유지하고 있었다. 그는 다른 집 문 앞에 놓여 있는 조그만 우유병을 자기 단골고객의 집 문 앞에 옮겨놓는 아주 간단한 방법으로 이들 수천에 달하는 고객을 유지하고 있었다. 또한 편지가 오는 족족 압수당하고 마는 한 젊은 여인과 신기한 방법으로 긴밀하게 편지를 계속 주고받은 것도 그였다. 현미경용 슬라이드에 아주 작은 글씨로 편지의 내용을 굽는, 유별난 방법을 쓴 것이었다. 그러나 어처구니가 없을 정도로 단순한 것이 특징인 범죄실험도 적지 않았다. 예를 들자면 한번은 한 여행자를 함정에 빠뜨리기 위해서 그는 한밤중에 일부러 한 거리 안의 번지를 전부 바꿔버렸다고 한다. 또한 휴대용 우체통을 발명해서 한적한 교외의 길모퉁이에 세워놓고 누군가 그 지방의 사정에 어두운 사람이 거기에 우편환을 던져 넣지나 않을까 기다리고 있었다는 것도 사실인 듯했다. 마지막으로 곡예사처럼 놀랍도록 몸이 가볍다는 것이었다. 그 어마어마하게 커다란 몸에 어울리지 않게 메뚜기처럼 뛰어오르고, 원숭이처럼 나무 끝으로 모습을 감출 수 있다는 것이었다. 그랬기에 제아무리 발랑탱이라 할지라도 플램보를 잡기 위해 나섰을 때부터, 설령 상대의 모습을 찾아낸다 할지라도 그것만으로 이번 모험이 끝나지는 않으리라는 사실은 아주 잘 알고 있었다.

그런데 플램보를 찾으려면 어떻게 해야 좋은 것일까? 이 점에 대해서는 천하의 발랑탱도 아직은 생각이 정리되지 않았다.

플램보가 제 아무리 변장술에 뛰어나다 할지라도 하나의 특징만은 도저히 숨길 수가 없었다. 유별나게 키가 크다는 점이 바로 그것이었다. 만약 발랑탱의 날카로운 눈이 키다리 사과팔이 소녀나, 키다리 근위병이나, 혹은 키가 아주 커다란 공작부인이라도 발견했다면 그는 당장에 그 사람을 잡았을지도 몰랐다. 그러나 그가 탄 기차에는 어디를 둘러보아도 변장한 모습의 플램보라 여겨지는 인물은 없었다. 배에 탔던 사람들에 대한 의심은 벌써 먼 옛날에 전부 풀렸으며, 하리치와 도중의 역에서 기차에 탄 승객은 틀림없이 고작 6명에 지나지 않았다. 종점까지 가는 키가 작은 철도관리가 1명, 두 정거장 지나서 기차에 오른 키가 작은 축에 속하는 채소농장 주인이 3명, 에식스의 조그만 마을에서 런던으로 올라가는 중인 체구가 아주 작은 미망인이 1명, 그리고 역시 에식스의 한 한가로운 마을에서 런던으로 가는 중으로 키가 한없이 작은 로마 가톨릭 신부가 1명이었다. 이 마지막 사람에 대해서는 발랑탱도 두 손 두 발 다 들어서 하마터면 웃음을 터뜨릴 뻔했다. 이 키가 작은 신부님은 어딜 보아도 동부지방 얼간이의 전형이었는데 그 얼굴은 노퍽 지방의 만두처럼 동그랗고, 얼이 빠져 있었으며, 눈은 북해처럼 공허해서, 가지고 있는 짐인 몇 개의 갈색 종이꾸러미조차 잘 정돈해놓지 못할 정도의 위인이었다. 마치 구멍에서 쫓겨난 두더지처럼 이렇게 세상물정 모르는 얼간이들이 곳곳의 침체된 시골구석에서 성체대회로 헤아릴 수 없이 흡수되고 있는 것임에 틀림없었다. 발랑탱은 프랑스식의 준엄한 회의주의자로, 신부에게는 애정을 품을 수가 없었다. 그러나 불쌍히 여기는 마음을 품는 것이라면 못할 것도 없었는데, 특히 이 신부라면 틀림없이 누구의 마음에나 연민의 정을 불러일으킬 것이었다. 신부는 크고 초라해 보이는 우산을 가지고 있었는데 그것이 자꾸만 바닥으로 쓰러졌다. 왕복표의 어느 쪽을 갈 때 써야하는 것인지조차 모르고 있는 듯했다.

심지어는 차에 타고 있는 사람 전원에게, 나는 이 갈색 종이꾸러미 가운데 하나에 진짜 은으로 만들어졌으며 '파란 보석이 박힌' 물건을 넣어 가지고 있으니 아주 조심하지 않으면 안 된다고, 바보와 다를 바 없는 단순함으로 설명을 했을 정도였다. 이 에식스 사람다운 모자람과 성직자풍의 단순함이 기묘하게 뒤섞인 신부의 모습에 프랑스인인 발랑탱은 언제까지고 흥미를 느꼈는데, 마침내 신부님은 (간신히) 가지고 있던 종이 꾸러미 전부와 함께 토트넘에 안착했는가 싶었으나 이번에는 놓고 간 우산을 찾으러 되돌아왔다. 그때 발랑탱은 사람 좋은 모습을 보여, 은으로 만들어진 물건에 조심하는 것도 좋지만 사람을 가리지 않고 누구에게나 그 사실을 말하는 것은 조심스러운 행동이 아니라고 주의를 주기까지 했다. 그러나 어떤 상대와 이야기를 나누고 있을 때라도 발랑탱은 반드시 다른 사람을 찾고 있었다. 부자든 가난한 사람이든, 또는 남녀노소를 가리지 않고 어쨌든 키가 6피트(약 182㎝ — 역주)를 훌쩍 넘는 사람이 있지는 않을까, 부지런히 눈을 움직이고 있었다. 플램보는 키가 6피트를 훌쩍 넘어 4인치(약 10㎝ — 역주)나 더 큰 거한이었기 때문이다.

리버풀 거리로 내려섰을 때 그는, 우선 지금까지는 범인을 놓치는 일은 없었다고 양심적으로 확신했다. 거기서 런던 경찰청으로 간 그는 경찰청과의 관계를 조율하여 긴급한 상황이 벌어지면 언제든 원조를 받을 수 있도록 조치를 마치고,

우선 새 담배에 불을 붙인 뒤 런던 거리로 나가 오랜 산책을 시작했는데 빅토리아 정거장의 맞은편 거리와 광장을 걷는 중에 갑자기 발걸음을 멈추더니 몸이 굳어버리고 말았다. 그곳은 런던 특유의 묘하게 고요한 광장이었는데 생각지도 못했던 정적으로 가득 차 있었다. 주위의 높고 밋밋한 집들은 떠들썩한 것 같기도 했도, 동시에 완전히 빈집인 것처럼 여겨지기도 했다. 중앙의 네모난 뜰은 태평양의 푸른 고도처럼 고요했으며, 둘러싼 네 개의 면 가운데 한쪽만이 다른 곳보다 훨씬 높아 한 단 높은 곳에 있는 상좌(上座)를 떠오르게 했다. 그쪽 면에 있는 집들의 모습은 런던에서 흔히 마주치게 되는 멋진 우연 가운데 하나, 즉 소호의 식당가에 있어야 하는 것 아닌가 여겨지는 레스토랑에 의해서 깨져 있었다. 분재가 놓여 있고 레몬과 같은 노란색과 흰색 줄무늬의 긴 차양이 달려 있어서 신비한 매력이 있는 건물이었다. 그리고 특히 거리보다 높은 곳에 서 있었기에, 참으로 런던다운 패치워크 방식의 돌계단이 거리에서부터 정면의 문까지 뻗어 있는데, 그것은 마치 비상용 계단이 2층 창문까지 닿아 있는 것과 같은 모습이었다. 발랑탱은 이 노랑과 하양의 차양 앞에 서서 담배를 피우며 오래도록 차양을 바라보았다.

기적이라는 것의 가장 믿기 어려운 점은 그것이 실제로 일어난다는 점이다. 하늘을 떠다니는 구름이 몇 갠가 모여 이쪽을 가만히 바라보는 인간의 눈과 같은 모습이 되는 경우가 실제로 있다. 어지러운 마음을 품은 채 여행하는 사람의 눈앞에 풍경 속의 나무 한 그루가 '?' 모양으로 서 있는 경우도 있을 수 있다. 이것은 두 가지 모두, 다름 아니라 필자 자신이 지난 며칠 동안에 목격한 사실이다. 넬슨은 바로 승리의 순간에 쓰러졌으며, 윌리엄이라는 이름의 사내가 참으로 우연히도 윌리엄슨(윌리엄의 아들이라는 뜻)이라는 이름의 사내를 살해하는, 그야말로 유아 살해 같은 이야기도 있다. 다시 말해서 산문적인 것에만 의존하는 사람은 영원히 이해하지 못할, 장난스럽기조차 한 암호의 요소가 인생에는 있는 법이다. 포(미국의 시인, 소설가. — 역주)의 역설에 잘 표현되어 있는 것처럼 예지는 뜻밖의 우연에 의지할 수밖에 없는 것이다.

아리스티드 발랑탱은 뼛속까지 프랑스인이었다. 그리고 프랑스인의 지성이야말로 지성 중의 참된 지성이다. 그는 '생각하는 기계'가 아니었다. '생각하는 기계'라는 말은 근대 적인 운명론이나 유물론의 참으로 어리석기 짝이 없는 헛소리이기 때문이다. 기계는 생각할 수 없기 때문에 바로 기계인 것이다. 그에 반해서 그는 생각하는 인간이자, 동시에 평범한 인간이기도 했다. 언뜻 마술처럼 여겨지는 그의 눈부신 성공도 사실은 전부 착실한 논리, 명석하고 상식적인 프랑스식 사고에 의해서 얻어진 것에 지나지 않았다. 프랑스인은 역설과 궤변을 사용하는 대신, 뻔하디뻔한 진리를 실행에 옮겨 세상을 깜짝 놀라게 만든다. 프랑스인은 뻔하디뻔한 진리를 철저하게 실행한다. 프랑스혁명이 그 좋은 예다. 하지만 발랑탱은 이성을 아주 잘 이해하고 있었기에 그 이성의 한계까지도 잘 알고 있었다. 자동차에 대해서 아무것도 모르는 자만이 휘발유 없이 자동차를 달리게 하는 이야기를 한다. 이성에 관해서 아무것도 모르는 자만이, 이론의 여지도 없는 강인한 제1원칙조차 없이 추리를 진척시켜 나가는 이야기를 한다. 바로 지금 발랑탱에게는 강인한 제1원칙이 아무것도 없었다. 플램보는 하리치에는 없다. 그리고 만약 런던에 있다 할지라도 그는, 아래로는 윔블던의 들판을 어슬렁거리는 키다리 부랑자에서부터 위로는 메트로폴 호텔에서 열리는 연회의 키다리 사회자에 이르기까지, 어떤 인물로 변해 있을지 알 수 없는 일이었다. 이처럼 완전히 암중모색의 상태에 있을 때면 발랑탱은 자신만의 특이한 생각에 따라서 특이한 방법을 취하곤 했다.

이러한 경우 그는 뜻밖의 우연에 의지하는 것이었다. 합리적 맥락의 실을 따라갈 수 없는 경우에 그는 냉정하게, 그리고 신중하게 불합리의 맥락에 따랐다. 은행이나 경찰서나 대합실 등과 같은 그럴 듯한 장소로 향하는 대신, 일부러 전혀 뜻밖의 장소로 발걸음을 향하곤 했다. 빈집이 보이면 문을 두드렸으며, 막다른 골목으로 들어가고, 쓰레기로 막혀버린 골목을 하나도 남김없이 지나고, 빙 돌아서 어차피 원래 있던 큰길로 나설 것이 뻔한 활모양의 샛길을 하나도 남김없이 돌아다니곤 했다. 그는 이 정신 나간 것 같은 방법을 매우 이론적으로 변호했다. 즉, 뭔가 단서가 될 만한 것이 한 가지라도 있는 경우라면 이러한 방법은 하책 중의 하책이지만, 단서가 될 만한 것이 하나도 없는 경우에는 이것이야말로 최선의 방책이다. 왜냐하면 어떤 이상한 것이 있어서 추적자의 눈을 끌었다면, 추적당하는 사람 역시 거기에 시선이 끌리지 않았다고는 말할 수 없을 것이다. 어차피 어디에서부터 손을 대야 할지 모르겠다면, 상대 인물이 발길을 멈추었을 만한 곳에서부터 손을 대기 시작하는 것보다 더 좋은 방법은 없을 것이다, 라는 것이 그의 주장이었다. 이 가게로 올라가는 돌계단과 조용하고 조금 특이하게 보이는 식당의 모습이 신기하게도 형사의 낭만적인 상상력을 자극했기에 그는, 그래, 닥치는 대로 한번 조사를 해보자는 마음이 들어 돌계단을 올라 창가에 자리 잡고 앉아 밀크를 뺀 커피를 주문했다.

오전도 반쯤 지나 있었으나 그는 아직도 아침을 먹지 못했다. 다른 손님들이 먹다 남긴 아침식사가 테이블 위에 흩어져 있는 것을 보자, 그는 문득 자신도 배가 고프다는 사실을 깨달았다. 이에 주문에 수란을 추가한 뒤, 설탕을 커피에 넣으려 하고 있었는데 머릿속은 플램보로 가득 차 있었다. 플램보의 도주방법을 떠올려보고 있었던 것이다. 놈은 손톱을 다듬는 가위를 이용해 도망친 적이 한 번 있었고, 불이 난 집을 이용해 달아난 적도 있었고, 우표를 붙이지 않은 편지의 부족한 요금을 내야한다는 핑계로 도주한 적도 있었고……, 또 한 번은 세계를 파멸로 몰고 갈지도 모를 혜성을 보라고 말해 모두에게 망원경을 들여다보게 한 뒤 모습을 감춘 적도 있었지…… 발랑탱은 자신의 머리도 이 범인의 머리에 뒤지지는 않는다고 생각하고 있었으며 실제로 그것은 사실이기도 했으나, 그래도 자신이 불리하다는 점은 충분히 이해하고 있었다. "범인은 창조적인 예술가지만, 형사는 비평가에 지나지 않아." 쓴웃음을 지으며 이렇게 혼잣말을 하고 그는 천천히 커피잔을 입가까지 들어 올렸다가 후다닥 다시 아래로 내려놓았다. 조금 전, 안에 소금을 넣어버리고 만 것이었다.

그는 하얀 가루가 들어 있는 용기를 바라보았다. 틀림없이 설탕을 넣는 그릇이었다. 그것이 설탕을 넣는 그릇이라는 사실은 샴페인 병이 샴페인을 담는 병이라는 것만큼이나 의심의 여지가 없는 사실이었다. 무슨 이유로 이 가게에서는 설탕 그릇에 소금을 넣어두는 것인지, 아무래도 이상했다. 어디에 따로 정식 용기라도 있는 것일까 싶어 주위를 둘러보니, 있다, 있어. 내용물이 가득 든 소금 용기가 두 개 있었다. 틀림없이 이 소금 용기에 든 조미료는 평범한 물건이 아니리라. 그는 그것을 바라보았다. 설탕이었다. 이 사실에 다시 흥미를 느낀 그는 이처럼 설탕을 소금 그릇에 넣고 소금을 설탕 그릇에 넣어둔 것과 같은 기묘한 예술적 취미의 징후가 다른 곳에는 없을지, 식당 안을 둘러보았다. 딱 하나, 하얀 벽지에 거뭇한 액체가 튄 자국이 있을 뿐, 어디를 보아도 잘 정돈된 밝고 평범한 가게였다. 그는 벨을 울려 종업원을 불렀다.

아직 이른 시간이었기에 머리가 부스스하고 눈빛도 흐릿한 종업원이 허둥지둥 모습을 드러내자 형사는 (비교적 단순한 유머라면 이해하지 못하는 것도 아니었기에) 종업원에게 설탕 한 알, 한 알을 맛보고 그것이 과연 이 호텔의 명성에 걸맞은 것인지 확인을 해보라고 말했다. 그 결과 종업원은 갑자기 하품을 하고 정신을 차리게 되었다.

"자네 가게에서는 매일 아침, 이렇게 성가신 장난을 손님에게 치고 있는 건가?" 발랑탱이 물었다. "그 많은 장난 중에서도 소금과 설탕을 바꿔놓다니, 조금 시시하지 않은가?"

이 비아냥거림의 의미가 분명해지자 종업원은 더듬더듬, 저희는 결코 그럴 생각이 아니었습니다, 뭔가 황당한 실수가 있었던 듯합니다, 라고 말하고 설탕 그릇을 집어 올려 살펴본 뒤, 이어서 소금 그릇을 집어 올려 바라보았는데 그 얼굴에는 당황의 빛이 더욱 짙어졌다. 마지막으로 종업원은 잠깐 실례하겠다고 불쑥 말하자마자 허둥지둥 그 자리를 떠나더니, 다시 곧바로 주인을 데리고 돌아왔다. 주인도 설탕 그릇을 살펴보고, 뒤이어 소금 그릇을 살펴보았는데 역시 당황한 표정이 되어버리고 말았다.

순간 종업원은 한꺼번에 쏟아져 나오려는 말들 때문에 혀가 잘 돌지 않는 모양이었다.

"제 생각에는," 더듬거리는 목소리로 종업원이 열심히 말했다. "이건 그 두 신부들의 짓이 아닐까 여겨집니다."

"뭐지, 그 두 신부라는 건?"

"벽에 수프를 뿌린 신부 두 명입니다."라고 종업원.

"벽에 수프를 뿌렸다고?" 발랑탱이 앵무새처럼 따라했는데, 이건 틀림없이 이탈리아어의 비유적인 표현일 것이라고 생각했다.

"네, 바로 그렇습니다." 종업원이 흥분한 어조로 말하며 하얀 벽지에 묻은 거뭇한 자국을 손가락으로 가리켰다. "저쪽 벽에 뿌렸습니다."

발랑탱이 의아하다는 듯한, 뭔가 묻고 싶어 하는 듯한 표정으로 주인의 얼굴을 바라보자 주인이 종업원을 거들어 좀 더 자세히 보고를 해주었다.

"네, 그렇습니다."라고 주인이 말했다. "이 사람이 말한 대로입니다. 그렇다고 해서 이 설탕과 소금의 사건과 관계가 있는 것은 아닐 테지만. 오늘 아침 일찍, 가게 문을 열자마자 신부님 두 분이 들어와서 수프를 드셨습니다. 두 분 모두 아주 조용하고 훌륭한 분들이었습니다. 그리고 한 분이 계산을 치르고 밖으로 나가셨는데, 다른 한 분은 아무래도 동작이 굼뜨신 듯 가지고 있는 짐을 정리하는 데 시간이 걸려 몇 분인가 우물쭈물하고 있었습니다. 그래도 결국에는 밖으로 나가셨는데, 가게에서 나가기 직전에 수프가 절반쯤 남아 있는 그릇을 집어 들더니 벽에 일부러 수프를 휙 뿌렸습니다. 저는 안쪽

방에 있었고, 이 종업원도 안쪽으로 물러나 있었습니다. 그랬기에 제가 서둘러 달려나왔을 때는 벽에 자국이 남아 있을 뿐, 가게는 텅 비어 아무도 없었습니다. 특별히 다른 피해는 없었으나 너무 화가 났기에 저는 거리로 나가 두 사람을 잡으려 했습니다만, 그 사람들이 훨씬 앞쪽으로 가고 있었기에 저는 두 사람이 모퉁이를 돌아 카스테어즈 가로 들어가는 모습을 보았을 뿐입니다."

형사는 모자를 머리에 쓰고 지팡이를 손에 쥐고 자리에서 벌떡 일어났다. 지금처럼 머릿속이 새까만 어둠에 잠겨 있을 때는 가장 먼저 마주치게 되는 색다른 지표에 따르는 것 외에 달리 방법이 없다고 진작부터 결심하고 있었는데, 이 지표야말로 누구도 부인할 수 없는 색다른 것 아니겠는가? 계산을 마치고 밖으로 달려나와 유리문을 잘 닫은 발랑탱은 잠시 후 모퉁이를 돌아 다른 거리로 들어갔다.

이처럼 열광적인 순간에도 그의 눈이 냉정하고 재빨랐다는 것은 행운이었다. 한 가게 앞을 지날 때, 무엇인가 얼핏 그의 눈을 끄는 것이 있었다. 그랬기에 그는 그것을 확인하기 위해서 일부러 발걸음을 돌렸다. 그곳은 손님이 많은 과일가게로 상품의 이름과 가격이 분명하게 적혀 있는 물건들이 거리에 진열되어 있었다. 그 가운데서도 특히 눈에 띄는 두 진열대에는 각각 오렌지와 호두가 수북하게 쌓여 있었다. 호두의 산 위에 두꺼운 종이가 한 장 올려져 있었는데 파란 분필의 대담한 필체로 '최상급 탄제린 오렌지, 2개 1펜스'라고 적혀 있었다. 반대로 오렌지 위에는 마찬가지로 명료하고 정확하게 '최상의 브라질산 호두, 1파운드 4펜스'라고 적힌 것이 놓여 있었다. 발랑탱 씨는 이 두 개의 표식을 바라보며, 이것과 비슷하게 매우 손이 많이 가는 유머를 분명히 어딘가에서 본 적이 있었는데, 그것도 아주 최근의 일이었는데, 라고 생각했다. 그는 무슨 이유에서인지 언짢은 표정으로 거리를 이쪽저쪽 둘러보고 있는 빨간 얼굴의 과일가게 주인에게 그 광고판이 잘못되어 있다는 사실을 지적했다. 주인은 한마디도 하지 않고 양쪽의 종이를 빠른 손놀림으로 바꿔놓았다. 형사는 지팡이의 손잡이에 우아하게 기대어 가게의 모습을 유심히 살펴보다 마지막으로 입을 열어, "이상한 질문을 해서 미안하지만, 실험심리학과 관념연상에 대해서 한 가지 물어볼 게 있네."

붉은 얼굴의 주인이 무슨 뚱딴지같은 소리냐고 말하고 싶어 하는 듯한 눈으로 노려보았으나, 형사는 지팡이를 흔들흔들 흔들며 유쾌하다는 듯 말을 이었다.

"대체," 그가 지껄이기 시작했다. "어떻게 된 일이지? 휴일에 어슬렁어슬렁 찾아온 촌뜨기 신부님의 모자처럼 과일가게의 표식이 바뀌어 있다니? 이렇게 말해도 모르겠다면, 오렌지의 표식을 단 호두가 키다리와 난쟁이 두 신부의 일을 떠오르게 하는 것은 어떤 신비한 연상작용에 의한 것일까?"

주인의 눈이 마치 달팽이의 눈처럼 머리에서 튀어나왔으며,

순간 그는 앞에 서 있는 낯선 사내에게 펄쩍 다가가려는 기색조차 보였다. 그러나 그는 결국 매우 화가 난 듯한 투로 더듬거리며 이렇게 말했다.

"당신이 이 일과 무슨 상관이 있는지 나는 잘 모르겠지만, 만약 그 사람들하고 친구라면 꼭 전해두쇼. 앞으로 한 번만 더 가게의 사과를 엎으면 신부가 됐든 뭐가 됐든 네놈들의 같잖은 머리통을 깨뜨려버리고 말 거라고."

"그런가?"라고 형사가 적잖이 동정하는 마음을 담아 말했다. "사과를 엎었단 말이지?"

"뒤집어엎은 건 그놈들 중 한 명이야."라고 흥분한 주인이 말했다. "하나도 남기지 않고 길바닥에 뒹굴게 만들었어. 그 얼간이 놈을 붙들고 싶었지만 사과를 주워야 했기에 놓쳐버리고 말았어."

"그 신부들, 어디로 갔지?"라고 발랑탱이 물었다.

"저기 왼쪽에 있는 두 번째 길로 들어가서 네거리를 건너갔어." 상대가 바로 대답했다.

"고마워."라고 말하자마자 발랑탱은 요정처럼 사라져버리고 말았다. 두 번째 네거리의 맞은편으로 경관 한 명이 보였기에 그가 그 경관에게 말했다. "긴급사태야, 경관. 성직자의 모자를 쓴 두 신부를 보지 못했는가?"

그 말을 들은 경관이 낄낄 웃기 시작했다.

"봤습니다. 게다가 한 명은 취해 있었습니다. 길 한가운데 버티고 서서 우왕좌왕하는 그 모습이라니······."

"어디로 갔지?" 고함을 치듯 발랑탱이 물었다.

"저기서 출발하는 노란 버스를 탔습니다."라고 상대방이 대답했다. "햄스테드로 가는 버스입니다."

발랑탱은 정식 명함을 내보이고, "나와 같이 추적할 경관 2명을 불러주게."라고 빠르게 말하자마자 부리나케 길을 건너 갔다. 그 무시무시한 기세에 감염되어 둔하기 짝이 없는 경관도 민첩한 동작으로 그의 명령에 따랐다. 1분 30초쯤 지나자 이 프랑스 형사가 기다리고 있던 반대편 보도로 경위 한 명과 사복을 입은 형사 한 명이 다가왔다.

"그런데 여기서,"라고 경위가 짐짓 점잖은 미소를 지으며 입을 열었다. "대체 무엇을—?"

발랑탱이 갑자기 지팡이를 들어 가리키며, "저 버스에 타고 나서 이야기하겠소."라고 말하자마자 힘차게 달려 사람과 차의 물결을 헤집고 나아갔다. 세 사람이 숨을 헐떡이며 노란 버스의 2층 좌석에 털썩 앉자 경위가, "택시를 타고 가면 4배나 빠를 텐데."라고 중얼거렸다.

"물론 그렇지."라고 이 지휘관이 태연하게 대답했다. "만약 행선지를 알고만 있다면."

"그럼, 대체 어디로 가실 생각이십니까?" 상대방이 눈을 둥그렇게 뜨며 물었다.

발랑탱은 얼굴을 찌푸린 채 한동안 담배를 피우고 있다가,

마침내 담배를 입에서 떼더니, "상대방이 무슨 짓을 하고 있는 건지 알고 있는 때에는 앞질러가는 것이 제일 좋지만, 상대방이 무슨 짓을 하고 있는 건지 모를 때는 뒤를 쫓는 수밖에 없어. 상대방이 어슬렁거릴 때는 우리도 어슬렁거리고, 멈추면 우리도 멈추는 거지. 상대방과 같이 느린 속도로 나가는 거야. 그렇게 하면 상대방의 눈에 들어온 것이 똑같이 우리의 눈에도 들어오고, 상대방이 한 행동을 우리도 똑같이 할 수 있을지 몰라. 지금 우리가 할 수 있는 일이라고는 눈을 부릅뜨고 뭔가 색다른 것이 없는가 찾는 것뿐이야."라고 말했다.

"색다른 것이라면 어떤 종류의 것을 말씀하시는 겁니까?"

"색다르기만 하다면 아무것이나 상관없어." 발랑탱은 이렇게 대답하고 다시 입을 굳게 다물어버렸다.

노란 버스는 런던 북부의 도로를 천천히, 그야말로 몇 시간이라 여겨질 정도의 시간 동안 계속 달렸다. 민완 형사가 더 이상은 설명을 하려 들지 않았기에 아마도 응원을 나온 사람들은, 말로 하지는 않았으나 마음속으로는 점점 형사의 용건에 의심을 품기 시작했을 것임에 틀림없다. 또 역시 이것도 말로 하지는 않았으나 얼른 점심을 먹고 싶어서 몸이 근질근질했을 것임에 틀림없다. 일반적인 점심시간은 벌써 먼 옛날에 지났는데도 북런던 교외의 긴 길은 마치 악마의 망원경처럼 앞으로, 앞으로 뻗어 있어서 그칠 줄을 모르는 듯했기 때문이었다.

틀림없이 마침내 세상의 절벽에 다다른 것이라는 생각이 자꾸만 들었음에도 불구하고 자세히 둘러보니 아직 겨우 터프넬 공원의 어귀에 접어들었을 뿐이었다. 이것은 바로 그런 여행이었다. 지저분한 술집과 황량한 잡목림이 나타나 이것으로 런던도 끝인가 싶다가도, 잠시 후 다시 마법처럼 홀연히 아주 번화한 거리나 요란스러운 호텔이 나타나곤 했다. 마치 13개나 되는 속된 도시가 붙어 있는 속을 지나가고 있는 것 같다는 느낌이 들었다. 그런데 도로의 앞길에는 벌써 겨울의 땅거미가 내려앉기 시작했음에도 불구하고 파리의 형사는 여전히 무뚝뚝하게 앉은 채 스쳐 지나가는 양쪽편의 집들을 눈도 깜빡이지 않고 바라보고 있었다. 캠든 타운을 지날 무렵, 두 경관은 꾸벅꾸벅 졸기 시작했다. 발랑탱이 벌떡 일어나 두 사람의 어깨를 두드리며 운전수에게 커다란 목소리로 차를 세우라고 명령했을 때, 그들이 깜짝 놀란 듯 튕겨져 일어난 것은 적어도 사실이었다.

왜 내려야 하는 건지도 모르는 채로 경관들은 앞으로 고꾸라질 듯 계단을 내려와 길 위에 섰다. 그리고 무슨 일인가 싶어 주위를 둘러보자니 발랑탱이 의기양양하게 왼쪽 가게의 창을 가리키고 있었다. 그것은 커다란 창으로 번쩍번쩍 빛나는 호화로운 호텔의 널따란 정면 중 일부를 이루고 있었는데, 그 부분은 훌륭한 식사를 할 수 있는 장소로 '레스토랑'이라고 표시되어 있었다. 그 창은 호텔 정면의 창과 마찬가지로 무늬가 들어간 간유리였는데 어떻게 된 일인지 그 한가운데, 얼음 속에 별이 있는 것처럼 뻥 하고 커다란 구멍이 시커멓게 뚫려 있지 않겠는가?

"드디어 단서를 잡았군." 발랑탱이 지팡이를 휘두르며 말했다. "호텔의 창문이 깨졌단 말이지."

"창문이 어쨌단 말입니까? 어떤 단서가 있는 겁니까?"라고 경위가 물었다. "대체 이것과 그 녀석들이 관계가 있다는 사실을 나타내는 증거가 어디에 있단 말입니까?"

너무나도 화가 났기에 발랑탱은 하마터면 대나무로 만들어진 지팡이를 부러뜨릴 뻔했다.

"증거라고!" 그가 외쳤다. "그래, 그래! 이 양반께서는 증거를 찾고 계신다는군! 그야 물론 저것이 신부들과 전혀 관계가 없을 가능성이 20배나 더 높지. 하지만 이러는 것 외에는 달리 방법이 없지 않은가? 아무리 황당한 것이라도 어쨌든 하나의 가능성을 추구하거나, 그게 싫다면 집에 가서 발 씻고 자거나, 둘 중 하나야." 내뱉듯 말하고 그는 동료들을 뒤따르게 해서 기세 좋게 식당으로 뛰어들었다. 잠시 후, 세 사람은 조그만 테이블에 앉아 늦은 점심을 먹으며 별 모양으로 깨진 유리창을 안쪽에서부터 바라보았다. 하지만 그 깨진 유리창이 아직 어떤 단서를 제공해준 것은 아니었다.

"유리창이 깨졌네요."라고 발랑탱이 계산을 하며 종업원에게 말했다.

"그렇습니다."라고 종업원이 분주하게 돈을 헤아리며 아래를 향한 채 답했다. 그 돈 위에 발랑탱이 팁을 듬뿍 얹어주자 종업원은 조심스러워하면서도 눈에 띄게 활기를 얻어 슥 몸을 일으켰다.

"네, 그렇습니다."라고 종업원이 다시 대답했다. "정말 이상한 일이었습니다."

"그런가? 잠시 들려줄 수 있겠는가?" 평범한 호기심을 가장하며 형사가 말했다.

"사실은 검은 성직자의 옷을 입은 두 손님이 오셨습니다. 요즘 들어 여기저기서 어슬렁거리고 있는 외국인 신부인 듯했습니다. 간소하고 조촐한 점심을 마친 뒤, 한 명은 계산을 하고 밖으로 나갔고 다른 한 명이 뒤늦게 나가려 할 때 제가 받은 돈을 보니 청구한 것보다 3배나 많지 않겠습니까? 그래서 제가 막 밖으로 나서려던 사람한테, '저기요, 돈을 너무 많이 내셨습니다.'라고 말했습니다. '아, 그런가?' 그 사람이 차분하게 말했습니다. '틀림없습니다.'라고 말한 뒤, 저는 상대방에게 보여줄 생각으로 계산서를 집어 들었습니다. 그랬더니 놀랍게도—."

"무슨 일이 있었던 거지?"라고 상대방이 물었다.

"그게, 저는 절대로 틀림없이 계산서에 4실링이라고 썼었는데 그때 다시 보니 마치 페인트로 쓴 것처럼 선명하게 14실링이라고 적혀 있지 않겠습니까?"

"그랬군."하고 발랑탱이 천천히 몸을 움직이며, 하지만 눈만은 반짝반짝 빛을 내며 물었다. "그래서 어떻게 됐나?"

"밖으로 나가려던 신부가 얼굴빛 하나 변하지 않고, '자네의 계산을 엉망으로 만들어서 미안하게 됐네만 그 돈은 유리창 값으로 받아두게.'라고 말하지 않겠습니까? '무슨 유리창 말씀이십니까?'라고 제가 묻자, '지금부터 내가 깰 유리창일세.'라고 말하는가 싶더니 가지고 있던 우산으로 저 유리를 깨버리고 말았습니다."

듣고 있던 사람들 모두 이구동성으로 앗 하고 외쳤다. 경위가 낮은 목소리로 "우리가 지금 쫓고 있는 것은 탈주 중인 정신병자일까?"라고 중얼거렸다.

종업원은 꽤나 신이 난다는 듯 이 황당한 이야기를 계속해서 이어나갔다.

"순간 저는 너무나도 어처구니가 없어서 멍하니 선 채 어쩔 줄 모르고 있었습니다. 여기서 나간 그 사내는 모퉁이쯤에서 함께 온 사람을 따라잡았고, 두 사람은 거기서 블락 거리로 서둘러 달아났기에 제가 카운터에서 뛰쳐나가 뒤쫓아보았습니다만 잡을 수 없었습니다."

"블락 거리란 말이지?"라고 말하자마자 형사는, 뒤쫓고 있는 두 명에게도 뒤지지 않을 속도로 문제의 대로를 힘껏 달렸다.

일행은 이번에는 터널처럼 벽돌이 그대로 드러나게 지어진 거리를 빠져나가고 있었다. 등불이 드문드문 보였으며 창문조 차 보기 드문 거리, 모든 것이 똑같이 무표정하게 등을 돌리고 있는 것 같은 거리. 저물녘 어스름이 깊어져 런던에서 오래 살아온 경관들조차 자신들의 정확한 진행방향을 알 수 없을 정도였다. 그래도 경위는 이대로 가면 결국에는 햄스테드 히스에 다다르게 될 것이라는 짐작은 하고 있었다. 그때 갑자기 가스등이 환하게 밝혀진 돌출형 창이, 주위 가득 드리워져 있던 푸르스름한 저녁 어둠을 깨고 볼록렌즈가 달린 랜턴처럼 밝게 도드라져 보였다. 발랑탱은 순간 그 요란스러운 색의 싸구려 과자점 앞에 멈춰 섰다. 그리고 잠시 망설이다 안으로 들어갔다. 그는 매우 위엄 있는 표정으로 색색의 화려한 과자들 가운데 서서, 그래도 얼마간은 진심이 담긴 듯한 모습으로 초콜릿 시가를 13개 샀다. 틀림없이 이야기를 나눌 기회를 만들려 하고 있다는 사실을 알 수 있었지만, 특별히 그럴 필요도 없었다.

가게에 있던 깡마른 중년여자는, 아까부터 발랑탱의 품위 있는 모습을 그저 기계처럼 의심스럽다는 듯한 눈빛으로 바라 보고 있었을 뿐이었으나, 그의 등 뒤 문에 푸른 제복을 입은 경위가 서 있는 것을 본 순간, 갑자기 정신이 번쩍 든 듯했다.

"저기, 혹시 그 꾸러미 때문에 오신 거라면, 그건 벌써 보내버 렸습니다." 그 여자가 말했다.

"꾸러미라고!" 발랑탱이 앵무새처럼 되풀이했다. 이번에는 그가 의심스럽다는 듯한 표정을 지을 차례였다.

"조금 전에 오셨던 분이 잃어버리고 간 꾸러미 말입니다. 그 신부님께서 잃어버리신—."

"제발 부탁이니," 여기서 비로소 자신이 얼마나 열성적인지를 노골적으로 드러내며 발랑탱이 재촉했다. "그에 관한 자세한 이야기를 꼭 들려주셨으면 합니다."

"그게요."라며 여자는 어딘가 석연치 않은 구석이 있다는 듯한 표정으로 이야기하기 시작했다. "30분쯤 전에 그 신부님들이 들어와서 박하 과자를 사고 잠시 이야기를 나누다 히스의 벌판 쪽으로 가셨는데, 1초도 지나지 않아서 그 가운데 한 분이 허둥지둥 돌아오셔서는 '꾸러미를 놓고 가지 않았나?'라고 물으시더라고요. 저는 부근을 찾아보았지만 어디서도 보이지 않았어요. 그러자 그분께서 '없으면 됐소. 그래도 혹시 나중에 나오면 이 이름과 주소로 보내주셨으면 하네.'라고 말하고 주소와 수고비라며 1실링을 놓고 가셨어요. 그런데 어떻게 된 일인지, 그렇게 찾아봐도 없었는데 그 사람은 정말 갈색 종이꾸러미를 놓고 가버렸더라고요. 꾸러미는 부탁하신 곳으로 보냈어요. 정확한 주소는 기억나지 않지만 웨스트민스터의 어딘가였어요. 어쨌든 아주 소중한 물건인 것 같았기에, 틀림없이 경찰이 그 일 때문에 오신 거라고 생각했어요."

"바로 그렇습니다."라고 발랑탱이 무뚝뚝하게 대답했다. "햄스테드 히스는 여기서 가까운가요?"

"길을 따라 15분쯤 똑바로 가면 벌판이 펼쳐진 곳이 나올 거예요."라는 여자의 말을 듣자마자 발랑탱은 가게에서 뛰쳐 나와 쏜살같이 달리기 시작했다. 함께 있던 경찰들도 마지못해 발을 끌며 따라갔다.

그들이 정신없이 달려나온 도로는 아주 좁고 그림자가 새카 맣게 주변을 온통 뒤덮고 있었기 때문에 갑자기 휑뎅그렁한 벌판과 널따란 하늘 아래로 나온 순간 저녁 하늘이 아직도 밝고 맑은 것을 보고는 모두가 깜짝 놀랐다. 공작 같은 녹색을 띤 하늘이 머리 위에서 완전히 둥근 천장을 이루고 있었으며, 거뭇한 빛을 더해가는 나무와 짙은 보랏빛의 멀리 있는 풍경이 맞닿은 부분은 금빛으로 반짝이고 있었다. 희미하게 밝은 녹색 하늘에서도 벌써 수정 같은 별들이 하나둘씩 반짝이기 시작했다. 한낮의 빛은 햄스테드 맞은편 끝과 건강의 계곡이라 불리는 유명한 분지 일대에 황금색 반짝임이 되어 남아 있을 뿐이었다. 휴일을 이용해서 이 부근을 산책하는 사람들도 아직 전부 모습을 감춘 것은 아니었으며, 몇몇 연인들이 벤치에 꼴사납게 앉아 있었고, 멀리서는 여기저기 그네에 앉은 여자아 이들이 아직도 새된 소리를 지르고 있었다. 하늘빛이 점차 짙어지며 어둠을 더해 인간의 더할 나위 없는 저속함을 가리고 있었다. 경사면에 서서 골짜기 맞은편을 바라보는 발랑탱의 눈에 찾고 있던 사람들의 모습이 들어왔다.

거기서 보니 부근에 흩어져 있는 몇몇 검은 사람들의 무리

가운데, 유독 더 검고 찰싹 달라붙어 있는 한 무리가 있었다. 성직자의 옷을 입은 두 사람이었다. 그 모습은 벌레만큼나 작게 보였지만 그래도 발랑탱은 그 가운데 한 사람이 동행에 비해서 훨씬 작다는 사실을 알 수 있었다. 동행은 학자처럼 등이 구부정했으며 그 동작은 눈에 띄는 것이 아니었으나, 키는 6피트를 훌쩍 넘으리라는 사실을 발랑탱은 한눈에 알아 볼 수 있었다. 발랑탱은 이를 악물고 답답하다는 듯 지팡이를 휘두르며 앞으로 나갔다. 목표와의 거리를 상당히 줄여 두 사람의 검은 그림자가 거대한 현미경으로 들여다볼 때처럼 눈앞에 확대되어 보이기 시작했을 때, 다시 하나의 사실이 명료해졌다. 그 사실을 안 순간 그는 가슴이 덜컥 내려앉았으 나, 그래도 전에부터 전혀 예기치 못했던 일은 아니었다. 키다 리 신부가 누구인가 하는 문제는 둘째 치더라도, 키가 작은 쪽의 정체에는 더 이상 의심의 여지가 없었다. 하리치에서 오는 기차에 함께 탔던 그 에식스의 땅딸한 신부, 그의 짐인 갈색 종이꾸러미 때문에 발랑탱이 주의를 주었던 바로 그 사람이었다.

지금 여기까지는 모든 일들이 결정적이고 합리적으로 잘 맞아떨어지고 있었다. 에식스의 브라운 신부라는 사람이 대회 에 출석한 외국인 신부들에게 보이기 위해서 상당히 값비싼 유물인, 사파이어를 박은 은 십자가를 가지고 런던으로 올 것이라는 사실을 발랑탱은 오늘 아침에 들어서 알게 되었는데 그 유물이 바로 그 '파란 보석이 박힌 은제품'이고, 브라운 신부라는 사람은 열차를 함께 탔던 그 어리숙한 난쟁이 사내에 다름 아니었던 것이다. 발랑탱조차 이렇게 많은 사실을 알고 있으니, 플램보가 그 사실을 알아냈다 한들 조금도 이상할 것은 없었다. 플램보는 무슨 일이든 냄새를 맡는 그런 사내였다. 또한 사파이어가 박힌 십자가에 대한 이야기를 들은 플램보가 그것을 훔쳐야겠다고 마음먹는 것도 지극히 당연한 일이리라. 모든 자연사 가운데서도 이처럼 자연스러운 일은 없으리라. 그 가운데서도 특히 이상할 것 없는 사실은, 우산과 종이꾸러미를 든 이 남자처럼 사람 좋고 어리숙한 사람을 상대로 한다면 플램보가 목적으로 삼은 물건을 자기 뜻대로 손에 넣을 것이라는 사실이었다. 이 조그만 사내는 누구라도 끈 하나만 있으면 북극의 끝까지 끌고 갈 수 있는 그런 부류의 인물이었다. 그런데 플램보라는 수완가가 신부로 변장까지 했으니 작은 사내를 햄스테드 히스까지 끌고 오는 데 성공했다고 해서 조금도 놀랄 필요는 없으리라. 이처럼 이번 범죄는 더 이상 말이 필요 없을 만큼 명료한 것이었는데, 그와 동시에 형사는 아무런 손도 쓰지 못하고 있는 신부님을 가엾게 생각했을 뿐만 아니라 이렇게 선한 사람을 상대로 범죄를 저지를 정도로 몰락한 플램보를 멸시하지 않을 수 없었다. 그런데 여기까지 오는 동안 일어났던 모든 사건, 이번 승리로까지 자신을 인도해준 모든 사실들을 생각해보면, 제아무리 발랑탱이라지만 조금이나마 앞뒤가 맞는 이유를 전혀 발견할 수 없었기에 머릿속이 혼란스러울 뿐이었다. 대체 에식스의 성직자에게서 파란 십자가를 훔치는 것과 벽지에 수프를 뿌리는 것 사이에 어떤 관계가 있단 말인가? 이번 범죄와 호두에 오렌지의 가격표를 붙이기도 하고, 돈을 먼저 건네주어 미리 변상을 해놓은 뒤에 유리창을 깨기도 하는 것과 대체 무슨 관계가 있단 말인가? 발랑탱의 추적도 마침내 마지막을 향해 가고 있었지만, 여기까지 이르게 된 경위를 도무지 이해할 수가 없었다. 그가 실수를 저지르는 경우는(그런 경우는 거의 없었지만) 대부분 단서를 잡았으면서도 수치스럽게 범인을 놓치는 경우였으나, 이번 사건은 범인을 잡았으면서도 단서는 여전히 잡지 못한 상태였다.

일행이 추적하고 있는 두 사람은 푸른 언덕의 거대한 지평선을 검은 파리처럼 기어오르고 있었다. 분명히 이야기에 열중하고 있었으며, 발걸음이 어디로 향하고 있는지조차 신경 쓰고 있는 것 같지 않았다. 하지만 그들의 목적지는 아무래도, 히스 가운데서도 사람들의 발걸음이 가장 닿지 않는 한적한 고지대인 듯했다. 상대방과의 거리가 가까워질수록 추적자들은 사슴 사냥꾼처럼 위엄이 손상될지도 모를 자세로 나무둥치 뒤에 웅크리기도 하고, 심지어는 무성한 수풀 속을 기어서 전진하기도 했다. 이처럼 꼴사나운 모습으로 고생을 한 덕분에 사냥꾼들은 사냥감들이 작은 목소리로 주고받는 논의가 귀에 들어올

만큼 가까운 거리까지 접근했으나, 마치 어린아이 같은 높다란 목소리로 '이성'이라고 말하는 것이 몇 번 들려왔을 뿐, 더는 한 마디도 알아들을 수가 없었다. 지면에 생각지도 못했던 구덩이가 있고 거기에 풀이 무성하게 우거져 있어서 형사들은 뒤쫓고 있는 두 사람의 모습을 놓치는 경우도 있었다. 잃어버린 가느다란 길을 찾지 못해 10분 동안이나 안달복달했으나, 길은 마침내 원형극장처럼 전개된 풍성하고 황량한 저물녘의 풍경을 한눈에 내려다볼 수 있는 커다란 돔 모양의 언덕으로 향하고 있었다. 그 전망 좋은, 그러나 인적 없는 곳의 나무 한 그루 아래에, 삐걱거리는 나무의자가 하나 있었다. 그 의자에 두 신부가 여전히 진지한 말투로 이야기를 나누며 앉아 있었다. 찬연한 녹색과 노란색 광채가 저물어가는 지평선 부근에 아직 사라지지 않고 남아 있었으나, 머리 위의 둥근 천장은 점점 공작과 같은 녹색에서 공작과 같은 파란색으로 변해가고 있었으며 별은 더욱 선명하게 단단한 보석처럼 반짝이기 시작하고 있었다. 뒤따라오는 사람들에게 말없이 손짓을 하며 발랑탱은 가지가 넓게 펼쳐져 있는 그 커다란 나무의 뒤쪽까지 간신히 기어가 숨을 죽인 채 거기에 가만히 서 있었다. 그러자 묘한 신부들의 이야기소리가 이때 처음으로 귀에 들어왔다.

1분 반쯤 귀를 기울이고 있자니 어처구니없는 의혹이 그를 덮쳐오기 시작했다. 어쩌면 자신이 영국의 경찰관을 2명이나 밤이 깃든 히스의 황야까지 일부러 끌고 온 것은, 엉겅퀴 속에서 무화과 열매를 찾는 것만큼이나 광기 어린 헛수고였을 지도 모르겠다는 의혹이 머리를 쳐들었던 것이다. 왜냐하면 두 신부는 누가 봐도 신앙심 깊은 신부답게, 풍부한 학식과 차분함으로 현실에서 가장 먼 신학의 수수께끼에 대해서 이야기를 나누고 있었기 때문이었다. 에익스의 꼬마 신부는 점점 빛을 더해가는 별 쪽으로 그 둥근 얼굴을 향한 채 매우 소박하게 이야기하고 있었으나, 맞은편 신부는 별을 올려다볼 자격 따위 자신에게는 없다고 말하기라도 하듯 고개를 숙인 채 이야기를 하고 있었다. 하지만 이처럼 순수하고 성직자다운 대화는, 설령 이탈리아의 하얀 수도원이나 스페인의 검고 커다란 성당에 간다 해도 들을 수 없으리라.

처음 그의 귀에 들어온 것은 브라운 신부가 하는 말의 마지막 부분이었는데 그것은, "……중세 사람들이 하늘은 불멸이라고 말한 것은 그런 의미였습니다."라는 말로 끝나버렸다.

키다리 신부가 고개를 숙인 채 끄덕인 뒤 말했다.

"그렇겠지요. 틀림없이 현대의 믿지 않는 자들은 자신의 이성에 호소할 것입니다. 하지만 누구나 무한한 우주를 바라보면, 우리의 머리 위 어딘가에 참으로 불합리한 우주가 아주 없지도 않을 것이라고 이성이 느낄 겁니다."

"아니요."라고 상대 신부. "이성은 언제나 합리적인 것입니다. 지옥에 가장 가까운 곳인 림보, 그 저주받은 세계의 절벽에서도 이성은 합리적인 법입니다. 이성을 저하시켰다며 세상사 람들은 교회를 비난합니다만, 사실은 그 반대입니다. 지상에 서 오직 교회만이 이성을 참으로 지고한 것으로 만들고 있으며, 지상에서 오직 교회만이 신 스스로도 이성에 속박되어 있다는 사실을 주장하고 있습니다."

상대 신부가 매우 엄숙하게 굳은 그 얼굴을 별이 반짝이는 하늘 쪽으로 향하며 말했다.

"하지만 저 무한한 우주 가운데 어떤⋯⋯?"

"그건 단지 물리학적으로 무한하다는 것뿐입니다." 앉은 채 갑자기 돌아보며 꼬마 신부가 말했다. "진리의 법칙에서 벗어날 수 있다는 의미의 무한은 아닙니다."

나무 뒤에 숨어 있던 발랑탱은 이를 갈며 손톱을 씹었다. 형사에게 끌려나와 그 녀석의 어처구니없이 빗나간 감에 의지 해서 멀리 여기까지 왔더니, 두 신부님이 형이상학에 대해 논쟁을 벌이고 있을 뿐이지 않은가, 라고 불평하는 영국인 경찰들의 냉소가 들려오는 듯했다. 너무나도 초조한 나머지 발랑탱은 키다리 신부의 역시 진지한 대답을 놓치고 말았으며, 다시 귀를 기울였을 때는 브라운 신부가 이야기를 하고 있었다.

"이성과 정의로운 마음은 가장 멀리 떨어진, 가장 고독한 별까지도 느낄 수 있습니다. 저 하늘의 헤아릴 수 없이 많은 별들을 보십시오. 마치 다이아몬드나 사파이어처럼 보이지 않습니까? 물론 광기 어린 식물학이나 지질학을 상상하는 것은 당신의 자유입니다. 브릴리언트 모양의 잎을 가진 금강석 숲을 머릿속에 그리고 달은 하나의 푸른 달, 한 덩어리의 거대한 사파이어라고 생각하십시오. 그러나 그처럼 착란상태에 있는 천문학으로 아무리 해봐야, 행위라는 것의 이성과 정의는 조금도 헝클어지지 않는 법이라는 사실을 결코 잊어서는 안 됩니다. 오팔의 평원 위에도, 진주로 만들어진 절벽 아래에도 역시 '너, 도둑질을 해서는 안 된다.'는 푯말이 서 있습니다."

일생일대의 실수에 기운이 빠져버린 발랑탱은 불편한 자세로 웅크리고 있던 몸을 일으켜 가능한 한 소리를 내지 않고 살금살금 그 자리에서 떠나려 했다. 그런데 입을 꾹 다물고 있는 키다리 신부의 모습이 어딘가 마음에 걸렸기에 키다리가 입을 열 때까지 기다려보기로 했다. 마침내 입을 여는가 싶었는데, 키다리는 고개를 숙인 채 두 손을 무릎 위에 올려놓고 불쑥 이렇게 말했다.

"아니, 저는 역시 지구 이외의 세계가 인간의 이성을 뛰어넘은 존재로 오지 않을까 싶습니다만. 하늘의 신비는 헤아릴 수 없는 것이기에 저는 그저 머리를 숙일 뿐입니다."

여전히 눈썹을 찌푸린 채 태도도 목소리도 조금도 바꾸지 않고 계속 말을 이어,

"그런 건 아무래도 상관없으니 가지고 있는 사파이어 십자가를 이리 내놓으십시오. 여기에는 우리 둘밖에 없으니 내가

마음만 먹으면 당신 같은 건 지푸라기로 만든 인형처럼 갈가리 찢어버릴 수도 있습니다."라고 덧붙였다.

목소리나 태도가 조금도 바뀌지 않았기에, 의표를 찌른 이 이야기의 변화가 한층 더 이상하고 강렬하게 느껴졌다. 그러나 성스러운 물건을 지키고 있는 상대 신부는 겨우 한 치 정도밖에 머리를 움직이지 않았다. 어딘가 어리숙해 보이는 그 얼굴을 여전히 하늘 쪽으로 향하고 있는 듯했다. 어쩌면 상대방이 한 말의 의미를 깨닫지 못하고 있는 것일지도 몰랐다. 아니면 알아들었기에 그 공포로 몸이 돌처럼 굳어버린 것일까?

"알겠습니까?"라고 키다리 신부가 역시 낮은 목소리로, 아까부터 유지하던 자세 역시 무너뜨리지 않고 말했다. "알겠습니까? 저는 플램보입니다."

그리고 잠깐 사이를 두었다가,

"자, 그 십자가를 이리 내!"

"그렇게 할 수 없습니다."라고 상대가 대답했다. 이 무뚝뚝한 한마디는 기묘한 울림을 띠고 있었다.

플램보가 갑자기 지금까지 짐짓 점잖을 떨고 있던 신부다운 모습을 전부 벗어던져 버렸다. 정체를 드러낸 대도(大盜)는 앉은 채 몸을 뒤로 젖히고 낮은 소리이기는 했으나 오래도록 껄껄 웃었다.

"그렇게 할 수 없다고?" 그가 호통을 쳤다. "건네줄 수 없단 말이냐, 이 건방진 신부 놈아. 건네줄 수 없다는 거지, 이

얼뜨기 고자야. 왜 그걸 나한테 건네줄 수 없는지, 그 이유를 가르쳐줄까? 내가 먼 옛날에 그걸 내 가슴의 주머니에 넣어버렸기 때문이야."

에식스에서 온 조그만 사내가, 어둠 속에서 지켜본 바로는 당황했다고밖에 여겨지지 않는 얼굴을 상대방 쪽으로 돌리더니 '중역의 비서'처럼 두려움에 떠는 듯한 열성으로 이렇게 말했다.

"저기……, 그게 사실입니까?"

플램보가 즐거워서 견딜 수 없다는 듯 환호성을 올렸다.

"너는 정말 삼류 연극의 광대 같은 사람이야."라고 그가 커다란 소리로 말했다. "그래, 이 멍청아. 틀림없는 사실이야. 내가 머리를 좀 써서 진짜와 똑같이 생긴 가짜 꾸러미를 준비해 두었거든. 자, 보라고. 네가 가지고 있는 것은 가짜고 보석은 내가 가지고 있어. 낡은 수법입니다, 브라운 신부님. 아주 낡은 수법입니다."

"그렇습니다."라고 말하며 브라운 신부는 여전히 묘하게 애매한 태도로 머리를 쓸어올리고 있었다. "그렇습니다. 저도 예전에 들어본 적이 있습니다."

범죄계의 거물은 갑자기 흥미를 느낀 듯, 시골의 꼬마 신부 쪽으로 상반신을 내밀었다.

"너 같은 놈도 그런 얘기를 들은 적이 있단 말이지?"라고 그가 물었다. "어디서 들었지?"

"그야 물론 말한 사람의 이름을 밝힐 수는 없지만,"하고 조그만 사내가 담담하게 말했다. "그 사람은 죄를 회개했습니다. 20년 동안이나 가짜 갈색 종이꾸러미만으로 호화로운 생활을 해온 사람입니다. 그랬기에 당신이 수상하다고 생각한 순간 저는 바로 그 사람의 수법을 떠올렸습니다."

"내가 수상하다고 생각했단 말이야?"라고 무뢰한이 더욱 거칠게 신부의 말을 되풀이했다. "내가 단지 이 히스의 인적 없는 곳으로 끌고 왔다고 해서 나를 수상하다고 생각할 정도의 머리가 네 녀석에게 정말 있단 말이냐?"

"아니, 그게 아닙니다." 참으로 죄송하게 됐다고 말하기라도 하는 듯한 투로 브라운 신부가 말했다. "사실은 처음 만났을 때부터 의심하고 있었습니다. 거기, 그 소매가 약간 불룩하게 튀어나와 있었기에. 당신과 같은 사람들은 거기에 스파이크가 달린 팔찌를 끼고 있지 않습니까?"

"도대체,"라고 플램보가 외쳤다. "스파이크가 달린 팔찌에 대한 얘기는 어디서 들은 거지?"

"그냥, 제가 알고 있는 신자입니다!"라고 브라운 신부가 약간 멍한 표정으로 눈썹을 찡그리며 말했다. "제가 하틀리풀에서 부사제로 있었을 때 스파이크가 달린 팔찌를 낀 신자가 세 명 있었습니다. 그래서 처음부터 당신이 수상하다고 생각했기에, 알겠습니까? 다른 것이야 어찌됐든 그 십자가를 무사히 가져가기 위해 신중하게 지켜보고 있었습니다. 그랬더니 아니나 다를까 당신이 꾸러미를 바꿔치기하는 것을 보게 되었습니다. 그래서 말입니다, 제가 그것을 다시 바꿔서 진짜를 뒤에 놓고 왔습니다.”

"뒤에 놓고 왔다?"라고 신부의 말을 플램보가 되풀이했는데, 그의 목소리에서 의기양양하던 기세가 사라지고 다른 기운이 느껴지기 시작한 것은 바로 이때부터였다.

"아시겠습니까? 이렇게 된 겁니다."라고 꼬마 신부가 여전히 담담한 목소리로 말했다. "저는 조금 전의 과자점으로 되돌아가 꾸러미를 놓고 가지 않았느냐고 묻고, 만약 나중에 꾸러미가 나오면 그것을 보내달라고 말하며 어떤 곳의 주소를 적어주고 왔습니다. 사실 물건을 잊고 온 적은 없었습니다. 잊고 오기는커녕, 두 번째 가게에 들어갔을 때 그걸 거기에 일부러 놓아두고 온 겁니다. 그랬기에 그 가게 사람은 그 귀중한 꾸러미를 들고 저를 뒤따라오는 대신 웨스트민스터에 있는 제 친구의 집으로 직접 보내준 겁니다." 여기까지 말한 뒤, 약간 슬프다는 듯한 목소리로 신부가 덧붙였다. "이 방법도 역시 하틀리풀에 있는 남자에게서 배운 겁니다. 그 사람은 역에서 슬쩍한 핸드백을 이 방법으로 다뤘습니다. 물론 지금은 성당에서 생활하고 있습니다만. 싫어도 어쩔 수 없이 여러 가지 사실을 알게 됩니다."라고 말한 뒤, 그는 앞서와 마찬가지로 정말 미안하게 되었다는 듯 머리를 긁었다. "신부라는 직업도 편하지만은 않습니다. 여러 사람들이 와서 이런 얘기를 들려주니 말입니다."

플램보는 안주머니에서 갈색 종이꾸러미를 힘들게 꺼내더니 그것을 벅벅 찢었다. 안에는 종이와 납으로 만든 막대기가 몇 개 들어 있을 뿐이었다. 그는 커다란 몸짓과 함께 자리에서 벌떡 일어서더니, "믿을 수 없어. 너처럼 아둔한 놈이 그렇게 약삭빠른 짓을 하다니, 절대로 믿을 수 없어. 아직 그걸 어딘가에 가지고 있는 거겠지? 얼른 내놓지 않으면 여기에 있는 건 우리 둘뿐이니 힘으로 빼앗겠어!"

"아닙니다." 역시 자리에서 일어서며 브라운 신부가 담담하게 말했다. "힘으로도 빼앗을 수 없습니다. 첫째로 저는 정말 그것을 가지고 있지 않고, 둘째로 여기에는 저희 외에도 사람들이 있기 때문입니다."

플램보가 앞으로 내밀려던 발을 흠칫 멈췄다.

"저 나무 뒤에 말입니다."라고 손가락으로 가리키며 브라운 신부가 말했다. "힘이 좋은 경찰 두 명과 생존하는 가장 위대한 형사가 숨어 있습니다. 그 세 사람이 왜 여기에 있는지 알고 싶으십니까? 별것 아닙니다. 제가 데리고 왔을 뿐입니다. 어떻게 데리고 왔냐고요? 궁금하시다면 알려드리겠습니다. 잘 들어보세요. 저희는 범죄인들 속에서 일을 해야 할 때 이런 것들을 아주 많이 알아두지 않으면 안 됩니다! 알겠습니까? 저는 당신이 정말 도둑인지 아닌지 확신할 수 없었습니다. 같은 성직에 있는 분에게 오명을 씌운다면 그건 큰일이니까요.

그래서 저는 어떻게든 당신의 정체를 알아보기 위해 실험을 해봤습니다. 보통 사람들은 자신의 커피에 소금이 들어가면 조그만 소동을 일으키는 법입니다. 그런데도 소동을 일으키지 않는다면, 조용히 있어야만 할 다른 이유가 뭔가 있다는 겁니다. 저는 소금과 설탕을 슬쩍 바꿔놓았습니다. 그런데도 당신은 아무런 말도 하지 않았습니다. 또 계산서의 금액이 실제보다 3배나 많으면, 사람들은 일반적으로 불평을 하는 법입니다. 그런데도 말없이 3배나 더 낸다면, 사람들의 눈에 띄지 않고 그 자리를 떠나지 않으면 안 될 이유가 있는 사람이기 때문일 겁니다. 저는 당신 계산서의 금액을 슬쩍 바꿔놓았습니다. 그런데도 당신은 그 금액대로 요금을 지불했습니다."

주위의 세계는 플램보가 사나운 호랑이처럼 달려들기를 기다리고 있는 듯했다. 그러나 그는 마치 마법에라도 걸린 사람처럼 꿈쩍도 하지 않았다. 극도의 호기심에 사로잡혀 멍하니 서 있을 뿐이었다.

"알겠습니까?"라고 브라운 신부가 어눌하지만 의미가 명료한 말로 이야기를 이어갔다. "당신이 경찰을 위해서 뭔가 단서를 남기려 하지 않으니, 누군가가 대신 단서를 남겨야 합니다. 이건 당연한 일 아니겠습니까? 그래서 저는 어딘가에 들를 때마다 남은 하루 동안 우리들의 일이 화제가 될 만한 일을 무엇인가 저질러야겠다고 생각했습니다. 물론 너무 커다란 짓은 하지 않았습니다. 기껏해야 벽을 더럽히거나 사과를 뒤엎거나 유리창을 깨는 정도의 일이었습니다만 덕분에 십자가를 구할 수 있었습니다. 십자가라는 것은 언제나 구원을 받으니까요. 지금쯤은 벌써 웨스트민스터에 도착해 있을 겁니다. 당신은 어째서 그것을 '당나귀의 휘파람'으로 막지 않았습니까? 이해할 수 없습니다."

"무엇으로 막는다고?" 플램보가 물었다.

"그것을 들은 적이 없다니, 다행입니다."라고 신부가 얼굴을 찌푸리며 말했다. "더러운 짓이니까요. 그렇군요, 당신은 '휘파람 부는 사람'이 될 만큼 나쁜 사람은 아니었군요. 그것을 불었다면 설령 '검은 발'이 함께 있었다 할지라도 맞설 수 없었을 겁니다. 워낙 다리가 좋지 않아서."

"대체 무슨 소리를 하고 있는 거지?"

"오호, '검은 발'이라면 알고 있으리라 생각했는데." 브라운 신부가 기쁘다는 듯 놀라움을 드러내며 말했다. "맞아요. 당신은 아직 그렇게 거친 길에 들어서지는 않은 거예요!"

"도대체 당신은 어떻게 해서 이처럼 무시무시한 일들을 알고 있는 거지?" 플램보가 외쳤다.

상대 신부의 천진하게 보이는 둥근 얼굴에 얼핏 미소가 번졌다.

"글쎄요, 얼뜨기 고자이기 때문일 겁니다."라고 그는 답했다. "타인의 죄를 숨김없이 듣는 것 외에 달리 할 수 있는 일이 무엇 하나 없는 사람이 인간의 악에 대해서 아무것도 모를 수 있을까요? 어쨌든 그건 별개로 하더라도, 실질적인 제 직업의 또 다른 일면을 통해서 봐도 당신이 신부가 아니라는 사실은 명백했습니다."

"뭐라고?" 어처구니가 없다는 듯 도둑이 물었다.

"당신은 이성을 공격하지 않았습니까?"라고 브라운 신부. "그건 부정한 신학입니다."

그리고 신부가 몸을 돌려 가지고 있던 짐들을 그러모으려 했을 때는 이미 세 형사들이 어둑어둑한 나무 뒤에서 모습을 드러냈다. 플램보는 예술가이자 스포츠맨이었다. 한 걸음 뒤로 물러나는가 싶더니 커다란 동작으로 발랑탱에게 인사를 했다.

"내게 인사는 하지 않아도 돼." 밝은 목소리로 발랑탱이 말했다. "자, 우리 같이 우리의 선생님께 인사를 하자고."

이렇게 해서 두 사람은 모자를 벗고 잠시 예의를 갖추었지만, 인사를 받아야 할 에식스에서 온 작은 몸집의 신부님은 눈을 깜빡이며 우산을 찾고 있었다.

등나무 집

Wisteria Lodge

아서 코난 도일
Arthur Conan Doyle

셜록 홈즈
Sherlock Holmes

1. 존 스콧 에클스 씨의 이상한 체험

노트를 넘겨보고 확인한 일인데 그것은 1892년도 저물어갈 무렵, 찬바람이 불던 날의 일이었다. 점심을 먹다 전보를 받은 홈즈는 바로 답신을 보냈다. 전보의 내용에 대해서는 한마디도 하지 않았지만 그가 전보에 신경을 쓰고 있다는 사실은 쉽게 알 수 있었다. 식사를 마친 뒤, 파이프를 들고 난로 앞에 서서 깊은 생각에 잠겨 있다가 때때로 전문을 다시 살펴보곤 했다.

그러다 갑자기 장난기 어린 눈빛으로 나를 바라보았다.

"왓슨, 자네 틀림없이 문학자 중 한 명이었지? 대체 '이상(異常)'이란 단어의 뜻이 뭔가?"

"정상이 아니라거나……, 보통과는 다르다는 뜻 아닌가?"

내 대답을 들은 홈즈가 고개를 옆으로 흔들었다.

"그 이상의 의미가 있는 것 같은데. 어딘지 비극적이고 무시무시한 느낌이 드는 단어야. 자네 지금까지 참을성 많은 독자들을 상대로 수많은 이야기들을 발표해오지 않았나? 그중에서 몇 가지 작품들을 생각해보면 알 수 있겠지만, 아주 이상한 일은 범죄와 연결되는 경우가 많단 말이야. 빨강머리

사내의 사건을 생각해보게. 처음에는 이상한 일이라고 생각했던 것이 결국에는 엄청난 강도 사건으로 발전하지 않았나? 그리고 다섯 개의 오렌지 씨앗을 둘러싼 아주 이상한 사건은 바로 살인으로 연결되었지. '이상'이라는 단어를 만나면 나는 깜짝 놀라네."

"그 전보에 '이상'이라는 단어가 나오나?"

홈즈가 소리 내어 전문을 읽었다.

"믿기 어려운 이상한 경험을 했음. 조사 부탁함. 채링 크로스 우체국, 스콧 에클스."

"남자일까, 여자일까?"

"남자일 거야. 여자라면 내가 답장을 보내는 비용까지 저쪽에서 지불하지는 않았을 테니까. 바로 여기로 달려왔을 거야."

"그 사람과 만날 생각인가?"

"왓슨, 캐러더스 대령을 형무소로 보낸 이후 내가 얼마나 무료한 시간을 보내고 있는지 자네도 잘 알고 있지 않나? 머리가 헛바퀴 돌고 있는 엔진처럼 당장이라도 부서질 것만 같아. 머리는 일을 하라고 있는 건데 일이 전혀 들어오질 않으니. 일상은 쳇바퀴 돌듯 반복되고 신문도 재미가 없어. 범죄의 세계에서 대담한 음모나 가슴 설레는 모험은 완전히 자취를 감추고 말았어. 그런데도 새로운 사건에 손을 댈 거냐고 묻는 건가? 아주 하찮은 일일지도 모르겠지만. 어쨌든 의뢰인이 온 것 같군."

조심스럽게 계단을 오르는 발소리가 들리더니 곧 손님이 방으로 안내되어 들어왔다. 다부진 체구에 키가 크고 희끗희끗한 수염을 기르고 있었으며, 빈틈이 보이지 않을 정도로 품위 있는 사람이었다. 자못 진지한 표정, 거드름 피우는 듯한 태도, 지금까지의 삶이 뚜렷하게 밖으로 드러나 있었다. 구두에 달린 각반에서 금테 안경까지 그야말로 보수파 국교도의 전형적인 모습으로 예의와 형식을 중히 여기는 선량한 시민이라는 인상을 주었다.

하지만 아주 놀라운 일을 겪었는지 지금은 평소의 차분함을 완전히 잃어버린 듯한 모습이었다. 머리카락이 헝클어져 있었고, 뺨이 분노로 붉게 물들어 있었기에 한눈에도 허둥대고 있음을 알 수 있었다.

"매우 기묘하고 불쾌한 경험을 했습니다. 홈즈 씨, 이런 경험은 제 평생에 처음입니다. 정말 괘씸하다고 해야 할지, 무례하다고 해야 할지. 어떻게 된 일인지 알아야만 분을 삭일 수 있을 것 같습니다."

그가 분노를 참지 못하고 숨을 헐떡이며 말했다.

"여기, 자리에 앉으세요, 스콧 에클스 씨. 우선 왜 여기에 오셨는지 물어야겠네요."

홈즈가 그를 달래는 듯한 투로 말했다.

"경찰에 알릴 만한 일은 아니나, 제가 말씀드리면 아시겠지만, 그렇다고 해서 그냥 내버려둘 수도 없는 일이기 때문입니다. 사립탐정이라는 사람들에게는 조금도 흥미가 없지만, 당신의 평판은 예전부터……."

"그렇군요. 한 가지 더 질문하겠습니다."

"뭐지요?"

홈즈가 회중시계를 들여다보았다.

"지금은 2시 15분이에요. 당신이 전보를 친 것은 1시경이었고. 옷매무새나 머리가 흐트러진 것으로 보아 오늘 아침에 눈을 뜬 순간부터 골칫거리가 생긴 것 같은데."

의뢰인이 헝클어진 머리를 매만지고 수염이 자란 턱을 쓰다듬었다.

"어떻게 아셨습니까? 아침에 몸단장 같은 건 전혀 생각지도 못했습니다. 어서 그 집에서 나와야 한다는 생각밖에 없었으니까요. 단, 여기에 오기 전에 여기저기 둘러보고 왔습니다. 관리인을 찾아갔더니 가르시아 씨는 꼬박꼬박 집세를 내고 있으며, 등나무 집에도 특별히 이상한 점은 없다고 했습니다."

"잠깐만요. 당신은 여기 있는 내 친구 왓슨 박사와 비슷하군요. 왓슨에게는 이야기 순서를 거꾸로 말하는 좋지 않은 버릇이 있어요. 다시 한 번 생각을 정리하셔서 있었던 일을 정확하게 순서대로 말씀해주세요. 대체 무슨 일이 있었기에 머리도 빗지 않고, 구두만은 정장용 구두를 신고, 조끼의 단추를 엇갈려 끼운 채 내게 도움을 청하러 오신 거죠?"

홈즈가 웃으며 말했다.

의뢰인이 한심하다는 표정으로 자신의 단정치 못한 복장을 내려다보았다.

"정말 가관이군요, 홈즈 씨. 태어나서 처음으로 당하는 일이라. 어쨌든 그 이상한 일을 빠짐없이 말씀드리겠습니다. 그러면 이런 모습으로 찾아올 수밖에 없었다는 사실을 당신도 인정하실 겁니다."

그가 자신의 사정을 막 털어놓으려던 순간 그를 막아서는 일이 일어났다. 방 밖이 소란스러워지더니 하숙집 안주인인 허드슨 부인이 문을 열어 듬직한 체구의 두 남자를 방 안으로 안내했다. 한 사람은 우리도 알고 있는 런던 경찰청의 그렉슨 경감이었다. 힘이 넘치고 늠름하며, 한계가 있기는 하지만 유능한 경관 중 한 명이었다. 홈즈와 악수를 나눈 그는, 함께 온 남자를 서리 주의 경찰인 베인스 경감이라고 소개했다.

"우리는 서로 힘을 합쳐 수사를 하고 있습니다. 쫓고 있던 사냥감이 이쪽으로 뛰어들어서요."

그렉슨이 불도그와 같은 눈으로 우리의 의뢰인을 쳐다보았다.

"당신은 존 스콧 에클스, 주소는 리의 포팸 저택이죠?"

"맞습니다."

"아침부터 계속해서 당신의 뒤를 쫓았습니다."

"전보를 단서로 이곳을 알아냈군요."

"맞습니다, 홈즈 씨. 채링 크로스 우체국에서 사실을 확인하고 바로 이곳으로 왔습니다."

"왜 제 뒤를 쫓은 겁니까? 무슨 일로?"

"에셔 부근에 있는 등나무 집의 주인 알로이셔스 가르시아 씨가 어젯밤 사망했는데 그 사건에 대해서 당신에게 묻고 싶은 게 있어서입니다, 스콧 에클스 씨."

눈을 둥그렇게 뜬 의뢰인이 자세를 바로잡았다. 심하게 놀랐는지 얼굴에서 핏기가 싹 가셨다.

"죽었다고? 그가 죽었단 말입니까?"

"그렇습니다. 죽었습니다."

"왜 죽었습니까? 사고를 당했습니까?"

"살해당했습니다. 그건 틀림없는 살인입니다."

"뭐라고? 어떻게 그런 일이? 설마……, 저를 의심하고 계신 건 아니겠지요?"

"피해자의 주머니에 당신이 보낸 편지가 들어 있었습니다. 그 편지로 당신이 어젯밤 그곳에서 묵을 예정이었다는 사실을 알게 되었습니다."

"네, 틀림없이 묵었습니다."

"그래요? 역시 거기서 묵으셨군요."

그렉슨이 경찰수첩을 꺼내들었다.

"잠깐 기다리세요, 그렉슨. 당신도 사실 그대로를 듣고 싶겠죠?"

홈즈가 말했다.

"스콧 에클스 씨, 직무상 말해두겠는데 지금부터 하시는 말씀은 당신에게 불리하게 작용할 수도 있습니다."

"에클스 씨가 막 그 얘기를 하려던 참에 당신들이 들이닥친 거예요. 왓슨, 에클스 씨에게 브랜디 소다를 드리는 게 좋겠는걸. 자, 에클스 씨 듣는 사람이 많아지기는 했지만 신경 쓰지 말고 조금 전에 하려던 얘기를 그대로 해보세요."

브랜디를 한 모금 마신 의뢰인의 얼굴에 다시 생기가 돌기 시작했다. 경감이 들고 있는 수첩 쪽으로 불안한 시선을 한 번 던지더니 그는 곧 이상한 체험에 대한 얘기를 들려줬다.

"저는 독신이고, 원래 사교를 좋아하기 때문에 많은 친구들과 교제를 나누고 있습니다. 그중에 멜빌이라는 은퇴한 양조업자가 있는데 그의 일가는 켄싱턴에 있는 앨브마를 저택에서 살고 있습니다. 몇 주 전, 그 집에 초대를 받았을 때, 가르시아라는 젊은 남자를 알게 되었습니다. 그는 스페인계로 대사관과 어떤 관계가 있는 사람이라고 했습니다. 영어가 아주 유창했고, 흠잡을 데 없이 예의바르며, 흔히 볼 수 없을 정도로 미남이었습니다.

그와 저는 마음이 잘 맞았습니다. 그는 처음부터 제가 마음에 들었는지 알게 된 지 채 이틀도 지나지 않았는데 리에 있는 저희 집을 방문했습니다. 그러던 중에, 에셔와 옥스숏 중간에 있는 등나무 집에서 며칠 묵다 가라는 초대를 받게 되었습니다. 그래서 저는 약속한 대로 어젯밤 에셔로 갔습니다. 그 집에 대해서는 전에 가르시아에게서 얘기를 들은 적이 있었습니다. 그의 말대로 충직한 스페인 하인이 그를 위해서 일하고 있었습니다. 그도 영어가 매우 유창했는데, 그가 모든 집안일을 도맡아 한다는 것이었습니다. 그리고 여행을 갔다가 알게 된 혼혈 요리사가 있는데 솜씨가 매우 좋아 멋진 식사를 준비해준다는 것이었습니다.

서리 주의 주택가에 있는 집치고는 매우 특이한 집이 아니냐고 묻던 그의 말을 기억하고 있습니다. 그때 저는 정말 그렇군요, 라고 대답했는데 실제로 방문해보니 이건 특이한 정도가 아니었습니다. 등나무 집까지는 마차로 갔습니다. 에셔에서 남쪽으로 약 2마일(약 3.2㎞ — 역주) 정도 떨어진 곳에 있습니다. 집은 매우 넓었으며, 도로에서 꽤 들어간 곳에 지어져 있습니다. 구불구불한 마찻길을 따라서 높다란 상록수들이 늘어서 있습니다. 건물은 낡았는데 손을 본 흔적도 없이 그대로 무너져가고 있었습니다.

잡초가 무성하게 자라 있고 비바람에 시달려 더러워진 문 앞까지 마차를 타고 들어갔습니다. 그 순간 문득, 별로 친하지도 않은 사람의 집을 방문하다니 경솔한 짓이었을지도 모르겠다는 생각이 들었습니다. 하지만 가르시아는 자기가 직접 문을 열어주는 등 진심으로 저를 환영해주었습니다. 그리고 거뭇한 피부의, 어딘지 음울한 느낌을 주는 하인이 짐을 내리고 저를 침실까지 안내해주었습니다.

집 안 전체에 답답한 기운이 감돌고 있었습니다. 저녁은 가르시아와 단 둘이서 먹었습니다. 그는 최선을 대해 저를 대접하려 했지만, 마음이 다른 곳에 가 있는 듯 넋 나간 사람처럼 종잡을 수 없는 얘기만 해대서 저는 그 뜻을 전혀 알아들을 수가 없었습니다. 손가락으로 쉴 새 없이 테이블을 두드리기도 하고, 손톱을 물어뜯기도 하는 등 보기에도 불안해 보이는 동작들을 해댔습니다. 기분 좋은 대접은 아니었으며 음식도 그다지 맛있지 않았습니다. 거기다 무뚝뚝한 하인이 우리 옆을 지키고 있었기 때문에 더욱 기분이 좋지 않았습니다. 그날 밤 안에 리로 돌아갈 구실을 찾아야겠다고 몇 번이고 생각했습니다.

아, 그러고 보니 두 분 경찰께서 수사하고 계시는 사건과 관계가 있을지도 모를 일도 있었습니다. 그때는 대수롭지 않게 생각했었습니다만. 식사를 마칠 때쯤 하인이 편지를 가지고 들어왔습니다. 그 편지를 읽고 난 가르시아는 그 전보다 훨씬 더 기묘한 행동들을 보였습니다. 저와는 전혀 대화를 나누지 않았고, 줄담배를 피우며 깊은 생각에 빠져 있었습니다. 편지에 대해서는 단 한마디도 하지 않았습니다.

11시쯤에 저는 서둘러 침실로 들어갔습니다. 그런데 잠시 후에 가르시아가 방문을 열었습니다. 그때는 이미 불을 끈 뒤였습니다. 제게 벨을 울렸냐고 물었습니다. 저는 울리지 않았다고 대답했습니다. 그는 조금 있으면 1시인데, 이렇게 늦은 시각에 미안하다고 말했습니다. 그 일 이후로 아침까지 깊이 잠을 잘 수 있었습니다.

정말 이상한 일은 그때부터 일어나기 시작했습니다. 아침에 눈을 떴을 때 주위는 이미 환하게 밝아 있었습니다. 시계를 보니 9시 가까운 시각이었습니다. 8시에 깨워달라고 부탁을 해두었는데 그때까지 내버려두다니 어처구니가 없었습니다. 하인을 부르려고 자리에서 벌떡 일어나 벨을 눌렀습니다. 하지만 하인은 모습을 나타내지 않았습니다. 몇 번을 눌러도 결과는 마찬가지였습니다. 벨이 고장 난 거라고 생각했습니다. 서둘러 옷을 입고 화를 내며 따뜻한 물을 마시러 아래층으로 내려갔습니다.

놀랍게도 아래층에는 아무도 없었습니다. 현관 옆에 있는 방으로 가서 사람을 불러보았지만 아무도 얼굴을 내밀지 않았습니다. 그래서 방 하나하나를 살펴보았습니다. 사람의 모습이라고는 어디서도 찾아볼 수가 없었습니다. 어젯밤에 가르시아의 방이 어디인지 알아두었기에 그의 방문을 두드려봤지만 아무런 대답도 들리지 않았습니다. 손잡이를 돌려 안으로 들어가 봤습니다. 방은 텅 비어 있었으며, 침대에도 잔 흔적이 남아 있지 않았습니다. 가르시아도 다른 사람과 함께 사라져버린 것이었습니다. 주인, 하인, 요리사, 이 세 외국인이 하룻밤 사이에 종적을 감춘 것입니다. 그것으로 저는 등나무 집 방문을 마쳤습니다."

셜록 홈즈는 기묘한 이야기들을 모은 사건수첩에 이번 사건이 추가 되어 기쁘다는 듯 두 손을 비비며 미소 지었다.

"내가 알고 있는 한, 비슷한 예를 찾아보기 힘들 정도로 이상한 체험을 하셨군요. 그래서 어떻게 하셨습니까?"

"화가 머리끝까지 치밀어 올랐습니다. 처음에는 장난을 치는 줄 알았습니다. 짐을 싸서 있는 힘껏 현관문을 닫은 뒤 가방을 들고 에서로 향했습니다. 에서의 커다란 부동산업자인 앨런브라더스 상회로 가서 그곳을 통해 등나무 집을 빌렸다는 사실을 알게 되었습니다. 그 순간, 이번 사건은 나를 놀리기 위한 것이 아니라 집세가 밀려서 그런 것이 아닐까 하는 생각이 머리를 스치고 지나갔습니다. 벌써 3월도 거의 다 끝나가고, 집세를 내야 하는 날이 얼마 남지 않았으니까요. 하지만 그건 잘못된 생각이었습니다. 상회에서는, 충고는 고맙지만 이미 집세를 선불로 받았다고 말했습니다.

런던으로 나온 저는 스페인 대사관을 찾아가봤습니다. 가르시아라는 사람에 대해서 아는 바 없다고 했습니다. 그래서 멜빌의 집도 찾아가봤습니다. 가르시아를 처음 만난 곳이 그곳이었으니까요. 그런데 멜빌은 가르시아에 대해서 저만큼도 모르고 있었습니다. 그때는 이미 홈즈 씨의 전보를 받은 뒤였기 때문에 바로 이곳으로 왔습니다. 홈즈 씨는 난처한 일을 당한 사람에게 지혜를 빌려준다는 얘기를 들었습니다.

참, 경감님. 조금 전의 말씀에 의하면 그곳에서 끔찍한 사건이 있었던 듯하던데요. 조금 전에 드린 말씀은 전부 사실입니다. 맹세할 수 있습니다. 그 이후의 가르시아의 운명에 대해서는 아무 것도 모릅니다. 저는 경찰에 도움이 되도록 최선의 노력을 다하겠습니다."

"알겠습니다, 스콧 에클스 씨. 잘 알았습니다. 당신의 말은 우리가 확인한 사실과 완벽하게 일치합니다. 예를 들자면 식사 중에 도착한 편지. 그 편지를 어떻게 했는지 알고 계십니까?"

그렉슨 경감이 부드러운 어조로 말했다.

"알고 있습니다. 가르시아가 구겨서 난로 안으로 집어던졌습니다."

"베인스 씨, 어떻습니까? 사실과 일치합니까?"

시골 경감은 몸이 단단해 보였으며 얼굴에는 붉은 빛이 감돌았다. 뺨과 이마 사이에 파묻힌 눈이 날카롭게 반짝이고 있지 않았다면 그의 얼굴은 틀림없이 우습게 보였을 것이다. 그가 천천히 미소 지으며 주머니에서 변색된 접힌 종이를 꺼냈다.

"난로의 철망 덕분입니다, 홈즈 씨. 그 뒤로 떨어져 이렇게 타지 않고 남아 있었습니다."

홈즈가 감탄했다는 듯 미소 지었다.

"그런 종이쪽지까지 발견하시다니, 아주 철저하게 조사를 하셨군요."

"맞습니다, 홈즈 씨. 저는 무슨 일이든 아주 철저하게 하는 편이니까요. 편지를 읽어드릴까요?"

런던의 경감이 고개를 끄덕였다.

"종이는 어디서나 흔히 볼 수 있는 크림색 편지지로 특별한 무늬는 없습니다. 크기는 4절판. 조그만 가위로 두 군데를 오려냈습니다. 세 번 접었고, 보라색 밀랍으로 봉인했는데 서둘러 봉한 듯하고, 납작한 타원형의 물건으로 위에서 눌러 붙인 듯합니다.

수신인은 등나무 집의 가르시아 씨로 되어 있습니다. 내용은 이렇습니다. 「우리의 색은 녹색과 흰색. 녹색은 열리고 흰색은 닫힌다. 바깥쪽 계단, 첫 번째 복도, 오른쪽 7번째, 녹색 베이즈. 성공을 빈다. D」, 여자의 필적인데 끝이 뾰족한 펜으로 썼습니다. 수신인은 다른 펜으로 썼거나 다른 사람이 쓴 듯합니다. 글자의 획이 아주 굵어졌거든요."

"이거 아주 재미있는데요."

홈즈가 편지를 살펴본 뒤 말을 이었다.

"그렇게 사소한 것들까지 주의 깊게 관찰하다니 정말 대단해요, 베인스 씨. 내가 두어 가지 조그만 사실들을 덧붙여도 될까요? 우선 봉인을 할 때 사용한 타원형의 물건은 틀림없이 커프스의 납작한 단추일 거예요. 그 외에도 그런 물건이 또 있나요? 종이를 자를 때 쓴 것은 끝이 둥그런 손톱깎이에요. 짧기는 하지만 잘려나간 두 곳이 똑같은 곡선을 그리고 있는 것을 확실하게 알 수 있으니까요."

베인스 경감이 웃으며 말했다.

"모든 점을 철저하게 조사한 줄 알았는데 그래도 놓친 부분이 있었군요. 이 편지를 놓고 판단하자면, 어떤 음모가 있었으며 거기에는 편지를 보낸 여자가 관여하고 있는 듯합니다. 솔직히 말씀드려서 제가 알 수 있는 것은 여기까지입니다."

이런 이야기를 나누는 동안 스콧 에클스 씨는 의자에 앉아 분주하게 몸을 움직이고 있었다.

"편지를 찾아주셔서 정말 고맙습니다. 그것으로 제 얘기가 사실이었다는 걸 증명할 수 있을 테니까요. 그런데 가르시아 씨에게 무슨 일이 있었는지, 그리고 하인들은 어떻게 된 건지 아직 말씀을 듣지 못했습니다."

"가르시아 씨에 대해서는 바로 말씀드릴 수 있습니다. 오늘 아침 저택에서 1마일(약 1.6㎞ — 역주) 정도 떨어진 옥스숏 공유지에서 사체가 발견되었습니다. 머리가 완전히 부서져 있었습니다. 모래주머니 같은 것에 세게 얻어맞은 듯했습니다. 상처를 입었다기보다는 머릿속이 완전히 짓이겨졌다고 말하는 편이 옳을 겁니다. 주위는 매우 한산한 곳입니다. 현장에서 400미터 이내에는 인가가 전혀 없습니다. 범인은 뒤에서 습격한 듯한데, 피해자가 죽은 뒤에도 계속해서 타격을 가했습니다. 아주 잔인한 범행입니다. 발자국은 물론 그 외의 어떤 흔적도 남아 있지 않았습니다."

그렉슨이 말했다.

"없어진 물건은?"

"없어진 물건은 하나도 없는 듯합니다."

"가엾게도, 그런 끔찍한 일을 당하다니. 덕분에 저만 난처해졌습니다. 하룻밤 묵었던 집의 주인이 한밤중에 외출했다가 비참한 최후를 맞이했으니. 하지만 저와는 아무런 관계도 없는 일입니다. 왜 제가 그 사건에 휘말리게 된 거죠?"

스콧 에클스 씨가 불평하는 듯한 투로 말했다.

"이유는 간단합니다. 피해자의 주머니에서 발견된 서류는 당신이 보낸 편지뿐이었습니다. 거기에는 살인이 일어난 날 밤에 당신이 그의 집에서 묵겠다는 내용이 적혀 있었습니다. 피해자의 이름과 주소도 그 편지에 적힌 것을 보고 알았습니다. 오늘 아침 9시가 지난 시각에 등나무 집을 찾아갔었는데 거기에는 당신도 다른 사람도 없었습니다. 그래서 그렉슨 경감에게 전보를 쳐서 제가 집을 살펴보는 동안에 당신을 찾아봐 달라고 부탁했습니다. 그곳의 조사를 마친 뒤 런던으로 나와서 그렉슨 경감과 함께 수사를 하고 있는 중입니다."

베인스 경감이 말했다.

"그럼 지금부터 정식적인 절차를 밟아야겠습니다. 스콧 에클스 씨 서까지 같이 가주십시오. 당신의 진술서를 작성해야 하니까요."

그렉슨이 자리에서 일어나며 말했다.

"알겠습니다. 당장 가도록 하지요. 홈즈 씨, 부디 수사를 맡아주시기 바랍니다. 비용과 노력을 아끼지 말고 꼭 진상을 밝혀주시기 바랍니다."

홈즈가 서리 주의 경감을 바라보았다.

"베인스 씨, 내가 수사를 도와드려도 괜찮을까요?"

"그렇게 해주신다면 영광입니다."

"지금까지 수사를 군더더기 없이 신속하게 아주 잘 처리해 주셨어요. 범행 시간에 대한 단서는 있나요?"

"사체는 1시경부터 그곳에 있었습니다. 그때 마침 비가 내리기 시작했는데 비가 내리기 전에 살해당한 것이 틀림없습니다."

"아니, 그럴 리가 없습니다, 베인스 씨. 그건 틀림없이 가르시아의 목소리였습니다. 그 시간에 그는 저와 침실에서 대화를 나눴습니다. 정말입니다."

스콧 에클스 씨가 커다란 소리로 말했다.

"이상한 얘기지만 그런 일이 없으라는 법도 없죠."

홈즈가 미소 지으며 말했다.

"무슨 실마리라도 잡으셨나요?"

그렉슨이 물었다.

"언뜻 보기에 그리 복잡한 사건은 아닌 듯싶어요. 흥미를 끄는 새로운 부분이 없는 건 아니지만. 사실을 좀 더 자세히 확인한 뒤에 의견을 말씀드리도록 하죠. 그건 그렇고, 베인스 씨. 집 안에서 이 편지 외에 다른 물건은 찾아내지 못했나요?"

경감이 묘한 시선으로 홈즈를 바라보았다.

"있었습니다. 아주 이상한 물건들을 한두 가지 찾아냈습니다. 저는 지금부터 서로 갈 생각인데 그 후에 저와 함께 저택으로 가주실 수 있으십니까? 그 물건들에 대한 당신의 의견을 듣고 싶습니다."

"기꺼이 가도록 하지요."

홈즈가 벨을 눌러 허드슨 부인을 불렀다.

"허드슨 부인, 여러분을 배웅해주시고, 심부름하는 아이에게 이 전보를 보내달라고 해주세요. 답장을 보낼 때 쓸 5실링도 함께요."

손님들이 돌아간 뒤에 홈즈는 한동안 말이 없었다. 깊이 생각에 잠길 때면 늘 그렇듯 줄담배를 피우며 날카로운 눈 위의 눈썹을 잔뜩 찌푸린 채 고개를 앞으로 내밀고 있었다.

"왓슨, 이번 사건에 대해서 어떻게 생각하나?"

홈즈가 갑자기 나를 바라보며 물었다.

"스콧 에클스의 수수께끼 같은 얘기는 정말 이해할 수가 없어."

"범죄에 대해서는?"

"글쎄, 피해자의 하인 두 명이 모습을 감췄다고 하니, 살인과 어떤 관계가 있어서 도망을 친 것 같은데."

"틀림없이 그렇게 생각할 수도 있을 거야. 하지만 주인을 살해하기로 한 하인들이 굳이 집에 손님이 있는 날 밤을 골라서 음모를 실행하려 했을까? 그가 혼자 있을 때 얼마든지 죽일 기회가 있었을 텐데."

"그렇다면 왜 도망간 걸까?"

"나도 그걸 알고 싶네. 그들은 왜 도망간 걸까? 이건 아주 중요한 문제야. 그리고 우리의 의뢰인인 스콧 에클스 씨의 기묘한 체험도 중요한 문제 중 하나지. 왓슨, 어떻게든 이두 가지 문제를 한꺼번에 설명할 방법이 없을까? 그 설명이 이상한 말들로 가득한 그 편지에까지 해당된다면 그건 일단 가설로 받아들여도 좋을 거야. 앞으로 알게 될 사실들이 그 가설을 뒤집어엎지만 않는다면 우리는 사건을 곧 해결할 수 있을 거야."

"어떤 가설을 세울 수 있을까?"

의자 등받이에 몸을 기댄 홈즈가 눈을 가느다랗게 떴다.

"이것만은 확실하게 말할 수 있는데, 모든 것이 장난이었다는 해석은 잘못된 것이야. 그 이후의 일들을 보면 알 수 있듯이 어떤 심각한 일들이 엮여 있는 게 틀림없어. 스콧 에클스를 등나무 집으로 불러들인 것도 그것과 관계가 있을 거야."

"어떤 관계가 있다는 거지?"

"순서에 따라서 생각해보기로 하세. 그 스페인 청년과 스콧 에클스 씨는 우연한 기회에 갑자기 친해졌다고 했는데 거기에는 석연찮은 부분이 있어. 적극적으로 다가간 것은 가르시아였어. 그는 에클스를 알게 된 다음 날, 런던 건너편에 있는 에클스의 집을 방문했네. 그 뒤에도 빈번하게 연락을 주고받았고 결국에는 에클스를 에셔로 불러들였어.

그가 에클스에게 기대했던 것은 무엇이었을까? 에클스가 그에게 무엇을 해줄 수 있었을까? 그다지 매력적인 남자는 아닌데. 그렇다고 머리가 좋은 것도 아니고……. 기지가 넘치는 라틴계 남자와 서로 마음이 맞을 리가 없어. 그렇다면 가르시아는 자신이 알고 있는 사람들 중에서 왜 그가 목적에 합당한 사람이라고 생각했을까? 에클스에게는 대체 어떤 눈에 띄는 특징이 있는 걸까? 그래 특징이 없는 것도 아니군. 그는 평범하고 성실한 영국인의 전형이라고 할 수 있어. 다른 영국인들을 설득시키기에 그보다 더 적합한 인물도 없을 거야. 자네도 봤겠지만 두 경감 모두 에클스의 황당한 체험담을 아무런 의심 없이 그대로 받아들이는 듯한 눈치였어."

"그렇다면 어떤 일에 대한 증인으로?"

"어떤 문제가 생겨서 실제로는 증인이 되지 못했지만 그건 아주 중요한 일이었을 거야. 나는 그렇게 생각하네."

"그렇군. 그를 알리바이에 대한 증인으로 삼고 싶었던 걸까?"

"제대로 봤네, 왓슨. 일이 계획대로만 진행됐다면 에클스는 알리바이를 증명하는 데 이용됐을 거야. 이야기를 진전시키기 위해서 이렇게 생각해보도록 하세. 등나무 집에 살고 있는 사람들이 모두 하나가 되어 어떤 일을 계획하고 있었다고. 어떤 일이었는지는 모르겠지만 어쨌든 그 일을 새벽 1시 전에 마칠 예정이었어. 시계 바늘을 돌려놓으면 스콧 에클스 씨를 빨리 침실로 올라가게 만들 수 있어. 가르시아가 에클스의 침실로 들어가 벌써 1시라고 말했을 때는 겨우 12시밖에 안 된 시각이었을 수도 있어.

가르시아는 계획했던 일을 마치고 1시까지 집에 돌아오기만 하면 되는 거야. 자신이 용의자로 지목 받게 된다 하더라도 그에게는 확실한 알리바이가 생기게 되는 셈이야. 어느 법정에서나, 흠잡을 데 없는 영국인이 그는 밤새 집에 있었다고 증언을 해줄 테니까. 최악의 사태에 대비해서 미리 그렇게 손을 써둔 거야."

"음, 무슨 소린지 알만해. 그렇다면 다른 사람들은 왜 종적을 감췄을까?"

"글쎄, 아직은 사실을 완전히 조사하지 못했으니 정확히 알 수는 없지. 그래도 해결할 수 없을 정도로 어려운 문제라고는 생각지 않아. 어쨌든 자료가 모이기 전에 왈가왈부할 일은 아닌 것 같네. 그러면 자신의 생각에 맞춰서 사실을 왜곡시켜버리고 말 테니까."

"그렇다면 편지는?"

"어떤 내용이었더라? '우리의 색은 녹색과 흰색', 무슨 경마 얘기 같군. '녹색은 열리고 흰색은 닫힌다.', 이건 틀림없이 어떤 암호일 거야. '바깥쪽 계단, 첫 번째 복도, 오른쪽 7번째, 녹색 베이즈', 이건 남녀 간의 밀회를 말하는 게 아닐까? 사건의 배후에 질투심으로 가득한 남편이 있을지도 모르겠군. 'D', 이건 중매 역할을 하는 사람일 거야."

"가르시아는 스페인 사람이야. 'D'라는 건 도로레스를 뜻하는 게 아닐까? 스페인 여자들이 흔히 쓰는 이름 아닌가?"

"그럴 듯한데. 대단해 왓슨. 하지만 나는 달리 생각하네. 스페인 사람이 스페인 사람에게 보낸 편지라면 스페인어로 보냈을 거야. 그 편지를 쓴 사람은 영국인임에 틀림없어. 어쨌든 지금은 차분하게 앉아서 그 우수한 경감이 돌아오기를 기다리기로 하세. 비록 짧은 시간이었지만 무료함을 느끼지 않아도 됐던 행운에 감사하면서 말일세."

서리 주의 경감이 돌아오기 전에 홈즈가 보낸 전보에 대한 답장이 도착했다. 전보를 읽은 홈즈는 수첩갈피에 그것을 끼워 넣고 호기심 가득한 얼굴로 바라보던 내게 시선을 돌렸다.

"상류사회에 대해서 탐색 중이라네."

전보에는 사람들의 이름과 주소가 적혀 있었다.

「헬링 바이 경, 딩글 저택. 조지 포리옷 경, 옥스숏 저택. 하인즈 치안판사, 퍼디 저택. 제임스 베이커 윌리엄 씨, 포턴 저택 구관. 핸더슨 씨, 하이 게이블 저택. 조슈어 스톤 교수, 니더 월슬링 저택.」

"이러면 우리의 작전범위를 확실하게 알 수 있지. 베인스도 논리적인 머리를 가진 사람이니 같은 생각을 했을 거야."

홈즈가 말했다.

"나는 무슨 말인지 잘 모르겠는데."

"잘 들어보게. 식사 중에 가르시아가 받은 편지는 모임이나 밀회를 위한 약속일 것이라고 조금 전에 결론 내리지 않았나? 그 글을 액면 그대로 받아들여도 된다고 가정한다면, 편지를 받은 사람은 약속을 지키기 위해서 어떤 집의 바깥쪽 계단을 올라 첫 번째 복도에서 일곱 번째에 있는 문을 찾았을 거야. 그러니까 그 집은 아주 넓은 집이라고 볼 수 있지. 그리고 옥스숏에서 멀어야 1, 2마일 정도 떨어진 곳에 있는 집일 거야. 가르시아가 그쪽 방향에서 살해되었고, 내 생각이 맞는 다면 알리바이가 확보된 1시까지는 등나무 집으로 돌아올 생각이었을 테니까.

옥스숏 근처에 커다란 집은 그리 많지 않아. 그래서 스콧 에클스가 갔다던 그 부동산업자에게 전보를 쳐서 이런 조건들에 맞는 집들을 조사해본 거지. 여기 있는 전보가 그 리스트일세. 이 안에서 엉킨 실타래의 한 쪽 끝을 찾을 수 있을 거야."

6시쯤, 우리는 베인스 경감과 함께 서리 주의 아름다운 마을인 에셔에 도착했다. 그곳에서 묵을 채비를 해가지고 떠난 홈즈와 나는 불이라는 여관에서 쾌적한 방을 찾을 수 있었다. 우리는 곧 경감과 함께 등나무 집으로 향했다. 3월의 쌀쌀한 밤이 찾아와 차가운 바람이 불었으며, 보슬비가 뺨을 때렸다. 황폐해진 공유지를 지나서 비극이 일어났던 집으로 가기에 아주 어울리는 밤이었다.

2. 산 페드로의 호랑이

추위를 참아가며 가라앉은 기분으로 2마일 정도 걸어가니 울창한 밤나무 가로수 길에 높다란 나무문이 있었다. 어둡고 구불구불한 마찻길을 따라가니 회색빛이 도는 검푸른 하늘을 배경으로 검게 보이는 낮은 집이 앞에 서 있었다. 현관 왼쪽에 있는 창문에서 희미한 불빛이 새어나오고 있었다.

"경찰을 한 명 배치해 뒀습니다. 창을 두드려봅시다."

이렇게 말한 베인스가 잔디밭을 가로질러가 창문을 두드렸다.

흐린 유리창을 통해 서둘러 난로 옆에서 일어나는 남자의 모습이 희미하게 비쳤다. 그 순간 날카로운 외침소리가 들려왔다. 곧 경찰이 새파랗게 질린 얼굴로 거친 숨을 내쉬며 문을 열었다. 떨리는 손에 들고 있는 촛불이 흔들리고 있었다.

"왜 그러나 월터스?"

베인스가 날카로운 소리로 물었다.

경찰은 손수건으로 이마를 닦으며 안심한 듯 길게 한숨을 내쉬었다.

"와주셔서 정말 감사합니다. 오늘 밤은 시간이 너무 더디게 가고, 정신도 제정신이 아닌 듯합니다."

"제정신이 아니라고? 월터스, 자네가 그런 말을 할 때도 다 있나?"

"하지만 이 집은 너무 조용하고, 부엌에는 이상한 것이 있습니다. 그런데 창을 두드리는 소리가 나서 그것이 또 나타난 줄 알았습니다."

"또 나타난 줄 알았다니, 무슨 소린가?"

"틀림없이 악마였습니다. 창가에서 어슬렁거리다 갔습니다."

"뭐가 창가에서 어슬렁거렸단 말이지? 언제?"

"두 시간쯤 전, 그러니까 막 땅거미가 내리기 시작할 무렵이었습니다. 저는 의자에 앉아서 책을 읽고 있었습니다. 문득 고개를 들어보니 아래쪽 창문 너머로 이쪽을 들여다보는 얼굴이 있었습니다. 얼마나 무시무시한 얼굴이었는지, 꿈에 볼까 무섭습니다."

"이봐, 월터스! 그게 경찰이 할 말인가?"

"저도 알고 있습니다. 하지만 정말로 놀라 자빠질 뻔했습니다. 거짓말을 한들 무슨 소용 있겠습니까? 검은 색이라고도 하얀 색이라고도 할 수 없는 피부, 태어나서 그런 건 처음 봤는데 점토에 우유를 부은 듯한 묘한 색이었습니다. 그리고

그 얼굴은 또 얼마나 크던지, 경감님 얼굴의 두 배 정도는 될 겁니다. 커다란 눈망울을 이리저리 굴리며, 굶주린 짐승처럼 하얀 이빨을 드러내고 있었습니다.

솔직히 말씀드리자면 그 녀석이 사라질 때까지, 손가락 하나 까딱할 수 없었고 숨조차도 제대로 쉴 수 없었습니다. 녀석이 사라진 뒤에 밖으로 뛰어나가 정원의 수풀 속을 찾아보았지만 다행히 녀석의 모습은 보이지 않았습니다."

"월터스, 자네가 훌륭한 경찰이라는 사실을 알고 있기 때문에 그냥 넘어가는 거지, 아니면 벌써 감점을 당했을 거야. 설사 그것이 진짜 악마였다 할지라도 근무 중의 경찰이 그런 녀석을 놓치고 나서 다행이라는 말을 쓰다니, 그건 결코 있을 수 없는 일이야. 너무 긴장한 탓에 환각을 본 건 아닌가?"

"그 점이라면 바로 확인할 수 있어요."

이렇게 말한 홈즈는 휴대가 가능한 소형 랜턴에 불을 붙였다. 그리고 잔디밭을 살펴봤다.

"굉장히 큰 구두를 신고 있어요. 몸의 다른 부분도 발처럼 크다면 굉장한 거구의 사내일 거예요."

"그 사람은 어디로 간 걸까요?"

"수풀을 지나서 도로로 나간 것 같아요."

진지한 표정으로 생각에 잠겨 있던 베인스가 말했다.

"흠, 그 녀석이 누구이며 무슨 일로 여기에 찾아왔는지는 모르겠지만 지금은 모습을 감췄어. 어쨌든 서둘러 일을 마칩시다. 홈즈 씨, 괜찮으시다면 집 안을 안내해드리겠습니다."

몇 개의 침실과 거실을 주의 깊게 살펴보았지만 이렇다 할 성과는 올리지 못했다. 이 집을 빌린 사람은 이곳으로 자신의 물건을 거의 옮겨오지 않은 듯했다. 가구나 도구 등 자잘한 물건까지도 예전부터 이 집에 갖춰져 있던 것뿐이었다.

수많은 옷가지들이 남겨져 있었는데 전부 하이 홀본에 있는 막스 상회의 상표가 붙어 있었다. 그곳으로 이미 전보를 보내 조사를 해봤는데, 돈을 꼬박꼬박 지불하는 손님이라는 것 외에는 알아낸 것이 없다고 했다. 수많은 잡동사니, 몇 개의 파이프, 몇 권의 책(그중 두 권은 스페인 책이었다), 구식 권총, 기타 등이 주인의 개인 소유물이었다.

"이런 것들은 아무 짝에도 쓸모없는 것들입니다. 홈즈 씨, 이쯤에서 부엌을 봐주시기 바랍니다."

촛불을 손에 든 베인스가 거들먹거리는 걸음으로 걸어가다 말했다.

부엌은 집의 뒤쪽에 있었는데 천장이 높고 음산해 보이는 곳이었다. 한쪽 구석에 깔아놓은 지푸라기는 요리사가 침대 대신으로 쓰던 것일까? 테이블 위에는 먹다 남긴 요리와 지저분한 접시 등 어젯밤의 흔적이 그대로 남아 있었다.

"이걸 보십시오. 어떻게 생각하십니까?"

베인스가 찬장 안에 세워둔 기묘한 물건을 촛불로 비추며 물었다. 주름투성이에 심하게 쪼그라들고 말라비틀어져 있었

기 때문에 그것이 원래 무엇이었는지 확실하게 알아볼 수가 없었다. 검은 색에, 표면은 가죽으로 둘러싸인 것 같았는데 어딘지 난쟁이와 비슷하다는 인상을 받았다. 처음에는 흑인 아기의 미라인 줄 알았다. 그런데 자세히 들여다보니 늙어 몸이 오그라든 원숭이처럼도 보였다. 결국 인간인지 원숭이인지 구별할 수가 없었다. 한가운데 하얀 조개껍질을 엮은 끈이 이중으로 감겨져 있었다.

"이거 아주 재미있는데. 정말 흥미로워."

홈즈는 그 기분 나쁜 물건을 주의 깊게 살폈다.

"또 다른 건 없나요?"

말없이 설거지 하는 쪽으로 다가간 베인스가 촛불로 그 주위를 밝혔다. 깃털이 달린 채 무참하게 찢긴 희고 커다란 새의 다리와 몸통이 여기저기에 흩어져 있었다. 홈즈가 절단된 머리에서 새어나온 타액을 가리키며 말했다.

"하얀 수탉이로군요. 재미있습니다. 이거 정말 기묘한 사건이로군요."

하지만 베인스는 마지막을 위해서 가장 기분 나쁜 증거품을 남겨두고 있었다. 설거지를 하는 곳 밑에 대량의 피를 담아둔 양동이가 있었다. 테이블 밑에는 검게 그을린 뼛조각이 수북하게 담긴 접시.

"뭔가를 죽인 뒤에 불태운 겁니다. 우리가 타고 남을 걸 긁어모은 겁니다. 오늘 아침에 의사에게 의뢰를 해봤는데

인간은 아니라고 합니다."

홈즈가 빙그레 웃으며 두 손을 비볐다.

"축하합니다, 경감님. 특징 있는 유익한 사건을 맡게 되셨군요. 실례의 말씀일지는 모르겠지만, 이런 한적한 지역에서는 당신의 뛰어난 실력을 발휘할 기회가 그리 흔치 않겠죠?"

베인스가 기쁘다는 듯 조그만 눈을 반짝였다.

"맞습니다, 홈즈 씨. 시골에 묻혀 있다보면 이런 사건이 중요한 기회가 되니 저는 무슨 일이 있어도 이번 기회를 살리고 싶습니다. 뼈에 대해서 어떻게 생각하십니까?"

"새끼 양이나 새끼 염소 같은데요."

"그럼 흰 수탉은?"

"희한한 일입니다, 베인스 씨. 정말 희한한 일이에요. 이런 건 그리 흔히 볼 수 있는 게 아닙니다."

"틀림없이 이 집에는 기묘한 짓을 하는 기묘한 사람들이 살고 있었던 것 같습니다. 그리고 그중 한 명이 죽었습니다. 함께 살던 사람들이 뒤따라가 죽인 걸까요? 그렇다면 반드시 잡힐 겁니다. 전국의 항구를 감시하고 있으니까요. 하지만 저는 다른 의견을 가지고 있습니다. 전혀 다른 의견을 가지고 있습니다."

"그럼 결론을 내리셨나요?"

"가능하다면 독자적으로 수사를 하고 싶습니다. 이번 사건을 해결하면 그 공적이 전부 제 것이 되도록. 당신은 이미 명성을 얻었지만 저는 지금부터입니다. 당신의 도움 없이 사건을 해결했다고 후에 자랑할 수만 있다면 그보다 더한 기쁨도 없을 겁니다."

"알았어요. 각자 다른 길을 걷도록 하죠. 내가 조사한 내용이 도움이 된다면 언제든지 이용하도록 하세요. 이제 집 안은 전부 둘러본 것 같으니 다른 곳으로 가서 시간을 유용하게 활용해야겠네요. 그럼 베인스 씨, 행운을 빕니다."

홈즈가 기분 좋게 웃으며 말했다.

홈즈의 태도에, 드디어 범인의 추적이 시작되었음을 알리는 미묘한 변화가 일어났음을 나 이외의 사람은 알아채지 못할 것이다. 아주 주의 깊게 살펴보지 않으면 평소의 냉정한 모습으로 밖에는 보이지 않는다. 하지만 벌써 눈빛이 달랐으며, 행동도 활발해져서 표면으로는 드러나지 않는 열의와 긴장을 느낄 수 있었다. 그는 잠시 후면 사냥감을 잡아들일 것이다.

평소와 다름없이 그는 아무런 말도 하지 않았으며, 나 역시 아무런 질문도 하지 않았다. 나는 그와 함께 추적을 같이하며 사냥감을 잡는 데 조그마한 도움이라도 줄 수 있다면 그것만으로도 보람을 느낄 것이다. 쓸데없는 참견을 해서 일에 열중하고 있는 그를 괴롭힐 생각은 조금도 없었다. 언젠가는 나도 모든 진상을 알게 될 것이다. 따라서 나는 기다리기로 했다. 그런데 아무리 시간이 흘러도 그저 기다리고 있어야만 했기에 나는 점점 실망하지 않을 수 없었다. 하루하루 날이 흐르는데도 홈즈는 전혀 움직일 생각을 하지 않았다.

　어느 날 아침, 그는 런던으로 외출을 했다. 문득 흘린 말에 의하면 대영박물관에 가는 듯했다. 멀리로 외출한 것은 그때뿐이었다. 나머지 시간에는 대부분 혼자 오랫동안 산책을 하거나 이 마을에서 알게 된 사람들과 이야기를 나누며 하루하루를 보냈다.

　"왓슨, 시골에서 일주일 정도 지내는 건 자네에게도 유익한 일일 거야. 새싹이 돋기 시작한 울타리와 꽃이 핀 개암나무는 보기만 해도 기분이 좋아지는 걸. 조그만 호미와 채집통, 식물학 입문서만 있으면 아주 멋진 시간을 보낼 수 있을 것 같아."

　실제로 그는 이런 도구들을 들고 밖으로 나섰지만 저녁이 되었을 때 가지고 돌아온 식물은 극소수에 불과했다.

　둘이서 산책을 나갔다가 베인스 경감을 만난 적이 몇 번 있었다. 경감은 뚱뚱하고 붉은 얼굴에 미소를 짓고, 조그만 눈을 반짝이며 홈즈에게 인사를 했다. 사건에 대한 얘기는 거의 하지 않았지만 수사는 순조롭게 진행되고 있는 듯했다. 하지만 사건이 일어난 지 5일째 되던 날 조간에 다음과 같은 머리글이 실린 것을 보고는 놀라지 않을 수 없었다.

「옥스숏 사건 해결
　살인용의자 체포」

내가 머리글을 읽자 홈즈가 엄청난 기세로 자리에서 일어났다.

"뭐라고? 설마 베인스가 잡은 건 아니겠지?"

"아무래도 그런 것 같은데."

내가 소리 내어 기사를 읽었다.

「어젯밤 늦게, 옥스숏 살인사건의 용의자가 체포되어 에셔와 그 부근이 흥분의 도가니에 빠졌다.

이미 보도한 바와 같이 등나무 집에서 살고 있던 가르시아씨가 옥스숏 공유지에서 사체로 발견되었다. 사체에는 무참하게 폭력이 가해진 흔적이 남아 있었다. 같은 날 밤, 그의 하인과 요리사가 행방을 감췄기 때문에 그들 두 사람은 살인 용의자로 지목되고 있었다. 피해자의 집 안에 있던 귀중품을 빼앗을 목적으로 범행을 저지른 듯하지만, 그 점은 아직 명확하지 않다. 수사를 담당했던 베인스 경감은 도망자들을 추적하는 데 전력을 기울였다. 그 결과 그들은 멀리 도망친 것이 아니라 미리 준비해두었던 은신처에 몸을 숨겼을 것이라는 확신을 갖게 되었다.

애초부터 그들을 쫓을 단서는 충분했다. 등나무 집에 드나들던 한 상인이 창문 너머로 그곳의 요리사를 본 적이 있었는데, 그의 증언에 의해 요리사의 아주 특이한 외모가 밝혀졌기 때문이었다. 요리사는 상당한 거구에, 모습이 추했으며, 흑인과 백인의 혼혈인데 흑인의 특징이 강하게 드러나는 황갈색 피부를 가지고 있다. 이 사람은 사건 후에도 모습을 드러낸 적이 있었다. 사체가 발견되던 날 밤, 대담하게도 등나무 집으로 돌아왔는데 그 모습을 발견한 월터스 경찰이 그를 추적했었다. 베인스 경감은 요리사의 행동에는 어떤 목적이 있으며, 따라서 그가 다시 모습을 나타낼 것이라고 생각했다. 그래서 일부러 집 안의 경찰들을 철수시키고 정원의 수풀 속에 그들을 배치했다.

결국 요리사는 덫에 걸려들었고, 어젯밤 격렬한 저항 끝에 체포되고 말았다. 그때 체포를 하러 달려든 다우닝 순사를 물어뜯어 중상을 입혔다. 용의자를 치안판사에게 인도해야 할 시기가 오면 경찰에서 그를 재구속할 것으로 보인다. 이번 체포로 수사에 커다란 진전이 기대된다.」

"지금 당장 베인스를 만나러 가야겠네. 그가 다른 곳으로 가기 전에 만나야 해."

홈즈가 모자를 집어 들며 말했다.

마을길을 서둘러 걸어가자니 마침 경감이 하숙집에서 나오는 모습이 보였다.

"읽으셨습니까? 홈즈 씨."

그가 신문을 내밀며 말했다.

"읽었어요, 베인스 씨. 친구로서 당신에게 한마디 충고하고 싶은데 제발 불쾌하게 생각지는 말아요."

"충고라고 하셨습니까?"

"나는 이번 사건을 아주 주의 깊게 조사해왔어요. 그래서 하는 말인데, 당신이 올바른 방향으로 수사를 진행하고 있는 것 같지가 않아요. 확신이 없다면 그 방향으로 너무 멀리 나가지는 말아요."

"정말 감사합니다."

"당신을 위해서 하는 말이에요."

베인스 경감이 그 조그만 눈으로 재빨리 윙크를 한 듯한 느낌이 들었다.

"전에 약속하지 않았습니까, 홈즈 씨. 각자 자기 방식대로 수사를 진행하자고. 저는 그렇게 하고 있을 뿐입니다."

"그랬었죠. 너무 기분 나쁘게 생각지는 말아요."

"아닙니다. 호의에는 정말 감사드립니다. 하지만, 누구에게나 그 사람 특유의 방법이라는 게 있지 않습니까? 당신은 당신의 방법대로 수사를 하십니다. 그건 저도 마찬가지고요."

"그 얘기는 이제 그만둡시다."

"제가 손에 넣은 정보를 기꺼이 알려드리겠습니다. 체포한 남자는 말 그대로 야만인입니다. 마차를 끄는 말처럼 튼튼하고 악마처럼 난폭한 녀석입니다. 모두 힘을 합쳐 체포하기는 했지만 다우닝의 엄지손가락을 물어뜯어 하마터면 손가락이 떨어져나갈 뻔했습니다. 영어도 제대로 하지 못합니다. 뭘

물어도 신음소리만 낼 뿐입니다."

"그가 주인을 죽였다는 증거를 잡으셨나요?"

"그런 말은 하지 않았습니다, 홈즈 씨. 그런 말은 한 적이 없습니다. 방법은 각자 사람마다 다릅니다. 서로 자신의 방법 대로 수사를 하도록 합시다. 그렇게 약속하지 않았습니까?"

홈즈는 어깨를 한 번 들썩인 뒤 베인스와 헤어졌다.

"저 사람을 도무지 이해할 수가 없어. 엉뚱한 방향으로 달려가고 있는 것 같다는 느낌이 드는데. 이렇게 된 이상 각자의 방법대로 수사를 진행하다 그 결과를 지켜보는 수밖에 없겠지. 어쨌든 베인스 경감의 태도에는 이해할 수 없는 부분이 있단 말이야."

불 여관으로 돌아온 홈즈가 바로 입을 열었다.

"왓슨, 그 의자에 앉게나. 오늘 밤에 자네의 도움이 필요할지도 모르니 사정을 설명해두도록 하겠네. 내 수사가 어디까지 진행됐는지 지금부터 얘기하기로 하지.

눈에 띄는 사건의 특징은 아주 단순해. 그럼에도 불구하고 범인을 체포하기란 놀랄 정도로 어렵단 말이야. 그러기 위해서는 몇 군데 빈틈을 메워야만 해. 그럼 사건이 일어났던 날 밤, 가르시아가 편지를 받았던 일에서부터 얘기를 시작하도록 하세. 그의 하인이 이번 살인에 관계했다는 베인스의 설은 염두에 두지 않아도 좋아. 왜냐하면 스콧 에클스를 저택으로 불러들인 건 가르시아 자신이니까. 그 목적은 아무리 생각해봐도 알리바이를 만들기 위해서인 것 같아. 그러니까 그날 밤에는, 가르시아가 어떤 일을……, 어떤 범죄를 계획하고 있었고 그것을 실행에 옮기려다 살해당한 거야. 알리바이를 만들어두려 했다는 게 범죄를 계획하고 있었다는 증거지.

그렇다면 누가 그를 죽였을까? 그가 계획한 범죄로 피해를 입게 될 상대가 가장 유력한 용의자라고 할 수 있어. 여기까지는 누구나 쉽게 생각할 수 있는 일 아닌가? 그렇다면 가르시아의 하인들이 모습을 감춘 이유도 아주 명확해지지. 그들 역시 가르시아가 계획한 범죄에 공범으로 동참했던 거야. 계획대로 일이 진행되어 가르시아가 무사히 집으로 돌아왔다면 설사 의심을 받게 된다 하더라도 스콧 에클스가 알리바이를 증명해줬을 테니 아무런 걱정도 없었을 거야.

하지만 그것은 매우 위험한 계획이었기 때문에 정해진 시간까지 가르시아가 돌아오지 않는다면 그가 목숨을 잃은 것이라고 쉽게 생각할 수 있었을 거야. 그럴 경우 두 사람은 미리 준비해둔 은신처에 몸을 숨기기로 되어 있었을 거고. 그렇게 하면 경찰의 수사도 피할 수 있고 다시 계획을 실행시킬 수도 있을 테니. 내 설명이 그럴듯한가?"

실타래처럼 얽혀 있던 사건이 완전히 풀린 듯했다. 매번 느끼는 일이지만, 나는 왜 지금까지 그 사실을 몰랐었는지 정말 이상할 따름이었다.

"그렇다면 하인은 왜 저택으로 돌아온 걸까?"

"서둘러 도망치느라 소중한 물건을, 결코 포기할 수 없는 물건을 두고 갔기 때문이 아닐까? 그래서 두 번이나 돌아왔던 거지."

"그렇군. 다음은?"

"다음은 가르시아가 받았다던 편지에 관한 것. 그 편지는 범행 목표가 된 곳에 공범자가 있다는 사실을 나타내고 있네. 그렇다면 그곳은 어디였을까? 그곳은 커다란 집인데 그 조건에 맞는 집은 그리 많지 않다는 사실은 전에도 얘기한 적이 있었지?

나는 이 마을에 오자마자 식물채집을 위해 돌아다니며 리스트에 오른 집들을 전부 살펴보고 그곳에 살고 있는 사람들의 경력까지도 전부 조사를 했어. 그중 눈에 띄는 집이 한 채 있더군. 하이 게이블 저택이라는 곳인데 제임스 왕조양식으로 지어진 전통 있고 유명한 저택이지. 옥스숏에서 저쪽으로 1마일 정도 떨어진 곳에 있어. 살인 현장과는 겨우 0.5마일도 떨어져 있지 않고. 그 외의 집들에 살고 있는 사람들은 모두 평범하고 성실한 사람들로 이런 이상한 사건과는 관계가 없는 것 같아. 그런데 하이 게이블 저택에 살고 있는 헨더슨 씨만은 아주 특이해서, 어떤 특이한 모험에 휩싸인다 해도 조금도 이상할 것이 없는 인물이었어. 그래서 나는 수사 범위를 그와 그의 가족들에게로 좁혔지.

그들은 모두 이상한 사람들이야. 왓슨, 그중에서도 가장 이상한 사람은 주인인 헨더슨이야. 그럴듯한 구실을 만들어 그를 만나러 갔었는데 깊은 생각에 잠긴 듯한 그의 움푹 들어간 검은 눈을 보고 있자니, 방문 목적을 꿰뚫어보고 있는 게 아닐까 하는 생각이 들었다네. 나이는 50세 전후, 건강한 체구에 힘이 넘쳐 보였어. 짙은 회색 머리카락과 굵고 검은 눈썹을 가진 자야. 발걸음은 사슴과 같고 제왕과 같은 태도를 취하는 사람이지. 거칠고 거만하며 양피지 같은 얼굴 깊숙한 곳에 난폭한 정신을 숨기고 있어. 외국인인지 열대에서 오랫동안 생활한 건지는 모르겠지만 거칠고 누런 피부를 가졌는데 몸은 채찍처럼 부드럽다네.

친구이자 비서인 루카스 씨는 틀림없이 외국 사람이야. 피부가 검은색이거든. 아주 교활한 느낌을 받았는데, 사람을 대하는 태도가 싹싹하고 꼭 고양이처럼 생겼어. 말은 정중하게 하지만 악의로 가득 찬 사람이야. 이로써 외국인 그룹이 둘 등장하게 됐네. 등나무 집 사람들과 하이 게이블 저택 사람들. 그렇다면 사정이 어느 정도 확실해지지 않나?

헨더슨과 루카스는 서로 마음을 터놓고 지내는 사이로 그 두 사람이 일가의 중심이야. 하지만 당면한 문제에 있어서는 다른 인물이 훨씬 더 중요한 위치에 있어. 헨더슨에게는 자식이 둘 있네. 11세와 13세 된 딸이지. 그들의 가정교사로 버넷이라는 40세 전후의 영국인 여자가 함께 생활하고 있어. 그리고 충실한 하인이 한 명.

지금 말한 사람들이 참된 의미의 가족이라고 할 수 있어. 그들은 수많은 곳을 함께 여행하며 돌아다니고 있어. 헨더슨이 여행을 아주 좋아해서 일 년 내내 여행을 다니거든. 지난 1년간도 거의 집을 비워두었다가 몇 주 전에 하이 게이블 저택으로 돌아왔다고 하네. 커다란 부자이기 때문에 무슨 일이든 마음 내키는 대로 할 수가 있어. 그 외에도 집사, 하인, 하녀 등 많은 사람들이 그곳에서 살고 있어. 영국의 시골 저택에서 흔히 볼 수 있는, 밥은 밥대로 먹으면서 일도 제대로 하지 않는 사람들이. 지금 말한 사실들은 마을사람들의 이야기 나, 스스로 조사한 바에 의해서 알게 된 것들이야. 이런 경우, 그 집에서 쫓겨나 원한을 품고 있는 사람이 있다면 그에게서 유익한 정보를 많이 얻을 수 있을 거야. 운 좋게도 그런 사람을 찾아냈어. 운이 좋았다고는 하지만 처음부터 그럴 생각으로 찾았던 거니까.

베인스가 말한 것처럼 사람은 누구나 독자적인 방법을 체득하고 있네. 나는 내 나름대로의 방법으로 하이 게이블 저택의 정원사였던 존 워너를 찾아냈어. 거만하기 짝이 없는 주인이 홧김에 내쫓은 사람이지. 워너는 그 집에서 일하는 몇몇 하인들과 아직도 친하게 지내는데 모두 주인을 두려워하고 아주 싫어하는 사람들이야. 이것으로 그 집의 비밀을 밝혀낼 열쇠를 손에 쥐게 된 셈이야. 그런데 정말 이상한 사람들이더군. 그들에 대해 모든 것을 알고 있는 건 아니지만 아주 특이한 사람들이라는 점만은 틀림없어.

집은 한가운데서 두 부분으로 나뉘어 있는데 한쪽에는 가족이, 다른 한쪽에는 하인들이 살고 있어. 헨더슨을 직접 돌보고 있는 하인이 식사를 준비해주는 것 외에 양쪽 사이의 왕래는 전혀 없어. 연락용 문이 있어서 무엇이든 그 앞으로 가져간다고 하네. 가정교사와 아이들은 거의 외출을 하지 않아. 기껏해야 정원에 나서는 게 전부라고 하더군. 헨더슨은 혼자 돌아다니는 적이 없다고 하네. 검은 피부의 비서가 그림자처럼 그를 따라다녀. 하인들의 말에 의하면 주인은 무엇인가를 아주 두려워하고 있는 듯하다는 거야. 워너는 '돈을 위해 악마에게 영혼을 팔았기 때문'이라고 말하더군. 악마가 언제 영혼을 가지러 올지 몰라 두려움에 떨고 있는 거라고.

그들이 어디 출신이며 무엇을 하는 사람들인지는 아무도 몰라. 정말 난폭한 사람들이지. 헨더슨은 개를 훈련시킬 때 쓰는 채찍으로 두 번이나 사람을 때린 적이 있네. 합의금을 듬뿍 주었기 때문에 재판까지는 가지 않았다고 하네.

자, 왓슨. 새로 수집한 정보를 바탕으로 상황을 판단해보도록 하세. 가르시아가 받은 편지는 역시 그 집에서 보낸 것으로 보이네. 그건 예전부터 준비해두었던 계획을 실행하라고 가르시아에게 지시하는 편지였어. 그럼 누가 그 편지를 쓴 것일까? 그 요새와 같은 집에 살고 있는 사람으로 그는 틀림없이 여자야. 그렇다면 가정교사인 버넷 외에는 그럴듯한 인물이 없어.

아무리 생각해봐도 같은 답이 나올 뿐이야. 우선은 이 답을 사실이라 인정하고 이야기를 계속해보기로 하세. 그러면 어떤 답이 나오는지 확인해보기로 하자고. 참, 버넷의 나이나 성격으로 봐서 이 사건에 연애문제가 관계됐을 거라고 봤던 애초의 생각은 무시해도 좋을 것 같아.

편지를 쓴 사람이 버넷이라면, 그녀는 가르시아의 친구이자 공범자일 거야. 가르시아가 죽었다는 소식을 접한 그녀는 과연 어떤 행동을 보일까? 그가 계획한 일이 부정한 일이고 그것을 실행에 옮기다 살해당했다면 그녀는 틀림없이 입을 다물고 있을 거야. 하지만 그를 살해한 사람에 대해서는 원한과 증오심을 품게 되겠지. 복수할 수만 있다면 복수하려고 들 거야.

그녀를 만나 그 점을 이용할 수는 없을까? 나는 처음에 그렇게 생각했어. 그러던 중에 좋지 않은 소식을 접하게 됐어. 사건이 있던 날 밤 이후로 버넷을 본 사람이 아무도 없다는 거야. 그날 밤 이후로 완전히 모습을 감췄다고 하더군. 그녀는 아직 살아 있는 걸까? 자신이 불러들인 친구 가르시아와 마찬가지로 그날 밤에 살해당한 건 아닐까? 아니면 어딘가에 갇혀버린 걸까? 무슨 일이 있어도 이 점을 밝혀내야 하네.

이번 사건이 얼마나 까다로운 것인지 이제 알겠나? 체포영장을 발부받고 싶어도 사실을 증명해줄 만한 증거가 하나도 없어. 치안판사에게 말해봐야 말도 안 되는 공상이라며 비웃기만 할 거야. 여자가 행방불명됐다는 것만으로는 이유가 충분하지 않아. 그 이상한 집에서 사람이 일주일 정도 행방을 감추는 건 그리 드문 일이 아니니까. 하지만 지금 이 순간 버넷 씨가 목숨을 잃을지도 모르는 일이야. 그 집 정원사였던 워너 씨를 문 옆에 세워두고 그 집을 감시하게 했는데 지금 내가 할 수 있는 일은 그것뿐이야. 지금으로써는 달리 방법이 없어. 법의 힘을 빌릴 수 없다면 우리가 위험에 뛰어들 수밖에 없지."

"어쩔 생각인가?"

"그녀의 방이 어딘지 알고 있어. 별채의 지붕을 통해서 들어갈 수 있는 곳이야. 오늘 밤, 둘이서 수수께끼의 핵심 부분을 파고들기로 하세."

솔직히 말해서 나는 그 방법이 별로 마음에 들지 않았다. 살인의 분위기를 자아내고 있는 낡은 집, 기묘하고 무시무시한 사람들, 침입할 때 있을지도 모를 뜻밖의 위험, 법률상 불리한 위치에 서야한다는 사실. 이런 점들을 생각한다면 도저히 그의 말을 따르고 싶지가 않았다. 하지만 홈즈의 냉정한 추리에는 물러남을 용납하지 않는 묘한 힘이 있었다. 이런 모험을 하지 않고서는 절대로 사건을 해결할 수 없는 것이리라. 나는 말없이 그의 손을 쥐었다. 더 이상 뒤로 물러설 수는 없었다.

하지만 우리는 결국 그런 위험을 감수하지 않아도 되었다. 3월의 어스름이 내릴 무렵인 오후 5시경, 흥분한 시골사람이 방으로 뛰어들었기 때문이었다.

"녀석들이 떠났습니다, 홈즈 씨. 조금 전 마지막 열차로 떠났습니다. 버넷 씨가 도망쳐 나왔기에 마차에 태워 이리로 데리고 왔습니다."

"잘 했어요, 워너 씨! 왓슨, 드디어 빈틈이 메워진 것 같네."

홈즈가 자리에서 벌떡 일어나며 말했다.

마차에 있던 여자는 정신적으로 심한 충격을 받았는지 거의 실신 직전에 있었다. 날카로운 콧날을 한 얼굴에는 최근에 있었던 비극의 흔적이 뚜렷하게 남아 있었다. 숙이고 있던 고개를 들어 그녀가 멍한 눈으로 우리를 바라보았다. 잿빛 홍채에 둘러싸인 동공이 까만 점처럼 수축되어 있었다. 아편을 먹인 것이다.

"말씀하신 대로 문 옆에 서서 감시를 하고 있었습니다. 마차가 나오기에 뒤를 쫓아서 역까지 갔습니다. 이 사람은 몽유병자처럼 흐느적흐느적 걷고 있었는데 녀석들이 기차에 태우려 하자 갑자기 난폭해지기 시작했습니다. 녀석들이 억지로 기차에 태웠습니다. 그러자 다시 난동을 피우더니 밖으로 뛰어내렸습니다. 그때 제가 여자에게로 달려가서 마차에 싣고 여기로 데려온 겁니다. 둘이서 도망칠 때 기차의 창문 너머로 저희를 바라보던 녀석의 얼굴은 평생 잊을 수 없을 겁니다. 녀석에게 걸리면 목숨이 열 개라도 모자랄 겁니다. 검은 눈으로 노려보는 노란 악마였습니다."

해고된 정원사가 말했다.

우리는 그녀를 이층으로 옮겨 소파에 눕혔다. 진한 커피를 두 잔 마시게 하자 아편으로 몽롱했던 머리가 간신히 맑아진 듯했다. 베인스 경감을 부른 홈즈가 서둘러 사정을 설명했다.

"아, 제가 원하던 증거를 손에 넣으셨군요. 저는 처음부터 당신과 같은 방향으로 수사를 진행하고 있었습니다."

경감이 홈즈의 손을 덥석 잡으며 말했다.

"뭐라고? 당신도 헨더슨을 주시하고 있었다고요?"

"그렇습니다, 홈즈 씨. 당신이 하이 게이블 저택의 수풀 사이를 기어다닐 때 저는 농장의 나무 위에서 그 모습을 내려다 보고 있었습니다. 나머지는 누가 먼저 증거를 손에 넣느냐 하는 일뿐이었습니다."

"그럼 요리사는 왜 체포한 거죠?"

"헨더슨이라 자칭하던 그 사람은 자신이 의심받고 있다는 사실을 눈치챘을 겁니다. 안전하다고 판단될 때까지 가만히 몸을 숨긴 채 절대로 움직이지 않았을 겁니다. 엉뚱한 사람을 체포해서 그를 안심시키려 했던 것입니다. 그러면 그는 어딘가 로 도망치려 할 것이고 버넷 씨에게도 접근할 기회가 생길 테니까요."

베인스가 조그맣게 웃었다.

"당신은 틀림없이 출세할 거예요. 당신은 본능과 직감을 모두 갖추고 있어요."

홈즈가 그의 어깨에 손을 얹으며 말했다.

베인스가 기쁘다는 듯 얼굴을 붉히며 말했다.

"이번 주 내내 사복경찰에게 역을 지키라고 시켰습니다. 하이 게이블 사람들이 기차에 오르면 어디까지고 뒤쫓으라고 명령해두었습니다. 버넷 씨가 도망친 순간에는 형사도 당황했을 겁니다. 하지만 당신의 조수가 그녀를 데려왔으니 이제 모든 일은 다 끝난 거나 마찬가집니다. 그녀의 증언이 없으면 그들을 체포할 수 없으니 가능한 한 빨리 진술을 듣고 싶습니다."

홈즈가 가정교사를 바라보며 말했다.

"점점 정신이 드는 모양이군. 그건 그렇고 베인스 씨, 헨더슨 이란 대체 어떤 작자입니까?"

"예전에 '산 페드로의 호랑이'라 불리던 돈 무릴로라는 사람입니다."

산 페드로의 호랑이! 순식간에 그 사람의 경력이 내 머리를 스치고 지나갔다. 그는 지금까지 문명국이라 불리던 나라를 지배해온 수많은 군주 중에서도 가장 비열하고 피에 굶주린 폭군이었다. 힘이 세고, 대담무쌍하며, 정력적인 그 사람은 10년인가 12년 동안이나 공포에 떠는 사람들에게 온갖 폭정을 자행했다. 중앙아메리카 전역에서 그의 이름을 두려워했다고 한다.

드디어 폭정에 견디다 못한 민중들이 들고일어났다. 하지만 그는 극악무도할 뿐만 아니라 교활하기도 한 사람이었다.

반란의 조짐이 보이자 심복들을 태운 배에 가만히 재화를 옮겨 실으라고 명했다. 이튿날, 폭도들이 궁전으로 쏟아져 들었지만 그곳은 이미 빈껍데기일 뿐이었다. 독재자도 없었고, 두 딸도 없었으며, 비서도, 재산도 무엇 하나 눈에 띄질 않았다. 그날 이후, 그의 행방을 아는 자는 아무도 없었다. 유럽의 신문에서 그 사람의 현재 상황에 대해 몇 번인가 보도를 한 적이 있었다.

베인스가 말을 이었다.

"조사해보면 알겠지만 산 페드로의 국기는 그 편지에 적혀 있던 녹색과 흰색으로 되어 있습니다. 그는 지금 헨더슨이라는 이름을 쓰고 있지만 저는 과거로 거슬러 올라가 지난날의 그의 행적을 조사해봤습니다. 파리, 로마, 마드리드, 바르셀로나. 산 페드로를 출발한 배는 1886년에 바르셀로나에 도착했습니다. 복수를 꿈꾸던 사람들은 계속 그의 뒤를 쫓았습니다. 그리고 이제야 그가 있는 곳을 찾아낸 것입니다."

"1년 전에 그를 찾아냈어요."

조금 전부터 자리에서 일어나 베인스의 말을 열심히 듣고 있던 버넷 씨가 이야기를 시작했다.

"전에도 파리에서 암살 계획을 세웠던 적이 있었어요. 하지만 악마가 그 사람을 지키고 있는 걸까요? 이번에도 용감하고 고귀한 가르시아가 목숨을 잃고 그 괴물은 목숨을 부지했어요. 하지만 그를 처단하려는 사람들이 끊임없이 일어나 언젠가는 정의가 실현될 날이 오고야 말 거예요. 내일 새로운 태양이 떠오르듯 이 일은 반드시 실현되고 말 겁니다."

그녀가 가느다란 손을 굳게 쥐었다. 격렬한 증오심 때문에 여윈 얼굴이 창백하게 변해 있었다.

"그런데 당신은 이번 사건에 왜 관여하게 된 거죠? 영국인 여자가 이런 피비린내 나는 사건에 관여할 줄이야."

홈즈가 물었다.

"이것 말고는 달리 정의를 실현할 방법이 없었기 때문이에요. 몇 년 전에 산 페드로에서 흘렸던 대량의 피와 그 사람이 배에 가득 훔쳐 달아난 재산에 대해서 영국의 법률이 뭘 어떻게 해줄 수 있단 말입니까? 당신들에게는 아무런 관계도 없는 사건으로만 여겨지겠지요. 하지만 우리는 알고 있어요. 슬픔과 고통을 통해서 진실을 배웠거든요. 돈 무릴로 같은 악마는 지옥에도 없을 거예요. 희생자들이 복수를 부르짖고 있는 한, 우리에게 평화란 있을 수 없어요."

"그는 틀림없이 난폭한 사람입니다. 그가 얼마나 난폭한 사람인지 나도 들은 적이 있어요. 그가 당신에게 어떤 짓을 했나요?"

"전부 말씀드리도록 하지요. 그 악당은 자신의 지위를 위협할 만한 우수한 인물이 나타나면 언제나 적당한 구실을 만들어 그를 죽였어요.

제 본명은 빅토리아 두란도에요. 남편은 런던에 주재하고 있던 산 페드로의 공사였죠. 우린 런던에서 만나 결혼했어요. 남편처럼 훌륭한 사람은 이 세상에 없을 거예요. 불행하게도 남편에 대한 평판을 들은 무릴로가 그럴 듯한 구실로 남편을 본국으로 불러들여 살해했어요. 운명을 예감했던 것인지 남편은 저를 절대로 데려가려 하지 않았어요. 그의 재산은 전부 몰수당했고, 남은 것이라고는 약간의 돈과 찢어진 마음뿐이었어요.

그 후, 폭군은 실각했어요. 그리고 조금 전에 말씀드렸던 것처럼 외국으로 도망쳤어요. 하지만 그 사람 때문에 인생을 망치거나, 가족과 사랑하는 사람을 잃은 수많은 사람들은 그런 결말을 원하지 않았어요. 그들은 결사를 만들어 목적을 달성할 때까지 결코 해산하지 않겠다고 굳게 다짐했어요.

권력을 잃은 폭군이 이름을 헨더슨으로 바꿨다는 사실을 알아냈어요. 저는 그들 가족에게 접근해서 그들의 동정을 살피고 그것을 동료들에게 알려주는 역할을 맡게 되었죠. 그래서 가정교사로 가장하여 그 집에 잠입했어요. 식사를 할 때마다 마주치는 여자가, 예고 1시간 만에 죽여버린 남자의 미망인일 거라고는 생각지도 못했을 거예요. 저는 그 남자에게 상냥하게 대했고, 아이들에 대한 제 의무도 충실히 수행하면서 기회를 엿봤어요. 파리에서의 계획은 실패로 돌아가고 말았어요. 그들은 유럽 여기저기를 돌아다니며 도망다니다 드디어 추적자들을 따돌리고 하이 게이블 저택으로 돌아왔죠. 이 집은 그가 영국에 처음 왔을 때 산 집이에요.

하지만 여기에서도 정의의 사자가 그를 기다리고 있었어요. 산 페드로 고관의 아들인 가르시아가. 가르시아는 그 사람이 언젠가 이곳으로 돌아올 것이라 믿고 신분은 낮지만 신뢰할 수 있는 동료 두 사람과 함께 여기서 기다리고 있었던 거예요. 세 사람 모두 복수심을 불태우고 있었어요. 무릴로는 한시도 경계를 늦추지 않고 어딜 가든 심복인 루카스—산 페드로에 있을 때의 이름은 로페스—를 데리고 다녔어요. 따라서 낮에는 도저히 손을 쓸 수가 없었죠. 하지만 밤에는 혼자 자기 때문에 그를 덮칠 기회가 있었어요.

드디어 거사를 치르기로 한 날 밤, 저는 미리 약속한 대로 가르시아에게 마지막 지시를 보냈어요. 왜냐하면 무릴로는 끊임없이 경계를 늦추지 않고 침실을 자주 바꿨거든요. 저는 문을 미리 열어놓고 마차 길에 면한 창으로 가서 녹색이나 흰색 등불로 일을 실행에 옮겨도 되는지 연기해야 하는지를 그들에게 알리려 했어요. 하지만 그 모든 일이 수포로 돌아가고 말았어요. 비서인 로페스가 저를 전부터 의심하고 있었던 거예요. 가르시아에게 보낼 편지를 완성시킨 순간 뒤에 숨어 있던 그가 저를 덮쳤어요.

저를 방으로 끌고 간 그와 무릴로는 반역자라며 저를 몰아세웠어요. 물론 그 자리에서 찔러 죽이고 싶었겠지만 그러면 뒤처리가 힘들어지기 때문에 그러지는 않았어요. 둘이 오랜 얘기를 나눈 끝에 저를 죽이는 건 너무 위험하다는 결론을 내리더군요. 하지만 가르시아는 영원히 없애야겠다고 그들은 결심했어요. 제게 재갈을 물린 뒤 팔을 비틀어 가르시아의 주소를 자백하도록 했어요. 그들이 가르시아를 죽일 생각이었다는 사실을 알고 있었다면 비록 팔이 찢겨져 나간다 할지라도 결코 자백하지 않았을 텐데. 로페스는 제가 쓴 편지에 수신인을 적고 커프스단추로 봉인한 뒤, 하인 호세에게 그것을 전달하라고 했어요.

그들이 어떻게 가르시아를 죽였는지는 모르겠어요. 어쨌든 실제로 그를 죽인 건 무릴로에요. 로페스는 집에 남아서 저를 감시했거든요. 구불구불한 오솔길 옆에 있는 가시금작화 수풀 속에서 기다리고 있다가 이곳으로 오던 가르시아를 습격했을 거예요. 처음에는 가르시아를 집 안까지 끌어들인 다음, 도둑을 발견하여 죽인 것처럼 꾸밀 생각이었어요. 하지만 이 집에 경찰을 불러들이면 곧 그들의 정체가 알려져 앞으로도 계속해서 공격을 받게 될 것이라고 얘기하는 것을 들었어요. 가르시아의 사망 소식에 다른 사람들이 겁을 먹고 복수를 포기할지도 모른다고도 말했어요.

모든 일이 그들의 뜻대로 진행됐어요. 한 가지 문제는 제가 범행사실을 알고 있다는 것이었어요. 그러니 하루에도 몇 번씩 저를 죽이고 싶었을 거예요. 그들은 제가 전에 쓰던 방에 저를 가둬놓고 무시무시한 말로 협박하기도 하고, 정신이

나가버릴 정도로 학대를 가하기도 했어요. 이 어깨에 찔린 자국과 두 팔의 멍을 보세요. 그때 창 밖으로 커다란 소리를 질렀더니 재갈을 물리더군요.

그런 끔찍한 날들이 5일이나 계속됐어요. 그동안 그들은 먹을 것도 제대로 주지 않았어요. 오늘 오후가 돼서야 드디어 제대로 된 식사를 가져왔는데 먹기를 마친 순간 마약을 먹었다는 사실을 알게 됐어요. 마약 때문에 정신이 몽롱해진 저는 반은 끌려가다시피 해서, 반은 업혀가다시피 해서 마차에 올랐어요. 그리고는 그대로 기차에 끌려올라갔어요. 기차가 움직이려는 순간, 지금이 아니면 도망칠 기회가 없을 것이라는 사실을 깨달았어요.

기차에서 뛰어내렸지만 그들이 금방 쫓아와서 다시 끌고 가려 했어요. 만약 이 사람이 마차에 태워주는 친절을 베풀지 않았다면 저는 억지로 끌려가고 말았을 거예요. 덕분에 그 사람들의 손길이 미치지 않는 곳으로 도망칠 수 있었어요."

우리는 모두 이 놀라운 얘기에 도취해 있었다. 처음으로 입을 연 것은 홈즈였다.

"이것으로 모든 문제가 끝났다고 볼 수는 없겠는걸. 경찰의 조사는 끝났지만 지금부터는 법률이 제 역할을 해줘야 하니까."

홈즈가 고개를 옆으로 흔들며 말했다.

"맞는 말이야. 언변이 뛰어난 변호사에게 걸리면 정당방위

로 풀려날지도 모르겠어. 실제로는 수많은 범죄를 저질렀겠지만 재판에 걸 수 있는 건 이번 사건뿐이니."

내가 말했다.

"글쎄요, 제 생각에는 법률이라는 것도 꽤 쓸 만한 녀석 같습니다만. 틀림없이 정당방위라는 것이 있기는 합니다. 하지만 살인을 목적으로 냉혹하게 타인을 불러들였다면 그건 도저히 정당방위가 될 수 없습니다. 설사 상대방에게서 위협을 느끼고 있었다 할지라도. 하이 게이블 저택 사람들을 다음에 열리는 길포드 순회재판에 회부하면 틀림없이 우리의 주장이 받아들여질 겁니다."

지금은 옛날얘기가 되어버렸지만 '산 페드로의 호랑이'가 죗값을 치른 것은 그로부터 좀 더 시간이 흐른 뒤였다. 교활하고 대담한 폭군과 그의 동행은 에드몬튼 가에 있는 하숙집에서 묵는 척하고 뒷문을 통해 커즌 광장으로 빠져나가 그대로 추격을 따돌리고 달아났다. 이후 영국 내에서는 두 사람의 모습을 찾아볼 수 없었다. 그로부터 약 6개월 후, 마드리드에 있는 에스큐리얼 호텔에서 몬탈바 후작과 그의 비서인 롤리가 살해되었다. 허무주의자의 소행이라고 여겨졌지만 결국 범인은 잡아들이지 못했다.

베인스 경감이 베이커 가에 있는 우리의 하숙으로 찾아와 살해당한 두 사람의 사진을 보여주었다. 검은 피부의 비서와 난폭한 얼굴에 사람들 끌어당기는 듯한 검은 눈, 두꺼운 눈썹을 가진 주인. 조금 늦어지기는 했지만 드디어 정의의 심판이 가해진 것이다.

그날 밤, 홈즈가 파이프로 담배를 피우며 말했다.

"여러 가지 일들이 복잡하게 얽힌 사건이었어, 왓슨. 자네가 좋아하는 아담한 얘기로 정리하기는 힘들 것 같은데. 얘기가 두 대륙에 걸쳐서 진행되고, 베일에 싸인 두 개의 그룹이 등장하니 말일세. 거기다 우리의 존경할 만한 친구 스콧 에클스까지 가세해서 사건이 더욱 복잡해지지 않았나. 에클스를 끌어들이다니 죽은 가르시아의 치밀한 계획과 방어본능에 놀라지 않을 수 없네.

여러 가지 해석이 가능했기 때문에 처음에는 갈피를 잡기가 쉽지 않았지만 우리는 그 훌륭한 경감과 협력해서 중요한 부분만을 확실하게 파헤쳤어. 그 덕분에 험한 길을 더듬어 가기는 했지만 결국에는 진상을 밝혀낼 수가 있었지. 이런 점들이 이번 사건의 특징이라고 할 수 있을 거야. 아직도 명확하지 않은 부분이 있나?"

"요리사가 등나무 집을 다시 찾은 이유는?"

"부엌에 있던 기묘한 미라 때문이었어. 그는 산 페드로의 오지에서 살던 사람으로 그것을 숭배하고 있어. 동료와 함께 미리 준비해둔 은신처로 도망칠 때 —내 생각에는 그 은신처에 또 다른 동료가 살고 있었던 것 같아— 그런 눈에 띄는 물건은 그냥 두고 가자고 동료가 그를 설득했을 거야. 하지만 그는 그것을 끝내 포기하지 못했지. 그래서 이튿날 등나무 집을 다시 찾은 거야. 창문을 통해서 들여다보니 월터스 경찰이 감시를 하고 있었어. 그는 3일 동안 참았지만 신앙이라는 미신의 힘을 이기지 못하고 다시 한 번 저택을 찾은 거야.

베인스 경감은 영리한 사람이었기 때문에 내 앞에서는 그것을 특별히 문제 삼지 않았어. 하지만 실제로는 그것이 매우 중요한 물건이라는 사실을 알고 있었어. 그래서 덫을 놓아 요리사를 잡은 거지. 더 알고 싶은 게 있나, 왓슨."

"갈가리 찢긴 새, 피가 담긴 양동이, 검게 타버린 뼈 등 부엌에 있던 기분 나쁜 물건들은?"

홈즈가 빙그레 웃으며 수첩을 넘겼다.

"오전 시간을 이용해 그 마을에서 대영박물관으로 외출했던 날, 그것에 대해서도 조사를 해봤네. 지금부터 읽는 내용은 에커만의 『부두교와 흑인의 종교』에서 발췌한 내용일세.

「참된 부두교도들은 중대한 일을 치르기에 앞서 사악한 신을 달래기 위해 반드시 산 제물을 바친다. 극단적인 경우에는 인간을 산 제물로 바친 뒤 인육을 먹기도 한다. 보통은 하얀 수탉이나 검은 염소를 제물로 바친다. 수탉은 산 채로 찢으며, 염소는 목을 베어 몸통을 태운다.」

그러니까 그 요리사는 정확하게 의식을 행한 거야. 이상한 얘기 아닌가? 전에도 얘기했지만 이상한 것은 아주 사소한 일을 계기로 재미있는 것이 되어버리기도 하지.”

홈즈는 이렇게 말하며 천천히 수첩을 접었다.

쇼센 전차의 사격수
省線電車の射撃手

운노 주자
海野十三

호무라 소로쿠
帆村荘六

1

수도 200만 시민의 심장을 한순간에 사로잡아버렸다는 평판이 있는 이 '사격수' 사건이 돌연 신문 3면 기사의 왕좌에 오른 그날의 일, 도쿄 ××신문의 젊은 기자인 가자마 야소지 군이 이번 사건과 관계가 있다고 지금 주목받고 있는 다섯 인물을 두루 찾아가 교묘하게 취재해온 메시지를 그의 수첩에서 잠깐 실례해 열거해보기로 하겠다.

*　　　　　*　　　　　*

"나는 탐정소설가인 도나미 산시로다. 예전부터 나는 원고지 위의 탐정사건만을 다루는 것에 만족하지 않고 뭔가 적당한 실제 탐정사건에 관여해보고 싶다고 생각하고 있었는데 이번에 우연히도 기회를 얻어 이 '사격수' 사건의 수사에 참여할 수 있게 되었다. …… 그러나 나는 일이 바쁜 데다가, 귀찮은 것을 극도로 싫어하는 성격이기 때문에 사건이 일어나도 언제나 늘 바로 달려가 범죄현장을 조사하는 근면한 모습만은 보일 수가 없다. 사건에 관한 나의 지식은 오에야마 수사과장의 보고에 바탕을 둔 것도 적지 않다."(도쿄 교외, 오사키초 소재

씨<氏>의 저택에서)

　"저는 JOAK방송국 기술부의 사사키 고키치입니다. 이번에는 전혀 엉뚱한 일로 사건과 관계를 맺게 되었습니다. 왜냐하면 저희 저택이 사건의 범죄현장과 가까운 곳에 있고 거기다 상당한 면적을 차지하고 있기에, 범인이 저택 안의 어딘가를 돌아다니고 있는 것이 아닐까 하는 의심에서 경시청의 호출을 수시로 받게 된 것이라고 합니다. 된 것이라고 합니다, 라는 건 묘한 말입니다만, 이건 오에야마 수사과장님의 말씀인데, 저는 그것을 반신반의하고 있습니다. 왜냐하면 제가 과학자라는 구실을 붙여 저와는 관계가 없는 일까지 과학적 의견을 구하는 경우가 아주 많기 때문입니다."(가미메구로의 사사키 저택 안 신축 건물에서)

　"저는 호무라 소로쿠입니다. 다른 본업을 가지고 있고, 부끄러운 말씀입니다만 한편으로는 '아마추어 탐정'을 겸하고 있습니다. 물론 그 방면의 공인은 얻었고 지금의 수사과장인 오에야마도 저를 알고 있습니다. 이번 살인사건은 특별히 의뢰를 받은 것은 아니나 늘 주의를 기울이고 있습니다. 사건의 경과에 따라서 어쩌면 제일선에 서게 될지도 모르겠습니다. 저는 이번 사건에 커다란 매력을 느끼고 있습니다."(전화로)

　"저는 아카보시 류코라고 해요. 저는 제 자신에 대해서 별로 말씀드리고 싶은 마음이 들지 않아요. 그것 때문에 더욱 의심을 받게 된다 할지라도 할 수 없는 일이에요. 이런 사건에 저처럼 아무런 죄도 없는 사람이 말려들다니, 제 평생의 불운이라 생각하고 있어요. 아무래도 상관없어요."(도쿄 교외, 시부야마치 우구이스다니 아파트에서)

"오에야마 경위. 나이 37세. 경시청 형사부 수사과장. 재직만 10년. 이번 쇼센 전차 안에서 일어난 살인사건은 본관을 비롯해 경시청을 한껏 우롱한 사건이기에, 이후 힘껏 탐색한 결과 얼마 전 마침내 범인을 특정할 수 있게 되었으니 머지않아 사건 해결에 이르게 될 것이다. 한편 본관을 두고, 미국 시카고의 악한 단장인 알 카폰에게 매수당한 우리 시 경찰서장 모씨와 비교하는 자가 있다는 사실은 분개를 넘어 참으로 웃음을 금할 길이 없는 일이다."(경시청에서, 타이프라이터로 친 원문을 직접 건네받음)

*　　　　*　　　　*

한편 '사격수' 사건의 처음 발단은 다음과 같다.

2

벌써 9월도 저물고 10월이 다가오려 하고 있는데 그해에는 어떻게 된 일인지 극심한 더위가 언제까지고 식을 줄 몰랐다. '11년 만의 기상 대이변'이라고 중앙기상대가 신문지상에 변명의 기사를 실었을 정도였다. 부흥 신시가를 끌어안고 있는 수도에서는 낮이면 아스팔트 노면이 열기를 가득 머금어 곳곳에서 부글부글 새카만 점액을 내뿜고 있었으며, 두꺼운 콘크리트 벽은 불타오를 것처럼 달구어졌고, 옆의 길과 맞은편 골목에서도 더위에 머리가 이상해진 희생자들이 발생할 정도의 소동이 벌어졌다. 밤이 되면 그렇게 맹위를 떨치던 더위도 점차 누그러들어 녹초가 된 수도의 사람들은 그저 시원함을 찾아 잠을 탐닉할 뿐이었다. 수도의 교외에 가만히 고리 모양을 그리며 달리는 쇼센 전차는 모든 창을 활짝 열어젖히고 시속 50㎞의 시원한 바람을 일으키는 인공냉각으로 승객의 졸음을 거들었다. 어느 전차에나 인사불성으로 잠을 자고 있는 승객들이 넘쳐나서 마치 병원전차가 달리고 있는 듯했다. 그런 때에 이 사격사건이 발생했다. 그 첫 번째 사건이.

시간을 말하자면 9월 21일 오후 10시 반에 가까운 때, 시나가와 방면으로 가는 쇼센 전차가 신주쿠, 요요기, 하라주쿠, 시부야를 거쳐 에비스 역을 출발해 다음 역인 메구로 역을 향해 대략 그 중간쯤이라 여겨지는 지점을 전속력으로 달리고 있었다. 이 부근을 지난 적이 있는 독자는 잘 알고 계실 테지만 화려한 시부야와 에비스 거리의 등불도 에비스 역을 한 걸음 나서면 갑자기 호젓해져서 선로 양쪽으로는 썰렁하게 인적이 없는 에비스 맥주회사의 공장과, 등불도 새어나오지 않는 조용한 몇몇 주택과, 울창한 숲에 둘러싸인 두어 개의 널따란 저택 등이 있을 뿐이고, 그 사이사이에는 기복이 있고 풀이 무성한 제방이나 벌건 흙이 그대로 드러난 크고 작은 절벽이나 연못이라고도 물웅덩이라고도 말할 수 없는 호 등이 있어서 전차의 창으로 머리를 내밀어 볼 것도 없이 칠흑 같이 어둡고 음산한 기분이 드는 곳이다. 이 부근을 전차가 달릴 때면 전압이 갑자기 떨어지기라도 한 것처럼 차 안의 전등까지 슥 어두워진다. 게다가 선로가 좋지 않은 것인지, 혹은 분기점과 육교 등이 많은 탓인지 창밖에서 물어뜯는 듯 덜컹 웅웅하는 시끄러운 소리가 들어와 기분이 좋지 않다. 그런 지점에 그 쇼센 전차가 들어선 것이었다.

그 전차는 6량이 연결되어 있었는데 앞에서부터 헤아려 네 번째 차량 안에 여러분들이 잘 알고 계시는 탐정소설가 도나미 산시로가 타고 있었다. 만약 독자 여러분이 그 차량에 동승하고 있었다면 틀림없이 우습다고 생각했을 것이다. 왜냐하면 도나미 산시로는 『신청년』에 기고한 수필에서 이렇게 말한 적이 있었기 때문이다.

「나는 전차에 탈 때면 가능한 한 젊은 여성 근처를 골라 자리를 잡는다. 그녀의 비릿한 체취와 가슴이 미어질 듯 관능적 색채로 넘쳐나는 옷과 그 아래로 통통하게 살이 오른 몸 등은 평소 우리가 맛보아야 할 가장 값싸고 합리적인 회춘법이다.」라고. 그리고 아니나 다를까 도나미 산시로의 맞은편에는 분홍색 원피스에 터질 것처럼 통통하고 새하얀 두 팔을 드러낸 열일고여덟 살쯤의 아름다운 소녀가 있었는데 창틀에 하얀 베레모를 쓴 머리를 기대고 탄력 넘치는 붉은 입술을 가볍게 벌린 채 잠을 자고 있었다. 그리고 도나미 산시로의 옆자리에는 한없이 청순하게 머리를 갈라 묶고, 시원시원하게 커다란 무늬가 들어간 자주색과 하늘색 그레이프 천으로 지은 기모노에 담황색 여름용 허리끈을 맨, 스무 살에서 둘이나 셋쯤 더 나이를 먹은 듯 보이는 순수 일본풍 미녀가 있었다. 차 안에 드문드문 눈을 뜨고 있는 사람들은 이 두 아름다운 대조에 은근슬쩍 시선을 던지고는 하품을 참았다.

차의 바퀴가 분기점과 맞물렸는지 덜컹덜컹 요란한 소리를 낸 것과, 차량 가까이로 육교의 거대한 교각이 부웅 스쳐지나간 것이 동시였다. 승객들은 앞뒤로 흔들흔들 흔들리는 것을 느꼈다. 그 소음과 격동에 영향을 받은 것처럼 예의 원피스를 입은 미소녀의 몸이 앞쪽으로 슬슬슬 미끄러졌다. 양 무릎을 동시에 바닥 위에 털썩 찧더니 살갗을 허옇게 드러낸 채 축 늘어진 두 팔로 바닥을 짚으려 하지도 않고 몸을 휙 오른쪽으로 비틀며 그대로 푹 전차 바닥에 엎드려 쓰러졌다.

차 안의 사람들은 소녀가 졸다가 깊이 잠들어 그만 쓰러져버리고 만 것이라고 생각했다. 승객들은 감겨 올라간 옷 사이로 드러난 하얀 속바지와 무서울 정도로 새하얀 허벅지 일부에 불타오를 것 같은 시선을 보내며, 곧 그 소녀가 일어나 얼마나 매력에 넘치는 수치심을 내보일지 기대하고 있었다. 그러나 모두의 기대를 저버린 채 소녀는 좀처럼 일어나려 하지 않았다. 꿈쩍도 하지 않았다.

"뭔가 좀 이상하지 않나요, 여러분?"

이렇게 말하며 일어선 것은 상인풍의, 마흔 가까이 되어 보이는 남자였다. 사람들이 웅성거리며 우르르 소녀 주위로 달려갔다.

"얼른 일으켜 세워."

이렇게 말한 것은 탐정소설가인 도나미 산시로의 날카로운 목소리였다.

"이봐요, 아가씨."라며 재빠르게 앞으로 나선 상인풍의 사내가 소녀의 어깨를 찔렀다. 물론 소녀는 아무런 응답도 없었다. 그랬기에 그는 오른손을 소녀의 어깨에, 그리고 왼손을 아래쪽에서 소녀의 가슴에 찔러 넣어 휙 안아 일으켰다. 소녀의 머리가 힘없이 가슴으로 떨어졌다.

"앗" 안아 일으킨 소녀를 앞에서 들여다보고 있던 남자가 낯빛을 바꾸더니 뒤에 있는 사람의 가슴에 몸을 기댔다.

"피다. 피—피, 피, 핏." 그 옆에 있던 남자가 정신이 이상해진 것 같은 목소리로 떨며 외쳤다.

"아앗!" 상인풍의 남자는 깜짝 놀라 앞뒤 따져보지도 않고 소녀의 몸을 그 자리에 털썩 내던졌다.

도나미 산시로가 그를 대신해 앞으로 나서서 가만히 소녀의 몸을 똑바로 눕혔다. 사람들 앞에 소녀의 아름다운 죽은 얼굴이 처음으로 분명하게 드러났다. 왼쪽 가슴을 중심으로 옷이 선혈에 축축하게 물들어 있었다. 그리고 바닥의 사방 2자

정도 되는 면적을 새빨갛게 물들인 것으로 봐서 매우 순간적으로 다량의 출혈이 있었던 모양이었다.

"차장은 없는가? 이미 틀린 듯하지만 일단은 얼른 의사에게 보여야 해."

그때 차장이 왔다.

"여러분, 저 뒤로 물러나세요. 전차는 지금 전속력으로 다음 역을 향해 서둘러 가고 있으니……."

말이 채 끝나기도 전에 전차는 비명과도 같은 비상 경적을 울리며 메구로 역 구내로 돌입하고 있었다. 전차가 정차하기도 전에 전무차장인 구라우치 긴지로는 플랫폼으로 훌쩍 뛰어내려 역장실로 달려 들어가자마자 의사와 경시청에 전화를 걸었다. 그 사이에 전차는 멈췄고 미소녀가 쓰러진 네 번째 차량의 승객들은 모두 밖으로 내몰렸다.

3

달려온 부근의 의사는 전차 바닥 위에 쓰러진 미소녀에 대해서 손쓸 방법을 가지고 있지 못했다. 왜냐하면 그녀의 심장 윗부분이 한 발의 총알에 의해서 그대로 뚫려 있었기 때문이었다. 총알은 왼쪽 등 부분의 늑골에 걸려 있는 듯 옷을 벗겨본 소녀의 등에는 총알이 빠져나간 흔적이 보이지 않았다. '총탄에 의한 심장 관통 — 물론 즉사'라고 의사는 단정했다.

비참하게 죽은 사체를 실은 전차는 그대로 회피선으로 옮겨졌으며, 경시청에서는 오에야마 수사과장 일행이 도착했고, 검사국 가리가네 검사의 얼굴도 보였으며, 관계자들이 모이기를 기다렸다가 전차를 그대로 조사실로 삼아 취조가 시작되었다.

오에야마 경위가 약간 창백하고 신경질적인 얼굴을 꿈틀움직이며 전무차장인 구라우치 긴지로를 불렀다.

"구라우치 군, 자네가 알고 있는 사실을 일단 얘기해보기 바라네."

"네, 그게 이렇게 된 겁니다."라며 그는 관계자들 앞에 있는 조그만 책상 위에 노선도와 전차 안의 겨냥도를 펼쳐놓고, 그가 승객들의 말을 듣고 살인현장으로 달려간 뒤에 본 사실과 승객으로부터 들은 그 이전의 이야기 등, 이미 독자 여러분께서 알고 계시는 사실을 들려주었다.

"사건이 일어났을 때 자네는 어느 위치에 있었는가?" 오에야마 경위가 심문했다.

"네, 역시 그 네 번째 차량에 있었지만 차장실이 따로 있기 때문에 바로 알아차리지는 못했습니다."

"자네는 차장실의 어디쯤에 있었지?"

"오른쪽 창 부근에 머리를 기대고 있었습니다."

"사건 전후라고 여겨질 때쯤, 뭔가 권총의 음향 같은 소리는 듣지 못했는가?"

"전차 소리가 시끄러워서 듣지 못했습니다."

"자네는 창밖의 어둠 속에서 무엇인가 번쩍 빛나는 것을 보지 못했는가?"

"네, 그런 건…… 특별히."

"자네의 위치에서 차 안이 보였는가?"

"보이지 않았습니다. 커튼이 내려져 있었기에……."

"차 안으로 들어갔을 때, 총기에서 나온 연기 같은 것이 맴돌고 있지는 않았는가?"

"없었습니다."

"차 안의 손님은 몇 명 정도였고, 남녀의 성별은 어떻게 되었지?"

"글쎄요. 서른 명 정도 됐을 겁니다. 여성 승객이 네다섯 명쯤이었고 나머지는 남자와 아이들이었습니다."

"그 차의 정원은?"

"102명입니다."

"이건 참고를 위해서 대답을 해주었으면 하는데, 그때 총알은 차 안에서 발사된 것 같은가, 아니면 차 밖에서 발사된 것 같은가? 자네는 어느 쪽이라고 생각하는가?"

소녀가 총에 맞아 죽었을 당시의 사정을 전혀 알지 못하는 전무차장에게 이런 것을 묻는 오에야마 경위의 질문은 참으로 우문이라고밖에 여겨지지 않았다.

"차 안에서 쏜 게 아닐까 싶습니다."

전무차장인 구라우치는 경위의 우문에 필적할 만한 우답(愚
答)을 망설이지도 않고 불쑥 내놓았다.

"그럼 자네는 어째서 그 차량에 있던 승객들을 구속해놓지
않았는가?"

"……이제 와서야 그런 생각이 들었기에."

"그렇게 생각하는 근거는 뭐지?"

"특별히 근거는 없지만, 왠지 그랬을 것 같다는 생각이
듭니다."

"그렇다면 어쩔 수 없는 일이군. 말하기 거북하면 여기에
계시는 그때의 승객들을 잠시 물러나게 한 뒤 자네의 생각을
이야기해도 상관없네만……."

차 안에 있던 승객들의 대부분은 사건에 엮이기 싫었는지
사람이 죽은 전차가 메구로 역 플랫폼에 도착하자마자 뿔뿔이
흩어져버려 여기까지 따라온 사람은 겨우 2명이었다. 그 가운
데 한 사람은 왼손을 소녀의 피로 새빨갛게 물들인 상인풍의
40세쯤 되어 보이는 사내였고, 다른 한 사람은 탐정소설가인
도나미 산시로였다.

"마마말도 안 되는 소리 하지 마."라고 그 상인풍의 남자가
더는 참지 못하고 껴들었다. "자네는 지금 차 안에 있던 사람이
쐈다고 말했지만, 자네가 나온 건 한참 뒤의 일 아닌가? 그렇게
늦게 나왔으면서 뭘 알겠어? 무엇보다 나는 그 차 안에 있었지

만 권총 소리를 듣지 못했어. 당신도 듣지 못했죠?'라며 도나미 산시로 쪽을 돌아보았다.

도나미는 말없이 고개를 가볍게 끄덕였다.

"그것 봐. 총알은 틀림없이 창 밖에서 날아든 거야. 아무런 근거도 없는 말은 함부로 하지 말았으면 좋겠어. 네 녀석의 멍청한 행동 때문에 많은 사람 가운데서 우리 두 사람만 여기로 끌려왔는데 거기다 살인자라고 증언하다니, 장난치는 것도 아니고……."

"이봐, 하야시 산페이, 조용히 하지 못하겠어."라고 차장에게 덤벼들려 하는 상인풍의 남자를 제지한 것은 오에야마 경위였다. "도나미 산시로 씨께서 뭔가 다른 진술을 해주셨으면 합니다만."

"저는 약간 의견을 가지고 있습니다. 조금 전에도 말씀드린 것처럼 저는 탐정소설가라는 입장에서 말씀을 드릴 것이기에 어쩌면 사실과 커다란 차이가 있을지도 모르겠습니다. 저는 살해당한 미소녀, 이치미야 가오루라고 했었지요? 가오루 씨의 바로 맞은편에 있었는데, 분명히 권총의 폭음은 듣지 못했습니다. 하지만 약간 귀에 남는 둔탁한 소리를 들었습니다. 글쎄요, 공기를 쉭 가르는 듯한 소리였습니다. 아주 둔탁하고 또 희미한 소리였습니다. 그건 아무래도 오른쪽 귀로 들은 듯합니다. 오른쪽 귀는 전차의 진행방향 쪽에 있던 귀입니다. 그 방향으로는 구라우치 군이 있었던 차장실이 있습니다. 그리고 그 오른쪽 귀가 있는 옆에는 2자 정도 떨어져서 일본식으로 머리를 묶은 여성이 앉아 있었습니다. 이런 사실들을 종합해서 생각해보자면 총알은 제 몸의 오른쪽에서 날아온 듯합니다. 하야시 씨는 저의 훨씬 왼쪽에 있었으니 관계가 없을 듯합니다. 차 안에서 쏜 것이라면 저 역시도 혐의자 중 한 사람이 될 테지만, 저의 오른쪽에 있던 사람들도 동시에 의심해보아야 할 것입니다. 일본식으로 머리를 묶은 여성은 물론, 실례되는 말이지만 구라우치 차장도 마찬가지입니다."

"그렇다면 당신도 차 안에서 쏜 것이라고 생각하십니까?"라고 오에야마 경위가 물었다.

"아니요, 저는 오히려 차 밖에서 쏜 것이라는 설을 채택하고 싶습니다. 총알은 차 밖에서 발사되어 예의 일본식으로 머리를 묶은 여성과 저 사이를 지나 정면에 있던 이치미야 가오루 씨의 가슴팍을 꿰뚫은 것입니다. 쉭 하는 소리는 총알이 제 오른쪽 귀를 스치고 지나갈 때 들려온 것이라고 생각합니다."

"그 외에 더 들려주실 말씀은 없으십니까?"

"현장에 있던 사람으로서는 더 이상 할 말이 없습니다. 노파심에서 말씀드리자면 그 현장 부근을 폭넓게 찾아보시기 바랍니다. 만약 그때 총알이 승객에게 맞지 않았다면 총알은 창밖으로 날아갔을 것이라 여겨집니다. 아니, 그런 총알이 이미 여럿 떨어져 있을지도 모릅니다. 그런 데서 범인의 단서를 잡을 수 있지 않을까 싶습니다. 시체도 잘 살펴봐야 할 듯하니다만, 뭔가 이상한 점은 없었습니까?"

"이거 감사합니다."라고 경위는 도나미 산시로의 질문에는 답하지 않고, 그에게 감사의 인사를 했다.

4

오에야마 수사과장은 경시청의 한 방에서 혼자 '쇼센 전차 사격사건'에 대한 생각을 정리하기에 노력하고 있었다.

도나미 산시로가 '이치미야 가오루의 시체에 이상한 점은 없었습니까?'라고 물은 것은 형안(炯眼)이었다. 시체가 입고 있던 옷의 왼쪽 주머니에 이상한 작은 헝겊이 들어 있었다. 그것은 마치 셔츠의 목깃 아래에 달아놓는 제조자의 상표 같은 것으로 크기 사방 3cm 정도의 파란색 작은 헝겊이었는데, 가운데 하얀 십자가가 있고 그 십자가 위에 겹쳐지게 빨간 실로 옆을 보고 있는 해골이 수놓아져 있었다.

이 해골이 수놓인 작은 헝겊은 무엇을 나타내는 것일까?

일종의 부적과 같은 것일까 생각도 해보았다. 너무나도 평범했다.

문득 떠오른 것은, 이건 어떤 불량소녀단의 단원장이 아닐까 하는 생각이었다. 살해당한 이치미야 가오루는 ××여학교 교장의 사랑스러운 딸이었으나, 교육가 집안에서 불량아가 나오는 것은 그리 드문 일이 아니었다. 가오루는 불량소녀였는데 동료들 사이의 규율을 어겨 살해당한 것이라고 생각해보는 것은 어떨까?

오에야마 경위는 급사를 불러 불량소녀 조사부를 가져오게 해서 블랙리스트를 구석구석 꼼꼼하게 살펴보았으나, 가오루의 이름도 그 이상한 휘장도 보이지 않았다. 그렇다면 미검거 불량단일까?

이렇게 생각한다면 총알은 차 안에서 쏜 것이라고 보는 편이 타당할 듯했다. 하지만 차 안에서 팡하는 소리를 들은 사람이 없지 않은가? 그렇다면 소음 권총을 쓴 것이라고 생각하는 것은 어떨까?

하지만 승객의 대부분은 달아나버리고 말았다. 상인이라 칭하는 하야시 산페이와 소설가인 도나미 산시로를 의심하는 것은 가장 마지막에 해야 할 일이다. 차장인 구라우치는 혼자서 차장실에 있었던 만큼 변명에 약간 분명하지 않은 부분이 있다. 답변에 약간 속이는 듯한 부분이 없는 것도 아니다. 그는 권총 소리를 듣지 못했다고 했다. 소음에 익숙해져 있는 그가 권총 소리를 듣지 못했다고 했으니 그건 사실일 것이다.

그런데 형사가 나가서 현장 부근의 주민들에게 물어본 결과 당일 밤 10시와 11시 사이에 폭음을 들었다고 하는 사람이 셋 나타났다. 그 가운데 한 사람은 현장에서 비교적 가까운 곳에 있는 건널목을 지키던 사람인데, 언덕에 울릴 정도로 상당히 커다란 소리였다고 했다. 하지만 발포 소리라기보다는 자동차 타이어가 터지는 듯한 소리에 더 가까웠다고 했다. 그에 대해서는 수도 전체의 택시와 자가용 자동차에 대해서 조사를 하고 있으니 이삼일 안으로 판명되리라.

만약 그것이 발포 소리였다면 차장의 귀가 어떻게 되었다는 얘기 아닌가? 전차의 소음은 차 안보다 오히려 차 밖에서 더 크게 들릴 테니. 전무차장실의 문을 살짝 열고 소음 권총으로 쏘았다고 생각해보는 것은 어떨까? 그렇다면 총알은 가오루의 왼쪽 가슴을 측면에서 꿰뚫은 셈이 된다. 그러나 총알에 의한 그녀 가슴의 흔적은, 아주 약간 왼쪽으로 기울어 있기는 하지만 거의 정면에서 똑바로 들어간 것이다. 이건 아니야. 그렇다면 전차의 진행 중에 그는 창을 통해 지붕으로 기어 올라가 지붕 위의 난간에 발을 넣고 거꾸로 매달리면 얼굴이 정확히 창의 위쪽 틀에 올 테니, 그대로 박쥐처럼 매달려서 소음 권총을 쏘았다. 그렇게 일을 마친 뒤 아무렇지도 않은 얼굴로 차장실로 돌아와 실내의 소동을 그제야 깨달은 듯한 표정을 가장하고 달려갔다. 음, 이건 불가능한 일이 아니야. 차장 구라우치 긴지로의 신변을 조금 더 살펴봐야겠군.

"똑, 똑!"하고 문을 두드리는 사람이 있었다.

"들어와요." 오에야마 경위가 문 쪽을 바라보았다. 문이 슥 열렸다. 들어온 것은 급사였다.

"속달입니다." 이렇게 말한 급사는 과장의 책상 위에 커다란 갈색 포장지에 싸인 네모난 꾸러미를 놓고 밖으로 나갔다.

경위는 조심스럽게 꾸러미를 풀어보았다. 안에는 『라디오의 일본』이라는 잡지의 1930년 12월호가 한 권 들어 있을 뿐이었다. 그것을 집어 스르륵 페이지를 넘기다보니 중간쯤에 페이지를 접어놓은 곳이 있었다. 그곳을 펼쳐보니 희고 조그만 헝겊이 책갈피처럼 끼워져 있고 화살표가 그려져 있었다. 화살표가 가리키는 곳에는 빨간 색연필로 밑줄을 그은 기사가 있었다. 제목은 「무선과 잡음에 관한 연구」였고 '오이소 HS생'이라는 사람이 쓴 글이었다. 오에야마 경위에게 있어서 무선에 관한 기사는 조금도 고마운 것이 아니었다. 그는 잡지를 내려놓으려다 '잡음'이라는 글자가 전차의 소음과 관계가 있지나 않을까 싶어 어쨌든 띄엄띄엄 읽기 시작했다. 그는 곧바로 자신이 잘못 생각했음을 깨달았는데, 그 기사는 생각보다 평이했고 그 내용은 오에야마 경위의 주의를 환기시키기에 충분한 것이었다.

「무선과 잡음에 관한 연구」를 떠올린 HS생은 도카이도 철도 오이소 역에서 그리 멀지 않은 언덕배기에 살고 있는 사람이었다. 그의 집에는 라디오 수신기가 있는데 라디오를 듣고 있으면 라디오 소리를 알아들을 수 없을 정도로 지지직하는 커다란 잡음이 하루에도 수십 번씩 들려오곤 했다. 그는 라디오에서 잡음이 일어나는 시각을 알아보았는데, 그것이 매일 일정한 시각에 지지직 들린다는 사실을 발견했다. 그리고 더욱 탐구를 해보니 잡음의 원인은 집 앞을 지나는 열차의 전기기관차와 위에 걸린 전선이 접촉하는 부분에서 조그만 불꽃이 일어나기 때문이었고, 특히 커다란 잡음은 전선의 연결부분에서 일어난다는 사실을 알게 되었다. 그 결과 수신기의 잡음을 헤아리며 시계를 보고 있으면 열차가 매번 몇 ㎞의 속도로 달리는지, 또 열차가 어느 지점을 달리고 있는지를 집 안에 있으면서도 훤히 알 수 있게 되었다고 한다. HS생은 오이소 부근의 지도와 잡음의 크기를 나타내는 곡선도를 아주 많이 삽입해서 이것을 설명해놓았다.

"이거 재미있는 발견이로군."하고 오에야마 경위는 자신도 모르게 혼잣말을 했다. "그런데 이 기사가 어쨌다는 말이지?"

쇼센 전차 사격사건과 어떤 관계가 있는 듯 했지만, 그게 어떤 관계지, 라는 질문을 받는다면 설명은 할 수 없을 듯했다. 그저 막연하게 관계가 있을 것 같다는 느낌이 들 뿐이었다. 경위는 그것을 자신의 과학지식 부족으로 돌렸는데, 약간 짜증이 나는 듯한 기분이었다. 그건 그렇고 대체 누가 이 잡지를 보낸 것일까?

다시 문을 두드린 사람이 있었다. 부하인 다다 형사라는 사실은 문을 열지 않아도 알 수 있었다. 들어오라고 하자 아니나 다를까 다다 형사가 들어왔다. 그의 기쁨으로 빛나는 얼굴을 보니 무엇인가를 발견한 것임에 틀림없었다.

"과장님! 드디어 재미있는 것을 찾아냈습니다. 이겁니다."
다다는 이렇게 말하고 조그만 종이꾸러미를 오에야마 경위

앞에 놓았다.

경위가 그것을 들어 펼쳐보니 2개의 약협이었다.

"오오, 이게 어디에 있었지?"

"현장 부근에 있는 사사키 저택의 담 아래였습니다."

"잠깐, 잠깐. 이게 총알과 일치하는지."라고 말하고 경위는 천천히 자리에서 일어나 옆에 있던 유리상자에서 총알을 집어내 약협과 맞춰보았다. 과연 2개는 꼭 맞아서 하나의 물건이 되었다. 경위가 유리상자에서 꺼낸 것은 살해당한 이치미야 가오루의 몸 속에서 뽑아낸 총알이니, 다다 형사가 주워온 것은 틀림없이 그 총알을 쏘았을 때 떨어진 약협이라 여겨졌다. 약협이 2개에 총알은 하나. 거기에 의문이 없는 것도 아니었지만.

"큰일을 해냈군. 그런데 사사키 저택은 조사를 해보았는가, 다다 군."

"얼른 손을 써서 젊은 주인인 사사키 고키치를 데리고 왔습니다. 여기에 들은 이야기를 대략 정리해 놓았습니다."

이렇게 말하며 다다 형사는 조그만 종이쪽지를 건네주었다. 경위는 짐승처럼 낮게 신음하며 다다가 적은 글을 읽었다. "그래, 만나보기로 하지."

안내를 받아 방으로 조용히 모습을 드러낸 사사키 고키치는 서른 살에 가까운 청년 신사였다. 살갗은 검은 편이었으나 부르주아의 아들답게 품위 있고 약간은 고집이 세 보이는 듯한 면이 있었다.

"뜻밖의 일로 폐를 끼치게 됐습니다."라고 오에야마 경위가 매우 정중한 투로 말했다. "사실은 부하가 이런 것을(이라고 말하며 2개의 약협과 하나의 총알을 내보이고) 주워왔습니다만, 약협은 댁의 담 아래에 떨어져 있었고, 총알은 여기에 지도가 있습니다만, 선로를 넘어 댁의 맞은편에 있는 수풀 속에서 주운 것입니다. 뭔가 짚이는 것 없으십니까?"

이렇게 말하고 형사는 하얀 서양 종이 위에 세 가지 물건을 올려 앞으로 내밀었다. 다다 형사는 과장의 엉터리 설명에 어이가 없다고 생각하며 청년의 낯빛을 살펴보았다.

"전혀 없습니다."라고 사사키가 단호하게 대답했다. "지문이 필요하다면 사양 마시고 정식으로 채취하시기 바랍니다."

오에야마 경위는 웃음으로 달아오른 얼굴을 감추려 하며 하얀 서양 종이를 슥 자기 쪽으로 잡아당겼다.

"9월 21일 오후 10시 반에는 어디에 계셨는지 듣고 싶습니다만."

"집에 있었는데 벌써 잠을 자고 있었습니다. 저는 라디오가 끝나면 바로 잠자리에 드니……."

"혼자서 주무십니까?"

"네, 왜 그러십니까? 제 침대에서 혼자 잡니다. 아내는 아직 없습니다."

"누군가, 그날 밤 침대에서 주무시고 계셨다는 사실을 증명해줄 사람 있습니까?"

"있을 리 없습니다."

"10시 반쯤에 총성 같은 소리를 들은 기억 없으십니까?"

"네. 잠을 자고 있었으니."

"직업은?"

"JOAK의 기술부에서 일하고 있습니다."

"JOAK! 그 방송국의 기사이십니까?" 오에야마 경위의 안면 근육이 꿈틀하고 움직였다.

"그렇습니다. 왜 그러십니까?"

"『라디오의 일본』이라는 잡지를 아십니까?"

"물론 알고 있습니다."

"당신의 성함은 히카리키치입니까?"

"고키치입니다."

"오이소에 별장을 가지고 계신가요?"

"아니요."

"누군가 원한을 품고 있는 사람 없습니까?"

"아니요, 전혀."

"저택 안에 악한이 숨어든 듯한 흔적은 없었습니까?"

"전혀 듣지 못했습니다."

오에야마 경위는 전혀 사실을 짚어내지 못하는 자신의 우문에 스스로 짜증이 나서 잠깐 입을 다물었다.

"쇼센 전차 살인범을 아직 찾아내지 못했습니까?"라고 반대로 사사키 고키치가 입을 열었다.

"아직 못 찾았습니다."라고 경위는 자신도 모르게 대답을 해버리고 말았다.

"총알은 차 안에서 발사된 것입니까, 아니면 차 밖에서 발사된 것입니까?"

"……." 경위는 난처하다는 표정을 짓고 있을 뿐이었다.

"총알이 몸 속에 들어간 각도를 알면 어느 방향에서 쏘았는지 알 수 있는데, 알고 계십니까? 살해당한 아가씨는 심장의 바로 위를 거의 정면에서 맞았다고 하던데 정확히 말하자면 어느 정도의 각도쯤 기울어 있었다고 하니."

"글쎄요, 그건……." 경위는 깜짝 놀랐다. 그는 시체에 박힌 총알의 입사각도를 정확히 재봐야겠다고는 애초부터 생각한 적이 없었다. "그거 재미있는 방법이네요."

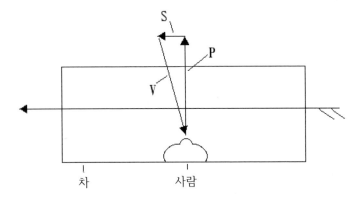

"재미있습니다. 여길 보십시오, 이게 전차입니다. 전차의

속도를 벡터로 쓰면 이렇게 됩니다. 총알의 속도는 이렇게 됩니다. ……."라며 사사키 고키치는 삼각자를 맞춰놓은 것 같은 선을 종이 위에 그어 보이고는, "이게 총알의 입사각입니다. 분해를 해보면 어느 방향에서 날아왔는지 바로 알 수 있습니다. 해보시기 바랍니다."

"나중에 해보겠습니다."

라고 경위가 말했다.

"총에 맞았을 때 아가씨의 몸은 약간 오른쪽으로 쓰러졌다고 하던데요."

"오오, 그걸 어떻게 알고 계십니까?" 경위는 놀란 표정을 애써 감추려 노력했다.

"그날 밤 집으로 놀러 왔던 여자 친척에게서 들었습니다. 살해당한 아가씨의 바로 앞에 있었다고 합니다."

"아아, 그렇다면 혹시 일본식으로 머리를 묶은……."

"맞습니다."

"그 여자 분은 어디에 살고 계십니까?"

"시부야에 있는 우구이스다니 아파트."

"성함은?"

"아카보시 류코."

오에야마 경위는 밤이 되어서도 조사과장실에서 움직이려 하지 않았다. 사건과 관계가 있을 것 같은 '수수께끼'는 차례차례로 산적되었지만, 그것들을 풀 '열쇠'다운 것은 조금도 발견되지 않았다.

이렇게 된 이상은 부끄러움을 참고 수도 모든 사람들의 조소를 견디며 제대로 된 추리의 발판을 마련해 사건의 진상을 잡아야만 한다. 경위는 그 첫 걸음으로 사사키 고키치가 남기고 간 총알이 날아온 방향의 계산에 착수했다.

법의학교실에 다시 전화를 걸어 가오루의 총상의 각도는 정확히 몇 도인지를 묻기도 하고, 철도국을 불러 에비스와 메구로 사이에서 전차의 속도변화를 묻기도 해서 숫자를 알아내자 열심히 수식을 풀었다. 과연 탄환이 날아온 방향이 명확하게 나왔기에 현장을 중심으로 해서 연필로 그 방향에 기다랗게 직선을 그었다. 그것은 선로와 거의 90도를 이루며 교차하는 방향이었다. 그런데 놀랍게도 그 선은 사사키 저택의 북쪽 구석을 지나고 있었다. 게다가 그 선과 부딪힌 담장 아래는 바로 부하인 다다 형사가 약협을 주워온 바로 그 지점이었다. 그 지점에서 전차의 창까지 최단거리는 겨우 50미터밖에 되지 않았다. 조그만 권총으로도 간단히 위력을 발휘할 수 있을 만큼 가까운 거리였다.

그건 그렇고 당연히 자신의 저택이 의혹의 표적이 될 것을 뻔히 알면서도 이 계산법을 가르쳐주고 간 사사키 고키치의 본심을 경위는 전혀 알 길이 없었다. 그는 과장실의 의자에 버티고 앉아 커다란 머리를 몇 번이고 흔들어보았으나 사사키의 호의와 악의가 서로 상반된 것처럼 여겨질 뿐이었다.

따르릉, 따르릉, 과장실의 탁상전화가 요란스럽게 울기 시작한 것은 바로 이때였다.

"과장님이십니까?" 이렇게 말한 것은 다다 형사였다.

"그래. 다다 군 무슨 일인가?"

"그 아카보시 류코를 시부야에서부터 미행해서 시나가와행 전차에 올랐습니다. 8시 반이었습니다. 그런데 저와 아카보시 류코가 타고 있던 차량에서 다시 살인사건이 일어났습니다."

"뭐, 사람이 살해당했다고? 총기에 의한 것인가?"

"그렇습니다. 젊은 여성, 후타쓰기 가네코라는 이름인 듯합니다. 총알에 맞은 곳은 역시 심장의 바로 위쪽입니다."

"알겠네, 곧 가겠네. 승객들은 전부 붙들어놓았겠지?"

"그게, 전부 흩어져버리고 말았습니다. 너무 빨리 역에 도착했기에……."

"뭐라고!"

오에야마 조사과장은 버럭 화를 내고 40마일로 자동차를 달려 대피선에 수용되어 있는 살인 전차로 달려갔다.

"과장님, 여기서 살해당했습니다."라고 한껏 풀이 죽은 모습으로 다다 형사가 안내했다.

"류코는 어떻게 됐지?"

"메구로에서 내린 듯합니다."

"시체 같은 건 아무래도 상관없으니 다음부터는 류코를 그 자리에서 붙잡도록 해."

"과장님, 예의 십자가에 해골의 표장이 새겨진 작은 헝겊이 사체의 소맷자락 속에서 나왔습니다."

두 번째 희생자인 후타쓰기 가네코는 스무 살쯤으로, 일본 옷을 입은 통통하고 귀여운 미인이었다.

"총알은 이 창을 통해서 날아든 듯합니다."

"지점은 어디였나!"

"어제 있었던 이치미야 가오루의 경우와 완전히 똑같습니다."

"흠." 경위는 한숨을 쉬었다.

"전무차장은 구라우치 긴지로인가, 아닌가?"

"아닙니다. 구라우치는 오늘 비번이어서 출근하지 않는다고 합니다."

이런 이야기를 나누고 있을 때 빨간색과 금색 줄이 들어간 모자를 쓴 조수가 새파랗게 질린 얼굴로 달려 들어왔다.

"경시청의 나리, 드드드드릴 말씀이 있습니다."

"무슨 일인가?" 오에야마 경위가 깜짝 놀라 그쪽을 바라보며 커다란 목소리를 냈다.

"지금 막 플랫폼으로 들어온 상행선 전차에서 승객이 또

한 명 살해당했습니다."

"뭐, 또 살해당했다고! 여자인가 남자인가?"

"어딘가의 사모님인 듯한 스물네다섯의 여자입니다."

"상행 전차의 창은 모두 닫으라고 에비스 역의 역장에게 경고해두게!"

"넷, 하지만 이 더위에……."

"정신 차려. 더위보다는 목숨이 더 중하지 않은가, 조수 군."

대피선에는 텅 빈 전차가 2줄이나 연결되어 가득 들어차 있었다. 역에서는 세상을 발칵 뒤집어놓은 것 같은 소동이 벌어졌다. 역무원들은 물론 침착해야 할 경관들까지 상식을 잃은 듯 의미 없이 소란을 피웠다. 수사과장인 오에야마 경위만 은 얼굴을 새빨갛게 충혈시킨 채 소리를 질러대기는 했지만, 가장 냉정했다.

세 번째 희생자는 미우라 이토코였다. 상당히 키가 큰 여성으 로 쿠션처럼 부드럽고 탄력 있는 살집을 가진 사람이었다. 총알은 심장의 바로 윗부분에 해당하는 곳에 맞았는데, 대동맥 을 파괴해버린 듯했다. 첫 번째, 두 번째 희생자에 비해서 총상은 약간 윗부분에 입은 듯했다. 세 희생자 모두 왼쪽 좌석에 앉아 있었다는 사실이 판명되었다. 게다가 총알을 맞은 지점까지 자로 잰 듯 정확하게 일치하고 있었다. 오에야마 경위는 선로를 사이에 두고 어두운 숲에 둘러싸여 서 있는 사사키 저택의 서양관이 머릿속에 떠오르는 것을 아무래도 지울 수가 없었다.

경위는 몇 명인가의 형사를 곁으로 불러 한 사람, 한 사람에게 비밀스러운 명령을 속삭였다. 역무원에게는 상행 전차가 플랫폼에 도착해도 차 안에서 이상이 발견되지 않은 한, 승객 출입구의 문을 열어서는 안 된다고 명령했다.

그런 다음 경위는 지금 막 세 번째 희생자의 핸드백에서 찾아내 가지고 온 예의 십자가에 해골이 새겨진 표장을 차 안의 밝은 불빛 아래서 주의 깊게 살펴보았다. 앞서 발견한 2장의 표장과 함께 이것으로 3장째가 되는 셈이었다. 경위의 얼굴에는 곤혹스러워하는 빛이 생생하게 드러났다. 그 작은 헝겊을 손 안에 있는 힘껏 쥐더니 경위는 차 밖으로 나가 자갈을 힘차게 밟았다.

'아아, 저주의 표장이여.'

경위는 마음속으로 이렇게 말한 뒤, "흠."하고 한숨을 내쉬었다. 어째서 이것을 가지고 있는 사람들만이 사살당하는 것일까?

창밖에서 총을 쏜 것이라면 그 범인은 얼마나 뛰어난 사격의 명수란 말인가? 저주의 표장을 보낸 사람만을 정확히 노리고, 그것도 그 심장을 보란 듯이 꿰뚫어놓다니, 참으로 손쉬운 기량은 아니었다. 하지만 이 악의에 넘치는 사격은 세기말적 퇴폐 양상을 보이는 현대와 얼마나 잘 어울리는 데카당 스포츠란 말인가?

어둑어둑한 레일을 넘어 플랫폼으로 훌쩍 뛰어오른 오에야마 경위의 코앞으로 불쑥 나타나 멈춰선 사내가 있었다.

"오에야마 씨, 큰일 났습니다."

"아아, 당신은 탐정소설가이신 도나미 산시로 씨였죠?"라고 경위는 말했다. 도나미는 빛이 바랜 유카타(여름이나 목욕 후에 입는 홑옷. — 역주)를 입은, 단정치 못한 차림새였다. 경위는 도나미 산시로가 첫 번째 사살사건 때 지적해주었던 힌트가 지금에 와서는 부정할 수 없는 명확한 사실을 낳았다고 생각했다. '이 탐정소설가의 이론을 들을 수 있다면.' 그것은 물에 빠진 사람이 잡으려 한다는 지푸라기 이상의 것이라고 경위는 스스로의 마음에 변명을 해둔 뒤 입을 열었다. "무슨 일로 여기에 오셨습니까?"

"이걸 좀 보십시오." 이렇게 말하며 그가 내민 것은 가장 커다란 활자로 눈에 띄게 제목을 붙인 도쿄 ××신문의 호외였다.

쇼센 전차에
대담무쌍한 사격수 등장
전날 밤과 동일범일까?

이렇게 적혀 있고, 오늘 밤에 있었던 후타쓰기 가네코 사살사건이 큼지막하게 보도되어 있었다. 머지않아 세 번째인 미우라 이토코 사살사건도 다시 대대적인 활자로 보도되는 것인가 하는 생각이 들자, 경위의 귓가로 신문사 윤전기가 웅웅거리며 돌아가는 소음이 갑자기 들려오는 듯했다.

"사격수……라고, 신문에서는 말하고 있습니다. 이것으로 세 명째입니다."

"젊은 여성만 노리는 치한 사격수입니다."라고 경위가 불끈 화를 내며 뜻밖의 말을 했다. "그런데 당신께서는 에로 탐정소설도 특기인 듯하던데요. 핫핫."

"농담할 때가 아닙니다, 오에야마 씨. 당신께서는 숨기고 계시지만 쇼센 전차의 사격수는 지옥행 표장을 건네준 뒤 살해한다고 하던데요. 세 희생자가 어디에 사는지, 어디를 지나서 왔는지를 살펴보면 세 사람에게 공통되는 부분이 있다는 사실을 발견할 수 있을 것이라 생각합니다. 그것을 따라가면 십자가와 해골의 비밀결사가 나타나지 않을까요?"

"비밀결사라고요?"

"그건 저의 상상입니다."

도나미 산시로는 저주의 표장에 대해서 뭔가를 더 알고 있다는 사실을 경위는 깨달았다. 소설가에게도 미행을 붙여두어야겠다. "탐정소설가는 실제로 범죄를 저지르지는 않는다. 언제나 펜을 굴리며 범죄를 망상하기에 범죄에 대한 흥분력이 둔감해져 있기 때문이다."라고 말한 사람이 있는데, 그 말이 과연 사실일까.

"하지만 도나미 씨. 범인을 밝혀낼 단서는 이것만이 아니라 여러 가지가 있습니다."

"단서가 그렇게 많다고 생각하는 건 커다란 착각입니다."라고 도나미가 경멸하는 듯한 투를 드러내며 말했다. "저는 의외로 단순한 사건이라고 생각합니다만……."

"도나미 씨, 당신은 총알이 차 안에서 발사되었는지, 아니면 차 밖에서 발사되었는지, 어느 쪽이라고 생각하십니까?"

"바로 그겁니다, 오에야마 씨. 저는 어제 그 질문을 받았을 때, 차 밖에서 쏜 것이라는 설을 주장했습니다. 오늘 밤의 살인에 관한 이야기를 들어보니 세 사람 모두가 같은 지점에서, 똑같이 오른쪽에 앉았던 사람이, 마찬가지로 심장을 맞았다고 하더군요. 물론 차 안에서 쏘았다고 해도 있을 수 있는 일입니다만, 그 정확한 사격솜씨로 봐서 차 밖의 어떤 지점에 매우 정확한 총기를 설치해두고 기계적으로 표적을 노린 것이라고 생각하는 편이 더 재미있지 않겠습니까?"

"그렇다면 어떤 기계일까요?"

"저는 잘 모르겠지만 4.5인치 구경을 가진 권총은, 시장에서 쉽게 구할 수 있는 물건이 아닙니다."

"오호, 구경까지 잘도 알고 계십니다."

"법의학교실에 있는 친구에게서 들었습니다. 따라서 범인은 특수한 과학지식과 무시무시한 무기를 가지고 있을 것이라 여겨집니다. 권총에서 소리가 나지 않도록 하는 것 정도는 간단한 일입니다. 발포 시의 불꽃을 감추기 위해서는 아주 긴 관을 끼우고 앞에 총알이 나갈 조그만 구멍만 뚫어두면 됩니다. 전무차장이 창밖에서 불꽃을 보지 못했다고 말한 것도, 이런 장치를 해두면 설명이 가능합니다. 그리고 전기를 사용해서 발포하는 것도 가능한 일입니다."

"알겠습니다!"라고 경위는 탐정소설가의 터무니없는 상상력에 어리둥절함을 느끼며 고개를 끄덕였다.

"사격수가 함부로 날뛴 시간이 세 사람의 경우 모두 약속이라도 한 듯 야간에 한정되어 있다는 사실을 어떻게 받아들여야 할까요? 아시겠습니까? 이건 재미있는 문제입니다. 살인귀가 차 안에 있었다면 굳이 밤을 기다릴 필요도 없이 한낮에라도 비교적 빈 전차가 있을 테니 총을 쏘고 싶어졌을 것입니다. 그렇게 하지 않고 밤에만 한정되어 있다는 것은, 이 정교한 기계를 어떤 지점에 설치할 필요가 있기 때문입니다. 기계나 범인의 모습이 눈에 띄어서는 곤란할 테니까요."

오에야마 경위는 예의 버릇대로 짐승이 않는 듯한 한숨을 내쉬었다. 그 한편으로 탐정소설가란, 이렇게까지 과학적이지 않으면 안 되는 것일까 하는 일종의 의혹감 같은 것이 솟아오르기도 했다.

"당신은 잘도 조사를 하셨군요."라고 경위가 비아냥거릴 생각으로 말했다.

"당신이 놓친 부분을 보완해서 사건을 빨리 해결하고 싶습니다. 저도 용의자 중 한 사람이라고 하니 말입니다. 핫핫."

형사가 한 명 달려왔다.

"과장님, 총감 각하의 전화입니다."

"뭐, 총감님의……." 경위가 씁쓸한 표정을 지었다.

"딱하게 되셨습니다."라고 도나미가 그의 등을 툭 두드렸다.

아니나 다를까 총감은 기분이 매우 좋지 않았다. 오에야마 수사과장은 식은땀을 훔칠 겨를도 없이 물을 뒤집어쓴 것 같은 얼굴로 누누이 진술을 했다.

"자네는 메구로에 사는 사사키 고키치의 정부인 아카보시 류코가 혼고에 있는 고시바기 병원에서 매일 귀의 치료를 받고 있다는 사실을 알고 있는가?"라고 총감이 갑자기 말했다.

"아니, 몰랐습니다만……." 경위는 귀의 치료는커녕 류코가 사사키의 애인이라는 사실조차 처음 듣는 얘기였다.

"그래서는 곤란한데, 자네는."이라고 총감의 내뱉는 듯한 목소리가 수화기 안에서 울려퍼졌다.

"그렇다면 도나미 산시로가 전에 하마마쓰 고등공업학교의 전기과 선생이었다는 사실은 알고 있는가?"

"흠."하고 경위는 전화기에 매달려 한숨을 쉬었다. "그그그 것도 몰랐습니다만……."

"……." 총감은 말이 없었다. 총감도 한숨을 쉬고 있는 것이리라.

"총감 각하, 실례합니다만, 누가 그런 일들을 이야기했습니까?"

"호무라 소로쿠 씨일세, 사립탐정인. 지금 내 방에 와 계시네."

호무라 소로쿠라면 경위도 모르는 사람은 아니었다. 아직 경력이 짧은 아마추어 탐정이지만 현대적이고 과학적인 탐정술을 얼핏얼핏 이용해서 사건을 이상한 방법으로 해결하기에, 약간은 이름이 알려지기 시작한 사람이었다.

"자네가 필요로 한다면 언제든 도움을 주시겠다고 하네. 지금 부탁을 드릴까?"

"아닙니다. 그러실 필요 없습니다." 오에야마 수사과장은 울고 싶은 기분을 억누르며 단호하게 거절했다.

6

오에야마 경위는 전화기를 찰칵 내려놓고 잠시 그 자리에 서 있었다. 생각해볼 필요도 없이 그의 입장은 매우 불행했다. 어떻게 된 일인지 그는 이번 사건에서 범인을 전혀 특정하지 못하고 있었다. 어제오늘 일어난 사건이기는 하지만 하야시 산페이, 구라우치 긴지로, 도나미 산시로, 아카보시 류코, 사사키 고키치 등 의심스러운 사람들만 많을 뿐, 정작 범인다운 인물을 지적하지는 못했다. 지금 총감의 말을 듣고 떠오른 것은, 전기의 선생이었다는 도나미가 상당히 믿음직스러운 탐색을 해주고 있으니 그와 동맹을 맺으면 커다란 편의를 얻을 수 있을 것 같다는 희망이었으나, 단 도나미 자신이 범인인 경우에는 커다란 실수를 하게 되는 셈이었다. 도나미를 만나 마음을 떠본 뒤에 결정해야겠다고 생각했다. 아카보시 류코가 사사키의 애인이라는 사실에는 놀랐으나, 연달아 2번이나 살인이 있었던 전차에 탔다는 점은 우연이 아닌 듯했다. 조금 전 부하에게 명령해두었던 류코의 동정에 관한 보고를 들은 뒤에 다시 한 번 자세히 생각해볼 필요가 있었다. ……

오에야마 경위는 전화가 있는 방에서 나와 플랫폼 쪽으로 계단을 내려가며 회중시계를 꺼내 보았다. 벌써 밤도 꽤나 깊어서 정각 10시 반이 되어 있었다. 어제의 지금 무렵에 갑자기 일어난 사살사건이 떠올라 마음이 좋지 않았다. 순간 어딘가 멀리서 비상 경적이 울리는 것을 들은 듯한 기분이 들었다.

그는 계단 가운데 멈춰 섰다.

"삐, 삐, 삐, 삐익."

아아, 경적이다. 틀림없이 상행 전차의 경적이다. 외침이 부풀어 오르듯 점점 커지고 있지 않은가? 그는 추락하듯 계단을 달려 내려갔다. 그때 마침 울부짖으며 소리 지르는 사람들을 태운 상행 전차가 플랫폼을 향해 똑바로 미끄러져 들어왔다.

"또 당한 건가?" 경위가 외쳤다.

"이번에도 젊은 여성입니다."라고 차장이 창을 통해서 외쳤다.

"창이 열려 있지 않은가? 그렇게 주의를 줬는데." 경위가 시뻘겋게 달아오른 얼굴로 분개했다.

"에비스 역을 나설 때에는 닫혀 있었습니다."

"알았네. 그럼 승객들을 붙들어두게."

"알겠습니다."

오에야마 경위는 젊은 여성의 시체가 쓰러져 있다는 2번째 차량 앞으로 달려갔다. 창이 활짝 열리더니 울상이 된 다다 형사의 얼굴이 나왔다.

"과장님, 살해당한 것은 아카보시 류코입니다."

"뭣, 아카보시 류코가……."

총감이 막 주의를 준 여자가 목숨을 잃었다. 경위 자신이 커다란 의문부호를 5분 정도 전에 달았던 그 여자가 살해당한 것이었다. 경위는 차 안으로 들어가보았다.

"과장님."하고 다다 형사는 머뭇머뭇 경위를 부른 뒤, 이 차량의 가장 앞부분에 있는 왼쪽 객석의 구석을 가리켰다.

"이 구석에 류코가 앉아 있었습니다. 맞은편 창은 틀림없이 닫혀 있었는데 맥주회사 앞 부근까지 왔을 때, 저기에 있던 지방 출신의 할아버지가 창을 열었습니다. 제가 닫으려 했을 때는 이미 늦은 상태였습니다."

"자네는 대체 어디에 있었는가?"

"맞은편 문(이라며 그는 손가락을 뒤편 문 쪽으로 뻗었다)에서 류코를 감시하고 있었습니다."

"류코는 죽었는가?" 이렇게 말하고 경위는 뒤를 돌아보았다. 그녀는 간이 들것 위에 알몸을 드러낸 채 누워 있었다.

"과장님, 중상입니다만 아직 살아 있습니다. 총상은 심장을 스치고 지나 등을 향하고 있습니다. 강심제를 맞았으니 두어 시간은 버틸지도 모르겠습니다."라고 의사가 말했다.

"의식이 회복되지는 않겠는가?"

"어려울 것이라 생각하지만, 어쨌든 조금 전부터 조치는 취하고 있습니다."

"수혈이 됐든 뭐가 됐든 해서, 이 여자가 다시 한 번 의식을 되찾게 해주게." 경위가 종잇장처럼 새하얀 아카보시 류코의 얼굴을 기도하는 듯한 심정으로 바라보며 이렇게 말했다.

"다다 군, 시골에서 올라왔다는 할아버지는 어디에 있는가?"

"네, 저기에 있습니다만……." 이렇게 말하고 다다 형사는 차 안 사람들의 얼굴을 둘러보았으나, 보이지 않았다. 형사는 당황해서 한 사람, 한 사람에게 물어보았다. 그 결과 칸막이 역할을 하는 작은 문을 열고 뒤쪽 차량으로 가는 모습을 봤다고 말한 자가 나타났다. 놀라 뒤쪽 차량으로 가서 물어보았으나 시골 할아버지는 누구도 본 사람이 없다는 것이었다.

"뭐, 어디에서도 보이지 않는다고?" 그 보고를 들은 오에야마 경위는 멍청한 형사를 때려주고 싶다는 충동에 휩싸였으나 그것을 간신히 참았다.

"과장님, 이런 사람이 뵙고 싶다고 합니다만."하고 부하 중 한 명이 명함 한 장을 가지고 왔다. 받아보니,

'사립탐정. 호무라 소로쿠'

오에야마 경위는 호무라의 힘을 빌리고 싶다는 마음과 아직도 불타오르고 있는 적개심 사이에 껴서 예의 '흐음'하는 한숨을 내쉬었다. 그때 옆에서 소리가 들려왔다.

"오에야마 씨. 총감 각하를 통해서 부탁했더니 저를 써주시겠다고 하셨다고요. 정말 감사합니다."

"아아, 호무라 군." 경위는 청년 탐정 호무라 소로쿠의 부드러운 눈을 보았다. 사건의 한가운데로 들어온 사람이라고는 여겨지지 않을 정도의 평온함이었다. 그는 호무라를 써주겠다고 허락한 적은 없었으나, 그건 아마도 호무라 탐정의 마음씀씀이일 것이라는 사실을 깨달았기에 그리 나쁜 마음은 들지 않았다.

호무라 탐정과 오에야마 수사과장은 얼굴을 마주한 채, 그로부터 약 20분가량 낮은 목소리로 협의를 했다. 그것이 끝나자 오에야마 경위의 얼굴색이 갑자기 생생하게 활기를 회복하기 시작한 듯 보였다.

"자, 아카보시 류코 씨를 전염병 연구소의 수술실로 보내게. 여기서 가장 가까운 곳이면 돼. 그리고 나도 그곳으로 갈

테니, 볼일이 있으면 전화를 걸도록 하게."

부하들은 전부 어처구니가 없었다. 오에야마 과장은 오늘 밤, 세 명의 희생자를 낸 이 역에서 밤새 수사를 할 것이라 모두가 생각하고 있었던 것이다. 무슨 낯짝으로 뻔뻔스럽게 이 현장에서 벗어날 수 있단 말인가? 게다가 전차는 아직도 뻔질나게 지날 터였다. 막차까지 아직 2시간이나 남지 않았는 가? 그 사실에는 신경도 쓰지 않고 물러나겠다고 하는 과장의 뜻이 어디에 있는 것인지, 누구 하나 짐작할 수 있는 사람이 없었다.

머리가 좋은 부하 가운데 한 명은 이렇게 생각했다.

'과장이 중상을 입은 아카보시 류코를 따라서 물러나겠다는 것은, 오늘 밤에는 더 이상 범죄가 일어나지 않는다는 사실을 알았기 때문이다. 어떻게 해서 그걸 확신하게 된 거지? ……음, 어쩌면 아카보시 류코가 총에 맞았다는 건 잘못 알려진 것이고, 그녀가 자신의 몸에 스스로 해를 가한 것 아닐까? 그녀의 자살! 그 끔찍한 쇼센 전차의 사격수는 사실 아카보시 류코였던 것이다.'

이렇게 생각하고 바라보니 그녀를 전염병 연구소의 병실로 보내는 일행의 엄중함은 위의 추정을 뒷받침하기에 충분한 것이었다.

"아카보시 류코는 강심제 덕분에 회복돼서 잘하면 목숨을 건질지도 모른다던데."

이런 소문이 전염병 연구소로 가는 자동차가 떠난 뒤 역무원들 사이에서 떠돌 정도였다. 류코는 과연 목숨을 건질지. 나머지 네 용의자에 대한 의심은 이미 풀린 것인지?

7

"오에야마 씨. 준비는 다 되었습니까?"

"당신이 말한 대로 전부 준비를 해두었습니다. 호무라 군."

이곳은 전염병 연구소의 병실이었다. 전염병 연구소 구내는 한낮에도 너구리가 나온다고 일컬어질 정도로 크고 울창한 삼림에 둘러싸여 있었으며, 여기저기 드문드문 멀쑥한 건물들이 세워져 있었다. 더구나 지금은 자정에 가까운 시간이었기에 구내는 호수 밑바닥에 잠긴 것처럼 조용했으며, 밤기운이 영혼처럼 유리창을 통과해 실내로 스며들어오는 것 같은 느낌이 들었다.

"그럼 제 생각을 말씀드리도록 하겠습니다." 호무라 탐정이 별실의 반쯤 열린 문을 가만히 엿보듯 한 뒤, 천천히 입을 열었다. "사격수 사건은 그리 만만한 사건이 아닙니다. 범인은 비행선을 조립할 때처럼 하나에서부터 열까지 주도면밀하게 주의를 기울여 사건을 계획했습니다. 거기에는 크게 신경을 쓰지 않고 지나다보면 걸려들지 않을 수 없는 함정과, 일단 뛰어들면 다시는 밖으로 나올 수 없는 늪을 준비해두었습니다.

걸려든 사람만 불행할 뿐입니다. 저도 당신처럼 아무런 손도 쓰지 못할 뻔했습니다. 만약 범인이 마지막에 저지른 커다란 실수를 남겨주지 않았다면.

첫 번째부터 세 번째까지, 세 젊은 여성의 사살은 아주 교묘하게 이루어졌습니다. 세 사람이 맞은 곳은 전부 완전히 일치합니다. 당신께서는 총알이 날아온 방향을 계산으로 밝혀냈다고 하시던데요. 그것은 대체로 사실과 부합합니다만, 약간의 보정이 필요합니다. 그건 범인이 총알을 차 밖에서 쏜 것이 아니라 차 안에서 쏘았다는 점을 보정하면 됩니다."

"범인이 차 안에 있었다고 생각하시는 거로군요."라고 경부는 말하고 고개를 끄덕였다.

"범인은 차 밖에서 총을 쏜 것처럼 보이기 위해서 여러 가지로 주의를 기울였습니다. 총알이 맞은편 창을 통해서 들어온 것처럼 보이기 위해서 피해자의 앞자리에는 반드시 빈 자리를 조금 남겨두었습니다. 사살 지점이 일치한다는 사실은, 차 밖에 정확한 기계가 있을 것이라고 생각하게 하는 데 도움이 되었습니다. 피해자가 십자가와 해골이 새겨진 표장을 가지고 있었다는 사실은, 차 안에 있던 범인이 범행 직후에 직접 표장을 피해자의 주머니에 찔러 넣은 것이라고 생각할 수도 있는 일인데, 그것을 반대로 차 밖에 있는 기계의 정확함과 연결 지음으로 해서 생각을 혼란스럽게 했습니다. 어쨌든 약협을 줍게 하기도 하고, 때로는 타이어를 터뜨려

효과음을 이용하기도 하고, 지능적으로 속여왔습니다만, 마지막 아카보시 류코 양의 상처로 인해서 모든 속임수가 폭로되고 말았습니다.

　류코 양은 차량 뒷부분의 구석에 몸을 기대고 있었습니다. 그녀가 정확히 정면을 향하고 있었다는 사실은 한시도 눈을 떼지 않았던 다다 형사가 보장을 하고 있습니다. 그녀의 맞은편 좌석에 있는 창틀은 강철 차량이기 때문에 그곳을 향해서 왼쪽 끝부터 재보면 10㎝ 폭의, 안쪽에 판을 붙인 세로로 긴 벽이 되고, 거기서 오른쪽에 있는 네모난 창이 열려 있었습니다. 만약 차 밖에서 그녀의 심장을 쏘았다면 총알이 이 창틀을 아슬아슬하게 스치고 지나갔을 겁니다(라고 말하며 그는 종이에 그려진 전차의 도면 위에 연필로 여러 가지 선을 그었다).

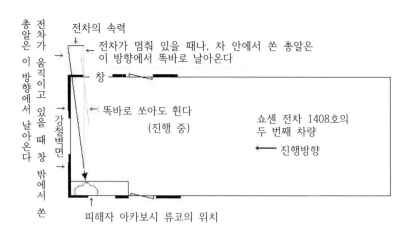

그런데 이건 전차가 정지했을 때의 이야기이고 전차가 만약 50㎞의 속도로 왼쪽으로 달리고 있었다면 총알이 맞은편 창을 통해서 피해자의 가슴에 도달하기까지는 약간 시간이 걸리기 때문에 상처는 훨씬 더 오른쪽으로 옮겨져 오른쪽 가슴이나 또는 오른쪽 팔 부근에 났을 겁니다. 그런데 아카보시 류코 양은 심장보다 왼쪽에 있는 반대편을 정면에서 맞았으니, 이건 탄환이 강철판을 뚫고 나서도 여전히 굉장한 기세로 피해자의 가슴을 꿰뚫지 않고서는 있을 수 없는 일입니다. 물론 현장을 조사해보니 강철판에 구멍이 뚫려 있기는커녕, 총알에 맞은 흔적조차 없었습니다. 이건 분명히 차 안에서 총을 쐈다는 증거입니다. 차 안에서 쐈다는 조건이 갖추어졌다면 문제는 매우 간단합니다. 차 밖에서 있었던 일들은 전부 문제 삼지 않아도 됩니다."

여기까지 이야기한 뒤 호무라 탐정은 잠깐 말을 끊었다.

"그렇군요. 재미있는 추리입니다."라고 오에야마 경위가 머리를 크게 끄덕이며 말했다. "그렇다면 범인의 이름은……"

이렇게 말하려던 순간, 요란한 경적이 울리더니 자동차가 병사의 현관까지 와서 급히 멈춘 모양이었다. 잠시 후, 복도에서 따각따각 발소리가 들리고 병실 문에서 똑똑 노크 소리가 들려왔다. 호무라 탐정이 자리에서 일어나 문을 여니 다다 형사가 사사키 고키치를 데리고 와 있었다.

"과장님, 모든 사실이 밝혀졌습니다."라며 다다가 밝은 웃음을 지었다. "바로 이게 소음식 무발광 권총입니다. 사사키 저택의 커다란 느티나무 동굴에 설치되어 있었습니다."라며 시커먼 차통 같은 것을 털썩 책상 위에 놓았다.

오에야마 경위가 차통을 열자 안에는 역시 권총 한 자루가 들어 있었다. 총알을 빼보니 틀림없이 구경 4.5인치였다. 권총 내부를 열어 강선의 폭을 현미경으로 재보니, 앞서 압수해두었던 피해자들의 체내에서 빼낸 총알의 강선과 폭이 완전히 일치했다.

"그렇다면 이 권총은 사사키 군의 것인가?" 경부가 물었다.

"제 것이 아닙니다."

"아닙니다, 과장님. 이 사람이 아카보시 류코에게 살의를 품고 있었던 것은 틀림없는 사실입니다. 이 편지를 보시기 바랍니다." 이렇게 말하고 다다는 류코가 사사키에게 보낸 편지 다발을 내밀었다. 그것을 읽어보니 요즘 두 사람의 관계가 매우 위험한 상태에 있었다는 사실을 잘 알 수 있었다.

사사키 고키치는 뻔뻔스럽게 말이 없었다. 오에야마 경위는 이 자리의 모습과 호무라 탐정의 결론이 크게 어긋난다는 사실을 이상하게 생각하는 듯한 표정으로 호무라 탐정의 안색을 힐끗 엿보았다.

"그 권총은 범인이 직접 사용한 권총이 아닙니다." 호무라가 권총을 살펴 본 뒤 조용히 말했다.

"강선의 흔적까지 일치하는데 아니라는 겁니까?" 경위가 약간 냉소를 지으며 말했다.

"그렇습니다." 호무라가 단호하게 대답했다. "이것도 범인의 트릭입니다. 범인은 권총의 총알에는 인간의 지문처럼 권총 특유의 강선 흔적이 남는다는 사실 정도는 아주 잘 알고 있었습니다. 그는 그것을 속이기 위해서 다다 씨가 지금 가지고 있는 권총을 부드러운 지면을 향해 쏜 뒤, 땅을 파서 총알을 꺼냈습니다. 범인은 이렇게 해서 권총 특유의 강선 흔적이 만들어진 총알을, 따로 가지고 있던 강선이 없는 권총, 그건 아마도 성능이 좋은 장난감 권총을 개조한 것이라 여겨집니다만, 그 다른 권총에 넣어 쇼센 전차 안으로 가져간 것입니다. 잘 살펴보시기 바랍니다. 시체 속에서 뽑아낸 총알에는 약협에 고정시킬 때 생긴 흔적이 남아 있을 테니."

오에야마 경위는 범인의 이 집요한 트릭에 그저 어처구니가 없을 뿐이었다.

"그렇다면 진범은 장난감 권총에 이 총알을 장전한 것을 가지고 있단 말입니까? 사사키 군은 범인이 아니란 말씀이십니까?"

"사사키 군은 아닙니다."라고 호무라가 바로 대답했다.

"그렇다면 범인의 이름은……."

그 순간이었다.

"쨍그랑."하고 유리 깨지는 소리가 옆방에서 들리더니 지붕에서 창 아래로 우르르 커다란 소리를 내며 추락한 것이 있었다. 무슨 일인가 싶어 일동은 문을 열고 옆방으로 달려 들어갔다.

"앗!"

모두는 그 자리에 멈춰서고 말았다.

정면에 있는 커다란 유리창이 엉망으로 깨져 이상한 모양의 커다란 구멍이 뻥 뚫려 있고, 쇠창살이 갈비뼈처럼 드러나 있었다. 그 창 아래에 침대가 있고, 그 위에 누워 있는 것은 중상을 입은 아카보시 류코였다. 아아, 그런데 비참하게도 류코의 가슴에서 아래를 덮고 있던 하얀 환자복의 그 가슴에 해당하는 부분에는 벌집처럼 구멍이 뚫려 있고 그 안쪽에서부터 조용히 새빨간 피가 솟아오르고 있었다. 이곳의 광경은 누군가가 창밖으로 조용히 다가와 잠들어 있는 류코에게 총알을 빗물처럼 쏟아 부었다는 사실을 이야기하고 있었다. 쏜 것은 누구일까?

"호무라 씨, 드디어 잡았습니다."

창살 밖에서 다가온 사람의 얼굴이 있었다. 그것은 하얀 기자수첩을 한손에 든 도쿄 xx신문의 기자 가자마 야소지였다. 그 뒤에는 손을 뒤로 묶인 사내가 수많은 형사들에 둘러싸여 서 있었다.

그것은 수사과장이 잘 알고 있는 탐정소설가 도나미 산시로의 초췌한 모습이었다.

"호무라 씨. 수고비 대신 질문에 잠깐 답해주시기 바랍니다."

라고 가자마 기자가 연필을 핥으며 창살 사이로 얼굴을 들었다.

"진범인 도나미 산시로는 눈에 띄지 않는 노인으로 변장하거나, 사람들의 시선을 미인에게 쏠리게 한 뒤 그 사이에 은밀하게 범죄를 저질렀다, 맞습니까?"

호무라는 가볍게 고개를 끄덕였다.

"도나미 산시로가 엄호를 위해 점찍어둔 사람은 한쪽 귀가 좋지 않은 미녀 아카보시 류코였다. 류코의 옆자리에 앉은 그는 소음 권총을 발사해서 교묘하게 사람들을 속였다. 그런데 류코의 청력이 상당히 회복된 상태였기에 결국은 류코가 범행을 눈치채게 되었다. 이에 그는 살의를 품게 되었으나 거기에는 실패하고 말았다. 맞습니까, 호무라 씨?

아, 그리고 류코는 중상을 입었지만 목숨은 건질 것 같다는 소문이 귀에 들어갔기에 도나미 산시로는 그녀의 뒤를 따라 전염병 연구소 병실로 숨어들어 기회를 엿보았다. 기회가 왔다. 잠들어 있는 류코의 심장 부근을 팡팡 쏘아댔다. 아니, 소음 권총이니 슉슉 쏘았다고 해야겠죠. 그 순간을 기다리고 있던 형사들에게 잡히고 말았다. 저의 활약은 자화자찬이니 쓰지 않겠습니다. 물론 도나미가 범행에 쓴 장난감 권총도 발견되었다. 맞습니까, 호무라 씨?

류코를 생각대로 사살했다고 생각한 것은 도나미의 착각이었다.

류코는 메구로 역에 있을 때 이미 목숨이 끊어졌다. 살아 있다는 소문이 퍼진 것은 범인을 끌어들이기 위해 호무라 탐정이 생각해낸 방법이었다. 도나미는 탐정소설가라는 이름을 더럽히고, 자신의 변태적인 순정(?)에 충실했다, 라는 정도로 끝을 맺어둘까요, 어떻습니까, 호무라 씨?"

호무라는 조용히 웃었다. "차 안에 있었을 때 도나미 군은 권총을 어디에 숨기고 있었는지……."

"아아, 그것을 잊어서는 제대로 된 공적을 이야기할 수 없겠죠. 그러니까, 도나미는 권총의 총구를 상의 오른쪽 주머니 바닥에 난 구멍에 대고 쏘았기 때문에 저 외에는 누구도 눈치를 채지 못했다고 하는 것은 어떻겠습니까?"

비밀의 정원
The Secret Garden

길버트 키스 체스터턴
Gilbert Keith Chesterton

브라운 신부
Father Brown

파리 경찰의 주임인 아리스티드 발랑탱의 귀가가 늦어졌기에 그보다 먼저 초대객 가운데 몇 사람이 모습을 드러내기 시작했다. 그 사람들의 기분이 상하지 않게 소홀함 없이 대접한 것은 하인이자 주인의 심복인 이반이었다. 그 노인은 얼굴에 상처가 있었으며, 그 혈색은 턱수염과 구분이 되지 않을 정도로 잿빛 일색이었다. 그는 언제나 무기가 줄줄이 걸려 있는 현관 홀의 테이블 앞에 앉아 있었다. 그런데 이 발랑탱의 저택은 그 집의 주인을 닮아서인지 조금 특이했으며, 유명하기도 했다. 오래 된 건물로 높은 담장이 둘러쳐져 있었고, 센 강을 뒤덮을 듯 거대한 포플러 나무들이 솟아 있었다. 그러나 이 건물의 기묘함—그것은 동시에 방범대책상의 이점이기도 했는데—, 그것은 정면의 현관 외에 외부로 통하는 문이 하나도 없다는 점에 있었다. 게다가 그 현관은 이반과 무기류들에 의해서 엄중하게 경호되고 있었다. 정원은 넓고 손질이 잘 되어 있었는데, 건물 안에서 정원으로 나가는 문은 몇 개나 만들어져 있었지만 정원에서 밖으로 통하는 입구는 하나도 보이지 않았다. 정원은 평평해서 발 디딜 곳 없는 높다란 담장에 완전히 둘러싸여 있었으며, 담장 꼭대기에는 기어오를 수상한 자에 대비해서 특수하게 만들어진 못이 박혀 있었다. 수백 명이나 되는 악당들이 그의 죽음을 바라며 내뱉은 저주의 말을 가슴에 새기고 있는 사내에게 있어서 이건 전혀 나쁘지 않은 정원임에 틀림없었다.

이반이 손님들에게 변명을 한 것처럼 주인으로부터는 조금 전에 예정보다 10분 정도 늦어질 것이라는 내용의 전화가 있었으나, 사실은 사형집행인지 뭔지 불쾌한 일의 마지막 수속에 애를 먹고 있던 것이다. 발랑탱은 그와 같은 일이 진심으로 싫었지만, 의무 수행에 있어서만은 결코 적당히 임하는 법이 없었다. 죄의 추급에 있어서는 느슨함이 없는 그였으나, 그 형벌에 대해서는 자신도 모르게 물러지는 경향이 있었다. 그는 프랑스뿐만 아니라 널따란 유럽에서도 경찰제도의 권위자로 군림해 있었기에 그 영향력이 커서 형의 판결 완화나 형무소의 정화에 그 성과가 멋지게 나타나고 있었다. 그는 위대한 프랑스의 인도주의적 자유사상가 가운데 한 사람이었는데 이런 사람들의 유일한 결점은 자비를 정의보다 훨씬 더 싸늘한 것으로 만들어버린다는 점에 있다.

발랑탱은 서둘러 검은 정장에 빨간 장미를 꽂고 (안타깝게도 검은 구레나룻 속에서 드문드문 은색으로 빛나는 것이 보이기는 했으나) 흠 잡을 데 없이 고상한 차림으로 귀가했다. 그는 집에 들어오자마자 뒤쪽의 정원에 면한 자신의 서재로 곧장 발걸음을 옮겼다. 정원으로 향한 문이 열려 있었기에 서류가방을 정해진 자리에 내려놓고 꼼꼼하게 잠금장치를 채운 그는 한동안 그 문에서 밖의 정원을 바라보았다. 시리도록 밝은 달이 폭풍의 흔적을 머금고 있는 흩어진 구름이나 뜬구름과 경쟁을 벌이고 있었는데, 그것을 바라보는 발랑탱은 평소의 과학자다운 그에게 어울리지 않게 고민스러운 표정을 짓고 있었다. 어쩌면 그와 같은 과학자 체질의 사내는 일생에 한 번 끔찍할 정도로 어려운 문제에 관해서 어떤 심령적인 예감을 품게 되는 것일지도 모른다. 그러나 그는 자신이 늦어졌으니 손님들이 벌써 대부분은 모여 있을 것이라는 생각이 들었기에 곧 그 초자연적 감각에서 벗어나 정신을 차렸다. 객실에 들어선 그는 주위를 슥 둘러보아 오늘 밤의 중요한 손님이 아직 모습을 드러내지 않았다는 사실을 확인했다. 그 손님을 제외하면 오늘 밤의 조그만 파티에 필요한 얼굴들은 전부 모여 있었다. 가터 훈장의 파란 리본을 단 갤러웨이 경. 이 사람은 영국의 대사인데 사과처럼 빨간 얼굴에 까탈스러운 노인이었다. 향처럼 가느다란 갤러웨이 부인은 그 은발 밑으로 신경질적이고 오만한 얼굴을 내보이고 있었다. 그녀의 딸인 마가렛 그레이엄 양은 구릿빛 머리카락을 가졌는데 창백하고 아름다운 얼굴은 어딘가 장난스러운 작은 요정을 떠오르게 했다. 거기에 풍만한 육체와 검은 눈동자의 몽 생 미셸 공작부인이 역시 풍만한 체격과 검은 눈동자를 가진 두 딸을 데리고 참석해 있었다.

안경을 쓰고 갈색 턱수염을 뾰족하게 기른 프랑스 과학자의 전형이라 할 수 있는 시몬 박사의 이마에는, 늘 거만한 태도를 가장하고 있는 것에 대한 보상으로 주름이 몇 줄기고 새겨져 있었다. 에식스 주 콥홀의 브라운 신부도 모습을 드러냈는데, 발랑탱은 그 신부와 얼마 전 영국에서 알게 된 참이었다. 다른 어떤 손님보다 더 발랑탱의 관심을 끈 사람은 군복차림의 키가 큰 사내였다. 그는 갤러웨이 집안 사람들에게 인사를 했으나 친밀함이 담긴 반응을 전혀 보여주지 않았기에 이번에는 이 파티의 주인공에게 존경의 뜻을 표해야겠다고 생각하여 홀로 앞으로 나서려던 참이었다. 그는 다름 아닌 프랑스 외인부대의 사령관 오브라이언, 바로 그 사람이었다. 마른 몸을 가지고 있는 주제에 위풍당당하게 몸을 꼿꼿하게 펴고 머리는 검었으며 눈동자는 파란색이고 면도를 깨끗하게 했는데, 그 태도에는 빛나는 패배를 이루고 자결에 의해 승리를 거둔 그 유명한 연대의 사관에게서 흔히 볼 수 있는 기세와 한편으로는 어딘가 우울해 보이기도 하는 분위기가 감돌고 있었다. 그는 아일랜드의 좋은 집안 출신으로 소년 시절에 갤러웨이 일가, 특히 마가렛 그레이엄과 알게 되었다. 산더미처럼 쌓인 빚에 쫓기듯 고향을 떠난 뒤, 지금은 군복과 군도에 박차를 가해 위세 좋게 돌아다녀 영국식 예의범절에서는 완전히 해방된 듯했다. 그런데 이런 그가 대사 일가에게 인사를 하자 갤러웨이 부부는 어색하게 허리를 숙였으며 마가렛 양은 시선을 휙 돌려버리고 말았다.

이 사람들이 서로에게 연연하는 것이 예전부터의 어떤 인연에 의한 것이든 그들을 맞아들인 유명한 주인공은 모두에게 아무런 관심도 갖고 있지 않았다. 적어도 발랑탱이 오늘 밤의 중요한 손님이라고 여기고 있는 사람은 그 자리에 없었다. 그가 어떤 특별한 이유에서 애타게 기다리고 있는 중요한 손님은 세계적으로 유명한 인물로, 발랑탱이 위대한 형사로서 합중국을 돌아다니며 일대 성공을 거두었을 때 친해진 사내였다. 억만장자인 줄리어스 K. 브래인이라는 사람으로, 군소 종교단체에 상식을 초월한 거액을 기부해 영국과 미국의 신문에서 —반은 장난삼아, 반은 진지하게— 소리 높여 칭찬하고 있는 양반이었다.

브래인 씨가 무신론자인지, 아니면 모르몬교도인지, 크리스천 사이언스의 신자인지는 전혀 짐작할 수 없었지만, 어쨌든 이 억만장자는 지적인 인물이라 여겨지면 그 인물이 미지수인 한은 돈을 쏟아 붓기에 망설이지 않는다는 점만은 틀림없는 사실이었다. 그의 취미 가운데 미국에 셰익스피어가 나타나기를 기다리는 참으로 느긋한 취미가 하나 있었는데, 낚시가 아무리 인내심을 필요로 하는 취미라 할지라도 여기에는 비길 수 없으리라. 또한 그는 월트 휘트먼의 찬미자였으나, 휘트먼보다는 펜실베이니아 주의 루크 P. 태너가 더 '진보적'이라고 생각하고 있었다. 자신이 '진보적'이라고 생각하는 것이라면 무엇이든 마음에 드는 것이다. 그는 발랑탱도 '진보적'인 사내라고 생각했는데 그것은 터무니없이 잘못된 판단이었다.

줄리어스 K. 브래인이 그 당당한 모습을 드러내자 객실에서는 일순 저녁식사를 알리는 벨소리가 불러일으키는 그 긴장된 분위기가 넘쳐났다. 그에게는 그 존재가 부재인 것과 다를 바 없을 정도로 널따란 장소를 차지하는 뛰어난 성질이 있었는데 이는 누구에게나 요구할 수 있는 성질이 아니었다. 그는 커다란 키에도 지지 않을 만큼 전후좌우로 뚱뚱한 거구를 검은 야회복으로 완전히 감쌌으며, 장식품 종류는 시계의 사슬이나 반지조차도 몸에 지니고 있지 않았다. 새하얀 머리카락을 독일인처럼 깔끔하게 뒤로 빗어 넘겼으며, 동그랗게 살찐 붉은 얼굴은 입술 아래에 검은 턱수염을 한 송이 늘어뜨리고 있었기에 원래의 동안이 엉망이 되어버려 연극 무대의 메피스토펠레스처럼 잔인한 느낌을 주었다. 그러나 이 살롱은 언제까지고 이 이름 높은 미국의 부호에게만 눈길을 주고 있지는 않았다. 그의 늦은 도착은 이미 그 집의 중대한 문제가 되어 있었기 때문에 갤러웨이 부인이 그의 팔을 잡고 전속력으로 식당으로 데리고 갔다.

단 한 가지 점만을 제외한다면 갤러웨이 집안 사람들은 꽤나 상냥하고 온후한 성격이었다. 마가렛 양이 그 모험가인 오브라이언과 팔짱을 끼지만 않는다면, 그녀의 아버지는 매우 만족스러울 것이었다. 그녀도 그런 행동은 하지 않고 얌전하게 시몬 박사를 따랐다. 그런데도 나이 든 갤러웨이 경은 안절부절 차분하지 못해서 당장에라도 실례를 범할 것만 같은 모양새였다. 식사를 하는 동안에는 그럭저럭 사교적으로 행동했으나 시가도 거의 다 피워 세 젊은이—시몬 박사와 신부인 브라운, 그리고 외국 군복을 입고 있는 망명자 오브라이언—가 여성들과 합세하여 온실에서 담배를 피우기 위해 한 사람, 또 한 사람 모습을 감추자 천하의 영국 외교관도 완전히 그 외교적 수완을 거두어들이고 말았다. 그는 불량스럽기 짝이 없는 오브라이언이 어떤 방법으로 마가렛에게 신호라도 보내는 것이 아닐까 싶어 한시도 마음 편하게 있을 수가 없었다. 그것이 어떤 방법으로 행해지고 있을지 상상할 마음조차 들지 않았다. 그는 지금 온갖 종교를 믿고 있는 백발의 양키와, 어떤 종교도 믿지 않는 백발이 섞인 프랑스인과 자리에 남아서 커피를 마시고 있었다. 두 사람은 활발하게 논의를 벌이고 있었으나 어느 쪽도 경의 흥미를 끌지는 못했다. 얼마쯤 지나자 이 '진보적'인 설전도 완전히 시들해지기 시작했기에 갤러웨이 경은 응접실을 찾기 위해 자리에서 일어났다. 몇 개나 계속 되는 기다란 복도에서 몇 분 동안 길을 잃고 헤맨 끝에 간신히 박사의 타이르는 듯한 높은 어조의 목소리와 신부의 나른한 목소리에 이어 모두가 웃는 소리를 들을 수 있었다. 경은 이 사람들도 대충 '과학과 종교'에 대해서 이야기하고 있는 것이리라 여겨졌기에 지긋지긋하다는 생각이 들었다.

그러나 객실의 문을 연 순간 경의 눈으로 확인한 것은 오직 한 가지, 거기에 와 있지 않은 사람이 누구인가 하는 사실이었다. 오브라이언 사령관의 모습이 어디에도 보이지 않았으며, 마가렛 양도 역시 눈에 띄지 않았다.

경은 식당에서 나왔을 때만큼이나 참을 수 없다는 듯한 모습으로 이번에는 응접실에서 뛰쳐나와 발소리를 올리며 복도를 되돌아갔다. 평생 출세라고는 하지 못할 것 같은 그 아일랜드계 알제리아인으로부터 딸을 지켜야 한다는 생각이 머릿속에 들러붙어 경은 정신이 이상해질 것만 같았다. 집의 뒤쪽에 있는 발랑탱의 서재를 향해 걸어가고 있자니 놀랍게도 거기서 만난 것은 다름 아닌 딸 마가렛이었는데 그녀는 창백한 얼굴에 조소하는 듯한 표정을 띠운 채 순식간에 옆으로 스치고 지나갔다. 아무래도 이상하다, 여기에는 두 가지 수수께끼가 있다, 딸이 오브라이언과 같이 있었다면 오브라이언은 어디에 있는 것일까? 만약 오브라이언과 함께 있었던 것이 아니라면 딸은 어디에 있었던 것일까? 노인에게서 흔히 볼 수 있는 격렬한 의문에 사로잡힌 경은 집 뒤쪽의 어두운 곳을 더듬더듬 더듬으며 앞으로 나아갔는데 그러는 사이에 우연히도 정원을 향해 열려 있는 뒷문에 다다르게 되었다. 달은 벌써 그 언월도로 폭풍이 남기고 간 뜬구름을 갈라놓아 흔적도 없이 쫓아버린 상태였다. 은색 빛이 정원을 구석구석 비추고 있었는데 파란 옷에 키가 큰 사람의 모습이 잔디를 가로질러 서재 쪽으로 성큼성큼 다가왔다. 달빛에 목깃의 배지가 하얗게 번쩍 빛난 것을 보니 오브라이언 사령관임에 틀림없었다.

지켜보고 있자니 오브라이언은 프랑스식 창을 통해서 집 안으로 모습을 감추었는데 남겨진 경은 적의를 느낌과 동시에 뭔가 이해할 수 없는 복잡한 기분을 맛보았다. 무대의 배경과도 같은 이 푸르스름한 정원이 강압적인 정치와도 같은 감정의 섬세함으로 경을 우롱하고 있는 듯했다. 이처럼 끝도 없는 전횡을 부리는 부드러움에 대해서, 경의 세속적인 권위는 언제나 맞서 싸우곤 했다. 그 아일랜드인의 폭 넓은 발걸음의 우아함에 경은 매우 화가 났는데 그 노여움은 아버지의 것이 아니라, 다름 아닌 연적에 대한 것이었다. 그는 달빛에 중독되었다. 마술에 걸린 것처럼 중세 순정 시인의 정원—와토가 그려낸 그 이야기 속 나라에 매료되어버린 것이었다. 그랬기에 어리석기 짝이 없는 이 황홀한 기분을 떨치는 데는 무엇보다 수다가 좋을 것이라 생각하여 경은 기세 좋게 적의 뒤를 따라갔다. 순간 그는 풀에 묻힌 나무나 돌과 같은 것에 발이 걸려 버럭 화를 내며 발밑으로 시선을 던졌다. 그런 다음 다시 한 번 자세히 살펴보았는데 이번에는 호기심 때문이었다. 그런데 그 다음부터 큰일이 벌어지고 말았다. 달과 높다란 포플러 아래에 펼쳐진 광경의 이상함—다른 사람도 아닌 영국의 외교관이 지긋한 나이도 잊은 채 허둥지둥 달리며 커다란 소리로 마구 아우성을 쳤다.

경의 갈라진 외침소리가 전해지자 서재의 문에서 창백한 얼굴 하나가 나타났다. 경이 처음 분명하게 내뱉은 말을 들은 시몬 박사의 얼굴은 안경을 번뜩이며 걱정스러운 표정이 되었다. "잔디에 시체가……, 피투성이 시체가."라고 갤러웨이 경이 외쳤다. 이제 오브라이언의 일 따위는 머릿속에서 완전히 지워져버리고 없었다.

"바로 발랑탱에게 알려주시기 바랍니다." 경이 용기를 내서 보고 온 사실을 더듬더듬 이야기하기를 마치자 박사는 이렇게 말했다. "그가 있어서 다행입니다." 이 말이 채 끝나기도 전에 당사자인 민완 형사가 비명 소리에 무슨 일인가 이상히 여기며 서재로 들어왔다. 참으로 형사답게 시시각각으로 변화하는 그의 모습을 보는 것은 재미있는 일이었다. 처음 그는 손님이나 하인 가운데 갑자기 환자가 생긴 것 아닐까 하는 주인공이자 신사이기도 한 입장에서 매우 당연한 걱정을 하며 찾아왔으나, 피비린내 나는 사건이라는 말을 듣자 순간적으로 활기를 띠며 막힘없이 일의 처리를 시작했다. 그도 그럴 것이 아무리 끔찍한 돌발 사건이라 할지라도 그것이 바로 그의 일이기 때문이었다.

모두 함께 서둘러 정원으로 나가자 발랑탱이 말했다. "저는 의문의 사건을 찾아서 전 세계를 돌아다녔는데, 저희 집 정원에 그놈이 찾아와 있다니, 참으로 묘한 이야기입니다. 그건 그렇고 현장은 어디입니까?" 센 강에서 옅은 안개가 피어오르기 시작했기에 잔디를 가로지르는 것조차 쉬운 일이 아니었으나 한껏 겁을 먹은 갤러웨이 경의 안내로 깊은 수풀 속에 숨어 있던 시체를 찾아냈다. 키가 매우 크고 어깨가 넓은 남자의 시체였는데 엎드린 자세였기에 눈에 들어온 것이라고는 다부진 어깨를 감싸고 있는 검은 옷과 꼭대기에 갈색 머리가 한 줌이나 두 줌 정도 빠진 해초처럼 들러붙어 있는 커다란 대머리뿐이었다. 엎드린 얼굴에서 새빨간 피 한 줄기가 뱀처럼 흘러나와 있었다.

"어쨌든 우리들의 친구는 아니야." 시몬이 묘하게 낮은 목소리로 말했다.

"잘 살펴보십시오, 박사님. 아직 숨이 붙어 있을지도 모르니." 발랑탱이 약간은 퉁명스럽게 말했다.

박사가 시체 옆에 웅크리고 앉아 대답했다. "아직 차가워지지는 않았지만, 완전히 죽은 듯합니다. 몸을 들어 올려야겠으니 좀 도와주시기 바랍니다."

힘을 합쳐 조심스럽게 시체를 지면에서 1인치 정도 들어 올린 순간, 정말 죽은 걸까 하는 의문은 끔찍한 형태로 단번에 해소되었다. 머리가 툭 굴러떨어진 것이었다. 몸에서 완전히 떨어져 나간 것이었다. 누가 이 남자의 목을 벤 것인지는 모르겠으나 그놈이 역시 머리까지도 잘라 떨어뜨린 것이었다. 발랑탱조차 약간 충격을 받았다. "틀림없이 고릴라처럼 힘이 센 놈이었을 거야." 그가 불쑥 중얼거렸다.

시몬 박사는 해부 등으로 기형적인 모습에는 익숙해져 있었지만 그 머리를 주워 올렸을 때에는 그 역시도 몸이 떨려왔다. 머리와 턱 부근에 깊이 베인 상처가 남아 있었지만 얼굴에는 거의 아무런 상처도 남아 있지 않았다. 가늘고 오똑한 코와 부은 듯한 눈꺼풀이 동시에 자리하고 있는 섬세하지 못한 노란 얼굴은, 잔악한 로마황제에 중국 황제의 인상을 살짝 가미한 듯한 생김새였다. 그곳에 있던 사람들은 낯선 그 얼굴을 완전히 차가운 타인의 시선으로 바라보았다.

그 외에 눈에 띄는 이렇다 할 것은 없었으나 시체를 들어 올려보니 눈부실 정도로 하얀 셔츠의 가슴 부근에서 핏자국이 빛나고 있었다. 시몬 박사의 말대로 이 남자는 그들의 친구가 아니었으나, 오늘 밤의 파티에 어울리는 정장을 입고 있는 모습을 보니 친구로 가담할 생각이었다고 해도 이상할 것은 없을 듯했다.

발랑탱은 바닥에 엎드려 사체를 중심으로 20야드 정도의 수풀 속을 형사 특유의 세심함으로 샅샅이 점검했다. 박사는 익숙하지 않은 손놀림으로 그것을 도왔으며, 영국 대사도 겉모습만은 그를 돕고 있는 것 같은 모양새를 취했다. 그들이 바닥을 기어 돌아다닌 끝에 얻은 보수라고는 아주 짧게 부러뜨렸거나 자른 작은 가지 몇 개뿐이었는데 그것도 발랑탱이 면밀한 조사 중에 주워 올린 것으로 바로 멀리로 던져버렸다.

"작은 가지 몇 토막이라니." 발랑탱이 무거운 어조로 말했다. "나뭇가지와 머리가 떨어져나간 낯선 남자의 사체 하나. 이게 잔디에서 발견한 모든 것이란 말이군.”

한동안 기분 나쁜 침묵이 이어졌는데, 그때 겁에 질려 있던 갤러웨이 경이 날카로운 목소리로 외쳤다.

“너는 누구냐? 거기 담장 옆에 있는 게 누구냐?”

머리만 어마어마하게 크고 몸집은 작은 사람의 모습이 흔들흔들 이쪽으로 다가오는 것이 달빛 속으로 희미하게 보였다. 일순 악귀처럼 보였던 그 사람도 곧 모두가 응접실에 남겨두고 온 그 죄 없는 작은 체구의 신부라는 사실이 판명되었다.

“여러분, 이 정원에는 문이 하나도 없네요.”라고 그가 얌전하게 말했다.

발랑탱은 신경질적으로 검은 눈썹을 모았으나 그것은 그가 성직자들의 옷을 볼 때면 늘 보이는 표정이었다. 그래도 그는 공정한 사내였기 때문에 신부가 한 말의 타당성까지 부정하지는 않았다.

“그렇습니다.”라고 그가 말했다. “이 사람이 왜 여기서 살해당하게 되었는지를 조사하기에 앞서, 어떻게 여기까지 왔는지를 생각해볼 필요가 있을 듯합니다. 여러분, 제 말을 좀 들어주시기 바랍니다. 만약 제 지위나 임무에 지장을 주지만 않는다면 저명한 여러분의 성함이 밖으로 드러나지 않게 하고 싶습니다만, 어떻게 생각하십니까? 워낙 일류의 신사, 숙녀들만 계시고 외국의 대사도 계시지만, 만약 이것이 범죄라면 응당 조사를 행하지 않으면 안 됩니다. 그러나 사실이 분명해질 때까지는 제가 스스로 신중하게 조사를 할 수도 있습니다. 저는 경찰의 주임이고 이 방면에서는 세상에도 알려져 있는 몸이니 은밀하게 마칠 수도 있습니다. 어떻게 해서든 이 자리에 계신 여러분의 결백을 증명한 뒤에 경관을 불러 범인 수색을 하게 하고 싶습니다. 모쪼록 여러분, 자신의 명예를 걸고 한 분도 빠짐없이 내일 정오까지 여기를 떠나지 마시기 바랍니다. 침실은 충분히 있습니다. 시몬 박사님, 현관의 홀에 있던 하인 이반을 알고 계시죠? 그 사람이라면 믿을 수 있습니다. 그에게 가서서 나머지 일은 다른 하인에게 맡기고 곧장 이리로 오라고 말해주시기 바랍니다. 갤러웨이 경, 당신이 가장 좋겠습니다. 여성분들께 사건에 대해 이야기해 소란이 벌어지지 않도록 해주시겠습니까? 여성분들도 여기서 묵지 않으시면 안 되니까요. 브라운 신부님과 저는 여기서 시체를 지키고 있겠습니다."

발랑탱의 권위 있는 지시가 진군나팔처럼 모두를 고분고분 움직이게 했다. 시몬 박사는 무기고까지 가서 공적인 탐정의 사적 탐정인 이반을 데리고 왔다. 응접실로 파견된 갤러웨이 경이 끔찍한 뉴스를 적절한 말로 발표했기에 모두가 거기에 모였을 무렵, 여성들은 이미 옛날에 놀랐으며 이미 옛날에 안정을 되찾은 상태였다. 한편 선량한 신부와 선량한 무신론자는 달빛을 받으며 조용히 사체의 머리와 발 부근에 서 있었는데, 그것은 언뜻 보기에도 죽음에 관한 두 철학을 상징하는 표상 같았다.

상처와 턱수염이 있고 신임이 두터운 이반 노인은 총알처럼 집을 뛰쳐나와 주인 곁으로 달려가는 강아지처럼 잔디를 가로질러 달려가 발랑탱이 있는 곳으로 돌아왔다. 이반의 구릿빛 얼굴은 신변에서 일어난 형사사건으로 완전히 생기를 되찾았다. 그가 유체를 조사하게 해달라고 주인에게 청했을 때의 열정은 불쾌할 정도의 것이었다.

"물론 봐도 되지, 이반."이라고 발랑탱은 말했다. "하지만 너무 오래 봐서는 안 돼. 지금부터 집으로 들어가 사건을 검토해봐야 하니까."

이반은 고개를 들었다가 곧 다시 아래를 보았다.

"응?"하고 그가 놀란 듯 말했다. "이건, 아니, 아니야. 그런 말도 안 되는 일이. 이 사람을 아십니까, 나리?"

"아니." 발랑탱이 대수롭지 않다는 듯한 투로 말했다. "안으로 들어가는 게 좋겠어."

두 사람은 시체를 서재로 옮겨 소파에 올려놓은 뒤 함께 응접실로 향했다.

경찰 주임은 망설이듯 천천히 책상 앞에 앉았는데, 그 눈은 법정에서의 재판관처럼 냉엄했다. 그가 앞에 있던 종잇조각에 몇 마디를 급히 쓰고 나서 빠른 어조로 말했다. "여러분, 다 모이셨습니까?"

"브래인 씨가 아직……."하고 몽 생 미셸 공작부인이 주위를 둘러보며 말했다.

"안 계시는 모양이군." 갤러웨이 경이 귀에 거슬릴 만큼 갈라지는 목소리로 말했다. "그리고 닐 오브라이언 씨도 안 보이는 듯하군. 저는 시체가 아직 따뜻할 때 그 사내가 정원을 돌아다니는 것을 보았습니다."

"이반, 오브라이언 사령관과 브레인 씨를 찾아서 모셔오도록 해."라고 주임이 말했다. "브레인 씨는 식당에서 시가를 피우고 계실 거야. 오브라이언 사령관은 온실이라도 거닐고 계시는 거겠지. 확실히는 모르겠지만."

충실한 조수가 방에서 뛰어나가자 누구 한 사람 몸을 움직일 틈도, 입을 열 여유도 주지 않고 발랑탱이 예의 군대식 어조로 얼른 설명을 이어나갔다.

"누구나 아시는 것처럼 우리 정원에서 머리가 완전히 떨어져 나간 남자의 시체가 발견되었습니다. 시몬 박사님이 검시를 하셨는데 어떻습니까, 박사님? 그렇게 인간의 목을 잘라내는 것은 아주 커다란 힘이 필요한 일입니까? 아니면 아주 잘 드는 나이프 같은 물건이라도 있으면 간단한 일입니까?"

"나이프 같은 것으로는 절대 불가능하다고 단언해도 좋을 겁니다."라고 창백한 얼굴의 박사가 말했다.

"흉기 가운데 이것이라면 가능하다고 할 수 있을 만한 것 없겠습니까?" 발랑탱이 계속해서 물었다.

"현재 손에 넣을 수 있는 도구 가운데서는 얼핏 떠오르는 게 없습니다." 박사가 참으로 난감하다는 듯 눈썹을 찌푸리며 말했다. "목을 잘라내는 것은 난도질을 한다 해도 쉬운 일이 아닌데 이건 잘린 면이 깨끗하니까요. 가능한 무기라면 전쟁에서 쓰는 도끼나 옛날에 망나니가 쓰던 도끼나 두 손으로 쓰는 검 정도일 겁니다."

"그렇다면 이상하네요." 공작부인이 크고 신경질적인 목소리로 말했다. "이 근처에 두 손으로 쓰는 검이나 전쟁에서 쓰는 도끼 같은 건 없잖아요."

발랑탱은 여전히 앞에 있는 종이와 부지런히 씨름을 하고 있었다. "어떤가요? 프랑스 기병대가 사용하는 긴 군도라면 가능하겠습니까?"라고 붓의 속도를 늦추지 않고 물었다.

문에서 낮은 노크 소리가 들려왔는데 어떤 이유에서인지 그것은 『맥베스』에 나오는 노크 소리처럼 자리에 있던 사람들의 피를 얼어붙게 만들었다. 그 무거운 침묵을 깨고 시몬 박사가 마침내 입을 열었다. "군도, 글쎄요. 가능할 것 같습니다."

"감사합니다. 들어오게, 이반."이라고 발랑탱.

심복 하인인 이반이 문을 열고 닐 오브라이언 사령관을 안내해 들어왔다. 이반은 다시 한 번 정원을 산책하고 있던 그를 간신히 찾아낸 것이었다.

아일랜드 출신의 대장이 평정심을 잃고 불쾌하다는 듯 문가에 서서 화가 난 사람처럼 외쳤다. "제게 무슨 볼일이 있으신 겁니까?"

"우선 앉으세요."라고 발랑탱이 온화한 목소리로 상냥하게 말했다. "어? 당신은 검을 차고 계시지 않으시는군요! 어디에 두셨나요?"

"도서실 책상 위에 놓고 왔습니다."라고 오브라이언이 말했는데 평정심을 잃은 탓도 있었기에 사투리가 더욱 심해져 있었다. "그건 걸리적거리기도 하고, 그래, 그래, 그것이……."

"이반, 도서실에 가서 사령관님의 검을 가져오게." 발랑탱의 말이 채 끝나기도 전에 하인은 벌써 모습을 감추었다. "갤러웨이 경은 사체를 발견하기 직전에 정원에서 집으로 들어오는 당신을 보았다고 말씀하셨습니다만, 정원에서 무엇을 하고 계셨습니까?"

사령관은 무모하게 보일 정도의 기세로 의자에 몸을 던졌는데, "그건 달 구경을 하고 있었습니다. 대자연과 교감하고 있었습니다."라고 말했을 때에는 아일랜드 사투리가 그대로 드러나 있었다.

묵지근한 침묵이 한동안 사람들을 감쌌는데 잠시 후, 그 으스스한 노크가 희미하게 울리더니 이반이 알맹이가 없는 강철 칼집을 손에 들고 다시 모습을 드러냈다. "이것밖에 보이지 않았습니다."라고 그가 말했다.

"테이블 위에 놔두게."라고 발랑탱은 말했으나 얼굴은 들지 않았다.

방 안 가득 퍼진 침묵은 유죄를 선고받은 살인자의 피고석으로 밀려드는 그 냉혹하고 무정한 침묵의 물결과 같은 것이었다. 공작부인의 희미한 탄성도 지금은 그 여운조차 남아 있지 않았다. 갤러웨이 경마저도 그렇게 쌓이고 쌓였던 미움이 완전한 분출구를 찾았기에 지금은 마음이 평온해지기까지 했다. 그때 전혀 생각지도 못했던 방향에서 목소리가 들려왔다.

"제가 설명드릴 수 있을 거라 생각해요."

마가렛 양이, 용감한 여성이 여러 사람 앞에서 이야기할 때면 내는 그 맑은 목소리를 떨며 말했다.

"저분은 침묵을 지키실 생각인 것 같네요. 그러니 오브라이언 씨가 정원에서 무엇을 하셨는지 제가 대신해서 말씀드릴게요. 저분께서는 제게 결혼을 청하셨어요. 저는 거절했어요. 부모님을 생각하면 받아들일 수 없지만 존경하는 마음은 품고 있다고 말씀드렸어요. 그래서 저분은 조금 화가 나신 듯했어요. 틀림없이 저의 존경 따위는 아무래도 상관없다고 생각하셨던 거겠죠. 하지만," 여기서 그녀는 희미하게 미소를 지었다. "지금이라면 조금은 마음에 두실지도 모르겠네요. 왜냐하면 저는 역시 저분을 존경하고 있으며, 결코 이처럼 엄청난 일을 벌이실 분이 아니라는 사실은 어디에 가서도 맹세코 말씀드릴 수 있으니까요."

갤러웨이 경이 딸 옆으로 다가가 위협을 가하듯 말했다.

"입 다물어라, 매기." 자기 스스로는 작은 목소리를 낼 생각인 듯했으나, 마치 천둥과도 같은 목소리였다. "너는 어째서 저 사람을 감싸려는 거냐? 대체 검은 어디에 있단 말이냐? 녀석의 수치스러운 기병의……."

경은 자신을 바라보고 있는 딸의 이상한 시선과 마주치자 자신도 모르게 숨을 들이마시고 말았다. 그 눈빛이 참으로 표독했기에 모든 사람들의 시선이 빨려들듯 일제히 그녀에게 집중되었다.

"고집불통!"하고 그녀가 얌전한 마음가짐 따위 내던져버린 낮은 목소리로 말했다. "아버지는 대체 무엇을 증명하시려는 거죠? 이 분은 저와 함께 계셨으니 결백해요. 결백하지 않다 해도 저와 함께 있었다는 사실에는 변함이 없어요. 이 분이 정원에서 정말로 살인을 저질렀다면 그것을 본─적어도 알고 있을─ 것임에 틀림없는 사람은 누구일까요? 아버지는 닐이 너무나도 미운 나머지 당신의 딸까지도……."

갤러웨이 부인이 날카로운 소리를 올렸으나 그 외의 사람들은 앉은 자리에서 전례가 적지 않은 삼각관계의 악마적 비극의 일단을 엿볼 수 있었기에 오싹함을 느끼고 있었다. 그들은 자부심 강한 스코틀랜드의 귀족에게 어울리는 희고 아름다운 얼굴과, 그 애인인 아일랜드의 모험가를 어두운 집 안에서 보는 한 쌍의 초상화처럼 바라보고 있었다. 사람들은 각자 살해당한 남편들과 배신의 독을 담은 여자들을 둘러싼 역사상의 이야기를 떠올린 것이리라. 오랜 침묵이 계속되었다.

이 소름끼칠 것 같은 침묵을 깨고 사심 없는 목소리가 들려왔다. "아주 긴 시가인 모양입니다."

독부들의 전기에서 시가로, 이 전환은 너무나도 갑작스러운 것이었기에 모두는 누가 말을 한 것인지 주위를 둘러보지 않을 수 없었다.

"그러니까," 작은 체구의 브라운 신부가 방의 구석에서 말했다. "그러니까 브래인 씨의 시가 말인데, 아무래도 지팡이만큼이나 긴 것인 모양입니다."

참으로 엉뚱한 이야기라고는 하지만, 얼굴을 든 발랑탱의 얼굴에는 초조함뿐만 아니라 동의하는 빛까지 어려 있었다.

"그렇군요." 그가 날카로운 어조로 말했다. "이반, 다시 한 번 브래인 씨의 모습을 살펴보고 오지 않겠는가? 그리고 여기로 바로 데려오게."

잠시의 틈도 주지 않고 심부름꾼이 뛰쳐나가 문을 닫자, 발랑탱이 또 다른 열의를 내보이며 아가씨에게 말했다.

"마가렛 양, 당신께서 하찮은 위엄에 구애받지 않으시고 대장님의 행동을 설명해주신 것은 고마운 일이고, 또 훌륭한 일이었다고 생각합니다. 하지만 아직 명확하지 않은 점이 있습니다. 갤러웨이 경은 서재에서 응접실로 향하는 당신을 만나셨다고 하셨는데, 그로부터 겨우 몇 분쯤 뒤에 정원으로 나가신 아버님은 그 부근을 거닐고 있는 사령관을 보았다고 말씀하셨습니다."

"다시 생각을 해보세요." 마가렛이 꽤나 비아냥거리는 듯한 투로 말했다. "제가 저분의 청을 거절했으니 팔짱을 끼고 들어올 수는 없잖아요? 누가 뭐래도 저분은 신사이시니, 뒤에 남아 시간을 보내셨을 거예요. 그래서 살인 혐의를 쓰게 된 거예요."

"그 짧은 시간 동안에," 발랑탱이 무거운 어조로 말했다. "그가 정말……."

다시 노크 소리가 들리더니 이반이 상처 있는 얼굴을 내밀었다.

"말씀 중이십니다만, 각하."라고 그가 말했다. "브래인 씨는 집을 떠나셨습니다."

"떠났다고?" 이렇게 외친 발랑탱이 처음으로 의자에서 몸을 일으켰다.

"가버리고 마셨습니다. 행방불명입니다. 증발했습니다." 이반이 프랑스어로 익살스럽게 말했다. "모자와 코트도 함께 사라졌습니다. 그뿐만이 아닙니다. 그분이 남기고 간 흔적이 없을까 제가 집 밖으로 달려 나가보니 놀랍게도 한 가지, 그것도 커다란 흔적이 남아 있었습니다."

"무슨 뜻이지?"

"보여드리겠습니다."

하인은 이렇게 말하고 잠시 모습을 감췄는데, 다시 모습을 드러냈을 때는 끝부분과 칼날에 피가 묻은 기병용 군도가 그의 손에서 빛나고 있었다. 사람들은 번개에라도 맞은 것처럼 그것을 바라보았으나, 이런 일에 익숙한 이반은 그런 사람들 따위 신경도 쓰지 않고 차분하게 말을 이어나갔다.

"저는 파리 가도를 50야드(약 45m — 역주) 정도 달려간 곳에 있는 수풀 속에서 이것을 발견했습니다. 다시 말해서 그 존경할 만한 브래인 씨께서 달아나시는 도중에 버린 곳에서 발견한 겁니다."

이번에도 사람들은 입을 다물고 있었으나, 지금까지의 침묵과는 양상이 달랐다. 발랑탱은 군도를 들어 점검하고 있었으나 자신만의 생각에 완전히 몰두하고 있는 듯했다. 마침내 정중하게 얼굴을 들어 오브라이언을 보며 그가 말했다. "대장님, 당신이라면 경찰의 조사로 이 무기가 필요해지면 언제든 건네 주시리라 믿고 있습니다. 그때까지는 이 검을 당신께 돌려드리도록 하겠습니다." 그가 칼을 둥근 칼집에 짤깍 넣으며 이렇게 말했다.

이 군대식의 멋진 행동에 보고 있던 사람들은 박수라도 칠 듯한 감동을 받은 모양이었다.

닐 오브라이언에게 있어서 발랑탱의 그 행동은 실제로 하나의 전환점이 되었다. 아침 해가 떠올라 다시 그 신비한 정원을 산책할 무렵에는 평소의 비극적이고 공허한 태도가 완전히 사라져버렸다. 그도 그럴 것이 그에게는 행복해질 이유가 여럿 있었기 때문이었다. 갤러웨이 경은 신사였기에 그에게 사과의 뜻을 표했으며, 마가렛 양은 숙녀 이상의 것, 적어도 여자였으니 아침식사 전에 두 사람이 함께 오래 된 화단을 둘러본 모습만 봐도 사과의 뜻 이상의 마음을 전한 것이라는 사실을 알 수 있었다. 사람들 모두 매우 편안하고 평온한 마음이 되었다. 왜냐하면 그 죽음에 관한 수수께끼가 아직 남아 있기는 했으나, 혐의의 무거운 짐은 풀려 그다지 친하지도 않았던 기묘한 백만장자와 함께 멀리 파리까지 날아가 버렸기 때문이었다. 악마는 저택 밖으로 내던져졌다. 아니, 악마 스스로가 자신의 몸을 내쫓은 것이었다.

그러나 수수께끼는 아직 해결된 것이 아니었기에 오브라이언이 정원의 의자에 앉아 있던 시몬 박사 옆으로 다가가자, 이 한없이 과학적인 정신을 가진 의사는 바로 그 일을 화제로 삼았다. 그러나 훨씬 더 즐거운 일에 정신을 빼앗긴 오브라이언으로부터는 이렇다 할 이야기를 이끌어내지 못했다.

"저는 그다지 흥미를 느끼지 못합니다."라고 오브라이언이 솔직하게 말했다. "게다가 아주 명확한 듯합니다. 브래인 씨가 어떤 이유로 그 사람을 증오하고 있었던 것은 분명합니다. 누가 뭐래도 그를 정원으로 불러들여 제 검으로 살해했으니까요. 그 검을 파리로 달아나는 도중에 버린 겁니다. 그리고 이반에게서 들은 말입니다만, 살해당한 남자는 주머니에 미국 지폐를 가지고 있었다고 합니다. 그렇다면 그 남자는 브래인과 같은 나라 사람이니 이것으로 사건도 마무리 지어진 것이라

할 수 있지 않겠습니까? 어려울 것은 어디에도 없다고 생각합니다만."

"어려운 문제가 5개나 있습니다." 박사가 조용히 말했다. "담장 안에 다시 높은 담장이 몇 개나 있는 것처럼 말입니다. 오해는 말아주십시오. 저 역시도 틀림없이 브래인의 짓이라고 생각합니다. 그의 도망이 그 사실을 이야기해주고 있는 듯합니다. 하지만 어떤 방법으로 살해했을지를 생각해보면 문제가 달라집니다. 첫 번째 의문은 사람을 살해하는 데 어째서 그처럼 번거로운 군도를 사용했을까 하는 점입니다. 작은 나이프로도 가능했을 것입니다. 그것은 주머니에 넣어두면 그만이니까요. 두 번째는 어째서 아무런 소리도, 비명소리도 들리지 않았을까 하는 문제가 있습니다. 상대방이 커다란 군도를 휘두르며 다가오는 것을 말없이 보고 있을 사람이 있을까요? 세 번째 의문, 하인이 밤새 현관을 지켜 개미 한 마리 정원에 들어올 틈이 없었다는데 그 죽은 사람은 어떻게 해서 정원에 들어온 것일까요? 네 번째 의문, 그것과 완전히 똑같은 정황 속에서 브래인 씨는 어떻게 정원 밖으로 탈출할 수 있었던 걸까요?"

"그렇다면 다섯 번째 문제는?"하고 닐이, 이때 오솔길을 천천히 걸어 올라오고 있는 영국 신부를 바라보며 말했다.

"하찮은 일이라고 생각합니다만, 저로서는 도저히 짐작이 가지 않는 수수께끼입니다. 목이 잘려나간 부분을 처음 보았을 때는 범인이 몇 번이고 칼을 휘둘러 벤 것이라고 생각했습니다.

하지만 검사를 하던 중 목이 잘려나간 단면에 여러 개의 칼자국이 나 있다는 사실을 알게 되었습니다. 다시 말해서 칼자국은 목이 잘려나간 뒤에 난 것입니다. 브래인은 달빛 아래 서서 사체에 난도질을 할 만큼 상대방을 증오하고 있었던 것일까요?"

"끔찍한 얘기로군요!" 오브라이언이 몸서리를 치며 말했다.

작은 체구의 브라운 신부는 두 사람이 대화를 주고받는 중간에 그들 곁까지 왔으나 타고난 내성적 성격 때문에 이야기가 끝나기를 기다리고 있었다. 이 기회를 기다렸다가 그가 쑥스럽다는 듯 말을 꺼냈다.

"방해를 해서 죄송합니다만, 당신들께 새로운 소식을 전하라고 하기에."

"새로운 소식이라고?" 시몬 박사가 얼마간 성가시다는 듯한 얼굴의 안경 너머로 신부를 보며 되풀이했다.

"네. 안타깝게도 또 살인이 일어났습니다." 브라운 신부가 부드러운 얼굴로 말했다.

두 사람이 동시에 벌떡 일어났기에 의자가 흔들흔들 흔들렸다.

"그게 참 이상하게도," 나른하다는 듯한 시선으로 석남화를 바라보며 신부가 말을 이었다. "전과 마찬가지로 아주 기분 나쁘게 이번에도 목을 베었습니다. 브래인이 파리로 달아났던 길에서 몇 야드 떨어진 강에서 피투성이가 된 목이 발견되었습니다. 당연히 모두 브래인에게……."

"뭐라고!" 오브라이언이 커다란 목소리로 말했다. "브래인은 편집광인가?"

"미국에도 복수라는 게 있는 거겠죠." 신부가 한가롭게 이렇게 말한 뒤 다시 말을 이었다. "도서실로 와서 봐주셨으면 한답니다."

외인부대 대장은 다른 사람들의 뒤를 따라서 검시 장소로 발걸음을 옮겼는데 기분이 완전히 상하고 말았다. 군인으로서 그는 이 음험한 살육을 도저히 참을 수가 없었다. 이들 황당하기 짝이 없는 절단 소동은 언제까지 계속될 것인지? 목을 베는 사건이 연달아 2건이나 일어나다니……. 이런 경우는(이라고 그는 씁쓸하게 혼잣말을 했다) 여러 사람이 있을수록 좋은 지혜가 나오는 것도, 한 사람의 머리보다 두 사람의 머리가 더 좋은 것도 아니다. 이렇게 생각하며 서재 한가운데로 들어섰을 때, 그는 하나의 전율스러운 암호에 깜짝 놀라 하마터면 자리에 주저앉을 뻔했다. 발랑탱의 책상 위에 피투성이가 된 세 번째 머리가 컬러사진으로 올려져 있지 않은가? 더구나 그것은 발랑탱 자신의 머리였다. 가만히 보니 그것은 『기요틴』이라는 국수주의파의 신문이었는데, 이 신문은 매주 자신들의 정적 가운데 한 사람을 처형 직후의 단말마의 모습으로 만들어 게재하고 있었다. 발랑탱이 실린 것은 그가 반교권주의자로 상당히 이름이 알려져 있기 때문이었다. 그러나 오브라이언은 죄에 있어서조차 일종의 순결함을 유지하고 있는 아일랜드 사내였기에 프랑스 지식인들에게서 볼 수 있는 이처럼 터무니없는 잔인함에는 역겨움이 느껴지는 듯했다. 그는 고딕식 교회의 기괴함부터 신문의 천박한 만화까지 전부가 파리 그 자체라고 여겨졌다. 저 프랑스 혁명의 거대한 서사시를 생각함에 있어서도, 파리의 거리 전체가 위로는 노트르담 사원의 그 수많은 괴물을 형상화한 홈통에서부터 아래로는 발랑탱의 책상에 놓인 피비린내 나는 스케치까지, 하나의 추악한 에너지처럼 느껴졌다.

도서실은 길고 가느다란 방으로 천장이 낮고 어두컴컴했다. 낮은 덧문 아래로 새어 들어오는 짧은 햇살은 아직 아침의 붉은 기운을 머금고 있었다. 발랑탱과 하인 이반은 표면이 기운 길고 가느다란 테이블 끝에 서서 세 사람을 기다리고 있었는데 그 위에 놓인 사체는 어둑어둑한 속에서 터무니없이 커다랗게 보였다. 정원에서 발견된 남자의 거뭇하고 커다란 모습과 누런 얼굴이 어젯밤과 거의 같은 모습으로 이쪽을 바라보고 있었으며, 오늘 아침 강가 갈대 사이에서 낚아 올린 두 번째 머리가 그 옆에서 물방울을 떨어뜨리고 있었다. 발랑탱의 부하들이 아직 물에 떠다니고 있으리라 여겨지는 이 머리에 붙어 있어야 할 두 번째 몸뚱이를 수색 중이었다. 브라운 신부는 오브라이언과 같은 감상 따위 애초부터 가지고 있지 않은 듯, 두 번째 머리 가까이로 다가가 언제나처럼 눈을 깜빡이며 검사에 착수했다. 머리는 물에 흥건히 젖은 대걸레 같았으며, 수평으로 비치는 아침 햇살에 백발이 불타오르는 듯한 은색으로 빛나 은빛 테두리를 두르고 있는 것처럼 보였다. 보기 싫게 자줏빛을 띤 얼굴은 범죄 상습자의 그것이었는데, 물속을 나뒹구는 동안 나무와 돌멩이에 심하게 부딪친 흔적이 역력하게 남아 있었다.

"안녕히 주무셨습니까, 오브라이언 사령관님." 발랑탱이 한없이 부드럽게 말했다. "브래인 씨가 새롭게 시도한 대학살 실험에 대해서는 이미 들으셨겠죠?"

브라운 신부는 여전히 백발을 가진 머리 위에 웅크리고 있었는데, 얼굴도 들지 않고 이렇게 말했다. "이 머리도 틀림없이 브래인 씨가 잘라낸 것입니까?"

"우선은 그렇게 보는 것이 타당할 듯합니다." 주머니에 손을 넣은 채 발랑탱이 말했다. "전과 같은 방법으로 살해당했고, 전의 머리와 몇 야드 떨어진 곳에서 발견되었습니다. 게다가 그 사람이 가져갔던 것이라 밝혀진 흉기로 썩둑 잘렸습니다."

"그렇습니다. 전부가 말씀하신 대로입니다."라고 브라운 신부가 순순히 대답했다. "하지만 그 사람이 이 목을 자를 수 있었으리라고는 여겨지지 않습니다."

"어째서죠?" 당연한 일일 테지만 시몬 박사가 눈을 둥그렇게 뜨며 물었다.

"당연한 일입니다, 박사님. 과연 자신의 목을 자를 수 있는 사람이 있을까요?" 신부가 위를 올려다보듯 눈을 깜빡이며 말했다.

오브라이언은 상식에서 벗어난 세계가 귓가에서 무너져내린 듯한 마음이 들었으나 시몬 박사는 충동적으로 벌떡 일어나 자신의 눈으로 확인하기 위해 달려가서는 머리의 젖은 백발을 쓸어 올렸다.

"네, 그것은 틀림없이 브레인 씨입니다."라고 신부가 차분하게 말했다. "그 사람의 왼쪽 귀에는 이것과 똑같이 생긴 상처가 있었습니다."

경찰 주임이 눈을 반짝이며 신부를 가만히 바라보고 있다가 굳게 다물었던 입술을 열어 날카로운 목소리로 말했다.

"당신은 저 사람을 잘 알고 계시는 모양입니다, 브라운 신부님."

"알고 있습니다."라고 신부가 간단히 대답했다. "지난 몇 주 동안 그 사람과 종종 얼굴을 마주했기에. 저희 교회에 가입하려 했었습니다."

광기어린 빛이 발랑탱의 눈에 어렸다. 그가 두 손을 꼭 쥐고 커다란 걸음걸이로 신부 옆으로 가 혐오스럽다는 듯한 냉소를 지으며 외치듯 말했다. "게다가 아마도 그는 전재산을 당신의 교회에 남겨야겠다고 생각하고 있었겠지요?"

"그랬을지도 모릅니다." 브라운 신부가 무덤덤하게 대답했다. "있을 법한 얘깁니다."

"그렇다면,"하고 발랑탱이 기분 나쁜 웃음을 지으며 커다란 목소리로 말했다. "저 사람에 대해서 아주 많이 알고 계시겠지요? 생활습관이라든가, 그 외의……."

오브라이언 사령관이 발랑탱의 팔에 한쪽 손을 놓으며 말했다. "그런 쓸데없는 중상은 그만두십시오, 발랑탱 씨. 누가 뭐래도 다른 검도 얼마든지 있으니까요."

그러나 발랑탱은 신부의 조금도 당황하지 않은 온화한 눈빛을 받아서 이미 차분함을 되찾은 상태였다. "어쨌든,"하고 그가 빠른 어조로 말했다. "개인적인 의견은 일단 접어두고, 여러분께서는 약속대로 아직 여기에 머물러주셨으면 합니다. 그리고 여러분 자신께서 ––또 서로가 서로를–– 지키도록 신경을 써주시기 바랍니다. 자세한 내용을 알고 싶으시다면 여기에 있는 이반이 무엇이든 말씀드릴 것입니다. 저는 바로 일을 시작해서 상사에게 보고서를 쓰지 않으면 안 됩니다. 이렇게 된 이상 더는 사건을 덮어둘 수 없기에. 또 새로운 뉴스가 들어오면, 저는 서재에서 보고서를 쓰고 있을 테니."

"아직 새로운 뉴스가 있는가, 이반?" 경찰 주임이 커다란 걸음걸이로 방에서 나가자 시몬 박사가 이렇게 물었다.

"네, 선생님. 아직 한 가지가 있습니다." 이반이 나이 든 회색 얼굴에 주름을 만들어가며 말했다. "그런데 이게 또 중요한 일이어서, 선생님께서 잔디에서 보셨던 그 노인네 말입니다만,"이라고 그는 노란 얼굴의 크고 검은 시체를 손가락으로 가리키며 말했는데, 인정에서라도 공손한 태도를 취하려고는 하지 않았다. "어쨌든 저 사람의 정체가 밝혀졌습니다."

"정말인가?" 박사가 놀라 소리쳤다. "어떤 사람인가?"

"이름은 아놀드 베커입니다."라고 형사의 조수가 설명했다. "여러 가지 가명을 썼던 사람입니다. 곳곳을 돌아다니던 불한당으로 미국에 있다는 얘기를 들었습니다. 그러니 거기서 브래인의 원한을 샀을 겁니다. 저희와 그다지 관계가 없었던 것은 그의 활동무대가 거의 독일에 한정되어 있었기 때문입니다. 물론 독일 경찰과도 이미 연락을 취했습니다만, 참으로 신기하게도 그에게는 루이스 베커라는 쌍둥이 형제가 있습니다. 이 사람과는 저희도 커다란 관계가 있어서 바로 어제도 녀석을 사형에 처하지 않으면 안 되었습니다. 이거 얘기가 옆으로 샜습니다만, 선생님, 잔디에 쓰러져 있던 그 사람을 본 순간에는 제 눈을 의심할 정도로 깜짝 놀랐습니다. 만약 루이스 베커가 사형에 처해진 모습을 제 눈으로 보지 못했다면 잔디에 쓰러져 있는 것은 루이스 베커라고 단언했을 겁니다. 물론 저는 바로 독일에 있는 쌍둥이의 한쪽을 생각해냈기에 이야기를 더듬어서……."

이반은 여기서 설명을 멈췄는데 그것은 그의 이야기를 듣고 있는 사람이 한 명도 없다는 매우 온당한 이유 때문이었다. 사령관과 박사는 두 사람 모두 브라운 신부를 바라보고 있었다. 신부는 방금 자리에서 벌떡 일어나 날카로운 발작에 휩싸이기라도 한 것처럼 머리를 힘껏 누르고 있었다.

"그만두세요! 그만두세요!" 신부가 커다란 목소리로 말했다. "아주 잠시만 이야기를 멈춰주세요. 대충은 알 것 같습니다. 신이시여, 제게 힘을 주시옵소서. 이제 한 단계만 더 머리가 비약하면 모든 것이 꼭 맞아떨어질 텐데. 저를 도와주소서! 평소에는 머리가 아주 잘 돌아갔는데, 토마스 아퀴나스의 저작이라면 어떤 페이지든 해석할 수 있는 시대도 있었는데. 내 머리가 깨지느냐, 아니면 모든 것이 해명되느냐? 절반까지는 왔는데, 나머지 절반을 알 수가 없어."

신부는 머리를 양손에 묻고 생각에 잠긴 것인지, 기도를 하는 것인지, 괴로움에 몸이 굳은 채 서 있었다. 나머지 세 사람은 미쳐버린 듯한 지난 24시간의 마지막 기이한 광경을 그 기세에 압도당한 듯 바라보고 있을 뿐이었다.

브라운 신부가 두 손을 내리자 아이처럼 생기 넘치고 진지한 얼굴이 모습을 드러냈다. 그는 커다랗게 한숨을 내쉬었다. "급히 서둘러 이야기를 해서 마무리 짓도록 하겠습니다. 그것이 여러분께서 진상을 전부 이해하실 수 있는 지름길입니다." 그리고 그는 박사 쪽으로 얼굴을 돌렸다. "시몬 박사님, 당신은 명석한 두뇌를 가지고 계십니다. 오늘 아침 당신께서 이번 사건에 관한 다섯 가지 어려운 점을 든 것을 들었습니다. 지금 여기서 다시 한 번 그 물음을 들려주신다면 제가 답을 해드리도록 하겠습니다."

시몬 박사는 의심과 놀라움 때문에 하마터면 코안경이 미끄러져 떨어질 뻔했으나 바로 신부에게 답했다.

"그럼 준비 되셨습니까? 첫 번째 의문은, 단검으로도 사람을 죽일 수 있는데 어째서 불편한 군도를 사용하지 않으면 안 되었을까요?"

"단검으로는 목을 완전히 베어낼 수가 없으니까요."라고 브라운 신부가 조용한 목소리로 말했다. "그런데 이번 살인에서는 목을 완전히 베어내는 것이 반드시 필요했습니다."

"어째서죠?" 흥미를 느낀 오브라이언이 물었다.

"다음 질문은?" 브라운 신부가 말했다.

"그렇다면 살해당한 사람은 왜 소리를 지르거나 하지 않았던 것입니까?"라고 박사가 물었다. "정원에서 군도를 든 사람을 발견하면 보통은, 이건 평범한 일이 아니라고 생각하지 않습니까?"

"작은 가지 때문입니다." 신부는 낮은 목소리로 이렇게 말하고 살인 현장이 내려다보이는 창 쪽으로 얼굴을 돌렸다. "여러분께서는 작은 가지가 의미하는 것을 놓치셨습니다. 그 작은 가지가 왜 잔디의 그런 곳에 있었을까요? 보십시오. 저 근처에는 나무가 없지 않습니까? 그것은 손으로 부러뜨린 것이 아니라 칼로 자른 것입니다. 살인자는 군도로 솜씨를 자랑하는 등의 방법으로 상대방의 주의를 끈 것입니다. 공중에 매달려 있는 가지도 이렇게 잘 잘린다는 둥 말하며. 상대방이 얼마나 잘 잘렸는지 그 잘린 곳을 보려고 몸을 웅크린 순간 소리도 없이 단칼에 목을 벤 것입니다."

"그렇군요."라고 천천히 박사가 말했다. "그 생각은 아주 훌륭합니다. 흠잡을 데 없습니다. 그러나 지금부터의 두 가지 질문에는 누구도 답변을 하지 못할 겁니다."

여전히 비판적인 눈길을 창밖으로 향한 채 신부는 질문을 기다리듯 서 있었다.

"정원은 물 한 방울 새어나갈 틈도 없는 밀실처럼 전부가 막혀 있다는 사실을 알고 계시겠지요?"라고 박사가 말을 이었다. "그런데 어떻게 해서 낯선 그 사람이 정원에 들어올 수 있었던 걸까요?"

작은 체구의 신부가 돌아보지도 않고 대답했다.

"처음부터 정원의 어디에도 낯선 사람은 없었습니다."

모두가 한동안 입을 다물고 있었는데, 갑자기 어린아이와도 같은 커다란 웃음이 일어나 그 긴장을 풀어주었다. 브라운 신부의 말이 너무나도 엉뚱했기에 이반이 실례가 되는 줄도 모르고 웃음을 터뜨린 것이었다.

"아이고, 아이고. 그 말씀대로라면 저희는 어젯밤에 아주 커다란 사체를 소파까지 옮기지 않았다는 것입니까? 그 사내가 정원에는 들어오지 않았다는 말씀이시죠?"

"정원에 들어왔다고요?" 브라운 신부가 생각에 잠긴 듯한 모습으로 되물었다. "정확히 말하자면 들어오지 않았다고 할 수도 있습니다."

"한심하군." 시몬 박사가 탄식하듯 말했다. "정원에 들어왔거나 들어오지 않았거나, 둘 중 하나 아닙니까?"

"꼭 그렇다고만 말할 수도 없습니다." 희미한 미소를 지으며 작은 체구의 신부가 말했다. "다음 질문은 무엇입니까, 박사님?"

"아무래도 당신은 몸이 좋지 않으신 듯합니다."라고 시몬 박사가 화가 난 듯한 목소리로 말했다. "어쨌든 원하신다면 다음 질문을 내놓겠습니다. 브래인은 어떤 방법으로 정원에서 나갔습니까?"

"그는 정원에서 나가지 않았습니다." 신부는 이번에도 창밖을 바라보며 대답했다.

"정원에서 나가지 않았다고요?" 시몬이 대들듯이 말했다.

"완전히는 나가지 않았다고 할 수 있습니다."

흑백을 분명히 하는 프랑스식 논리를 휘두르듯 시몬 박사가 두 주먹을 휘두르며 외쳤다. "정원에서 나갔거나 나가지 않았거나 둘 중 하나입니다."

"늘 그런 것만은 아니니까요."라고 브라운 신부.

시몬 박사가 화를 내며 벌떡 일어서더니 "이런 말도 안 되는 소리를 듣기 위해 시간을 허비할 수는 없습니다."라고 불만을 터뜨렸다. "담장 안쪽에 있는지, 바깥쪽에 있는지조차 구별하지 못한다면, 더 이상 당신을 번거롭게 하고 싶지는 않습니다."

"시몬 박사님." 신부의 목소리는 어디까지나 평온했다. "기껏 지금까지 즐겁게 이야기를 나누어왔으니, 그 우정을 생각해서라도 아무 말씀 마시고 다섯 번째 의문을 들려주시지 않으시겠습니까?"

도저히 당해낼 수 없다는 듯 시몬 박사는 문 가까이에 있던 의자에 앉더니 무뚝뚝하게 말했다. "머리와 어깨의 잘린 부분이 이상했습니다. 죽은 뒤에 저지른 짓 같았습니다만."

"그렇습니다." 눈썹 하나 까딱하지 않고 신부가 말했다. "당신이 범한 그 단순한 착각, 바로 그것을 당신에게 심어주기 위해서 그 머리가 붙여진 것입니다. 다시 말해서 그 머리가 그 몸에 붙어 있었던 것이라고 믿게 만들고 싶었던 겁니다."

여러 가지 괴물을 만들어내는 뇌의 일부분이 아일랜드 사람인 오브라이언을 심하게 자극해서 인간의 부자연스러운 공상이 만들어낸 반인반수나 인어의 혼돈스러운 모습을 직접 엿본 것 같은 마음을 품게 했다. 먼 조상의 목소리가 귓가에서 속삭이고 있는 것만 같았다. '두 가지 색 열매가 맺히는 나무가 자라고 있는 정원에 다가가서는 안 된다. 두 개의 머리를 가진 사내가 죽은 악마의 정원은 문 앞에도 서는 안 된다.'라고. 그러나 아일랜드인에게 예전부터 전해 내려오는 마음속 거울에 이처럼 수치스러운 상징적 이미지가 나타났다가는 사라지곤 했지만, 이 사람의 프랑스화한 지성이 조금도 물러나지 않고 다른 사람들과 마찬가지로 이 기묘한 신부를 믿을 수 없다는 듯 가만히 바라볼 정도의 용기를 그에게 부여해주고 있었다.

브라운 신부가 마침내 모두를 향해 몸을 돌렸는데 얼굴만은 어두운 그늘 속에 넣어둔 채, 창에 등을 기댔다. 어두컴컴한 그늘을 통해서도 그의 얼굴이 아주 창백하다는 사실을 알아볼 수 있었다. 그래도 신부는 이 세상에 아일랜드인의 영혼 따위 없다는 듯, 매우 합리적으로 이야기를 이어나갔다.

"여러분, 여러분이 정원에서 본 것은 얼굴도 본 적이 없는 베커의 시체가 아니었습니다. 낯선 사내의 시체가 발견된 것이 아니었습니다. 시몬 박사의 합리주의 앞에서, 저는 굳이 베커는 일부분만 들어온 것이라고 단언하겠습니다. 보십시오."라며 검고 커다란 수수께끼의 시체를 가리킨 뒤, "여러분은 한 번도 저 사내를 본 적이 없으시겠죠? 그렇다면 이 사내는 어떻습니까?"

그는 빠른 손놀림으로 낯선 남자의 노란 대머리 얼굴을 밀쳐내더니 그 자리에 백발의 머리를 놓았다. 그러자 거기에 나타난 것은 틀림없이 완전한 하나의 몸이 된 줄리어스 K. 브레인, 바로 그 사람이었다.

"살인범은,"하고 브라운이 조용히 말을 이었다. "상대방의 머리를 베어낸 뒤, 검을 담장 밖으로 던져버렸습니다. 그러나 그 사람은 머리를 벨 정도의 사내였기에 검을 버리는 것에만 그치지 않았습니다. 머리도 함께 던졌습니다. 그런 다음 다른 머리를 시체 위에 잘 놓기만 하면 됐습니다. 그랬기에 당신들은 (범인이 비공식 검사 심문을 강행했을 때) 이것은 말 그대로 머리부터 다른 사람이라고 착각하게 된 것입니다."

"다른 사람의 머리를 놓았다?" 깜짝 놀라서 오브라이언이 말했다. "다른 사람이라니, 누구의 머리입니까? 정원의 수풀에서 머리 같은 것이 자랄 리 없을 텐데요."

"그렇습니다." 브라운 신부는 갈라진 목소리로 이렇게 말하고 구두 끝으로 시선을 떨어뜨렸다. "머리가 자라는 곳이 딱 한 군데 있습니다. 사형대 아래의 바구니입니다. 경찰 주임인 아리스티드 발랑탱은 이번 살인사건이 벌어지기 1시간쯤 전에 그 바구니 옆에 입회했었습니다. 아아, 여러분, 린치를 가해 저를 산산조각내기 전에 제 말을 잠깐 들어보시기 바랍니다. 논쟁으로 매듭지을 수 있는 일에 이성을 잃는 사람을 정직한 사람이라고 한다면 발랑탱은 정직한 사람입니다. 그래서 말인데, 누군가 그 사람의 차가운 회색 눈 속에서 광기의 빛을 보신 분 안 계십니까? 그 사람은 자신이 말하는 십자가의 미신을 깨부수기 위해서라면 무슨 짓이든 해치우는 사람이었습니다. 그것을 위해서 싸우고, 승리를 꿈꾸고, 결국에는 살인을 저지른 것입니다. 브레인의 커다란 부는 지금까지 아주 많은 단체로 나뉘어 들어갔기 때문에 세력의 균형에 변화를 가져오지는 않았습니다. 그런데 쉽게 싫증을 내는 회의주의자들에게서 흔히 볼 수 있는 것처럼 브래인이 저희 교회에 깊이 관계하고 있다는 소문이 발랑탱의 귀에 들어가자 사정은 급변하고 말았습니다. 브래인이 가난하고 싸우기 좋아하는 프랑스 교회에 자금을 쏟아 부을 것이며, 『기요틴』을 비롯한 6개 정도 되는 국가주의 신문을 지지할 것이라는 소문이 있었기에 양 세력의 투쟁은 당장에라도 균형을 잃을 것만 같은 상태에 있었습니다. 이 위기의식을 견딜 수 없어 제정신을 잃은 그는, 그 억만장자를 없애기로 결심하고 위대한 형사가 죄를 범하기에 아주 어울리는 방법만을 골라 실행에 옮겼던 것입니다. 그는 범죄연구에 필요하다는 등의 구실로 베커의 잘린 머리를 꺼내다 공용 가방에 넣어 집으로 가지고 왔습니다. 갤러웨이 경이 도중까지 들으셨던 그 진보적 최종 논쟁을 그는 브래인과 펼쳤으나 거기에도 실패했기에 이번에는 달아날 길이 없는 정원으로 브래인을 데리고 나가 나뭇가지와 군도를 사용해서 펜싱 기술을 설명하다 마침내⋯⋯."

흉터가 있는 이반이 벌떡 일어나 외쳤다.

"이 미친 놈. 당장 주인님이 계신 곳으로 가자. 네놈의 목을 비틀어 잡고서라도⋯⋯."

"아아, 안 그래도 주인님이 계신 곳으로 갈 생각이었습니다. 그 사람에게 참회를 권하지 않을 수 없기에."

가엾게도 브라운을 인질이나 포로처럼 뒤에서 내몰며 모두가 쥐 죽은 듯 고요한 발랑탱의 서재로 몰려 들어갔다.

위대한 형사 발랑탱은 책상에 앉은 채, 떠들썩한 손님들의 난입도 귀에 들어오지 않는 모양이었다. 사람들 모두 동시에 발걸음을 멈췄으나 똑바로 경직된 우아한 뒷모습에서 왠지 모를 불안을 느낀 박사가 서둘러 달려갔다. 가볍게 손을 대고, 한번 본 것만으로도 충분했다. 발랑탱의 팔꿈치 부근에 조그만 알약 병이 나뒹굴고 있었으며, 발랑탱은 의자에 앉은 채 죽어 있었다. 이 눈을 감은 자살자의 얼굴에는 카르타고를 반드시 멸망시켜야 한다고 외친 용장 카토의 자긍심이 묻어 있었다.

프란시스 카팍스의 실종

The Disappearance of Lady Frances Carfax

아서 코난 도일
Arthur Conan Doyle

셜록 홈즈
Sherlock Holmes

"그런데 왜 하필이면 터키지?"

셜록 홈즈가 내 부츠를 유심히 바라보며 말했다.

나는 등나무 의자에 두 다리를 쭉 뻗고 앉아 있었다. 그것이 무슨 일에나 흥미를 갖는 홈즈의 관심을 끈 모양이었다.

"국산품이야. 옥스퍼드 가에 있는 라티머 구두점에서 산 거라고."

왜 그런 질문을 하는 건지 몰라 고개를 갸우뚱거리며 내가 대답했다.

홈즈가 어이없다는 표정으로 눈웃음 지으며 말했다.

"목욕 말일세! 목욕탕 얘기를 하고 있는 거야. 기분이 상쾌해지는 영국식 목욕탕에 가지 않고 왜 터키식 목욕탕에 갔었나를 묻고 있는 거야. 몸이 나른해지고 값도 비싸지 않나?"

"지난 이삼일 동안 류머티즘 기미가 있어서 노인네가 된 기분이었거든. 약 대신 터키식 목욕탕이란 말도 있지 않나? 기분이 새로워지고 몸도 깨끗해져. 그런데 홈즈, 부츠를 보고 터키식 목욕탕에 갔다 왔다는 걸 어떻게 알아냈나? 논리적인 머리를 가지고 있는 자네에게는 아주 당연한 일처럼 생각될지 모르겠지만, 부탁이니 내게도 좀 가르쳐주게나."

"추리의 단서는 바로 거기에 있지 않나, 왓슨. 아주 초보적인 추리라고. 오늘 아침 누군가와 함께 마차를 탔었지? 라고 질문해볼까? 이것만으로도 알 수 있을 것 같지 않나?"

"다른 예로는 설명이 되지 않아."

내가 조금 차가운 어조로 말했다.

"그런가? 과연 자네답군, 왓슨. 논리적이고 엄격한 반론이야. 그러니까, 뭐가 문제였더라? 그래, 마차에 대한 설명부터 하기로 하지. 자네 눈에도 보이겠지만 외투의 왼쪽 소매와 어깨에 진흙이 튀어 있지 않나? 만약 이륜마차의 한가운데 타고 있었다면 진흙은 튀지 않았을 거야. 가령 튀었다 하더라도 왼쪽에만 튀지는 않았을 거야. 그러니까 자네가 좌석의 한쪽에 앉았던 것만은 틀림없는 사실이야. 그렇다면 자네에게는 동행이 있었다는 얘기가 돼."

"그래, 아주 명확하군."

"평범하기 짝이 없는 추리지?"

"그건 그렇다 치고, 부츠와 터키식 목욕탕은 무슨 관계가 있는 거지?"

"그것도 역시 아주 평범한 추리야. 자네는 구두끈을 조금 특이하게 묶는 버릇이 있어. 그런데 지금 신은 구두를 보면 리본 모양으로 깔끔하게 묶여 있어. 그건 평소 자네가 묶는 법과는 다른 모양이야. 그러니까 자네는 구두를 벗었다는 얘기지. 그렇다면 누가 그걸 다시 묶었을까? 구둣방 아저씨나 목욕탕의 보이일 거야.

아직 새 구두이니 구둣방 아저씨는 아닐 거고, 그럼 남는 것은? 목욕탕이야. 어떤가? 별것 아니지? 그런데 터키식 목욕탕에 다녀온 보람은 있었나?"

"무슨 말이지?"

"기분전환을 위해서 터키식 목욕탕에 갔었다고 말한 건 자네였네. 어떤가? 다시 한 번 기분전환을 하러 가지 않겠나? 스위스 로잔으로 말일세. 왕자님 부럽지 않을 만큼의 여비를 지불하겠네."

"굉장하군! 대체 무슨 일인가?"

홈즈가 안락의자에 등을 기대며 주머니에서 수첩을 꺼냈다.

"가장 위험해 보이는 사람은 친구도 사귀지 않고 여기저기 내키는 대로 돌아다니며 제멋대로 살아가는 여자야. 순수하기로 따지자면 그보다 더한 사람도 없을 거야. 때로는 세상을 위해서 힘을 쓰기도 해. 하지만 한편으로는 범죄자의 표적이 되기도 쉬워. 믿을 만한 친구가 없으니까. 그런 여자들은 철새 같은 생활을 영위하지. 돈은 얼마든지 있으니 이 나라에서 저 나라로, 이 호텔에서 저 호텔로 건너다니지. 미심쩍은 하숙, 식사가 딸린 하숙집을 전전하다 행방불명이 되는 경우도 흔히 있고.

여우들의 세상에 발을 잘못 들여놓은 병아리와 같은 신세라고 할 수 있지. 한번 발을 들여놓으면 도망쳐 나올 가망이 거의 없어. 백작의 딸인 프란시스 카팍스 양의 신변에 무슨 일이 일어나지나 않았는지 걱정이 태산일세."

일반론적인 이야기가 갑자기 구체성을 띄기 시작했기에 나는 마음이 조금 놓였다.

홈즈가 수첩을 봤다.

"백작의 딸인 프란시스는 고 러프틴 백작의 직계 자손 중에서는 유일한 생존자야. 남자 자손들이 부동산을 물려받은 사실은 자네도 알고 있지? 그녀에게 상속된 재산은 그리 대단한 것이 아니었지만 거기에는 오래 전부터 전해오던 멋진 스페인 보석이 포함되어 있었어. 보기 드문 방법으로 자른 다이아몬드와 은으로 장식한 거야. 그런데 그게 아주 마음에 들어서 은행에도 맡기지 않고 언제나 몸에 지니고 다닌다는군.

프란시스는 이제 막 중년에 접어든 아름다운 여인인데 그렇게 운이 좋은 사람은 아니야. 20년 전까지만 해도 빛나는 존재였는데 이상한 운명에 휩싸여 지금은 버려져 떠도는 배와 같은 신세가 되고 말았지."

"그녀에게 무슨 일이 일어났는데?"

"프란시스에게 무슨 일이 일어났는지, 죽었는지, 살았는지 그것을 조사해야 하네. 그녀는 규칙적인 생활을 하던 사람이었어. 지난 4년 동안 전 가정교사였던 드브니 양에게 2주일 간격으로 편지를 보냈었거든. 드브니 양은 오래 전에 은퇴해서 지금은 캠버웰에서 살고 있어.

바로 그 드브니 양이 사건을 의뢰해왔는데 지난 5주일 동안 편지가 오지 않았다는 거야. 마지막으로 온 편지는 로잔에 있는 내셔널 호텔에서 보낸 것이었어. 프란시스는 이미 그곳을 떠났는데 다음 목적지는 알리지 않은 모양이야. 가족들이 걱정하고 있어. 그들은 굉장한 부자로 사건을 해결해주면 돈은 얼마든지 내겠다는 거야."

"드브니 양 외에 정보를 캐낼 만한 곳은 없나? 단서가 될 만한 다른 무엇인가를 가지고 있었을 만도 한데."

"확실한 단서가 한 가지 있어. 바로 은행이지. 독신 여자라 할지라도 생활비는 필요한 법이니까. 그녀들의 은행통장은 일기장을 축소해놓은 것과 마찬가지야. 프란시스가 거래하는 은행은 실베스타 은행일세. 그녀의 출납기록을 조사해봤어. 마지막에서 두 번째 수표는 로잔에서 발급받았어. 액수가 크니 아직 현금이 남아 있을 거야. 그 뒤에 발급받은 수표는 한 장뿐이야."

"어디서 누가 발급받았지?"

"마리 드뱅이라는 사람인데 어디서 발급받았는지는 모르겠어. 현금화된 곳은 프랑스 남부의 몽펠리에 있는 리용 은행인데 아직 3주일도 지나지 않았어. 금액은 50파운드야."

"마리 드뱅이란 어떤 사람이지?"

"그것도 미리 알아두었네. 마리 드뱅 양은 카팍스 양의 하녀였던 사람이야. 왜 돈을 줬는지는 아직 모르네. 하지만 자네라면 곧 밝혀낼 수 있을 거야."

"내가 조사해야 하나?"

"그래서 로잔까지 여행을 해달라고 한 거야. 지금 맡고 있는 사건을 의뢰한 에이브러햄스 노인이 생명에 위협을 받고 있는 한 나는 런던을 떠날 수가 없어. 그리고 아주 특별한 일이 아닌 한, 내가 이 나라를 떠나지 않는 것이 가장 좋아. 내가 사라지면 런던 경찰청도 쓸쓸해 할 거고, 범죄자들도 활개를 치고 다닐지 모르니까. 그래서 자네가 가줬으면 하는 거야. 내 도움이 필요하면 언제든지 전보를 보내게. 한 글자에 2센트나 되는 엄청난 금액을 지불해야 하지만 기꺼이 답장을 보내겠네."

그로부터 이틀 후, 나는 로잔에 있는 내셔널 호텔에 도착했다. 유명한 지배인 M. 모세가 극진한 태도로 나를 맞아주었다.

프란시스는 여기서 몇 주일을 묵었다고 모세가 들려주었다.

"그분을 본 사람들은 모두 그녀에게 마음을 빼앗겼습니다. 나이는 40세에 가까웠지만 아직도 아름다운 분이었습니다. 젊었을 때는 더욱 아름다웠을 것이라고 생각됩니다."

모세 지배인은 귀중한 보석에 대해서는 아는 것이 아무것도 없었다. 호텔 직원들이 침실에 있는 여행용 가방은 언제나 굳게 닫혀 있었다는 얘기를 들려주었다.

하녀인 마리 드뱅도 주인만큼 인기가 있었다고 한다. 이 호텔 급사 중 가장 높은 사람과 약혼을 했기 때문에 주소는 간단하게 알아낼 수 있었다. 몽펠리에에 있는 트라장 가 11번지였다. 나는 모든 내용을 기록해두었다. 이렇게 순조롭게 자료를 모아나가는 모습은 홈즈에게도 뒤지지 않을 것이라는 생각이 들어 나는 기분이 좋았다.

그래도 알 수 없는 점이 한 가지 있었다. 카팍스 양은 왜 서둘러 떠난 것일까? 나는 그 이유를 밝혀낼 수가 없었다.

그녀는 로잔에서 매우 즐거운 날들을 보내고 있었다. 호수가 내려다보이는 호화로운 방에서 몇 개월간 머물 예정이었다는 사실을 증명해주는 것들을 여기저기서 찾아볼 수 있었다.

그런데 갑자기 내일 출발하겠다고 말하고 이곳을 떠났다고 했다. 그 때문에 일주일치 숙박료를 더 지불했다고 한다.

하녀의 연인인 줄 비버르가 흥미로운 얘기를 들려주었다. 갑자기 출발한 것은 하루나 이틀 전에 키가 크고 가무잡잡한 피부에 턱수염을 기른 남자가 찾아왔던 것과 관계가 있을지도 모른다는 얘기였다. '야만스러운 사람, 정말 야만스러운 사람이었어요!'라고 줄 비버르는 큰 소리로 외쳤다.

그 사람은 마을에 묵고 있었던 듯했다. 호숫가 산책길에서 카팍스 양에게 자꾸만 말을 걸려 하던 것을 본 사람이 있었다. 그 후에 호텔로 찾아왔었다. 카팍스 양은 만나기를 거부했다. 남자는 영국 사람인데 이름은 알 수가 없었다.

그리고 얼마 지나지 않아서 카팍스 양은 호텔을 떠났다.

줄 비버르에게도 모르는 사실이 한 가지 있었다. 연인인 마리가 왜 카팍스 양의 하녀를 그만두었나 하는 점이었다. 그는 정말 모르고 있는 것일까? 아니면 말하기 싫은 것일까? 원인을 알려면 몽펠리에로 찾아가서 그녀에게 직접 물어보는 수밖에 없을 듯했다.

우선은 여기서 1단계 조사를 마치기로 했다.

2단계로 카팍스 양이 로잔에서 어디로 향했는지를 밝혀내기로 했다. 비밀을 지키기 위해서 상당한 노력을 기울인 듯했다. 백작의 딸은 뒤를 밟지 못하도록 여러 가지로 궁리를 했다. 아니었다면 짐에 바덴 행이라고 확실하게 딱지를 붙여두었을 것이다. 그녀와 그녀의 짐은 상당한 거리를 돌아서 독일라인 강변에 있는 온천지에 도착해 있었다.

이들 정보는 쿡 여행사의 지점장으로부터 입수한 것이었다. 그래서 나는 바덴으로 가기로 했다. 떠나기에 앞서 조사한 내용들을 홈즈에게 전보로 보냈다. 곧 반 놀림에 가까운 찬사가 담긴 홈즈의 답신이 도착했다.

바덴에서의 행적은 쉽게 찾아낼 수 있었다. 카팍스 양은 영국관 호텔에서 2주일간 머물렀다. 그 동안 슐레징거 박사 부부와 친분을 맺게 되었다고 한다. 고독한 여인들이 대부분 그런 것처럼, 프란시스도 종교에서 마음의 평안과 삶의 보람을 얻게 되었다.

슐레징거 박사의 강한 개성, 깊은 신앙심, 그리고 지나친 포교활동으로 좋지 않았던 몸이 드디어 회복되기 시작했다는 사실을 알고 그녀는 마음에 감동을 받았던 것이다. 그녀는 회복기에 들어간 성직자의 간호를 맡고 있는 부인을 돕고 있었다.

호텔 주인의 말에 의하면 박사는 양 옆구리에 두 부인을 끼고 간호를 받으며 베란다의 안락의자에 앉아 하루하루를 보냈다는 것이었다. 박사는 미디안 왕국에 관한 특별 주석이 달려 있는 성지 팔레스티나의 지도를 펼쳐놓고 논문을 집필했다고 한다. 곧 병세가 상당히 호전되자 슐레징거 부부는 런던으로 돌아가기로 했다. 카팍스 양도 그들과 함께 출발했다.

출발한 것은 지금으로부터 정확히 3주 전의 일로 이후의 소식은 완전히 끊겼다고 호텔 지배인은 말했다. 하녀인 마리는 출발 며칠 전에, 이제 이 일을 그만두게 되었다고 다른 하녀들에게 울며 말하고는 떠났다는 것이었다. 출발 전에 슐레징거 박사가 일행의 모든 비용을 지불했다.

"그런데 얼마 전에 프란시스 카팍스 양에 대해서 물어본 사람이 또 있었습니다. 한두 주쯤 전에도 어떤 남자 분이 오셔서 똑같은 질문을 했었습니다."

이야기를 마친 호텔 주인이 이렇게 덧붙였다.

"이름을 밝혔나요?"

"아니요. 어쨌든 외모와는 달리 영국 사람이었습니다."

"야만스러운 느낌을 주는 남자였나요?"

내 유명한 친구인 홈즈의 방법대로 단서들을 연결해가며 이렇게 물었다.

"틀림없이 그런 느낌을 주는 사람이었습니다. 단단한 체구에 턱수염이 있었고 피부는 햇볕에 검게 타 있었습니다. 고급스러운 호텔보다는 농부가 묵는 숙소가 더 잘 어울릴 것 같은 느낌이었습니다. 고집이 세고 성격이 거친 사람처럼 보여서 기분을 상하지 않도록 하려고 신경을 썼습니다."

안개가 걷혀감에 따라서 사람의 모습이 확실하게 드러나듯이, 수수께끼도 점점 풀려가고 있었다. 이 선량하고 신앙심 깊은 귀족 여인은 어디를 가든 비정하고 기분 나쁜 사내의 추적을 받아야 하는 것이다.

무서워서 로잔에서 도망친 것이리라. 그래도 사내는 여전히 여자의 뒤를 쫓고 있다. 언젠가는 그녀를 따라잡을 것이다. 아니, 벌써 따라잡았을지도 모른다. 그녀의 소식이 끊긴 것도 그 때문이 아니었을까? 그녀의 동행인 선량한 사람들이 그 남자의 폭력과 협박에서 그녀를 지켜줄 수 있었을까? 이처럼 끈질기게 따라붙는 것으로 봐서 아주 무시무시한 음모나 음흉한 계획을 세우고 있는 것이 틀림없었다. 내가 풀어야만 할 수수께끼가 바로 그것이었다.

나는 홈즈에게 편지를 써서 얼마나 빨리 문제의 핵심을 파헤쳤는지를 보고했다. 전보로 답장이 왔다.

「슐레징거 박사의 왼쪽 귀는 어떻게 생겼나?」

홈즈의 유머감각에는 조금 특이한 면이 있어서 때로는 나를 화나게 만들곤 한다. 따라서 그런 쓸데없는 농담은 무시하기로 했다. 솔직히 말하자면 전보를 받기 전에 몽펠리에로 떠나서 하녀였던 마리를 만나러 갔다.

하녀였던 마리를 찾아서 그녀가 알고 있는 사실을 전부 캐내기란 그리 어려운 일이 아니었다. 주인에 대한 생각이 극진했던 그녀는 자신 외에도 좋은 하녀들이 있었기 때문에 안심할 수 있었으며, 자신은 조만간 결혼을 해야 했기에 바로 하녀 일을 그만두어야만 했다고 말했다.

슬픈 얼굴로 밝힌 사실인데, 주인은 바덴에 머무는 동안 그녀에게 화난 태도를 보였다는 것이었다. 한 번은 그녀가 부정을 저지르지 않았냐는 듯한 질문을 했었다고 했다. 그 때문에 일을 그만둘 때 마음이 편했었다고 한다. 프란시스는 결혼 축하금이라며 마리에게 50파운드를 주었다.

마리는, 이상한 사내 때문에 주인이 로잔을 떠났을 것이라고 말했다. 그 점에 대해서는 나도 동감했다. 호숫가 산책로에서 주인의 손목을 억지로 잡으려 하던 것을 목격했다고 했다. 난폭하고 무시무시하게 생긴 사내로, 여주인이 슐레징거 부부를 따라 런던으로 가기로 결심한 것은 그 사내를 두려워한 때문일 것이라고 굳게 믿고 있었다. 프란시스는 그 점에 대해서는 마리에게 단 한마디도 하지 않았지만 언제나 불안에 떨고 있다는 사실을 쉽게 알 수 있었다고 한다.

여기까지 얘기한 뒤, 갑자기 마리가 의자에서 벌떡 일어났다. 그녀의 얼굴은 놀라움과 공포로 굳어 있었다.

"어머! 그 사람이 아직도 쫓아다니고 있어요! 저 사람이 방금 말한 그 사람이에요."

거실 창문이 열려 있었다. 밖을 바라보니 검게 탄 얼굴에 턱수염을 기른 거구의 사내가 거리 한복판을 천천히 걸어가며 자꾸만 집의 번지를 확인하고 있었다.

그 사내 역시 나처럼 마리의 뒤를 쫓고 있는 듯했다. 순간

나도 모르게 밖으로 뛰어나가 그에게 말을 걸었다.

"당신, 영국 사람이지요?"

"그게 뭐 어쨌다는 거야?"

사내가 험악한 얼굴로 나를 노려봤다.

"이름을 물어도 괜찮을까요?"

"아니, 왜 그런 걸 묻는 거야?"

남자가 거절했다.

나는 어쩔 줄 몰라 안절부절못했다. 차라리 과감하게 정면 돌파를 하면 길이 열릴지도 모른다는 생각에 사내에게 이렇게 물었다.

"프란시스 카팍스 양은 어디 계시죠?"

사내는 놀란 표정으로 나를 바라봤다.

"프란시스 양을 어떻게 하신 거죠? 왜 그녀 뒤를 쫓는 겁니까? 어서 대답해보세요."

사내가 버럭 화를 내며 호랑이처럼 달려들었다. 격투라면 헤아릴 수도 없이 경험해온 나였지만 상대는 무지막지한 사내로 미친 듯이 소리를 지르며 날뛰었다. 그가 한 손으로 내 목을 눌렀기에 나는 정신을 잃기 직전에 있었다. 바로 그때, 맞은편 술집에서 파란 작업복을 입은 프랑스인이 몽둥이를 들고 뛰쳐나왔다. 그 사람이 몽둥이로 사내의 팔을 힘껏 내리치자 사내가 내게서 손을 뗐다. 사내는 분을 삭이지 못하면서도 다시 한 번 내게 달려들까 말까를 고민하는 듯했다. 곧 분노를

참지 못하겠다는 듯 신음소리를 내며 내 곁을 지나 조금 전 내가 튀어나왔던 집 안으로 들어갔다.

옆에 서 있는 프랑스인에게 도와줘서 고맙다는 인사를 건네 려하자 그가 이렇게 말했다.

"하하, 왓슨. 이걸로 모든 게 끝일세! 오늘 밤 급행을 타고 나와 함께 런던으로 돌아가는 편이 낫겠어."

한 시간 후, 홈즈는 호텔의 내 방에서 편안히 휴식을 취하고 있었다. 옷은 이미 평소와 다름없는 복장으로 갈아입은 뒤였 다.

그의 이야기를 들어보면 어떻게 그렇게 적절한 시기에 나타 날 수 있었는지를 쉽게 알 수 있을 것이다. 사정이 좋아져 영국을 떠날 수 있게 되자마자 그는 내 뒤를 따라왔던 것이다. 그리고 노동자로 변장을 하고 술집에 앉아서 내가 나타나기를 기다리고 있었다.

"정말 열심히 조사해줬네, 왓슨. 내가 생각할 수 있는 모든 실수를 남김없이 저질러줬으니 말일세. 자네의 조사 덕분에 소란만 더 커졌고 단서는 하나도 잡질 못했어."

"자네라 해도 더 이상 잘할 수는 없었을 거야."

나는 치밀어 오르는 화를 참을 수가 없었다.

"'자네라 해도'는 좀 너무 했는데. 나는 일을 좀 더 능숙하게 처리했으니까. 이 호텔에 필립 그린이라는 귀족이 묵고 있어. 그를 만나보면 앞으로의 수사에 커다란 도움이 될지도 몰라."

바로 그때 명함을 한 장 얹은 금속 쟁반이 방 안으로 들어왔다. 뒤이어 들어온 것은 조금 전 길거리에서 내게 덤벼들었던 그 사내였다. 수염을 기른 그 사내는 나를 보자 당황하는 듯한 눈치였다.

"홈즈 씨, 이게 대체 어떻게 된 일입니까? 당신의 연락을 받고 여기에 온 건데 이 사람이 사건과 무슨 관계가 있단 말이죠?"

"여기는 내 친구이자 협력자인 왓슨 박사입니다. 이번 사건에서도 이 사람의 도움을 받고 있어요."

방문자가 검게 탄 커다란 손으로 악수를 한 뒤 사과했다.

"다친 데는 없습니까? 카팍스 양을 괴롭힌다고 책망을 하시기에 저도 모르게 울컥 화가 치밀어 올라서 그만. 요즘 제가 제정신이 아닙니다. 마치 전기가 흐르고 있는 전선 같은 느낌이에요. 어쨌든 이번 일에는 두 손 다 들었습니다. 그런데 홈즈 씨, 우선 이것 먼저 가르쳐주실 수 있겠습니까? 대체 어떻게 제 존재를 알았습니까?"

"프란시스의 가정교사였던 드브니 씨와 연락을 했었어요."

"언제나 모자를 쓰고 다니던 그 수잔 드브니 선생님 말입니까? 저도 잘 알고 있습니다."

"드브니 씨도 당신을 잘 알고 있더군요. 당신이 아프리카로 건너갈 수밖에 없다고 생각하기 전의 일이죠."

"하하, 당신은 저에 대한 모든 것을 알고 계시는군요. 그렇다면 숨길 필요도 없겠죠. 홈즈 씨, 맹세할 수 있습니다. 이 세상에서 저보다 더 진심으로 프란시스를 사랑한 사람은 없을 겁니다. 그래요, 젊었을 때 저는 틀림없이 망나니였습니다. 그렇지만 같은 계급의 다른 젊은이들도 전부 마찬가지였습니다. 그런데 그녀의 마음은 하얀 눈처럼 깨끗했습니다. 난폭한 행동을 견딜 수 없었을 겁니다. 그래서 저의 행동을 들은 순간부터 저와는 말도 하지 않았습니다. 그래도 그녀는 저를 사랑했습니다. 정말, 이상합니다! 저 때문에 아직도 독신을 고집하고 있을 정도로 저를 사랑하고 있습니다.

세월이 흘렀습니다. 저는 미국의 바버튼에서 돈을 벌었습니다. 그래서 그녀를 찾아 화해를 해야겠다고 생각했습니다. 아직 결혼하지 않았다는 사실을 알고 있었습니다. 저는 로잔에서 그녀를 만났습니다. 할 수 있는 것은 무엇이든 했습니다. 마음이 움직이려 했습니다. 하지만 결국에는 그녀의 의지가 승리를 거뒀습니다. 호텔로 가서 그녀에 대해 물었더니 이미 그곳을 떠나고 없다고 하더군요.

저는 그녀의 뒤를 따라서 바덴까지 갔습니다. 얼마 뒤, 그녀의 하녀가 이곳 몽펠리에에 살고 있다는 사실을 알게 되었습니다. 저는 거친 생활에서 이제 막 손을 씻은 사람입니다. 왓슨 박사님, 그런 말을 들으면 저도 모르게 울컥 화가 치밀어 오릅니다. 프란시스에게 대체 무슨 일이 일어난 겁니까? 제발 부탁이니 가르쳐 주십시오."

"우리도 그걸 알고 싶어요. 그린 씨, 런던 어디에 살고 계십니까?"

홈즈가 아주 걱정스럽다는 듯이 물었다.

"랭검 호텔에 있습니다."

"그럼 런던으로 돌아가세요. 그리고 내가 부를 때까지 호텔에서 기다려주세요. 이런 말로 위로하고 싶지는 않지만 프란시스 양을 지키기 위해서 최선의 노력을 다할 생각입니다. 지금은 그것밖에 드릴 말씀이 없네요. 연락할 때를 위해서 명함을 드리죠. 왓슨, 짐을 꾸리게. 난 허드슨 부인에게 전보를 보내고 오겠네. 내일 7시 30분에 굶주린 두 여행자가 도착할 테니 맛있는 요리를 준비해달라고 말일세."

베이커 가의 우리 집에 전보가 한 통 도착해 있었다. 홈즈는 그것을 읽으며 만족스럽다는 듯한 소리를 지른 뒤, 그것을 내게 건네주었다.

「울퉁불퉁. 찢어져 있었을지도 모름.」

이것이 전문이었다. 바덴에서 보낸 것이었다.

"이제 뭐지?"

내가 물었다.

"그거면 충분하네. 그 종교가의 왼쪽 귀에 대해서 자네에게 물은 적이 있었지? 묘한 질문이었으니 자네도 기억하고 있을 거야. 자네는 무시해버렸지만."

"바덴을 출발한 뒤였어. 조사할 방법이 없질 않은가?"

"맞아, 그랬었군. 그래서 나는 같은 전보를 영국관의 지배인에게 보냈어. 그에 대한 답이야."

"그게 어쨌다는 거지?"

내가 물었다.

"그러니까 이것으로 우리의 상대가 교활하고 위험한 인물이라는 걸 알았네. 남아메리카에서 왔다는 슐레징거 박사는, 사실 피터스라는 '목사'야. 오스트리아 출생으로 가장 파렴치한 악당이라고 할 수 있지. 오스트리아는 생긴 지 얼마 되지 않은 나라지만 교활한 범죄자를 수없이 배출했어. '목사' 피터스의 특기는 고독한 여자들의 종교심을 자극해 그녀들을 속이는 거야. 그의 아내 행세를 하는 프레이저라는 영국 여자가 있는데 둘이 손발이 척척 맞지.

수법으로 봐서 그일 것이라고 짐작은 하고 있었지만 신체적 특징까지 확인했으니 내 생각이 틀림없이 맞을 거야. 1889년 오스트리아 남부의 애덜레이드에 있는 술집에서 싸움을 하다 귀를 물어 뜯겼어. 카팍스 양은 가엾게도 무슨 일이든 아무렇지도 않게 해치우는 악마 같은 부부에게 휘둘리고 만 거야. 벌써 살해됐을 가능성도 충분히 있어. 만약 살아 있다 하더라도 틀림없이 감금상태에 있을 거야. 그래서 드브니 씨나 그 외의 친구들에게 상황을 설명하지 못한 거야.

런던으로 끌려오지 않았을 수도 있어. 또 런던에서 다른 곳으로 끌려갔을 가능성도 있고. 하지만 전자는 아닐 거야. 외국인등록제도 때문에 유럽대륙 경찰의 눈을 속이기가 그리 쉽지는 않거든. 후자도 별로 가능성은 없어 보여. 그런 악당들이 사람을 감금시키기에 런던보다 더 좋은 곳도 없을 테니까.

내 직감에 의하면 카팍스 양은 런던에 있어. 하지만 지금은 그 장소를 밝혀낼 수 없으니 우리가 잘 알고 있는 사실에서부터 시작하자고. 저녁을 먹기로 하지. 그리고 가만히 준비를 하세. 밤이 되면 나는 잠깐 나갔다 오겠어. 런던 경찰청의 레스트레이드 경감을 만나볼 생각이야."

하지만 경찰 조직도, 작지만 매우 능률적으로 움직이는 홈즈의 조직도 수수께끼를 시원하게 풀어내지는 못했다. 수백만이라는 사람들이 모여 살고 있는 런던에서 세 사람을 찾아내야 하는 일이다. 처음부터 이곳에 없었다는 듯 그들의 그림자조차 보이지 않았다. 광고를 내보기도 했지만 전부 헛수고였다. 단서가 될 만한 것들을 추적해보았지만 아무것도 건진 게 없었다. 슐레징거가 나타날 만한 의심쩍은 장소를 삳삳이 뒤져보았지만 아무런 성과도 거두질 못했다. 그의 옛 동료들도 감시해봤지만 연락을 취하고 있는 것 같지는 않았다.

초조함과 조급함 속에서 일주일 정도 지난 어느 날, 뜻밖의 곳에서 서광이 비치기 시작했다. 웨스트민스터 가에 있는 보빙턴 전당포에서 옛 스페인 양식의 은과 브릴리언트 커트 다이아몬드로 장식한 목걸이가 발견된 것이었다.

그것을 맡긴 사람은 목사처럼 보였는데 몸집이 컸으며 깨끗하게 면도를 한 남자였다고 했다. 이름과 주소는 전부 거짓이었다. 귀까지는 알 수 없었지만 인상으로 봐서 틀림없이 슐레징거였다.

랭검 호텔에 묵고 있는 우리의 친구는 그때까지 두 번이나 찾아와서 수사가 어떻게 진행되고 있는지를 물었다. 수사에 서광이 비치기 시작한 지 채 한 시간도 지나지 않아서 그린이 우리를 찾아왔다. 커다란 몸에 걸치고 있는 옷이 좀 헐렁해진 듯한 느낌이었다. 너무나 걱정이 돼서 몸이 말라가는 모양이었다.

"제가 도와드릴 일은 없습니까?"

그는 우리를 찾아올 때마다 마음 약한 소리를 했다.

드디어 홈즈가 그린의 소원을 들어줄 수 있게 되었다.

"녀석이 보석을 전당포에 맡겼어요. 이것으로 녀석을 잡을 수 있을 거예요."

"그렇다면 카팍스 양의 신변에 무슨 일이 있었던 걸까요?"

홈즈가 어두운 표정으로 고개를 끄덕였다.

"녀석들이 지금까지 그녀를 감금하고 있었다면 그대로 놔줄 리가 없어요. 그대로 놔주면 자신들이 파멸을 맞이하게 될 테니까요. 우리는 최악의 사태까지도 생각해두어야 해요."

"제가 도와드릴 일은 없습니까?"

"녀석들은 당신의 얼굴을 모르겠지요?"

"제 얼굴을 본 적은 없습니다."

"머지않아 슐레징거가 전당포에 다시 나타날 거예요. 다른 전당포일 가능성도 있어요. 그렇게 되면 수사를 처음부터 다시 시작해야 해요. 만약, 현금이 필요하다면 틀림없이 같은 전당포에 다시 나타날 겁니다. 전당포 주인에게 편지를 써줄 테니 당신이 가게 안에서 그를 기다리세요. 녀석이 나타나면 뒤를 밟아서 집을 알아내는 거예요. 경솔한 행동은 삼가주세요. 특히 폭력을 휘둘러서는 안 돼요. 당신 생각대로 행동해서는 안 돼요. 약속해주실 수 있죠?"

그로부터 이틀이 지났는데도 필립 그린 씨로부터는 아무런 연락도 오지 않았다. (얘기해도 상관없을 것 같기에 밝혀두는데 그는 크림 전쟁 때 아조프 함대를 지휘했던 유명한 제독의 아들로 부친과 같은 이름을 쓰고 있었다.)

사흘째 되던 날 저녁, 그가 우리의 거실로 뛰어들었다. 너무 흥분해서 얼굴은 파랗게 질려 있었으며 건장한 체구의 근육들이 전부 가늘게 떨리고 있었다.

"녀석을, 녀석을 잡았습니다!"

그가 외쳤다.

흥분한 상태였기 때문에 무슨 말을 하는 건지 도무지 알아들을 수가 없었다. 홈즈가 그에게 말을 걸어 마음을 진정시킨

뒤 안락의자에 앉혔다.

"자, 무슨 일이 있었는지 순서대로 말해보세요."

홈즈가 말했다.

"여자가 왔습니다. 불과 한 시간 전의 일입니다. 이번에는 여자였어요. 전당포에 맡기려 들고 온 목걸이가 전에 맡긴 것과 쌍을 이루는 것입니다. 족제비 같은 눈을 한 창백한 여자로 키가 컸습니다."

"여자가 틀림없나요?"

홈즈가 말했다.

"여자가 가게에서 나서자마자 그녀의 뒤를 밟았습니다. 켄싱턴 가로 걸어갔습니다. 저는 그녀에게 들키지 않도록 뒤를 밟았습니다. 곧 그녀가 한 가게로 들어갔습니다. 홈즈 씨, 거기는 놀랍게도 장의사였습니다."

"그래서 어떻게 됐나요?"

홈즈가 놀란 표정으로 물었다. 묻는 그의 목소리가 떨리고 있었다. 냉정한 잿빛 얼굴을 하고 있었지만 그 목소리가 불타오르는 마음을 잘 나타내고 있었다.

"여자 점원과 이야기를 나누고 있었습니다. 저도 가게 안으로 들어갔습니다. '너무 늦는데요.'라고 말하는 걸 들었습니다. '평소 같으면 벌써 다 됐겠지만, 그런 특별한 제품은 시간이 좀 걸리거든요.'라고 점원이 설명했습니다. 제 모습을 보더니 두 사람이 말을 끊었습니다. 그래서 적당히 질문을 한 뒤 가게에서 나왔습니다."

"잘 하셨어요. 그 다음은 어떻게 됐죠?"

"여자가 나왔습니다. 저는 입구 근처에 숨어서 기다리고 있었습니다. 여자는 경계심이 인 듯 주위를 둘러보았습니다. 그런 다음 마차를 불러 세워 거기에 올라탔습니다. 때마침 빈 마차가 지나가기에 저도 마차에 올라 뒤를 쫓았습니다. 여자가 내린 곳은 브릭스턴의 폴트니 광장 36번지였습니다. 저는 그곳을 지나 광장 옆에 마차를 세우고 그 집을 들여다보았습니다."

"누군가 봤나요?"

"창은 전부 어두웠습니다. 불이 켜져 있는 곳은 1층에 있는 방 하나뿐이었습니다. 블라인드를 내려놨기 때문에 안은 볼 수가 없었습니다. 저는 광장 옆에 앉아 기다리면서 지금부터 어떻게 해야 좋을지를 생각해봤습니다. 그때 덮개를 씌운 짐마차가 집 앞에 멈춰 섰습니다. 남자가 두 명 타고 있었습니다. 짐마차에서 내린 남자들이 마차에서 무엇인가를 내렸습니다. 그것이 현관 앞으로 옮겨진 순간 그것이 무엇인지를 알 수 있었습니다. 관이었습니다, 홈즈 씨."

홈즈가 신음소리를 냈다.

"하마터면 저는 그 쪽을 향해 달려갈 뻔했습니다. 관을 옮기는 남자들이 안으로 들어서자마자 문이 닫혔습니다. 문을 연 건 여자였습니다. 그 모습을 지켜보고 있던 저를 여자가 힐끗 쳐다보았습니다. 저인 줄 알아본 듯했습니다. 놀라는 표정을 짓더니 서둘러 문을 닫았습니다. 당신과의 약속이 떠올랐기에 이 소식을 전하러 이렇게 달려온 겁니다."

"잘 하셨어요. 영장이 없으면 법률을 어기는 꼴이 되고 말아요. 죄송하지만 이 종이를 들고 경찰서로 가셔서 영장을 받아오세요. 영장을 발부하려 들지 않을지도 모르겠지만 보석을 팔아치웠으니 문제없을 거예요. 레스트레이드 경감이라면 모든 것을 잘 이해해줄 거예요."

홈즈가 종이쪽지에 무엇인가를 적으며 말했다.

"그 사이에 그녀가 살해당할지도 모릅니다. 왜 관을 안으로 들인 걸까요? 그녀를 넣기 위해서라고 밖에는 달리 생각할 길이 없습니다."

"그린 씨. 가능한 한 모든 조치를 취하겠습니다. 자, 서둘러주세요. 그리고 나머지는 우리에게 맡겨주세요. 나가세, 왓슨."

사건 의뢰인이 밖으로 뛰어나가자 홈즈가 이렇게 말했다.

"이제 곧 경찰이 합법적으로 움직일 걸세. 우리는 평소와 다름없이 법률에 구애받지 말고 자유롭게 행동하자고. 사태가 긴박해졌으니 어떤 수를 쓰든 나중에 변명할 수 있을 거야. 가능한 한 빨리 폴트니 광장으로 가세."

마차가 전속력으로 국회의사당 앞을 지나 웨스트민스터 교에 접어들려는 순간 홈즈가 입을 열었다.

"이번 사건을 정리해볼까? 그 악당들은 우선 충실한 하녀를 내쫓은 다음 카팍스 양을 속여서 런던으로 데리고 왔어. 그녀가 보낸 편지도 전부 중간에서 가로챘어. 그리고 동료 중 한 사람이 가구가 딸린 집을 빌렸어.

그 집에 도착해서는 카팍스 양을 감금하고 처음부터 노리고 있던 보석을 갈취했어. 마침내 보석의 일부를 팔아치우기 시작한 것을 보면 이제 안전하다고 판단한 모양이야. 그녀의 행방을 아무도 모를 거라고 생각한 거겠지. 그녀를 내쫓으면 그녀는 당연히 녀석들을 고발할 거야. 따라서 결코 자유의 몸이 되게 할 수는 없어. 그렇다고 해서 언제까지고 감금해둘 수도 없는 일이고. 유일한 해결책은 죽이는 거야."

"맞아, 자네 말대로야."

"지금부터 또 다른 추리를 해보도록 하세. 두 개의 생각을 더듬어 올라가다보면 분명히 어딘가에서 만날 거야. 그 교차점은 진상에 가까울 거야. 카팍스 양에 대한 생각은 이쯤에서 접고 관에 대해서 생각해보기로 하세. 안타깝게도 관이 들어갔다는 것은 그녀가 이미 죽었다는 사실을 나타내고 있는 거야.

그리고 관이 들어갔다는 것은, 정식 사망진단서와 매장증명서를 갖춘 평범한 매장을 할 것이라는 사실을 암시해주고 있는 것이기도 해. 카팍스 양이 죽었다면 뒤뜰에 구멍을 판 뒤 거기에 묻었을 거야. 그런데 공식적인 매장법을 취하고 있어. 이건 뭘 의미하는 걸까? 자연사로 보이는 어떤 방법으로 살해한 뒤, 의사를 속인 것이 틀림없어. 아마도 독살했을 거야. 그래도 이상한 걸. 일부러 의사에게 보였다면 의사도 동료 중 하나임에 틀림없을 거야. 그럴 리가 없는데."

"사망진단서를 위조했을 가능성도 있지 않나?"

"그건 위험한 방법이야, 왓슨. 눈치 챌 가능성이 아주 크거든. 녀석들이 그렇게 했으리라고는 생각되지 않아.

이봐, 여기서 세워줘! 여기가 그 장의사일 거야. 조금 전에 전당포 앞을 지났거든. 왓슨, 자네가 가주게. 자네의 차림새라면 절대 의심하지 않을 거야. 폴트니 광장의 장례식이 내일 몇 시인지 좀 물어봐주게나."

여점원은 전혀 의심하는 눈치 없이 내일 아침 8시라고 대답해주었다.

"알겠나? 왓슨. 이상한 점이라고는 찾아볼 수가 없어. 정식 절차를 밟고 있어! 어떻게 한 건지는 모르겠지만 정식 서류를 전부 갖춘 거야. 천연덕스럽게 장례식을 치를 생각이라고. 이렇게 된 이상 정면으로 공격해 들어가는 수밖에 없겠는걸. 자네 무기를 가지고 왔나?"

"지팡이가 있네!"

"좋았어, 그거면 충분해. 우리에게는 정의라는 강력한 동지가 있으니까. 경찰이 오기를 기다리고 있을 시간이 없네. 법률에 따라 행동하려면 아무것도 하지 못할 거야.

마부, 이제 출발해도 좋아. 왓슨, 모든 것을 운에 맡기고 한번 해보기로 하세. 지금까지도 수없이 해왔던 일이니까."

홈즈는 폴트니 광장에 면해 있는 크고 어두운 집의 초인종을 힘차게 울렸다. 곧 문이 열렸다. 희미한 현관의 등불을 뒤로 하고 키가 큰 여자가 모습을 드러냈다.

"무슨 일이신가요?"

여자가 어둠 속에 서 있는 우리를 엿보듯 바라보며 쌀쌀맞은 목소리로 말했다.

"슐레징거 박사님을 뵈러 왔어요."

홈즈가 말했다.

"여기에 그런 사람 없어요."

이렇게 말하고 문을 닫으려 했지만 홈즈가 문틈으로 발을 넣어 그것을 막았다.

"어떤 이름을 사용하고 있든 그건 상관없어. 나는 이 집의 주인을 만나러 온 거야."

홈즈가 뚜렷한 어조로 말했다.

순간 여자가 당황하는 듯했다. 그러다 곧 문을 열었다.

"그럼, 안으로 들어오세요. 제 남편은 누구를 만나든 겁날 게 없는 사람이니까요."

집 안으로 들어서자 여자가 문을 닫고 오른쪽에 있는 거실로 우리를 안내했다. 그리고 방에서 나가더니 가스등을 켰다.

"남편이 곧 오실 겁니다."

여자의 말은 틀리지 않았다. 곰팡이 핀 방을 둘러볼 틈도 없이 문이 열리더니 수염을 깨끗하게 깎은 거구의 대머리 사내가 성큼성큼 방 안으로 들어왔다. 붉은 빛이 도는 얼굴로 뺨의 살이 밑으로 처져 있었다. 인정 많은 사람처럼 행동하고 있지만 악의가 담긴 잔인한 입매가 그런 인상을 지워버리고 있었다.

"뭔가 잘못 알고 오신 것 같습니다. 여기는 찾고 계시는 집이 아닙니다. 좀 더 안으로 들어가셔서 물어보시면……."

사람 좋아 보이는 조용한 목소리였다.

"아니, 됐어. 우물쭈물할 시간 없어. 너는 애덜레이드의

헨리 피터스. 바덴과 남아메리카에서는 선교사인 슐레징거 박사로 행세했지. 내가 셜록 홈즈인 것처럼 그건 틀림없는 사실이야.”

깜짝 놀란 피터스—지금부터는 이렇게 부르기로 하겠다—가 홈즈의 얼굴을 빤히 바라보았다.

“홈즈 씨, 당신의 이름을 들었다고 해서 제가 겁먹을 필요는 없을 겁니다. 양심에 가책을 받을 만한 짓은 하지 않았으니 놀랄 필요도 없겠죠. 무슨 일로 저를 찾아오셨나요?”

피터스가 냉정한 목소리로 말했다.

"네가 프란시스 카팍스 양을 어떻게 했는지 알고 싶어서. 바덴에서 이곳으로 데리고 왔지?"

"그 일이라면 제가 당신에게 물어보고 싶을 정도요. 그녀에게 백 파운드 가까운 돈을 빌려줬는데 우리는 보석상들이 거들떠보지도 않는 싸구려 목걸이를 두 개 맡고 있을 뿐이니까. 바덴에서는 우리 부부 곁을 떠나려하지 않았소. 그리고 런던까지 졸졸 따라왔지. 바덴에서 다른 이름을 썼던 사실은 나도 인정하오. 거기서는 숙박료와 여비까지 전부 내가 지불했소. 그런데 런던에 도착하자마자 종적을 감췄소. 조금 전에도 말했지만 낡아빠진 보석만 두 개 남긴 채. 나도 당신이 그 사람을 찾기 바라오."

피터스가 비웃는 듯한 투로 말했다.

"무슨 일이 있어도 찾아낼 생각이야. 그녀를 찾을 때까지 이 집을 철저하게 뒤져봤으면 좋겠는데."

셜록 홈즈가 말했다.

"영장은 들고 왔겠지?"

"영장이 올 때까지 이걸로 좀 참아줬으면 하는데."

홈즈가 주머니에 든 회전식 권총을 내보이며 말했다.

"뭐야? 당신. 강도행세라도 하겠다는 건가?"

"마음대로 생각하게. 여기 있는 친구도 꽤 위험한 인물이야. 지금부터 둘이서 이 집을 뒤져봐야겠어."

홈즈가 즐겁다는 듯이 말했다.

적이 문을 열었다.

"애니, 경찰을 불러!"

스커트를 입고 복도를 달려가는 여자의 모습이 눈에 들어왔다. 현관문이 열리고 닫히는 소리.

"시간이 없네, 왓슨. 피터스, 우릴 방해하면 가만두지 않을 거야. 조금 전에 들어온 관은 어디에 있지?"

"관을 어쩔 생각인데? 안에 죽은 사람이 들어 있다고."

"그럼 확인을 해봐야겠지."

"거절하겠네."

"그럼 억지로 열어보는 수밖에."

홈즈의 움직임은 놀랄 정도로 민첩했다. 피터스를 옆으로 밀치더니 순식간에 거실로 들어섰다.

반쯤 열린 문이 바로 눈앞에 있었다. 열어보니 그곳은 식당이었다.

밝기를 반으로 줄인 샹들리에가 달려 있었으며, 그 밑 테이블에 관이 놓여 있었다. 홈즈가 가스등을 밝게 했다.

관 안에는 마르고 쇠약해진 채 죽은 사람이 누워 있었다. 머리 위 불빛이 나이 들어 쪼글쪼글해진 얼굴을 눈부시게 비추고 있었다. 제 아무리 거칠게 다루고 먹을 것을 주지 않았다 할지라도, 또 그 무슨 병에 걸렸다 할지라도 아름다웠던 카팍스가 이런 비참한 모습으로 죽지는 않았을 것이다. 홈즈의 얼굴에 놀라는 빛이 역력했지만 그와 동시에 안도의 표정도

배어 있었다.

"잘 됐군. 이건 다른 사람이야."

홈즈가 중얼거렸다.

"어처구니없는 실수를 저질렀군, 홈즈 씨."

식당까지 따라온 피터스가 말했다.

"이 여자는 누구지?"

"그렇게도 알고 싶은가? 예전에 아내의 유모였던 로즈 스펜더. 브릭스턴 빈민병원에 있었지. 우리가 이리로 데려와서 호섬 박사의 진료를 받게 한 거야. 호섬 박사의 주소는 파뱅크 교외 주택구 13번지. 외우고 있는 거지, 홈즈? 우리는 기독교인답게 극진히 간호한다고 했는데 로즈는 사흘 만에 세상을 떠났어. 사망진단서에는 노쇠에 의한 죽음이라고 적혀 있어. 그건 의사의 진단내용이고, 홈즈 씨라면 물론 더 자세한 사인을 밝혀낼 수 있겠지.

장례식은 켄싱턴 가에 있는 스팀슨 장의사에 부탁을 해놨어. 매장은 내일 아침 8시. 아직도 의심 가는 부분이 있나? 정말 어처구니없는 실수를 저질렀군. 어때, 이제 자신의 실수를 인정할 때가 되지 않았나? 프란시스 카팍스 양이 있는 줄 알고 관 뚜껑을 열었다가 안에 90이 넘은 가엾은 노파가 누워 있는 것을 보고 놀라 입을 쩍 벌렸지? 그 얼굴을 사진으로 찍어 뒀어야 하는 건데."

적이 비웃어도 홈즈는 냉정한 표정을 잃지 않았지만, 내심 얼마나 커다란 굴욕감을 느끼고 있었는지는 굳게 쥔 주먹을 보고 쉽게 알 수 있었다.

"이 집 안을 샅샅이 뒤져주지."

홈즈가 말했다.

"아직도 부족한가?"

피터스가 외쳤다.

순간 복도에서 여자 목소리가 들리더니 뒤이어 묵직한 발소리가 들려오기 시작했다.

"그렇게는 안 될 걸? 경찰인가요? 어서 안으로 들어오세요. 이 사람들이 들이닥쳤습니다. 제 힘으로는 내쫓을 수가 없습니다. 부탁입니다. 이들을 내쫓아주세요."

문 앞에 순사부장과 경관이 서 있었다. 홈즈가 지갑에서 명함을 한 장 꺼내들었다.

"내 이름과 주소에요. 이쪽은 내 친구인 왓슨 박사."

"잘 알고 있습니다. 뵙게 돼서 영광입니다. 하지만 홈즈 씨, 영장이 없으시다면 여기서 나가주셔야겠습니다."

순사부장이 말했다.

"알았어요."

"체포하세요!"

피터스가 외쳤다.

"이 분이 죄를 범했다면 우리는 물론 체포할 겁니다. 홈즈 씨, 여기서 나가주십시오."

순사부장이 엄격한 어조로 말했다.

"알았어요. 왓슨, 나가야 할 것 같은데."

우리는 곧 밖으로 나왔다. 홈즈는 변함없이 냉정한 표정을 유지하고 있었지만 나는 치밀어 오르는 분노와 굴욕감을 참을 수가 없었다. 순사부장이 우리 뒤를 따라 나왔다.

"죄송합니다, 홈즈 씨. 하지만 법을 어길 수는 없습니다."

"알고 있어요. 그게 당신 일이니까요."

"그럴 만한 이유가 있어서 이 집에 들어갔으리라는 건 잘 알고 있습니다. 만약 제가 도와드릴 일이 있다면 무엇이든 ……."

"귀족 여인이 행방불명됐어요. 틀림없이 이 집에 있을 거예요. 곧 영장이 도착할 거예요."

"그럼 저 사람들을 감시하도록 하겠습니다. 무슨 일이 생기면 반드시 연락하도록 하겠습니다."

아직 밤 9시밖에 되지 않았다. 우리는 곧 전력을 기울여서 조사를 하기 시작했다. 우선 마차를 타고 브릭스턴 빈민병원까지 전속력으로 달려갔다. 며칠 전에 인정 많아 보이는 부부가 찾아왔다고 했다. 쇠약해진 노파를 전에 부리던 하녀라며 데려가도 좋다는 허가를 받아냈다고 했다. 여기까지는 사실이었다. 노파가 죽었다고 말했으나 놀라는 기색은 조금도 보이지 않았다.

다음으로 의사를 만나보았다. 왕진을 부탁받고 가봤는데

죽기 직전의 노쇠한 노파였다고 말했다. 마침 임종을 지켜봤기에 정식 사망진단서에 사인을 해줬을 뿐이라고 했다. '죽음에 의심 가는 부분은 조금도 없었습니다.'라고 의사는 말했다. 집 안에서도 이상한 점이라고는 찾아볼 수 없었다고 말했다. 단, 그 정도 신분임에도 불구하고 집에 부리는 하인이 한 명도 없다는 점이 좀 눈에 띄었을 뿐이라고 했다. 의사에게서 들을 수 있었던 말은 그게 전부였다.

마지막으로 런던 경찰청을 찾아가보았다. 영장을 발부받으려면 절차를 밟아야 하기 때문에 조금 늦어지는 건 어쩔 수 없는 일이라고 했다. 내일 아침이나 돼야 치안판사의 사인을 받을 수 있다는 것이었다. 내일 아침 9시에 홈즈와 레스트레이드 경감이 함께 찾아오면 영장에 사인하는 것을 확인할 수 있을 것이라고 말했다.

이렇게 하루가 지났다. 밤 12시 가까운 시각에 그 순사부장이 우리를 찾아왔다. 크고 어두운 집의 창문 여기저기서 불빛이 번쩍거리는 것이 보였지만 드나든 사람은 아무도 없었다는 것이었다. 우리는 그저 가만히 앉아서 날이 밝기만을 기다리는 수밖에 없었다.

초조한 마음 때문인지 셜록 홈즈는 아무런 말도 하지 않았다. 게다가 불안한 마음 때문에 잠도 오질 않는 모양이었다. 내가 잘 자라는 인사를 했을 때, 홈즈는 검고 짙은 눈썹을 찌푸린 채 줄담배를 피워대며 신경질적으로 의자의 팔걸이 부분을 길고 가느다란 손가락으로 두드리고 있었다. 그는 그렇게 앉아서 여러 가지 각도에서 수수께끼를 풀어보려 노력하고 있는 것이다.

밤중에 그가 집 안을 돌아다니는 소리가 몇 번이고 들려왔다. 이튿날 아침, 눈을 뜸과 거의 동시에 홈즈가 내 침실로 뛰어들었다. 잠옷을 입고 있기는 했지만 눈이 움푹 들어가 있고 얼굴이 창백한 것으로 봐서 어젯밤에 한숨도 자지 못한 듯했다.

"장례식이 몇 시였더라? 8시 아니었나?"

홈즈는 몇 번이고 확인하려 들었다.

"벌써 7시 20분이야. 왜 진작 그 생각을 못했을까? 신께서 주신 내 머리가 어떻게 됐었나봐. 자, 서둘러주게. 죽느냐, 사느냐, 사람의 목숨이 달린 문제야. 살아날 확률은 백 분의 일. 만약 제때 가지 못한다면 나는 나를 용서할 수 없을 거야!"

5분도 지나지 않아서 우리는 이륜마차를 타고 베이커 가를 떠났다. 그럼에도 불구하고 국회의사당 앞을 지날 때는 이미 7시 35분이었다. 브릭스턴 가를 지나고 있을 때 8시를 알리는 종소리가 들려왔다. 하지만 늦은 것은 우리들만이 아니었다. 8시 10분이 지났는데도 영구차는 아직 현관 앞에 서 있었다.

우리가 탄 마차를 몰던 말이 입에 물고 있던 거품을 내뿜으며 멈춰 선 순간, 세 남자의 손에 의해 운반되던 관이 문 밖으로 모습을 드러냈다. 홈즈가 그쪽으로 달려들어 그들을 막아섰다.

"관을 다시 안으로 들고 들어가! 당장 안으로 들어가!"

홈즈가 앞에 있던 남자의 가슴에 손을 대며 외쳤다.

"무슨 소리 하는 거야? 다시 한 번 묻겠는데, 영장은 가져왔나?"

몸집이 크고 얼굴이 붉은 피터스가 관 뒤쪽에서 눈을 부라리며 외쳤다.

"영장은 곧 도착할 거야. 그때까지 관은 집밖으로 나올 수 없어."

자신감에 넘친 홈즈의 목소리가 관을 메고 있던 남자들을 압도했다. 순간 피터스가 집 안으로 뛰어들어 모습을 감췄다. 남자들이 홈즈의 명령에 따랐다.

"왓슨, 빨리! 서둘러! 드라이버를 가져와."

관을 원래 있던 테이블 위에 내려놓자 홈즈가 큰소리로 외쳤다.

"자, 이 드라이버는 자네 거야. 1분 안에 이 뚜껑을 열면 1파운드짜리 금화를 주겠네! 아무 것도 묻지 마. 우선은 뚜껑을 열어! 그래! 하나 더! 다시 하나 더! 됐어. 다 같이 이걸 당겨! 열리기 시작했어! 그래, 잘했어!"

우리는 힘을 합쳐 관 뚜껑을 뜯어냈다. 그 순간 머릿속이 멍해졌다. 강렬한 클로로포름 냄새가 코를 찔렀던 것이다. 관 속에는 솜으로 얼굴을 덮은 시체가 누워 있었다. 솜은 마취약을 듬뿍 머금고 있었다. 홈즈가 솜을 걷어내자 기품

있고 아름다운 중년 여성의 조각 같은 얼굴이 나타났다. 홈즈가 서둘러 손을 내밀어 그녀를 끌어안아 일으켜 앉혔다.

"죽은 건가, 왓슨? 맥박은 살아 있나? 이미 늦은 건 아니겠지?"

30분 정도 가망이 없어보였다. 질식 상태에 빠진 데다 클로로포름 냄새를 맡아 프란시스 카팍스 양은 다시 숨을 쉴 수 있을 것 같지가 않았다. 그래도 인공호흡, 에테르 주사 등 의학상의 모든 수단을 다 동원해봤다. 드디어 희미하게 심장이 뛰고 눈꺼풀이 조금씩 움직이기 시작했다. 코앞에 가져다 댄 거울이 조금씩 흐릿해지기 시작했다. 아주 천천히 생명이 돌아오기 시작한 것이었다.

밖에서 마차 멈추는 소리가 들려왔다. 홈즈가 블라인드를 올려 밖을 내다보았다.

"레스트레이드 경감이 영장을 가지고 왔군. 범인이 도망친 걸 알면 실망이 이만저만이 아닐 거야."

서둘러 복도를 걸어오는 무거운 발소리가 들려왔다.

"부인을 간병할 적임자가 온 모양이군. 안녕하세요, 그린 씨. 프란시스 양을 가능한 한 빨리 데려가는 게 좋겠어요. 참, 장례식도 예정대로 거행하는 게 좋겠군. 관 안에는 할머니가 한 분 더 계신데 혼자서 마지막 휴게소로 가셔야 할 것 같아."

그날 밤, 홈즈가 내게 말했다.

"왓슨, 이번 사건을 자네의 기록에 덧붙일 생각이라면 말일세……. 그건 제 아무리 뛰어난 머리를 가진 사람이라 할지라도 때로는 그 회전이 둔해진다는 사실의 예밖에 되지 않을 거야. 그런 실수는 누구나 하는 법이지만 그것을 깨닫고 정정하는 사람이야말로 위대한 사람이라고 할 수 있지. 이번 사건으로 내 명성이 떨어질 뻔했는데 최소한 그에 대한 변명은 할 수 있게 해줬으면 해. 어제는 밤새도록 한 가지 생각에 사로잡혀 있었네. 어딘가에 마음에 걸리는 말이나 눈에 띄는 단서가 있었는데 내가 그걸 깨닫지 못하고 놓친 게 아닐까하고 말일세. 동이 틀 무렵 문득 어떤 말이 떠올랐어. 장의사의 여종업원이 했다며 필립 그린 씨가 들려준 말이야.

'평소 같으면 벌써 다 됐겠지만, 그런 특별한 제품은 시간이 좀 걸리거든요.'

여종업원은 관에 대해서 말한 거였어. 특별한 관이라는 말인데 생각할 수 있는 건 관의 크기를 특별히 주문했을 것이라는 것밖에 없었어. 왜 그랬을까? 왜 특별히 주문을 한 것일까? 그때 바로 우리가 본 모습이 떠올랐어. 관의 깊이. 바닥에 야윈 노파가 누워 있었어. 그렇게 조그만 노인이었는데 왜 그렇게 큰 관이 필요했을까?

또 다른 시체를 넣기 위해서였어. 사망진단서 한 장으로 시체 두 개를 매장할 수 있는 거야. 만약 머리의 회전이 둔해지지 않았었다면 바로 눈치챘을 거야. 8시면 프란시스가 매장을 당해. 방법은 하나밖에 없었네. 관이 출발하기 전에 그것을 막는 것이었지. 산 채로 그녀를 구할 수 있는 확률은 아주 희박했어. 그래도 방법이 아주 없는 것보다는 나았지. 그 뒤의 일은 자네도 잘 알고 있겠지?

내가 알기로 녀석들은 지금까지 살인만은 한 적이 없었어. 그녀를 죽여야 할지 말아야 할지 마지막까지 망설였을 거야. 녀석들은 그녀의 사인을 밝혀내지 못하도록 산 채로 매장할 준비를 했어. 설사 무덤에서 사체를 파낸다 해도 살인죄만은 면할 수 있게 되는 거지.

나는 녀석들이 그렇게 생각했기를 바랐어. 그곳의 광경은 쉽게 상상해볼 수가 있었어. 2층에 기분 나쁜 조그만 방이 있었지? 프란시스 양은 그 방에 오랫동안 감금되어 있었을 거야. 녀석들은 그 방으로 들어가 억지로 클로로폼 냄새를 맡게 해서 그녀를 기절시켰을 거야. 그런 다음 아래층으로 데리고 내려와서 관에 넣은 뒤, 두 번 다시 잠에서 깨어나지 못하도록 클로로폼을 뿌렸어. 뚜껑은 나사못으로 고정시키고. 정말 교묘한 수법이야. 범죄기록 중에서도 이런 예는 찾아볼 수가 없어. 선교사 부부가 레스트레이드의 손아귀에서 벗어났다면 언젠가는 화려한 범죄를 저지르고 말거야."

네온 골목의 살인사건
ネオン横丁殺人事件

운노 주자
海野十三

호무라 소로쿠
帆村荘六

1

근래 들어 가장 추운 밤이었다.

달력상으로는 아직 가을이라 할 수 있는 날이었지만, 태양의 흑점 때문인지 온도계의 수은주는 훨씬 아래쪽으로 오그라들어, 그날 밤 문 밖에서 혹은 경계를 서거나, 혹은 말없이 걷거나, 혹은 처마 아래서 잠든 사람들은 모두 너나 할 것 없이 공평하게 연달아 재채기를 하고,

"으으, 오늘 밤은 너무 추운데."

라는 식의 혼잣말을 내뱉었다.

엽기적 취미에 고취되어 즐거운 듯 아마추어 탐정을 하고 있는 괴짜 청년 이학사인 호무라 소로쿠 군도 마침 그와 같은 문 밖의 사람들 중 하나였다. 오전 3시 반인 지금, 그는 신주쿠 브로드웨이의 입구로 막 접어들려던 참이었다.

대도쿄의 심장이 여기에 묻혀 있다고 일컬어지는 번영의 신시가지도 이 시간에는 마치 호수 밑바닥에 잠긴 폐허의 도시 같은 느낌을 주었다. 그로테스크한 장식을 가진 높다란 건물들이 검게 그을린 밤안개 속에 부들부들 떨며 늘어서

있었다. 훨씬 앞에 있는 네거리에는 공중에 달아놓은 강력한 빛의 전등이 하나, 끄기를 잊은 것처럼 밝혀져 있어 그 주위만을 빙산처럼 희고 환하게 비추고 있었다.

얼어붙을 것 같은 구두를 아스팔트 포장도로에게 빼앗기지 않으려는 것인지, 비틀어 떼어내는 듯한 걸음걸이로 걷는 호무라 소로쿠였다.

"종이 울린다, 종이 울린다. 마로니에의 오⋯⋯."

아무래도 그는 기분이 좋은 모양이었다. 옆으로 다가가보면 조니 워커의 냄새가 풀풀 풍기리라. 지금 이 시간에 어디서 나온 것인지는 모르겠으나, 아마 요요기 부근에 있는 친구의 집에서 밤새 마작을 즐기다 예의 병 때문에 한밤중의 거리로 밀려 나온 것이리라.

몸이 비틀비틀 옆으로 기울어진 순간 불이 켜져 있지 않은 가로등의 철기둥이 붕 앞에서 날아오는 것처럼 느껴졌다. 이거 이상한데 싶어 그것을 두 손으로 간신히 받아냈으나 쿵하는 둔탁한 소리가 나며 머리를 부딪치고 말았다. 그 바람에 제정신으로 돌아왔다.

"으으, 차가워라."

이렇게 말하고 그는 두 손을 철기둥에서 떼었다. 끌어안고 있던 철기둥은 얼음처럼 차가워져 있었다. 엉겁결에 그것을 끌어안았던 두 손이 갑자기 열기를 빼앗겨 감각을 잃고 미이라의 손처럼 수축된 것이 느껴졌다. 휙 시선을 높이 들어보니 양쪽 건물의 이마 부근에서 고드름 같은 것이 희고 차갑게 빛나고 있었다.

"고드름이 생길 정도의 밤인가?"

눈을 비벼가며 몇 번이고 고쳐보던 호무가라 우후후 웃기 시작했다.

"뭐야, 네온사인이잖아. 그리고 이곳은 바로 네온 골목. 나도 조금 취한 것 같군."

그곳은 신주쿠 최고의 카페 거리, 일반적으로 네온 골목이라 불리는 거리였다. 고드름처럼 보였던 것은 꺼진 네온사인의 유리관이었다. 지금이 아직 초저녁이었다면 빨강, 파랑, 녹색의 아름다운 빛의 무리가 양쪽 처마에서 여러 가지 카페의 이름이며 소용돌이며 풍차며 칵테일 잔 모양을 그려내, 이 네온 골목의 입구에 선 자는 그 찬란한 공간미에 앗하고 탄성을 발하지 않을 수 없었을 것이다. 그러나 지금은 축만시(丑滿時)를 조금 지난 오전 4시 가까이, 깊고 깊은 잠에 빠져 있는 네온 골목을 그렇게 잘못 본 것은 단지 호무라 소로쿠가 취했기 때문만도 아니었다.

그는 철기둥 곁을 떠나 여전히 비틀비틀 발걸음을 옮겨 마침내 네온 골목에서 빠져나왔는데 그 교차로의 어두운 빛 아래 잠시 서 있다가 결심이라도 한 듯 그대로 미쓰코시 뒤편의 벽 옆을 기어가듯 똑바로 따라가 공중에 걸린 등이 밝게 빛나고 있는 무사시노 관 앞의 교차로 한가운데에 이르렀다.

"어? 뭐지⋯⋯."

밤의 정적을 깨고 쾅하는 소리가 갑자기 그의 고막을 때렸다. 그것은 어떤 것이 낸 소리인지 순간적으로는 말할 수 없을 정도로 약간 둔탁하고 그렇게 크지 않은 소리였는데, 아무래도 그의 뒤쪽으로 일이백 미터쯤 떨어진 곳에서 들려온 것인 듯했다. 그는 탐정의식을 얼마간 활약시키며, 다른 한편으로는 그 의식이 떠오른 것이 딱하다는 듯 혀를 차며 뒤쪽을 유심히 살펴보고, 또 다른 소리가 들릴까 하여 귀를 가만히 기울였으나 그 뒤부터는 찍소리도 들리지 않았으며, 조금 전 고막을 때렸던 소리조차 정적 속으로 녹아들어 그건 자신의 이명이 아니었을까 의심이 들 정도였다. 5분, 6분, 7분⋯⋯.

"앗, 수상한 녀석⋯⋯."

네온 골목의 출구에 해당하는 네거리의 모퉁이, 어두운 불빛 아래로 정체를 알 수 없는 자의 모습이 불쑥 나타났다가 곧 몸을 돌려 전찻길 골목으로 달려 들어갔다. 그 사람의 모습은 호무라 소로쿠의 취한 눈에 분명한 인상을 남기지는 않았으나, 아무래도 일본 옷을 입은 키가 큰 남자인 듯했다.

"사건이다!"

이렇게 외친 그는 그제야 제정신으로 돌아와 그 사람의 모습이 보였던 네온 골목의 출구를 향해 후다닥 달리기 시작했다. 그 네거리에서 왼쪽으로 꺾어져 뒤를 쫓았으나 어떻게 된 일인지 어디에서도 그 모습은 보이지 않았다. 전찻길을 넘어 골목이 많은 오쿠보 쪽으로 달아난 모양이었다. 그렇다면 추적은 완전히 불가능해진다.

호무라는 추적을 멈추고 원래 있던 곳으로 돌아왔다. 조금 전의 그 사람은 어디에서 나온 것일까? 그리고 그 이상한 소리는 어느 집에서 난 것일까? 그 부근에서 지금이라도 당장 죽음의 냄새가 확 피어오를 것 같다는 느낌이 들었다.

그는 괴상한 소리가 난 곳을 네온 골목이라고 단정했다. 그랬기에 그 골목으로 뛰어들어 맞은편 끝까지 집들을 죽 훑어보며 지났으나 입구의 문이나 창 등이 열려 있는 집은 한 채도 없었다.

'내가 잘못 짚었나?'

이렇게 생각하며 이번에는 양쪽의 창 아래와 문을 하나하나 꼼꼼하게 살펴보며 가기로 했다. 그가 늘상 지니고 다니는 소지품 가운데 하나인 포켓램프를 켜더니 우선 네온 골목의 입구에서 가장 가까이에 있는 카페 오소메 앞에 쭈그리고 앉아 문 앞과 스테인드글라스가 들어간 창문 등을 비춰보며 뭔가 이상은 없는가 살펴보았으나 거기에는 피도 떨어져 있지 않았으며, 흙 묻은 구두의 생생한 자국도 남아 있지 않았다. 문을 밀어보았으나 꿈쩍도 하지 않았다. 그렇다면 이 카페 오소메도 괜찮은 것이리라. 이런 식으로 카페의 문을 차례차례 일일이 살펴보았다. 그러나 어디에서도 이상은 발견되지 않았다.

"사람이 죽었다. 꺄아, 누가 좀 도와줘……."

호무라의 머리 위에서 갑자기 여자의 날카로운 목소리가 들려왔다. 그곳은 네 번째 가게인 카페 아르곤의 앞이었다. 비명은 그곳의 3층이라 여겨지는 부근에서 들려온 듯했다.

"음, 역시 사건이로군. 그렇다면 조금 전의 것은 권총 소리였어."

호무라 소로쿠는 취기에서 완전히 깨어버리고 말았다. 그는 쿵쿵 카페 아르곤의 문에 몸을 부딪쳤다. 뜻밖에도 문은 별 어려움 없이 활짝 열렸다. 동네사람들은 그제야 비로소 깨달았는지 창을 여는 소리와, 사람소리와, 나막신 오가는 소리가 그 부근에서 요란스럽게 들려왔다.

호무라는 한쪽 발을 안으로 들여놓은 순간 구두 끝으로 짤깍 부딪치는 소리를 내는 무엇인가를 차버리고 말았다. 손전등으로 찾아보니 그것은 멋쟁이들이 좋아하는 모양의 라이터였다. 그는 손수건을 꺼내 그것을 주워 올린 뒤, 주머니에 넣었다. 그것도 사건의 수수께끼를 풀 어떤 재료가 될지도 몰랐다.

가게를 가로질러 양주병이 늘어서 있는 곳 뒤에 3층으로 오르는 나선형 계단이 있었다. 2층으로 오르는 다른 계단도 있었으나, 2층과 3층을 연결하는 계단은 없었다. 호무라는 나선형 계단에 손을 얹더니 후다닥 3층으로 올라갔다.

"아아, ……."

3층에 올라서자 그 방에는 화려한 나가지반(긴 속옷. ― 역주)을 입은 서른 정도의 살집 좋은 여자가, 분홍빛 꿈이 아직도 맴돌고 있을 것 같은 폭신폭신한 침상 위에 쓰러져 있었다. 그 옆에 또 하나의 침상이 있었으나 그곳에 누워 있는 사람의 모습은 보이지 않았다.

"이봐요, 정신 차리세요. 무슨 일이죠?"

호무라가 여자의 아름다운 어깨를 두드렸다.

그러자 여자는 얼굴을 침상 속에 더욱 묻듯이 해서 온몸을 부들부들 떨며 왼손을 불쑥 들더니 아무런 말도 하지 않은 채 정면 출입구 쪽에 있는 옆방을 가리켰다. 그렇다면 이 옆방에 시체가 나뒹굴고 있단 말인가?

"아아, 이건⋯⋯."

호무라가 옆방의 장지문으로 손을 가져갔으나 그것은 꿈쩍도 하지 않았다. 가만히 살펴보니 장지문은 장지문이었으나, 특수하게 제작된 것으로 이쪽에서 보면 종이가 발라져 있으나 뒤쪽은 노송나무 같은 목재의 단단한 판자문이었다. 그 판자문 안쪽에서 문을 잠가놓은 듯했다. 참으로 엄중하게 단속을 한 방이었다.

"이봐요, 열쇠는 없나요?"

여자는 이불에 얼굴을 묻은 채 머리를 흔들 뿐이었다. 호무라는 바싹바싹 타오르는 마음을 간신히 억누르며 방 안을 이리저리 살펴보다 장지문이 조금 열려 있는 벽장을 발견하고는 갑자기 눈을 반짝였다.

그것은 에도가와 란포가 「지붕 아래의 산책자」를 쓴 이후 개척된 자유통로였다. 벽장의 문을 열어 여자의 화장도구와 몇 개의 짐짝이 내던져져 있는 2중 선반 위로 뛰어오른 호무라 소로쿠는 천장의 판자 하나를 떼어내고 천장 위로 올라갔다. 그런 다음 엄중하게 단속을 해놓은 옆방이라 여겨지는 방향으로 기어가기 시작했는데 전선과 같은 것에 한쪽 손이 낀 바람에 손전등을 뚝 떨어뜨리고 말았다.

"쳇!"

불이 꺼지고 호무라의 눈은 어두워졌다.

초조하기 짝이 없는 몇 십 초, 마침내 눈이 어둠에 익었다.

그러자 눈앞으로 희미하게 빛나는 고양이의 눈동자 같은 것이 보이지 않겠는가? 깜짝 놀라 반사적으로 몸을 웅크렸으나 자세히 보니 별것 아니었다. 천장 바닥의 조그만 구멍이었다.

'이거 괜찮은 걸 발견했는데.'

호무라는 구멍 쪽으로 천천히 기어갔다. 구멍은 생각보다 커서 1전짜리 동전 정도의 크기나 되었다. 거기에 한쪽 눈을 대고 가만히 아래를 들여다보았다.

"앗."

구멍 바로 아래에는 과연 얼굴을 새빨간 피로 물들인 변사체 하나가 희미한 실내등의 빛을 받으며 누워 있었다. 그것은 나이 오십 줄의 남자였다. 그는 침상 속에서 천장을 똑바로 바라본 채 잠들어 있을 때 총에 맞은 듯했다. 상처는 치명상이었던 듯, 괴로움에 몸부림친 흔적은 전혀 없었다.

그때 마침 아래쪽에서 쿵쿵하는 커다란 소리가 들려왔는데 그때마다 천장까지 찌르르, 찌르르 울려왔다. 경관들이 달려와서 마침내 엄중한 판자문을 깨부수는 것이리라.

호무라는 지붕 아래로 기어오른 김에 그 부근의 상태를 살펴보아야겠다고 생각했다. 이에 손전등을 떨어뜨린 부근을 손으로 더듬어보았다. 가장 먼저 손에 닿은 것은 기둥을 자를 때 생긴 부스러기인 듯한 나뭇조각이었다. 옆으로 치워야겠다는 생각에 집어 들려 했으나, 천장 바닥에 찰싹 붙어 있었다. 그 옆으로 손을 가져가보니 싸늘하게 금속으로 된 물건인 듯한 것이 손가락 끝에 닿았기에 그것을 손바닥 안쪽으로 꾹 쥐었다.

"어? 이건 손전등이 아닌데."

묵직하게 무게가 있는, 그리고 매우 차가운 물건이었다. 어둠 속에서 손으로 더듬어 자세히 살펴보니 그것은 다름 아닌 권총이었다.

"이런 곳에 권총이 떨어져 있다니."

그는 순간적으로 한 가지 장면을 상상했다. 이 지붕 아래로 숨어든 범인이 저 구멍을 통해서 아래에 있는 노인을 쏜 것이라고. 그렇다면 조금 전 무사시노 관 앞에서 들려온 듯한 음향은

이 권총의 소리였을지도 모를 일이었다.

"거기, 누구야? 내려와!"

갑자기 밝은 광선이 호무라의 옆얼굴을 휙 비췄다. 경관이 조금 전에 올라왔던 벽장 속의 천장 위에서 신원을 확인하고 있는 것이었다.

"저는……."

"할 말이 있으면 나중에 하도록 해. 얼른 내려오지 않으면 쏘아버리겠어."

경관은 정말 쏘아버릴지도 모르겠다 싶을 정도의 기세였다. 호무라는 쓴웃음을 지으며 더 이상 버티기를 그만두고 주운 권총만을 수확으로 삼아 그대로 물러났다.

경시청에서 수사과장인 오에야마 경위 등의 형사부 수뇌가 달려오기까지 호무라 소로쿠는 우습고도 비참한 모습으로 봉쇄되어 있었다.

"소토야마 군."하고 오에야마 과장이 그 경관의 이름을 불렀다.

"호무라 탐정의 신원을 일단 조사해두는 것이 좋을까?" 이렇게 말해서 경관의 무례함을 완곡하게 호무라 소로쿠에게 사과했다.

그리고 정식 취조가 시작됐다.

살해당한 것은 이 카페 아르곤의 주인인 무시오 헤이사쿠였다.

그 옆방에 있던 여성은 주인의 첩인 다치바나 오미네라는 사람이었다.

누가 죽였을까?

살해 수단은 호무라가 발견한 권총에 의한 것이라는 점은 대체로 분명한 듯했으며, 나중에 시체해부에 의해 정확히 밝혀질 터였다. 그렇다면 어떤 자가 천장 위로 올라가 그 구멍으로 카페 아르곤의 주인 무시오 헤이사쿠를 쏜 것일까?

"오미네 씨."라고 오에야마 경위가 완전히 기력을 잃어버린 주인의 첩에게 말을 걸었다.

"이 방에는 이부자리가 2개 깔려 있는데 하나는 당신의 것이고, 다른 하나는 누구의 것이지?"

"네. 그건 저……."

"똑바로 말해."

"네, 그건, 그러니까, 저희 집의 넘버 원 여급인 유카리의 침상입니다."

"음, 그런가? 그런데 그 유카리 씨가 보이질 않는데 어떻게 된 거지?"

"그게 좀, 그러니까, 어젯밤에 나간 뒤로 돌아오지 않아서……."

"이봐, 오미네 씨. 우릴 속일 생각은 말아. 처음 깔아놓은 그대로인지, 사람이 누웠었는지 정도는 경시청의 순사들도 금방 알아볼 수 있으니."

이때 호무라의 머릿속에서는 네온 골목의 출구에서 보았던 수상한 사람의 모습이 분명하게 떠올랐다.

"말을 못 하는군."이라며 오에야마 경위는 턱을 쓰다듬었다.

"그럼 다른 질문을 하겠는데, 주인은 누군가에게 원한을 산 적 없었는가?"

"그건 있습니다. 제 입으로 말씀드리기는 좀 그렇습니다만, 여기서 네 번째 옆에 있는 카페 오소메의 주인, 온나자카 센키치가 아주 좋지 않은 사람입니다. 이 네온 골목에서 매일같이 서로 으르렁거리고 있는 건 저희 집 사람과 온나자카입니다. 언젠가는 협박장까지 보내왔습니다."

"협박장을……. 그건 어디에 있지?"

"주인이 책상서랍에 넣어둔 듯했습니다만……."이라 말하고 오미네는 책상을 뒤지는 듯하다가, "아, 여기 있네요. 이거예요."

"어디, 어디." 오에야마 경위가 봉투에 든 협박장이라는 것을 꺼내 소리내어 읽었다.

「네온 골목에서 당장 나가라. 나가지 않으면 추운 날에 너의 목숨은 삐꾸가 될 것이다.」

"뭔가 이상한 글인데. '추운 날'이라고 해놓았는데 그 말이 맞아떨어졌어. '삐꾸가 될 것'이라는 말은 '훼손되다'의 은어인데, 이건 공장 등에서 쓰이는 말이야. ……오미네 씨, 이 협박장에는 이름이 없는데 어떻게 해서 온나자카 센키치라는 사람이 보냈다는 걸 안 거지?"

"하지만 그 외에는 이런 편지를 보낼 만한 사람이 없는 걸요."

"그건 알 수 없는 일이야."라고 경위는 말한 뒤, 잠깐 생각에 잠겨 있다가 "이 부근에 공장에 다니거나, 직공으로 있던 사람 없는가?"

"아아, 그놈일지도 모르겠네요. 네온사인 업자인 잇페이요. 그 사람은 이 골목을 어슬렁거리는 사람으로 원래는 직공이었는데 지금은 네온 가게를 하고 있어요. 우리 네온도 잇페이가 고쳐주러 와요."

"흠, 잇페이와 무시오는 어떤 사이지?"

"글쎄요, 특별히 들은 얘기는 없는데……."

오미네는 마침내 평정심을 되찾은 모양이었다.

"오미네 씨." 이렇게 부르며 두 사람 사이에 껴든 것은 아까부터 말없이 옆에서 듣고 있던 호무라 소로쿠였다.

"그 잇페이라는 사람은 어떤 체격을 가진 사람인가요?"

"네온 업자인 잇페이는 키가 크고 안짱다리에 언제나 창백한 얼굴을 하고 있어요."

"오호, 키가 크단 말이죠?" 호무라는 어둑한 불빛으로 본 남자도 키가 컸다는 사실을 떠올렸다.

"그럼 당신은 이런 것을 본 적이 있나요?"

이렇게 말하며 이곳의 입구에서 주운 라이터를 손바닥 위에 올려 오미네 앞으로 내밀었다.

"앗, 이건……." 그것을 본 순간 지금까지 밝았던 오미네의 얼굴빛이 단번에 창백해지더니 온몸에 가볍게 경련까지 일어났다.

2

"이 라이터는 누구 거죠?" 호무라 소로쿠는 오미네가 경악에 빠지기 전에 이 카페 아르곤의 입구에서 주운 라이터를 내보였다.

"……이, 잇페이 것 같아요."라고 오미네.

"뭐라고, 잇페이의 라이터라고." 오에야마 경위가 몸을 앞으로 내밀었다.

"오미네 씨, 당신이 조금 전에 대답을 해주지 않았던 것이 있었지? 이 2개의 침상 가운데 하나에서는 당신이 자고 있었고, 다른 하나에서는 누가 자고 있었는지. 그건 물론 넘버 원 여급 유카리의 이불일 테지만 잠을 잔 것은 다른 사람이었어. 아닌가? 이 호무라 군이 아까 4시 전에 여기서 키가 큰 남자가 달아나는 것을 발견했어. 그리고 라이터를 이 가게 안에서 주웠어. 그렇다면 이쪽 이불(이라고 말하며 한쪽 침상을 가리켰다)에서는 그 키가 큰, 이 라이터의 주인이 자고 있었던 거겠지. 만약 이 라이터가 네온 업자 잇페이의 것이라면 당신은 여기서 잇페이와 함께 자고 있었던 셈이 되는 거야. 그렇게 알면 되겠지?"

"어머, 제가 왜 잇페이 따위와……."

"당신에게 보여주고 싶은 것이 한 가지 더 있어."

이렇게 말하고 오에야마 경위는 호무라에게 눈짓을 한 뒤, 지붕 아래서 주워온 권총을 오미네 앞으로 들이밀었다.

"이 권총을 알아보겠나?"

"아아, 이건……. 이건 바로 잇페이가 가지고 있던 권총이에요. 녀석이 이것으로 언젠가 저를……. 저를……."

무슨 일을 떠올린 것인지 오미네가 신경질적으로 외치기 시작했다.

"역시 그놈이야. 그놈이에요. 잇페이가 주인을 쏜 거예요. 그놈 외에 범인은 없어요. 그래요, 맞아요."

"이봐, 오미네 씨, 정신 차리지 못하겠어. 어이, 소토야마 군, 이 여자를 아래층으로 데리고 가서 좀 쉬게 해줘."

오미네가 내려가자 3층에는 담당관 일행과 호무라 탐정만이 남게 되었다.

"어떤가, 호무라 군." 오에야마 경위가 싱글벙글하며 말을 걸었다.

"이건 단순한 치정관계로 잇페이가 여급 유카리 대신 이 침상에 들어가 있다가 적당한 때를 봐서 지붕 아래로 올라가 주인 무시오를 쏜 뒤 달아난 것인데, 그 도중에 입구에 라이터를 떨어뜨리고 네거리에서는 자네에게 목격을 당해 도주한 것이라고 해석하면 어떻겠는가?"

"하지만 어차피 도망을 칠 거였다면 어째서 뻔뻔스럽게 이불 속에 들어가 있었던 걸까요? 숨을 곳이라면 커튼 뒤도 있고 벽장 속도 있고 얼마든지 있었을 텐데요."라고 호무라는 반박했다.

"음, 그건 이렇게 생각하면 어떻겠는가? 조금 노골적이기는 하지만, 어젯밤 오미네는 무시오의 침상에서 그와의 용건을 마치고 이 방으로 나왔다. 무시오는 변소에 갈 때 옆에 있는 이불을 보고, '유카리 녀석, 추위를 잘 타더니 이불을 머리까지 뒤집어쓰고 자는군.'이라고 생각했다. 그리고 다시 자신의 방으로 들어가서는 협박장이 두려웠기에 엄중하게 문을 잠그고 잠들었다. 그리고 오미네는 미리 와 있던 잇페이가 누워 있는 유카리의 이불 속으로 들어가 오전 3시 반까지 있었다. 그런 다음 때가 왔다고 생각해서 범행을 시작했다. ……."

"아무리 그렇다 해도 오전 4시 가까이의 범행은 너무 늦습니다."

"그야 잇페이가 협박장에 추운 날에 해치우겠다고 쓰지 않았나. 하루 가운데서도 가장 추운 시각이 바로 오전 4시 무렵일세. 그러니 부합하지 않는가."

"과장님께서는 정말 모르시는 게 없습니다. 하루 가운데 오전 4시 무렵이 가장 기온이 낮았다니. 그건 그렇다 해도 저는 어딘가 석연치 않는 구석이 있습니다. 그리고 하나 더 마음에 걸리는 것은, 쾅하고 권총 소리가 들린 뒤 범인이 달아나기 시작한 시간까지 10분 가까이나 공백이 있었는데, 이는 범죄를 저지른 자의 행동치고는 기민함이 약간 떨어지는 것이라고 생각합니다. 아무리 늦어졌다 할지라도 3분 정도면 충분했을 것입니다. 게다가 범인은 10분이나 걸렸으면서도 서두르다 라이터를 떨어뜨렸고, 오미네 씨는 거짓말이 들통 날 것이 뻔한데 유카리의 침상을 바로 해놓아야 한다는 사실에 조차 신경을 쓰지 못했습니다. 이런 사실들만 놓고 보아도 두 사람은 상당히 당황한 듯합니다. 계획적인 살인이었다면 그렇게 크게 당황할 필요는 어디에도 없었을 겁니다.”

“흠, 그렇다면 자네의 결론은 무엇인가?”

“저는 아직 결론을 내리지 못했습니다.”라고 호무라가 고개를 흔들며 말했다.

“하지만 이번 사건을 풀기 위해서는 좀 더 많은 관계자들이 나오지 않는 한, 3차방정식의 답을 단 2개의 방정식으로 구하려는 것과 마찬가지로 불가능한 일이 될 겁니다.”

“오호, 그렇다면 자네는 유카리도 수상하다고 생각하고 있는 건가?”

그 순간 우당탕 발소리가 들리더니 조금 전의 경관인 소토야마가 올라왔다.

“과장님, 여급 유카리가 지금 막 몰래 돌아온 것을, 여기로 끌고 왔습니다."

"뭐, 유카리라는 넘버 원이……."

돌아보니 그 계단 끝에 고가의 모피 외투를 입은, 얼핏 보기에는 이리에 다카코를 닮은 듯한 양장 차림의 아가씨가 서 있었다.

"오오, 유카리 씨인가. 이리로 잠깐 와봐요."

이런 일에 익숙한 오에야마 경위가 아무런 거리낌도 없이 그녀를 손짓해서 불렀다.

"당신 어젯밤 몇 시쯤부터 나가서 어디에 갔었죠? 꾸짖는 게 아니니 전부 말해보세요."

"저, 그러니까, 어젯밤에는 잠깐 외박을 했는데……."라며 그녀는 장래를 약속한 N이라는 청년과 다마가와의 강가에 있는 H여관에 묵으러 갔었다고 곧바로 고백했다. 그런 다음 오전 5시 가까이에 새벽이슬을 튕기며 자동차로 여기에 돌아온 것이라고 말했다.

'음, 벌써 새벽이군.'

호무라는 어느 틈엔가 허옇게 빛나는 광선이 스며들고 있는 실내를 신기하다는 듯 둘러보았다.

"당신이 좀 봐주셨으면 하는 것이 있는데, 이 권총과 라이터를 본 적 있나요?"라고 오에야마 경위가 말했다.

"이 권총이군요, 주인을 쏜 것이. 글쎄요, 본 적이 없는데요. 이 라이터는……, 어머, 이건 그 사람 거예요." 이렇게 말하고 그녀는 라이터를 손바닥 안에 꼭 쥐더니 말할까 말까 생각하는 듯한 눈빛으로 과장의 얼굴을 힐끗 보았다.

"오미네 씨가 벌써 가르쳐줬습니다만."

"어머, 벌써 자백했단 말인가요? 그럼 제가 말할 필요도 없이 이건 긴 씨 거예요."

"뭐, 긴 씨?" 경위는 입을 굳게 다물었다.

"긴 씨라니 누구를 말하는 거죠?"

"어머, 마담은 긴 씨 것이라고 말하지 않았나요? 제가 쓸데없는 말을 했나보네요. 하지만 이렇게 된 이상 어쩔 수 없는 일이죠. 긴 씨는요, 마담의 애인이에요. 기무라 긴타라고 게리 쿠퍼를 닮은 키다리에요."

"잇페이와 그 긴타 군 중에 누가 더 키가 큰가요?" 옆에 있던 호무라가 물었다.

"글쎄요." 유카리가 새로운 질문자 쪽을 보고 얼굴을 살짝 붉히며 말했다.

"둘 다 비슷비슷한 키다리예요."

"긴타라는 사람은 여기로 종종 숨어들죠?" 오에야마 경위가 물었다.

"제가 좋은 핑곗거리로 이용되고 있어요." 이렇게 말하고 그녀는 침상 가운데 하나를 가리키며 호호 콧소리로 웃었다.

"우선은 그 정도로, 감사합니다."

경위는 소토야마에게 그녀를 데리고 내려가라고 눈짓으로

말했다. 두 사람은 올라왔던 계단을 다시 또각또각 내려갔다.

"드디어 부족했던 마지막 방정식이 발견된 듯하네, 호무라 군."

"그렇습니다."

"오미네와 그녀의 정부인 기무라 긴타의 공모야. 조금 전까지는 잇페이가 잔 것이라고 생각했는데 그건 긴타였어. 자네가 봤다는 사람도 역시 긴타였어. 그렇다면 권총도 누구의 것인지 알 수 없게 됐어. 잇페이의 권총을 훔쳤을 수도 있으니."

"저는 그렇게 생각하지 않습니다. 지금의 얘기로 오미네와 이쪽 침상에 숨어들었던 정부인 긴타라는 사람은 범행에 관계하지 않았다는 사실을 알게 되었습니다."

"그건 또 어째서지?" 경위가 되물었다.

"오미네와 긴타가 함께 자고 있는데 뜻밖에도 그 권총 소리가 들려왔기에 두 사람 모두 깜짝 놀라서 당황하기 시작했던 것입니다. 긴타가 여기에 있어서는 사건에 얽히게 되니 오미네가 긴타를 달아나게 한 겁니다. 긴타는 알몸 위에 옷을 입고 여러 가지 소지품을 품속에 쑤셔 넣은 뒤 달아나다 그 라이터를 떨어뜨린 겁니다. 긴타가 상당한 거리까지 달아날 때까지 기다렸다가 마담인 오미네가 '사람이 죽었다.'라고 외친 겁니다."

"그렇다면 이 권총은 누가 쐈다는 말인가?"

"조사해보지 않으면 알 수 없지만, 아마도 네온 업자인 잇페이가 쏜 것이겠지요. 카페 오소메의 온나자카도 수상하기는 합니다만."

"그런가? 나는 조금 전에 말한 것처럼 정부와 오미네가 직접 벌인 일이라고 생각하는데. 어쨌든 다른 사람들의 동정도 다다 형사에게 알아보라고 했으니 곧 알게 될 거야."

이런 이야기를 나누는 중에 그 장본인인 다다 형사가 불쑥 얼굴을 내밀었다.

"과장님, 온나자카 센키치는 집에 있었습니다. 어젯밤 12시부터 한 걸음도 집 밖으로 나가지 않았다고 합니다. 설사를 해서 밤새도록 부인에게 배를 문지르게도 하고 다리를 주무르게도 했다고 합니다."

"확실한 알리바이가 있었다는 말이로군."이라며 과장은 가느다랗게 웃었다.

"유카리는 H여관에 문의해서 오전 4시 반까지 N이라는 남자와 묵었다는 사실을 확인했습니다. 그리고 오쿠보 잇페이, 그 네온 업자 말인데, 녀석에 대해서는 뜻밖의 사실을 알게 되었습니다."

"오호, 어떤 것이지?"

"녀석의 집으로 가서 사람들을 깨웠는데, 어젯밤에는 초저녁부터 나가서 아침까지 끝내 돌아오지 않았다고 합니다."

"그래서……."

"그래서 이건 좀 수상하다고 생각하며 돌아오는 길에 요도 바시 서에 잠깐 들러 우연히 잇페이에 대해서 물어보았는데, 뜻밖에도 잇페이는 우에노 서에 유치되어 있다는 사실을 알게 되었습니다."

"뭐라고? 잇페이는 우에노에 갇혀 있었다고?" 과장이 이상하기 짝이 없다는 듯한 표정을 지었다.

"실제로 잇페이 씨는 어젯밤 12시 무렵부터 야마시타에 있는 어묵집의 포장마차에 눌러앉아 호리병 10개 정도를 마시고 술주정을 했다고 합니다. 그러다 오전 2시 가까이가 되어 문을 닫아야 하니 돌아가라고 포장마차의 주인이 말하자 무슨 시건방진 소리를 하냐며 어묵집의 포장마차를 흔들어 결국은 그것을 길바닥에 쓰러뜨렸다고 합니다. 그렇게 해서 우에노 서에서 하룻밤 유치장 신세를 지게 되었는데 신병은 오늘 아침 5시 반에 석방되었습니다."

"그런가? 이거 역시 흠 잡을 데 없는 알리바이로군. 이보게 호무라 군, 그 권총이 지붕 아래서 쾅하고 울렸을 무렵, 잇페이 놈은 우에노 서의 감방에서 이에게 물어뜯기고 있었던 모양인데."

"……." 호무라는 입을 다물고 있었다.

"그리고 다다 군."하고 경위가 형사 쪽을 향해서 말했다.

"기무라 긴타라는 사내의 행방을 알아봐줬으면 하네. 녀석이 마담인 오미네와 공모해서 주인의 숨통을 끊어놓은 듯해. ……자, 이쯤에서 방을 조사에 편리한 아래층으로 옮겼으면 하는데.”

　호무라 소로쿠는 체면이 말이 아니었다. 그가 범인이라고 지적했던 인물은 우습게도 경찰서 유치장에서 하룻밤을 보내, 누구도 부인할 수 없는 알리바이를 가지고 있었다. 호무라에게 제아무리 논리 정연한 추리가 있다 할지라도, 이 알리바이가 그것을 산산이 부수어 날려버렸다고 해도 좋을 터였다.

　‘그래도 혹시…….’하고 호무라는 나선형 계단을 조용히 내려가며 여전히 포기할 수 없는 생각에 잠겨 있었다.

　‘혹시, 범인이 현장에 없이도 권총을 발사할 수 있었다면 어떨까? 그건 과연 절대로 불가능한 일일까? 잇페이 같은 인물이라면 대체 어느 정도의 일까지 가능한 걸까? 녀석은 일개 네온사인 간판업자이지만.’

　지붕 아래의 권총. 거기다 마음에 걸리는 것은 그 협박장의 ‘추운 날에 해치우겠다.’는 내용이었다.

　퍼뜩 정신을 차리고 보니 아래층에서 남녀가 소리 높여 다투고 있는 모양이었다.

　“글쎄 아무래도 생각이 나지 않는다니까요.” 이렇게 콧소리를 내고 있는 것은 조금 전의 넘버 원인 유카리였다.

　“너 지금 농담하고 있는 거지? 그러지 말고 나중에 거하게 한턱 낼 테니까, 그걸 얼른 내놔.” 이렇게 말한 것은 아직 들어본 적이 없는 젊은 사내의 목소리였다.

　“농담이 아니라, 정말이에요. 잇페이 씨, 미안해요. 네.”

오오, 상대하고 있는 젊은 사내가 바로 잇페이였다. 호무라는 계단 한가운데 멈춰 서서 하마터면 큰소리를 낼 뻔했다.

"이런 멍청한 사람을 봤나, 아아." 잇페이가 답답하다는 듯 한숨을 쉬었다. 뭔가 아주 중요한 물건을 유카리에게 맡겼는데 그녀가 잃어버린 모양이었다.

"가게 사람한테 상황을 설명하고 얘기를 잘 해보면 될 거예요. 저도 예전에 그 집의 전당표를 잃어버려 당황했었는데 얘기를 잘 했더니 간단히 돌려줬어요."

아무래도 유카리가 잃어버린 것은 잇페이의 전당표인 듯했다. 전당표 같은 것을 왜 굳이 유카리에게 맡겼던 것일까?

"네게는 더 이상 사정하지 않겠어."

이렇게 말하더니 잇페이는 뒷문으로 나가버렸다.

문밖으로 나선 잇페이는 주위에 신경을 써가며 빠른 발걸음으로 성큼성큼 달리기 시작했다. 그는 전차 선로를 넘어 오쿠보의 나가야마치 쪽으로 달려가더니 거기서 골목을 구불구불 꺾어져 마침내 '오우노야'라고 하얀 글씨로 써놓은 한 전당포로 뛰어들었다.

"얼마 전에 맡겼던 비단 상의를 좀 내줬으면 하는데."

"아아, 그 상의라면 지금 막 돈을 치르고 찾아가셨는데요."

"아뿔싸. 그놈은 전당표를 주워가지고 온 거야. 틀림없어. 그놈, 대체 어떻게 생겨먹은 놈이지?"라고 잇페이는 붉으락푸르락하며 발을 동동 굴렀다.

그때 어둑어둑한 토방 구석에서 뜻밖의 목소리가 들려왔다.

"무슨 신파극 같아서 조금 마음에 들지는 않지만, 그놈이란 바로 접니다."

"오오, 당신은 누구십니까?"라며 잇페이는 눈을 둥그렇게 떴다.

"옷을 돌려주십시오. 그 옷은 제 것이니."

"옷은 돌려드리겠습니다, 여기. 하지만 그 목깃에 넣어 꿰매 두었던 이 계약서는 제게 좀 빌려주시기 바랍니다. 저는 아마추어 탐정인 호무라 소로쿠라는 사람입니다."

"이놈!" 맹렬한 기세로 달려드는 잇페이를 왼쪽으로 가볍게 따돌리더니, 다시 몸을 가누고 달려드는 잇페이의 턱 부근에 아래에서부터 위로 붕 날린 어퍼컷을 멋지게 명중시켜 가엾은 잇페이는 호무라의 발아래 길게 늘어지고 말았다.

*　　　　*　　　　*

사건 이후 아마추어 탐정인 호무라 소로쿠는 이런 사실을 발표했다.

'범인 잇페이가 고안한 알리바이가 있는 살인방법이란 사실 네온사인과 그날 있었던 이상할 정도의 기온강하와 관계가 있었습니다. 이렇게 말하면 이상히 여기실지 모르겠으나, 지붕 아래에 설치해두었던 권총을 전기장치로 발화시킨 겁니다.

이렇게 말하면 이상하게 여기실 테지만 사실은 지붕 아래에 설치해두었던 권총의 방아쇠를 전기장치로 당기게 해두었던 겁니다. 그 전기장치는 네온사인의 유리관과 그것을 매달아 놓은 벽에 설치해둔, 구리로 만들어진 2개의 접점이 평소에는 떨어져 있기 때문에 작용하지 않았던 겁니다. 대체로 네온사인은 건물의 가장 높은 벽면에 설치하는데 밑에서 보면 마치 네온이 든 유리관을 단단히 고정시켜놓은 것처럼 보이지만 사실은 단 한 군데만 단단히 고정시켜놓고 나머지는 조그만 지지물에 올려 있을 뿐입니다. 이유는 벽면과 유리관의 온도에 따른 신축성이 다르기 때문에 그렇게 할 필요가 있는 것인데, 낮에는 유리관보다 벽면이 훨씬 더 늘어난 상태지만 밤이 되면 벽면은 한껏 오그라듭니다. 높은 옥상에서는 이런 신축이 특히 현저합니다. 범인 잇페이는 이 사실에 주목한 것입니다. 구리로 만든 2개의 접점은 실내에 있는 권총의 방아쇠와 전등 선으로 연결되어 있었습니다. 낮에는 이 접점이 상당히 떨어져 있지만, 밤이 되고 새벽이 되면 벽면이 유리관보다 훨씬 더 수축하기 때문에 접점의 거리가 아주 가까워집니다. 그러나 평소의 추위에서는 이 접점이 아직 접촉하지 않지만, 그 사건이 있던 날 밤처럼 맹렬한 추위가 찾아오면 벽면이 현저하게 신축하여 벽면과 네온사인의 유리관에 설치해두었던 2개의 구리 접점이 마침내 불꽃을 일으키며 접촉하게 되는 것입니다. 접촉하게 되면 그 접점을 통해 마침내 전등선에서 권총으로 전류가 흘러 방아쇠를 휙 당기게 되고 그때 권총이 쾅 발사하게 되어 있는 것입니다. 이 장치는 그날처럼 아주 추운 날의 새벽녘이 아니면, 평범한 날의 낮에는 물론 밤이라 할지라도 2개의 접점이 떨어져 있기 때문에 그것만으로는 무엇을 하는 장치일까 하는 의심은 받지 않게 됩니다. 그 범행이 있었던 날은 심하게 추웠던 날로, 그날 새벽에 기온이 급격하게 떨어질 것을 알았기에 그날 밤에는 틀림없이 전에 카페 아르곤의 지붕 아래에 주인 무시오 헤이사쿠의 머리를 노리고 설치해두었던 권총이 쾅 발사될 것이라 짐작하고 일부러 저녁부터 우에노 부근으로 나가 술에 취한 척 난동을 부려 고의로 유치되어 멋진 알리바이를 만든 것입니다. 권총이 발사되면 그 반동 때문에 발화장치용으로 쓰인 가느다란 전선 따위는 멀리로 튕겨나가니 설령 발견된다 할지라도 어떤 의미가 있는 것인지 알 수 없게 되어 있었던 것입니다.

살인의 동기 말인가요? 그건 제가 잇페이의 상의 속에서 빼낸 계약서를 읽어보면 분명히 알 수 있을 겁니다.

살인계약서

1. 나는 무시오 헤이사쿠의 살해를 당신에게 의뢰한다. 성공 직후 이 글과 보수 1만 엔을 서로 교환하기로 한다. 훗날을 위해 위의 건을 문서로 남긴다.

4월 1일 온나자카 센키치

오쿠보 잇페이

요컨대 잇페이라는 인물은 일본 카포네 단의 일원이었던 것입니다. 전당표를 맡긴 것은 그날 밤, 경찰서에서 수색을 받을 것이 두려웠기 때문이었습니다. 그리고 카페 오소메의 주인 온나자카 센키치도 물론 주범으로, 그날 체포되었다는 사실은 말할 필요도 없을 것입니다.'

기묘한 발소리
The Queer Feet

길버트 키스 체스터턴
Gilbert Keith Chesterton

브라운 신부
Father Brown

만약 독자 여러분이, 그 엄격하게 가려 뽑은 '참된 열두 어부 클럽'의 어떤 회원이 1년에 한 번 있는 클럽의 만찬회에 참석하기 위해 버넌 호텔에 들어선 모습과 맞닥뜨린다면 그가 외투를 벗을 때 눈치를 채실 테지만, 그의 야회복은 녹색이지 검은 색이 아니다. 만약 (그런 사람에게 말을 걸 수 있을 정도로 두둑한 배짱이 여러분께 있다고 가정하고) 그 이유를 묻는다면 아마도 그 사람은 웨이터와 혼동되지 않기 위해서라고 답할 것이다. 그러면 여러분은 더 이상 아무런 말도 하지 못하고 맥없이 물러날 것이다. 그러나 그래서는 아직 해결되지 않은 어떤 신비로움과 들을 만한 가치가 있는 어떤 이야기를 듣지 못하고 돌아서는 셈이 된다.

만약 (앞서와 마찬가지로 있을 것 같지도 않은 가정 위에 서서) 이번에는 여러분이 브라운 신부라는 이름을 가진 온화하고 열심히 일하는 조그만 신부를 만나 신부님의 일생 중에서 가장 행운이었다고 생각하는 일은 무엇이냐고 묻는다면, 신부는 아마 최고의 행운은 버넌 호텔에서의 일일 것이다, 단지 복도의 발소리에 귀를 기울이고 있었을 뿐인데 어떤 범죄를 미연에 방지하고 한 인간의 영혼을 구하기까지 했으니, 라고 대답할 것이다. 신부는 당시 자신의 비약적인 멋진 추리를 약간은 자랑으로 여기고 있을지도 모르니, 그 일에 대해서 이야기를 해줄지도 모른다. 그러나 여러분이 '참된 열두 어부'를 볼 수 있을 만큼 높은 사교계에 오를 가능성은 없을 것이고, 또 그렇다고 해서 빈민굴이나 범죄계급의 일원이 되어 브라운 신부를 만나게 될 정도로 타락할 일도 없을 듯하니 필자가 들려주지 않는 한 이 이야기는 영원히 여러분의 귀에 들어가지 않을 것이다.

'참된 열두 어부 클럽'이 만찬회를 여는 이 버넌 호텔은 예의범절 때문에 발광을 일으킨 과두정치사회에만 존재할 수 있을 것 같은 종류의 시설이었다. 그것은 그 도착 상태의 산물인 '배타적' 영리사업에 다름 아니었다. 이는 곧, 손님을 끌어 모으는 대신 글자 그대로 손님을 내쫓음으로 해서 돈을 버는 장사인 것이다. 금권정치의 중심지쯤 되면 빈틈이 없는 상인은 자기 마음에 맞는 손님을 고른다. 상인은 적극적으로 귀찮은 조건을 설정해서 한껏 무료함에 빠진 부자 손님들이 그 난관을 돌파하기 위해 돈을 쓰거나, 외교수완을 발휘하도록 자극한다. 만약 키가 6피트(약 1.82m — 역주) 이하인 사람들의 입장을 금하는 현대적인 호텔이 런던에 있다면 사교계는 고분고분 6피트 이상 되는 사람들을 모아 거기서 만찬회를 열 것임에 틀림없다. 또 경영자의 아주 단순한 변덕에서 목요일 오후에만 가게를 여는 고급 레스토랑이 있다면 그 가게는 목요일 오후에 북새통의 성황을 이룰 것이다. 한편 버넌 호텔은 마치 거기에 서 있는 것은 우연에 지나지 않는다고 말하기라도 하듯, 벨그라비아 거리에 위치한 한 광장의 모퉁이에 서 있었다. 작고 아주 불편한 호텔이었다. 그런데 바로 그 불편함이야말로 어떤 특수한 계급을 보호하는 성벽이라 여겨지고 있었던 것이다. 그 가운데서도, 이 호텔에서는 한 번에 24명의 손님밖에 식사를 할 수 없다는 불편함이 특히 중요하게 여겨지고 있었다. 거기에 단 하나밖에 없는 커다란 식탁은 유명한 테라스 테이블로, 런던에서도 손가락에 꼽힐 만큼 정교한 아름다움을 자랑하는 오래 된 정원이 내려다보이는 일종의 베란다 위에 있는데 지붕이 없었다. 그런 이유로 안 그래도 좁은 이 식탁의 24인용 자리를 쓸 수 있는 것은 날씨가 좋을 때만으로 한정되기 때문에 이 식탁에서 식사를 해보고 싶다고 소망하는 손님이 더욱 늘어나게 되었다. 당시의 호텔 주인은 레버라는 이름의 유태인이었는데 그는 호텔을 들어오기 어렵게 만드는 수법으로 백만이나 되는 돈을 벌어들였다. 물론 그는 이렇게 경영의 규모를 제한함과 동시에 그 서비스에도 최선의 주의를 기울여 최고의 것이 되게 하기를 잊지 않았다. 술과 요리는 유럽 안의 어느 곳과 비교해도 뒤떨어지지 않았으며, 웨이터들의 태도도 영국 상류계급 사람들의 획일화된 마음을 조금도 거스르지 않고 반영시킨 것이었다. 경영자는 웨이터 한 사람, 한 사람을 자기 손의 손가락처럼 잘 알고 있었다. 웨이터는 전부 합쳐봐야 15명에 지나지 않았기 때문이었다. 이 호텔의 웨이터가 되기보다는 국회의원이 되는 것이 더 쉬울 정도였다. 어떤 웨이터든 마치 귀족의 하인처럼 가만히 침묵을 지키면서도 상대방의 마음을 놓치지 않는 기술을 체득하고 있었다. 실제로 식탁에 앉은 신사 한 명에 대해서 적어도 한 명의 웨이터가 시중을 드는 것이 일반적이었다.

'참된 열두 어부 클럽'은 어디까지나 사람들의 눈에 띄지 않는 호화로운 장소를 원했기에 만찬회를 열 때도 이런 호텔이 아니면 멀리하는 것은 당연한 일이었다. 그들은 같은 건물 안에서 다른 클럽이 만찬회를 열고 있다고 생각하는 것만으로도 정신이 아득해져버리는 것임에 틀림없으리라. 1년에 1번 열리는 만찬회에서 이 클럽의 회원들은 마치 자신의 집에라도 있는 것처럼 가지고 있는 모든 보물을 공개하는 것이 관례였다. 특히 이 클럽의 상징이라고도 할 수 있는 것으로 오랜 전통을 지닌, 생선을 먹을 때 쓰는 나이프와 포크 한 벌이 공개되었다. 그것은 물고기 모양을 본뜬 정교한 은제품으로 손잡이에 커다란 진주가 박혀 있었다. 이 식기는 언제나 생선요리용으로 놓였는데, 그 생선요리 또한 어떠한 때라도 그 호화로운 음식 가운데서 가장 뛰어난 것이었다. 이 클럽에는 아주 많은 의식과 행사가 있었지만 역사나 목적은 하나도 없었다. 그것이 이 모임의 극히 귀족적인 점이었다. 열두 어부 클럽의 회원이 되는 데 어떤 특별한 자격 같은 건 필요하지 않았다. 상당한 지위에 오르지 못하면 이런 모임이 있다는 사실조차 들을 수 없기 때문이다. 이 클럽은 벌써 12년 전부터 존재했었다. 회장은 오들리 씨이고 부회장은 체스터 공작이었다.

만약 필자가 지금까지 이 놀라운 호텔의 분위기를 조금이나마 독자에게 전달했다면, 독자는 필자가 어떻게 이 호텔에 대해서 알게 되었을까 하는 당연한 의문을 품을 것이며, 또 나의 친구인 브라운 신부처럼 평범한 인물이 이 호텔의 금빛으로 눈부신 복도에 들어가게 된 것은 어떤 이유에서인지 여러 가지로 억측을 하실 것임에 틀림없다. 이 점에 관한 한, 나의 이야기는 단순할 뿐만 아니라 한편으로는 저속하다고까지 느껴질지 모르겠다. 이 세상에는 아주 나이 많고 포학한 민중 선동가가 한 사람 있는데 이 사람은 제아무리 품위 있는 은거지에라도 가차 없이 침입해서 모든 사람은 형제라는 무시무시한 소식을 전하고 간다. 그런데 이 평등주의자가 청황색 말(요한계시록 6장에 '내가 보매 청황색 말이 나오는데 그 탄 자의 이름은 사망이니'라는 구절이 있다)에 올라 찾아가는 곳이라면 어디든 따라가는 것이 브라운 신부의 직업이었다. 이날 오후 웨이터 가운데 한 사람인 이탈리아인이 중풍의 발작으로 쓰러졌기에 유태인 주인은, 마음속으로는 이런 미신 지긋지긋하다고 생각하면서도 어쨌든 가장 가까운 곳에 있는 가톨릭 신부를 불러오는 것을 허락했다. 웨이터가 브라운 신부에게 어떤 참회를 했는가 하는 점은, 여기서는 문제 삼지 않겠다. 신부가 그것을 자신의 가슴속 깊이 간직하고 있는 이상 그것은 어쩔 수 없는 일이다. 그러나 그 참회의 결과로 신부가 어떤 말을 전달받았고 어떤 부정을 바로잡기 위해서 각서 내지는 진술서라고 할 수 있을 만한 것을 쓰게 되었다는 점만은 명백한 사실이었다. 이에 브라운 신부는 조심스러우면서도 당당한 태도로(그는 예를 들자면 버킹엄 궁전에 들어가서도 틀림없이 이와 같은 태도를 취할 것이다) 모쪼록 방과 글을 쓰는 데 필요한 도구들을 빌려달라고 청했다. 이 요구에 레버 씨는 완전히 당황하고 말았다. 씨는 친절한 사람이었으나, 그와 동시에 친절한 마음의 모조품인 무사안일주의를 신봉하여 소란을 싫어했다. 그런데 오늘 밤 자신의 호텔에 낯선 타인이 한 명 있다는 것은, 이제 막 깨끗이 닦아놓은 물건에 한 점의 얼룩이 묻은 것과 다를 바 없는 일이었다. 버넌 호텔에는 로비에서 기다리는 사람도, 불시에 찾아오는 손님도 없었기에 빈 방도 대기실도 없었다. 웨이터 15명과 손님 12명, 거기에 사람이라고는 그들뿐이었다. 오늘 밤 이 호텔에서 새로운 얼굴의 손님을 만나게 된다면 그것은 새로운 형이나 동생이 가족의 일원이 되어 식사를 하거나 차를 마시는 것과 다를 바 없을 정도로 놀라운 일이었다. 뿐만 아니라 이 신부의 풍채는 썩 좋지 않았으며, 입고 있는 옷은 진흙투성이여서 그런 사람을 멀리서 언뜻 보기만 해도 클럽 사람들은 공황

상태에 빠질지도 모를 일이었다. 그래도 레버 씨는 결국 하나의 방책을 생각해냈다. 그것은 이 수치를 어차피 없애지 못할 바에는, 차라리 덮어 감추자는 계획이었다. 독자 여러분이 버넌 호텔에 들어가게 된다면(평생 들어갈 수 있을 리 없지만) 색이 바래기는 했으나 귀중한 그림으로 장식된 짧은 통로를 지나 정면의 홀 겸 휴게실에 다다르게 될 것이다. 이 홀의 오른편에는 객실로 통하는 복도가 몇 개 있고, 왼편으로는 이 호텔의 조리실과 사무실로 가는 비슷한 모습의 복도가 연결되어 있다. 여러분의 왼쪽 바로 옆 모퉁이에는 홀에 접해서 통유리로 된 사무실이 있는데 이것은 말하자면 건물 속의 건물이라 할 수 있는 장소로, 예전에는 거기에 아마도 오래된 호텔에서 흔히 볼 수 있는 바가 있었으리라.

그런데 이 사무실에는 경영자의 대리인이 앉아 있었고(그런 지위에 있는 사람쯤 되면 본인은 가능한 한 모습을 드러내지 않는 법이다) 사무실 바로 맞은편에는 웨이터들의 방으로 가는 도중에 신사의 휴대품 보관소가 있어서 신사들 영역의 최전선을 이루고 있었다. 그리고 이 사무실과 보관소 중간에 다른 입구가 없는 조그만 독실이 있는데, 이곳은 공작 나리께 1천 파운드의 돈을 빌려주거나 경우에 따라서는 6펜스의 대출을 거절하는 것과 같은 미묘하고 중대한 일을 위해서 경영자가 종종 쓰는 방이었다. 단지 종이 쪼가리에 무엇인가를 쓰기 위해서, 일개 신부에 지나지 않는 자가 30분이나 이 신성한 방을 더럽히는 것을 허락했다는 사실은, 레버 씨가 보통 관대한 사람이 아니라는 사실의 증거가 될 것이다. 브라운 신부가 써내려간 이야기는 십중팔구 이 이야기보다 훨씬 더 나은 것일 테지만, 안타깝게도 영원히 공표되지 않을 것이다. 여기서 말할 수 있는 것은, 그것이 이 이야기와 거의 같은 정도의 길이이며 그 마지막 두어 구절은 그 가운데서도 가장 자극적이지 않고 무료한 부분이었다는 사실뿐이다.

그도 그럴 것이 이 마지막 몇 구절에 다다랐을 무렵 신부는 마음이 약간 느슨해지고 생각이 산만해져서 예민한 동물적 감각이 눈뜨기 시작했다. 땅거미와 만찬의 시간이 다가오고 있었다. 버려진 것 같은 이 작은 방에는 등불이 하나도 없었기에 흔히 있는 일처럼 아마도 점점 깊어가는 황혼이 청각을 예민하게 만들고 있었을 것이다. 그 문서의 가장 보잘 것 없는 마지막 부분을 쓰고 있던 브라운 신부가 퍼뜩 정신을 차리고 보니, 방 밖에서 거듭 들려오는 소리에 박자를 맞춰서 글을 쓰고 있었다. 그것은 달리는 열차 소리에 맞춰서 생각을 하는 것과 다르지 않았다. 이 소리를 의식한 순간 신부는 그것이 무슨 소리인지를 깨달았다. 문 앞을 지나는 사람이 당연히 내는 발소리에 지나지 않았다. 호텔 안에서 이런 소리는 그렇게 특별한 것도 아니었으나 신부는 그래도 어두워진 천장을 가만히 올려다보며 그 소리에 귀를 기울이고 있었다. 몇 초 동안 멍하니 귀를 기울이고 있던 신부가 이번에는 자리에서 일어나 고개를 갸우뚱거리며 열심히 귀를 기울였다. 그러다 다시 의자에 앉더니 이마를 양손에 묻고 이번에는 단순히 귀를 기울이기만 하는 것이 아니라 귀를 기울이며 생각에 잠기기 시작했다.

　밖에서 들려오는 발소리는 순간적으로 들으면 어느 호텔에서나 들을 수 있는 발소리였으나, 전체적으로 보면 어딘가 기묘한 부분이 여럿 있었다. 다른 발소리는 들리지 않았다. 대체로 매우 조용한 호텔이었다. 얼마 되지 않는 단골 고객들은 도착하자마자 자신들의 방으로 들어가고, 잘 훈련된 웨이터들도 누가 부르기까지는 전혀라고 해도 좋을 정도로 모습을 드러내지 않기 때문이었다. 무릇 이 호텔만큼 이상한 일이 일어날 염려가 없는 곳도 없을 터였다. 그런데 이 발소리의 기묘함은, 그것이 정상적인 것인지 이상한 것인지조차 판단할 수 없을 정도였다. 브라운 신부는 피아노로 곡을 치는 연습을 하는 사람처럼 발소리에 맞춰 손가락으로 테이블 끝을 두드려 보았다.

　우선 몸이 가벼운 경보선수가 걷는 것처럼 빠르고 잰 걸음 소리가 슥슥 오랜 시간 계속되었다. 일정한 지점에 와서 그것이 뚝 끊기더니 이번에는 꾹꾹 눌러 밟듯 느린 발걸음으로 바뀌었는데 그 걸음의 숫자는 앞의 소리에 비해서 4분의 1에도 미치지 못했으나 그것이 계속되는 시간은 먼젓번과 거의 비슷했다. 그리고 이 느린 발걸음이 마지막으로 울리며 사라졌는가 싶은

순간 다시 가볍고 서두르는 듯한 소리가 들리기 시작하더니
또 다시 그것은 묵직하게 눌러 밟는 듯한 발소리로 바뀌었다.
계속되는 그소리가 같은 구두의 소리라는 점은 틀림없는 사실
이었다. 그 첫 번째 이유는 (앞서도 이야기한 것처럼) 이 부근에
서는 다른 사람의 발소리를 들을 수 없기 때문이었고, 두
번째 이유는 이 구두가 아주 희미하기는 하지만 잘못 들을
리 없는 삐걱거리는 소리를 내고 있기 때문이었다. 브라운
신부의 머리는 무슨 일에나 의문을 제기하는 성질을 가지고
있었는데, 이 언뜻 사소한 것처럼 보이는 의문에도 그의 머리는
깨져버릴 것만 같았다. 신부는 도약하기 위해서 달리는 사람을
본 적이 있었다. 미끄러지기 위해서 달리는 사람도 본 기억이
있었다. 그러나 걷기 위해서 달리다니 대체 어떤 이유에서일
까? 혹은 달리기 위해서 걷는다니 대체 어떤 이유에서일까?
하지만 이 보이지 않는 두 다리의 우스운 보행 상태를 표현하기
위해서는 이렇게 설명할 수밖에 달리 방법이 없었다. 이 사내는
복도의 절반을 천천히 걷기 위해서 앞의 절반을 기세 좋게
걷거나, 혹은 그 나머지 절반을 서둘러 걷는 황홀감에 빠지기
위해서 앞쪽의 절반을 천천히 걷거나, 둘 중 하나일 터였으나
어느 쪽이 됐든 이상한 일 아닌가? 신부의 머리는 그 방과
마찬가지로 점점 어두워지기 시작했다.

　하지만 자리에 앉아서 생각을 시작하니 이 조그만 방의
새카만 어둠이 오히려 신부의 생각을 또렷하게 해주는 듯했다.

신부의 눈에는 마치 환영처럼, 부자연스럽다고 해야 할지 상징적이라고 해야 할지, 어쨌든 이상한 몸짓으로 복도를 오가고 있는 기괴한 발이 생생하게 보이기 시작했다. 대체 이것은 이교도의 종교적 춤일까? 아니면 최신의 과학적 체조일까? 브라운 신부는 지금까지 없었던 정확함으로 이 발소리의 의미에 대해서 자문하기 시작했다. 우선 느린 발걸음부터 생각했다. '그건 분명히 경영자의 발소리는 아니야. 그런 부류의 사람은 빠른 걸음으로 부지런히 걷거나 가만히 앉아 있기만 해. 하인이나 심부름꾼이 지시를 기다리고 있는 것도 아닐 거야. 그런 발걸음이라고는 여겨지지 않아. 빈곤계급에 속한 사람은(과두정치 사회에서는) 취기가 돌면 갈지자로 비틀거리기는 하지만 아무리 그래도 보통은—더구나 이런 호화로운 장소에서는— 긴장 때문에 몸이 굳어서 멈춰 서거나, 앉아 있거나 하는 법이야. 그것도 결코 아니야. 저렇게 묵직하면서도 탄력 있는 발걸음은, 특별히 시끄러운 것은 아니나 어떤 소음을 내든 개의치 않는다는 듯 무신경한 힘이 담긴 것으로 봐서, 이 지상에 사는 동물 가운데 유일한 것의 발소리임에 틀림없어. 그 동물이란 다름아닌 서양의 신사인데, 아마도 먹고살기 위해서 일해본 적이 한 번도 없는 신사일 거야.'

신부가 이런 확고한 결론에 도달한 바로 그 순간, 발걸음이 빠른 쪽으로 바뀌더니 문 앞을 쥐와 똑같은 분주함으로 달려 지나갔다. 귀를 기울이고 있던 신부는, 이 발소리는 상당히 빠르기는 하지만 동시에 마치 살금살금 걷는 것처럼 시끄러움이 오히려 적다는 사실을 깨달았다. 그러나 이 발소리에서 신부가 연상한 것은 이 사람이 뭔가 비밀스러운 일을 하고 있는 것이라는 사실이 아니라 좀 더 다른 사실이었으나 그 다른 무엇인가가 아무래도 신부의 머리에 떠오르지 않았다. 자신이 멍청이가 되어버린 듯한 마음을 품게 하는, 떠오를 듯 떠오르지 않는 기억 때문에 신부는 머리가 이상해져버릴 것만 같았다. 틀림없이 이렇게 이상하고 잰 발소리를 어딘가에서 들은 기억이 있었다. 그는 머릿속에 어떤 새로운 생각을 간직한 채 갑자기 자리에서 일어나 문 쪽으로 걸어갔다. 이 방에 복도로 직접 나가는 문은 없고 그 대신 한쪽은 통유리로 된 사무실로, 다른 쪽은 안쪽의 휴대품 보관소로 통해 있었다. 사무실로 통하는 문을 열려 했으나 거기에는 자물쇠가 걸려 있었다. 신부는 창을 보았다. 네모난 유리창 가득 납빛이 뒤섞인 황혼에 의해 잘려버린 자주색 구름이 보였는데, 그는 순간 개가 쥐 냄새를 맡은 것처럼 불길한 예감에 사로잡혔다.

신부의 이성적인 면이(그것이 본능보다 현명한지 어떤지는 잘 모르는 채로) 다시 고개를 쳐들었다. 조금 전 호텔의 주인이 문을 잠가두어야 하니 나중에 다시 데리러 오겠다고 말했던 것을 신부는 떠올렸다. 그리고 이 묘한 발소리에는 자신이 생각할 수 없는 어떤 이유가 얼마든지 있을 수 있으며, 무엇보다 자신이 원래 해야 할 일을 간신히 마무리 지을 수 있을 만큼의 저녁 빛밖에 남아 있지 않다고 스스로에게 말하고 막 저물려 하는 흐린 황혼의 남은 빛을 잡기 위해 종이를 창가로 가져가자마자 완성까지 이제 얼마 남지 않은 기록을 결연히 시작했다. 신부는 빛이 희미해져감에 따라서 점점 종이 쪽으로 몸을 기울이며 30분 정도 계속 써내려가다가 갑자기 퍼뜩 몸을 일으켰다. 그 기묘한 발소리가 또 들려온 것이었다.

이번에는 묘한 점이 하나 더 늘어 세 가지가 되었다. 조금 전까지 이 정체불명의 사내는 걷고 있었다. 마치 공중에 떠 있는 것처럼 전광석화 같은 기세이기는 했으나 어쨌든 걷고 있었다. 그런데 이번에는 뛰고 있었다. 하늘을 날듯 질주하는 표범의 발이 떠오를 만큼 날래고 부드럽게 달리는 듯한 발소리 가 복도를 달려오는 것이 들려온 것이었다. 다가오고 있는 것이 어떤 자인지는 모르겠으나 그것이 강하고 민첩한 사내이 며, 목소리는 내고 있지 않지만 맹렬하게 흥분해 있다는 점은 명백한 사실이었다. 그런데 이 발소리가 희미한 선풍처럼 사무실 부근까지 돌진해 오는가 싶더니 갑자기 다시 예의 느리고 한가로운 걸음으로 바뀌질 않겠는가.

브라운 신부는 종이를 내던지자마자 사무실의 문이 열리지 않는다는 사실을 알고 있었기에 곧장 반대쪽에 있는 보관소로 뛰어들었다. 그곳을 담당하는 사람은 마침 자리를 비운 상태였 다. 아마도 얼마 되지 않는 손님이 지금은 식사 중이기에 자신의 일이 한가해져 있었기 때문이리라. 신부가 회색 삼림을 떠오르게 하는 외투 사이를 손으로 더듬어가며 빠져나와 보니 어둑어둑한 보관소의 전면에는 우산을 건네주고 번호표를 받을 때 흔히 사용되는 카운터가 밝은 복도에 접해 있었다. 이 반원형 카운터 위에 등불 하나가 달려 있었다. 그 불빛이 브라운 신부에게는 거의 닿지 않았기에 신부의 모습은 어두컴컴하게 황혼에 물든 창을 배경으로 거뭇거뭇한 윤곽으로만 도드라져 보일 뿐이었다. 그런데 보관소 밖의 복도에 서 있는 남자에게는 이 등이 무대조명처럼 밝은 빛을 던지고 있었다.

남자는 아주 수수한 야회복을 입은 기품 있는 인물이었다. 키가 크지만 그렇다고 해서 위쪽 공간을 많이 차지하지는 않는 듯한 모습이었다. 훨씬 더 작은 사람이라도 남들의 시선을 끌거나, 방해가 되거나 하는 공간을 이 남자는 그림자처럼 슥 미끄러져 가는 것임에 틀림없었다. 얼굴을 보니, 지금은 등불을 피해서 뒤로 젖히고 있지만 볕에 그을린 건강한 외국인의 얼굴이었다. 몸매도 훌륭했으며 태도 역시 흉한 구석 없이 자신감에 넘쳐나는 듯했다. 단 한 가지 결점이라면 그 풍채나 태도에 비해서 검은 상의가 약간 초라해 보이는 데다, 묘하게 부풀어 있다는 정도였다. 남자가 저녁 빛을 등지고 있는 브라운 씨의 검은 모습을 보자마자 번호표 종이를 휙 내밀며 상냥하기는 했으나 거만한 투로 말했다. "모자와 외투를 부탁해. 서둘러 가지 않으면 안 돼."

말없이 번호표 종이를 받아든 브라운 신부는 가만히 외투를 찾으러 갔다. 이런 시중을 드는 일은 전에 해보지 않은 것도 아니었다. 외투를 가져다 카운터 위에 놓았다. 조끼의 주머니를 뒤적이던 외국인 신사가 웃으며 "마침 가지고 있는 은화가 없군. 이걸 받아두게."라고 말하고 반 소브린짜리 금화 하나를 내민 뒤, 외투를 집어 들었다.

브라운 신부의 모습은 여전히 어둠 속에서 우두커니 서 있었다. 그러나 그 순간 신부는 판단력을 잃고만 것이었다. 신부의 두뇌는 판단력이 사라져버린 순간이야말로 귀중한 것이다. 이러한 때에 신부가 2와 2를 더하면 400만이라는 답이 나온다. 가톨릭교회는 (상식을 굳게 지키고 있기 때문에) 이와 같은 기발한 재주를 시인하지 않는 경우가 많다. 신부 자신조차 시인하지 않는 경우가 많았다. 그러나 이것은 진정한 영감이었으며, 판단력을 잃은 본인이 어떻게든 판단을 내리지 않으면 안 되는 매우 보기 드문 위기에 직면해서 중요한 것은 바로 이 영감밖에 없는 법이다.

"실례합니다만,"하고 신부가 정중하게 말했다. "주머니에 은화가 있으실 텐데요."

키다리 신사가 눈을 둥그렇게 떴다. "무슨 소리야."라고 외쳤다. "금화를 줬는데 왜 불만이라는 듯 말하는 거지?"

"때로는 금보다 은이 귀중할 때도 있는 법입니다."라고 신부가 조용히 말했다. "물론 대량으로 있을 때의 얘깁니다만."

외국인이 신기하다는 듯 신부의 얼굴을 바라보았다. 그러다 이번에는 의심스럽다는 듯 복도를 살펴보고 앞의 현관 쪽을 바라보았다. 그러더니 다시 브라운에게로 시선을 돌려 아주 주의 깊게 브라운의 머리 너머에 있는 창을 바라보았다. 창은 폭풍이 몰아치는 일몰 후의 희미한 빛에 여전히 물들어 있었다. 그런 다음 남자는 마음을 정한 모양이었다. 한손을 카운터에 놓더니 곡예사처럼 가벼운 몸놀림으로 훌쩍 뛰어넘어 신부의 머리 위에 우뚝 서서는 어마어마하게 커다란 손으로 상대방의 멱살을 쥐었다.

"조용히 해."라고 빠르게 속삭이는 목소리로 말했다. "겁을 주고 싶지는 않지만……."

"내가 겁을 주고 싶은데." 은은하게 퍼지는 북소리 같은 목소리로 브라운 신부가 말했다. "끝도 없는 구더기와 지옥의 꺼지지 않는 불로 겁을 주고 싶네."

"별스러운 보관소 직원도 다 보겠군."하고 상대방.

"나는 신부일세. 플램보 군. 자네의 참회를 들을 준비는 되어 있네."라고 브라운 신부.

상대방은 한동안 숨을 헐떡이며 서 있다가 마침내 비틀거리듯 뒷걸음질을 쳐 의자에 앉았다.

열두 어부 클럽의 만찬은, 처음 두 번째 음식 정도까지는 평온하게 막힘없이 진행되었다. 이때의 메뉴를 필자는 가지고 있지 않다. 설령 가지고 있다 한들 누구에게도 도움이 되지 않을 것이다. 메뉴는 요리사들이 쓰는 굉장한 프랑스어로 적혀 있는데 그 프랑스어란 프랑스인들이 절대로 읽지 못하는 것이다. 이 클럽에는 전채요리야말로 제정신이라고는 여겨지지 않을 정도로 양이 많지 않으면 안 된다는 전통이 있었다. 전채요리는 그것이 아무짝에도 쓸모없는 것이라는 이유 때문에 매우 진지하게 받아들여지고 있는데, 그러한 점은 만찬회 전체나 클럽 자체에도 그대로 적용된다. 다음으로 스프는 가벼운 것으로 양이 적은데, 그 다음에 나올 생선요리에 딸린 간편하고 간소한 것이 아니면 안 된다는 전통이 있었다. 화제에 오르는 것은 예를 들자면 영국 제국을 완전히 지배하고 있는 묘하게 시시한 얘기들인데, 이런 이야기는 은밀하게 영국 제국을 지배하고 있으면서도 평범한 영국인이 우연히 그것을 엿듣게 된다 할지라도 특별히 도움이 되는 것은 아니었다. 보수·진보 양 당의 각료에 대한 이야기만 해도, 세례명으로 함부로 이름을 부르며 아무런 재미도 없지만 화제로 삼아주겠다는 식의 대화였다. 그 착취하는 모습에는 보수당이 하나같이 격하게 흥분하고 있는 급진파 재무부 장관의 그 서툴기 짝이 없는 시(詩)나 사냥터에서 말에 오른 모습에 칭찬을 퍼붓기도 하고, 자유당 사람들이 입을 모아 폭군처럼 미워하고 있는 보수당의 수령이 토론의 결과 전체적으로 봐서 훌륭한 사람이라고 칭찬을 받기도 했다. 그것도 자유주의자로 칭찬을 받았던 것이다. 아무래도 정치가에 대한 이야기가 중요한 화제인 듯했다. 그런데 정치가의 모든 면이 중요한 것인 듯했으나, 정치가의 정견만은 아무래도 상관없는 모양이었다. 회장인 오들리 씨는 지금도 글래드스턴(Gladstone, 1809~1898, 영국의 정치가. — 역주)풍의 높다란 목깃을 단, 사람 좋은 초로의 인물이었는데 이 환상과도 같지만 확고불변한 단체의 상징이라고도 할 수 있는 존재였다. 이 위인은 예전부터 지금까지 그 어떤 일도 한 적이 없었다. 나쁜 짓조차 한 적이 없는 인물이었다. 방탕한 사람도 아니었으며 특별히 부자라고 할 수도 없었다. 그는 이렇다 할 이유도 없이 그냥 거물이었는데, 그 외에는 아무것도 아니었다. 어떤 정당에서도 그를 무시할 수 없었기에 그가 입각을 희망하기만 했다면 틀림없이 장관이 되었을 것이다. 부회장인 체스터 공작은 현재 한참 인기를 얻고 있는 청년 정치가였다. 즉 그는 아름다운 금발을 말쑥하게 빗어 넘긴 주근깨투성이 얼굴의 유쾌한 젊은이로, 적당한 지성과 막대한 재산을 가진 사람이었다. 공적인 자리에서 그의 풍채는 언제나 커다란 갈채를 받았다. 그의 사고는 극도로 단순했다. 어떤 농담이 떠오르면 바로 그것을 말해서 머리가 좋은 사람이라는 평판을 얻었다. 농담이 떠오르지 않을 때면 지금은 농담 같은 것을 하고 있을 때가 아니라고 말해서 수완가라는 평판을 얻었다. 사적인 인물로서는, 같은 신분의 친구들과 클럽에라도 있을 때면 내내 어린아이 빰칠 정도의 순수함과 천진함을 유쾌하게 발휘했다. 그에 반해서 오들리 씨는 한 번도 정치에 관여한 적이 없었기에 씨의 정치에 관한 태도에는 훨씬 더 진지한 면이 있었다. 이따금 자유당과 보수당 사이에는 차이가 있다는 의미의 말을 해서 사람들을 당황하게 만들곤 했다. 그 자신은 사생활에 이르기까지 보수파였다. 마치 고풍스러운 정치가처럼 목깃 뒤에서 백발을 말아 올려 뒤에서 보면 이야말로 영국 제국이 바라는 인물이 아닐까 여겨졌다. 앞에서 보면 올버니에 방을 가지고 있는 온화하고 자신을 소중히 여기는 독신자 같은 모습이었는데, 실제로도 그랬다.

앞서 이야기한 것처럼 테라스의 테이블에는 24명이 앉을 만큼의 자리가 있지만 클럽원 수는 12명에 지나지 않았다. 이에 회원들은 맞은편에는 한 사람도 앉지 않고 전부 테이블의 앞쪽에 나란히 앉아 방해받지 않고 정원의 풍경을 마음껏 바라볼 수 있는 더없이 사치스러운 풍류로 테라스를 점령할 수 있었다. 지금의 계절치고는 저녁 어둠이 약간 기분 나쁘게 내려앉아 있었으나, 정원의 빛깔은 아직 선명하게 빛나고 있었다. 회장은 사람들의 중앙에 앉았고 부회장은 왼쪽 끝에 앉아 있었다. 12명의 손님이 처음 줄줄이 줄을 지어 자리에 앉을 때는 (어떤 이유가 있는 것인지 분명하지는 않지만) 15명의 웨이터가 전부 모여 국왕에게 받들어총을 하는 군대처럼 벽을 따라 일렬로 서는 습관이 있었는데, 그 가운데서 뚱뚱한 주인은 마치 이 클럽의 멤버들을 처음 본 사람처럼 놀라움의 표정으로 얼굴을 반짝이며 인사를 했다. 그러나 막상 나이프나 포크가 부딪히는 소리가 들리기 시작할 무렵에는 이 하인들의 부대는 모습을 감추고 접시를 모으거나 나르는 데 필요한 한두 명만 남아서 죽은 사람처럼 말없이 돌아다닐 뿐이었다. 말할 것도 없이 주인인 레버 씨는 벌써 굽신굽신 인사를 하고 물러난 뒤였다. 주인이 그 후 한 번이라도 적극적으로 그 자리에 가담한 적이 있었다고 말한다면 그것은 과장이거나, 심지어는 불경하기까지 한 일이었다. 그러나 그 중요한 생선요리가 나갈 때, 뭐라고 해야 좋을까, 주인의 인격의 투영이 선명하게 떠올라 있어서 그가 부근을 서성이고 있는 것만은 명백한 사실이었다. 이 신성한 생선요리는 (비천한 사람들의 눈에는) 크기도 형태도 웨딩 케이크 같은 푸딩의 괴물처럼 보였는데, 그 안에는 상당한 숫자에 이르는 진귀한 생선들이 신에게서 받은 모습을 완전히 잃은 채 녹아 있었다. 참된 열두 어부는 유서 깊은 생선요리용 나이프와 생선요리용 포크를 들어 생선요리를 먹기 시작했는데 그 먹는 방법은 마치 푸딩 한 입이, 그것을 먹는 데 사용하는 은 포크와 같은 정도의 금이라도 되는 양 엄숙한 것이었다. 아니, 아니, 실제로 그만큼 값비싼 요리였던 모양이었다. 이 요리는 기침소리 하나 들려오지 않는 정적 속에서 열심히 맛을 보듯 입 안으로 옮겨졌다. 그런 이유로 예의 젊은 공작이 한껏 격식을 차린 발언을 한 것은 자기 접시가 거의 비어갈 때쯤이었다. 공작이 말했다.

"이런 요리는 이곳에서만 만들 수 있을 겁니다."

"그럴 거요."라고 오들리 씨가 공작을 향해 그 고귀한 머리를 몇 번인가 끄덕이며 깊은 울림이 있는 목소리로 말했다. "그럴 거요. 여기서만 만들 수 있을 거요. 내가 들은 바에 의하면 카페 앙글레에서도⋯⋯."

여기까지 말했을 때 그는 자신의 접시가 치워졌기에 어쩔 수 없이 한동안 말을 중단했으며, 당황하기까지 했으나 바로 식견 높은 학설의 줄거리를 되찾았다.

"내가 들은 바에 의하면 카페 앙글레에서도 같은 요리가 가능하다고 하오. 하지만 이 정도의 요리는 아닐 거요." 교수형을 선고하는 재판관처럼 냉정하게 머리를 흔들며 말했다. "이 정도의 요리는 아닐 거요."

"과대평가를 받고 있군요."라고 파운드라는 이름의 대령. (얼굴 표정으로 봐서) 입을 연 것은 몇 개월 만인 듯했다.

"글쎄요, 그건 어떨까요."라고 낙천가인 체스터 공작. "거기도 경우에 따라서는 좋을 때도 있으니까요. 예를 들어서⋯⋯."

웨이터 한 명이 급한 걸음으로 다가오는가 싶더니 갑자기 멈춰 섰다. 걸어올 때의 발소리가 전혀 들리지 않았던 것처럼 멈춰 설 때도 소리는 나지 않았지만, 이들 세상물정 모르고 마음씨 좋은 신사들은 자신들의 생활을 지탱하고 있는 주위의 보이지 않는 기관들이 아무런 막힘없이 움직이는 것에 익숙해져 있기 때문에 웨이터 한 명이 어떤 뜻밖의 행동을 한 것만으로도 펄쩍 뛸 듯 놀라곤 했다. 그 놀라움은 예를 들어서 의자가 우리들의 손에서 달아나는 것처럼 무생물의 세계가 인간의 말을 듣지 않게 되었을 때에 여러분이나 필자가 느낄 놀라움과 같은 것이었다.

웨이터는 잠시 눈을 둥그렇게 뜬 채 서 있었는데 그 사이에 테이블에 앉은 사람들의 얼굴에는 괘씸한 놈이라고 말하고 싶어 하는 듯한 묘한 표정이 깊어져갔다. 이 표정은 현대 특유의 산물로, 현대식 박애주의와 그리고 부자와 가난한 사람의 영혼 사이에 벌어진 무시무시한 심연이 혼합되어 만들어진 것이었다. 예전의 참된 귀족이었다면 우선 빈 병을 시작으로 물건을 집어던지고, 마지막에는 틀림없이 돈을 던져주었을 것이다. 참된 민주주의자라면 동료에게 말을 걸듯 분명한 목소리로 자네는 대체 무엇을 하고 있는 것이냐고 물었을 것이다. 그런데 여기에 자리하고 있는 금권정치가들은, 노예로서든 친구로서든 가난한 사람이 가까이에 있다는 사실이 견딜 수 없는 것이다. 하인이 어떤 잘못된 행동을 하는 것은, 그들에게 있어서는 따분하고 화가 나는 일에 지나지 않았던 것이다. 매정한 태도를 보이는 것은 참을 수 없는 일이지만, 그렇다고 해서 인정 깊은 모습을 보이지 않을 수 없는 상황에 처해버리기도 싫은 것이다. 무슨 일이 되었든 한시라도 빨리 끝나버렸으면 좋겠다고 생각할 뿐이었다. 마침내 그것은 끝났다. 웨이터는 잠시 강직병 환자처럼 경직된 채 서 있다가,

휙 몸을 돌려 허둥지둥 방을 뛰쳐나갔다.

이 방에—아니, 이 방의 문에— 그 웨이터가 다시 한 번 모습을 드러냈을 때, 그는 다른 웨이터와 함께였으며, 남유럽인 특유의 격렬함과 멋진 몸짓으로 속삭이고 있었다. 그러다 첫 번째 웨이터가 두 번째 웨이터를 남겨둔 채 모습을 감추더니 곧 세 번째 웨이터를 데리고 다시 모습을 드러냈다. 이 분주한 논의에 네 번째 웨이터가 참가했을 무렵, 오들리 씨는 그곳의 분위기를 잘 수습하기 위해서 침묵을 깰 필요가 있다고 느끼고, "무처 청년이 버마에서 하고 있는 것은 훌륭한 일입니다. 정말 세계 어느 나라라 할지라도……."

다섯 번째 웨이터가 씨를 향해 쏜살처럼 달려드는가 싶더니 씨의 귓가에 대고 "참으로 죄송합니다만, 중대한 사건입니다! 주인께서 말씀을 드리고 싶다고 하십니다만."

회장이 당황한 표정으로 돌아보니 그 놀라 동그랗게 뜬 눈에 레버 씨가 무거운 몸을 끌듯이 하며 서둘러 다가오는 모습이 보였다. 이 선량한 호텔 주인의 발걸음은 평소와 전혀 다를 바 없었지만, 얼굴 표정은 심상치 않은 것이었다. 평소에는 생글생글 구릿빛 얼굴을 하고 있었으나, 지금은 환자처럼 누런빛이 어려 있지 않겠는가?

"용서해주십시오, 오들리 님." 천식에 걸린 사람처럼 끊어질 듯, 끊어질 듯한 목소리로 말했다. "뜻밖의 걱정거리가 생겼습니다. 여러분의 생선요리용 접시 말씀입니다만, 나이프와 포크를 얹은 채 깨끗하게 치워졌습니다!"

"그건 좋은 일 아닌가?"라고 회장이 약간의 따뜻함이 담긴 투로 말했다.

"보셨습니까?" 흥분한 호텔 경영자가 숨까지 헐떡이며 말했다. "접시를 가져간 웨이터를 보셨습니까? 그 사람을 알고 계십니까?"

"웨이터를 알고 있느냐고?" 분개한 모습으로 오들리 씨가 답했다. "웨이터 따위를 어찌 알겠는가!"

레버 씨가 괴롭다는 듯한 몸짓으로 두 팔을 벌렸다.

"저는 그런 사람을 여기로 보낸 적이 없습니다. 그 사람이 언제 왔는지도, 무엇을 하러 왔는지도 알지 못합니다. 제가 접시를 정리하라고 웨이터를 보냈을 때 접시는 이미 정리되어 있었습니다."

오들리 씨는 여전히 당혹스러운 표정을 짓고 있었는데 그래서는 도저히 대제국이 바라는 인물이라고는 여겨지지 않았다. 자리에 있던 사람들 모두 할 말을 잃었다. 단 한 사람, 나무로 만들어진 것 같은 인간인 파운드 대령만이 번갯불에 맞은 것처럼 부자연스럽게 활기를 띠며 그대로 앉아 있는 다른 사람들에게는 신경도 쓰지 않고 경직된 몸을 일으켜 한쪽 눈에 렌즈를 끼우고 말하는 법 따위 완전히 잊은 듯 귀에 거슬리는 낮은 목소리로 말했다. "그 말은 결국, 누군가가 우리들의 은제 세트를 훔쳐갔다는 말인가?"

호텔 주인이 더욱 과장스러운 몸짓으로 뭐라 할 말이 없다는 듯 다시 두 손을 펼쳐 보였는데, 그 순간 테이블에 앉아 있던 사람들 모두가 일제히 자리에서 일어났다.

"웨이터들은 전부 여기에 있는가?" 예의 낮고 거친 목소리로 대령이 물었다.

"그래, 전부 있어. 나는 주의를 기울이고 있었어."라고 청년 공작이 어린아이 같은 얼굴을 가장 앞으로 내밀며 외쳤다. "방에 들어올 때면 언제나 숫자를 헤아립니다. 벽을 등지고 서 있는 모습이 아주 우스우니까요."

"하지만 인간의 기억이란 믿을 게 못 되니까요."라고 오들리 씨가 망설이듯 무거운 어조로 말하기 시작했다.

"아니, 제 기억은 틀림없습니다."라고 공작이 흥분해서 외쳤다. "여기에 웨이터가 15명 이상 있었던 적은 한 번도 없었고, 오늘 밤에도 15명밖에 없었습니다. 맹세할 수 있습니다. 정확히 15명이었으니."

주인이 너무 놀란 나머지 마비되어버린 사람처럼 몸을 떨며 공작을 돌아보았다. "그렇다면, 그렇다면." 더듬거리는 목소리였다. "웨이터 15명을 전부 보셨단 말씀이십니까?"

"평소와 다름없이."라고 공작은 긍정했다. "뭐 잘못되기라도 했는가?"

"아니, 아닙니다."라고 레버 씨가 점점 강한 어조로 말했다. "단지 그럴 리가 없다고 말씀드리고 싶은 것뿐입니다. 15명

가운데 한 명은 2층에서 목숨을 잃었기에."

순간 오싹한 침묵이 방 안을 지배했다. 아마도 (죽음이라는 말이 너무나도 초자연적이기에) 이들 한가로운 사람들은 각자 자신의 영혼을 순간적으로 돌아보아, 그것이 조그맣고 마른 콩만큼밖에 되지 않는다는 사실을 깨달은 것이리라. 그들 가운데 한 사람—아마도 그 공작이리라—은 참으로 부자답게도 얼빠진 친절심을 발휘하여, "뭔가 도와줄 일이 있는가?"라고까지 말했을 정도였다.

"신부님을 모셔다 드렸습니다."라고 유태인 주인이 얼마간 눈시울을 붉히며 말했다.

여기까지 왔을 때, 모두는 운명의 종소리라도 들은 것처럼 눈을 떠서 자신들 본래의 입장을 떠올렸다. 그때까지의 오싹했던 몇 초 동안, 그들은 그 열다섯 번째 웨이터가 2층에 있는 죽은 사람의 망령이 아니었을까 진심으로 생각하고 있었던 것이다. 이 숨 막힐 것 같은 생각에 압도되어 벙어리처럼 되어버렸던 것이다. 그도 그럴 것이 이 무리들에게 있어서 망령이라는 것은 거지만큼이나 귀찮기 짝이 없는 것이기 때문이었다. 그런데 은제품을 떠올린 순간 그 신비한 마력이 깨져버렸다. 당돌하게, 그리고 상당한 반동을 수반한 채 깨져버렸다. 대령이 자신의 의자를 펄쩍 뛰어넘어 성큼성큼 문까지 걸어갔다.

"여러분, 만약 열다섯 번째 남자가 여기에 있었다면 그 사람이 도둑입니다."라고 대령이 말했다. "바로 앞쪽 현관과 뒤쪽 입구로 가서 문을 전부 닫아주십시오. 얘기는 그 다음에 하겠습니다. 그 24개의 진주는 되찾을 만한 가치가 있습니다."

처음 오들리 씨는 무슨 일이 있든 너무 당황하는 것은 신사답지 못한 행동 아닐까 망설이는 듯했으나, 공작이 청년다운 기세로 계단을 달려 내려가는 것을 보고는 더욱 점잖은 동작으로 그 뒤를 따랐다.

그들이 나간 것과 동시에 여섯 번째 웨이터가 방으로 뛰어들어 생선요리용 접시는 찬장 위에 쌓여 있는 것이 발견되었으나 은제품들은 흔적도 찾아볼 수 없다고 고했다.

떠들썩하게 소란을 피우며 복도를 굴러다니듯 뛰어다니고 있던 식사객과 웨이터들은 두 갈래로 나뉘었다. 어부 클럽원 대부분은 누군가 호텔을 빠져나간 사람이 없는지 묻기 위해 주인의 뒤를 따라 정면에 있는 홀로 향했다. 파운드 대령은 회장과 부회장, 그리고 다른 두어 사람과 함께 이쪽에서 냄새가 난다고 말하기라도 하듯 웨이터들의 방으로 통하는 복도를 무시무시한 기세로 달려갔다. 그 도중에 있는 어둑한 구덩이, 라기보다는 동굴과도 같은 휴대품 보관소 앞을 지나려 할 때 그 어둠의 약간 안쪽에 아무래도 담당직원이라 여겨지는, 검은 옷을 입은 키 작은 사람이 서 있는 것이 보였다.

"이보게, 자네."라고 공작이 그를 불렀다. "누군가 지나는 것을 보지 못했는가?"

키가 작은 사람의 모습은 질문에 직접 대답하는 대신 단지, "여러분께서 찾고 계시는 물건은 아마 여기에 있을 겁니다."라고 말했다.

사람들이 머뭇머뭇 이상하게 여기며 발을 멈추자 그 사람이 조용히 보관소 안으로 들어가 번쩍번쩍 빛나는 은제품들을 두 손 가득 가지고 돌아왔다. 남자는 장사꾼처럼 차분한 모습으로 그것들을 카운터에 늘어놓았다. 그것은 기묘한 모습을 한 1다스의 포크와 나이프 아니겠는가?

"자네는……, 자네는……." 평정심을 잃고 대령이 말했다. 그리고 대령은 그 어둑어둑한 작은 방 안을 들여다보았는데 그때 두 가지 사실이 눈에 들어왔다. 하나는 작은 체구에 검을 옷을 입은 사내가 신부 같은 복장을 하고 있다는 사실, 또 하나는 그 사람 뒤에 있는 창문이 마치 누가 억지로 빠져나간 것처럼 깨져 있다는 사실이었다.

"보관소에서 맡아두기에는 너무 귀중한 물건이죠?"라고 신부가 쾌활하고 태연하게 말했다.

"자네……, 자네가 이것을 훔쳤는가?" 오들리 씨가 눈을 둥그렇게 뜨고 더듬더듬 물었다.

"설령 제가 훔쳤다 할지라도,"라고 유쾌하다는 듯 신부가 말했다. "적어도 이렇게 돌려드렸으니."

"하지만 자네가 훔친 게 아니야."라고 파운드 대령이 말했는데 그의 눈은 아직도 깨진 유리창에 가만히 머물러 있었다.

"솔직하게 고백하자면 제가 아닙니다."라고 상대방은 약간 유머를 섞어서 말한 뒤, 진지한 표정으로 둥근 의자에 앉았다.

"하지만 자네는 범인을 알고 있지?"라고 대령.

"본명은 모릅니다."라고 신부는 눈썹 하나 꿈쩍하지 않고 말했다. "하지만 그 사람의 몸무게라면 대충은 짐작하고 있으며, 그 영혼의 괴로움이라면 끔찍할 정도로 잘 알고 있습니다. 그 사람이 제 목을 졸라 죽이려 했을 때 그 사람의 체력이 어느 정도인지를 측정할 수 있었으며, 그 사람이 회개했을 때 그 사람의 도덕성이 어느 정도인지를 가늠할 수 있었습니다."

"뭐라고, 회개했다고!" 체스터 청년이 깔깔 웃으며 외쳤다.

브라운 신부가 두 손을 뒤로 돌리며 자리에서 일어났다.

"우스운 일이지요?"라고 신부가 말했다. "도둑이나 부랑자가 회개를 하는데, 한편에서는 돈이 있고 걱정거리 없는 수많은 사람들이 언제까지고 고집스럽게 경박한 생활을 그만두지 않고 신께도 사람에게도 속죄를 하려 들지 않으니. 그야 그렇다 해도, 실례합니다만 당신은 제 영역을 살짝 침범하셨습니다. 그 사람이 회개한 것이 사실이 아니라고 생각하신다면, 이 나이프와 포크를 보십시오. 당신들은 참된 열두 어부의 회원들이고 여기에 있는 것은 당신들의 생선 모양 은제품 아닙니까? 하지만 신께서는 저를 사람을 잡는 어부로 만들어주셨습니다."

"자네가 그 사람을 잡았는가?"라고 얼굴을 찡그리며 대령이 물었다.

브라운 신부가 상대방의 찡그린 얼굴을 빤히 바라보며 말했다.

"그렇습니다. 눈에 보이지 않는 갈고리와 끈으로 잡았습니다. 그 끈은 세상의 끝까지 갈 수 있을 정도로 길지만 획 한 번 당기면 그 사람은 곧 되돌아올 것입니다."

오랜 시간 침묵이 계속되었다. 그 자리에 있던 다른 사람들은 되찾은 은제품을 동료들에게 가져다주기도 하고 이 기묘한 정황에 대해서 경영자와 상담하기도 하기 위해서 모두 뿔뿔이 흩어져갔다. 그러나 딱딱한 표정의 대령만은 여전히 카운터 위에 옆을 향해 앉은 채 가늘고 긴 다리를 흔들흔들 흔들며 검은 콧수염을 씹고 있었다.

마침내 대령이 신부에게 정중히 말했다.

"역시 녀석은 틀림없이 영리한 사람이었지만, 나는 그 보다 더 영리한 사람을 알고 있소."

"그 사람은 영리했습니다."라고 상대방이 대답했다. "그런데 당신께서 말한 더 영리한 사람이란 누구입니까?"

"바로 자네일세."라고 대령이 가볍게 웃으며 말했다. "나는 녀석을 감옥에 처박을 생각은 없으니 그 점은 안심해도 좋네. 하지만 은 포크 같은 건 얼마든지 줄 테니 자네가 어떻게 해서 이 사건에 말려들게 되었는지, 어떻게 해서 이 물건을 되찾았는지 정확히 들려주었으면 하네. 여기에 있는 사람들 가운데서는 자네가 가장 영리한 사람일 걸세."

브라운 신부는 아무래도 이 군인의 우직함과 솔직함이 마음에 든 모양이었다.

"글쎄요."라고 미소를 지으며 신부가 말했다. "그 사람의 정체나 신상에 관한 이야기는 물론 아무것도 말씀드릴 수 없지만, 제가 스스로 밝혀낸 표면적인 사실이라면 말씀을 드려도 안 될 이유는 특별히 없을 듯합니다."

신부는 이렇게 말하고 제법 활발한 동작으로 휙 카운터를 뛰어넘어 파운드 대령 옆에 앉아, 문에 걸터앉은 어린아이처럼 그 짧은 다리를 버둥거렸다. 그가 이야기를 시작했는데 그 말투에는 크리스마스의 난롯가에서 오랜 친구에게 이야기를 들려주는 듯한 편안함이 있었다.

"들어보십시오, 대령님."하고 신부가 말했다. "제가 저 조그만 방에 들어앉아서 글을 쓰고 있자니 누군가가 이 복도에서 죽음의 무도처럼 기묘한 춤을 추고 있는 발소리가 들려오기 시작했습니다. 우선 가장 먼저 경보대회에 출장한 사내가 발끝으로 걷고 있는 것처럼 빠르고 이상한 발소리가 가볍게 들려왔고, 그 다음에는 커다란 사내가 시가를 피우며 걷고 있는 것처럼 느리고 무신경한 터벅터벅하는 구두소리가 들려왔습니다. 그런데 그것은 두 가지 모두 틀림없이 같은 사람의 발소리였습니다. 그리고 그것이 번갈아가며 들려오지 않겠습니까? 처음에는 빠른 걸음, 뒤이어 느린 걸음, 그리고 다시 빠른 걸음으로 걷는 식으로 말입니다. 한 사람이 한 번에 이처럼 두 가지 역할을 수행하다니 어떤 이유에서일까 전 이상하게 생각했습니다. 처음에는 이 의문도 느슨한 것이었으나 듣고 있는 동안 점점 견딜 수 없이 신경 쓰이게 되었습니다. 느리게 걷는 걸음걸이는 저도 짐작할 수 있었습니다. 바로 당신의 걸음걸이와 똑같았습니다, 대령님. 아주 살찐 신사가 무엇인가를 들고 있는 듯한 느낌의 걸음걸이였는데 심적으로 초조함을 느끼고 있다기보다는 육체적으로 한껏 긴장해서 그 부근을 서성이며 기다리고 있는 것 같다는 느낌이었습니다. 또 하나의 걸음걸이도 들은 적이 있었지만, 그것이 도저히 떠오르지 않았습니다. 저렇게 이상한 방법으로 까치발을 하며 걷는 무모한 사내를 나는 대체 어디서 봤던 것일까? 그런데 그때 어딘가에서 접시가 달그락거리는 소리가 들려왔는데 그것으로 그 수수께끼의 답이 명백해졌습니다. 그건 웨이터의 걸음걸이였던 것입니다. 상체를 앞쪽으로 수그리고 눈을 내리깔고 상의의 옷자락과 냅킨을 펄럭이며 발끝으로 바닥을 차듯 걷는 그 걸음걸이였습니다. 그로부터 저는 1분 반 정도 다시 생각했습니다. 그렇게 해서 이번 범죄의 정체를 알게 되었습니다. 마치 제가 그 범죄를 저지르려 하고 있는 것처럼 생생하게 알게 되었습니다."

파운드 대령은 상대방의 얼굴을 가만히 바라보고 있었고,

이야기하는 사람의 온화한 회색 눈은 멍하니 빛나며 천장에 고정되어 있었다.

"범죄라는 것은 다른 모든 예술작품과 다를 바가 없습니다." 라고 신부가 천천히 말했다. "놀라실 필요 없습니다. 범죄만이 지옥의 아틀리에서 태어나는 예술작품이라고는 말할 수 없으니. 그러나 신성한 작품이든 악마적인 작품이든, 예술작품이라 이름 붙은 것에는 반드시 하나의 특징이 있습니다. 결과가 제아무리 복잡하게 보인다 할지라도 중심은 한없이 단순하다는 것이 바로 그것입니다. 예를 들어 『햄릿』의 경우에도 무덤 파는 인부의 이상함, 정신이 이상해진 아가씨의 꽃, 요란스럽게 치장한 오스릭의 의상, 망령의 창백한 표정, 냉소하고 있는 듯한 해골, 이러한 것들은 전부 눈에 띄지 않는 검은 옷을 입은 한 비극적 인물의 주위를 둘러싼 얽히고설킨 이상한 종류의 화환에 지나지 않습니다. 그리고 이번 사건도 역시,"라고 말하고 신부는 미소를 지으며 천천히 바닥으로 내려섰다. "이번 사건도 역시 검은 옷을 입은 사내의 간단명료한 비극이었습니다. 그렇습니다."라고 신부는 대령이 의아하다는 듯한 얼굴을 드는 것을 보며 말을 이었다. "이 이야기 전체가 한 벌의 검은 상의를 향해 있습니다. 이 이야기에도 『햄릿』과 마찬가지로 로코코풍의 장식이 여분으로 달려 있습니다. 예를 들자면 당신들이 그 장식입니다. 거기에 있을 수 없었는데도 거기에 있었던 죽은 웨이터도 그렇고, 당신들의 식탁에서 은제품을 낚아채다 자취를 감춘 눈에 보이지 않는 사람의 손도 역시 그 장식입니다. 그러나 아무리 빈틈없는 범죄라 할지라도 결국은 어떤 하나의 단순하기 짝이 없는 사실을 토대로 하고 있습니다. 그것 자체로는 조금도 이상할 것이 없는 사실에 바탕을 두고 있습니다. 그것이 신비하게 보이는 것은 이 단순한 사실을 가려 거기에서 사람들의 시선을 벗어나게 하기 때문입니다. 이번의 치밀하고 (계획대로 되었다면) 커다란 이익을 얻을 수 있었던 대범죄의 기초는 신사의 야회복이 웨이터의 옷과 같다는 단순한 사실에 있었습니다. 나머지는 전부 연극의 힘이었습니다. 그것도 참으로 교묘하기 짝이 없는 연극이었습니다."

"그래도,"라고 대령이 자리에서 일어나 자신의 구두로 찌푸린 얼굴을 향하며 말했다. "도무지 잘 모르겠는데."

"대령님."하고 브라운 신부가 말했다. "모르시겠습니까? 당신들의 포크를 훔친 그 뻔뻔스러운 대악당은 밝은 등불이 켜져 있는 이 복도를 여러분들이 빤히 보고 있다는 사실에조차 신경 쓰지 않고 스무 번이나 왕복했습니다. 그 사람은 어둠 속에 숨는 방법 따위는 쓰지 않았습니다. 그런 행동은 누구나 수상하다고 생각하기 때문입니다. 그 사람은 등불이 켜진 복도의 어딘가를 끊임없이 돌아다녔는데 어디를 가나 자신이 여기에 있는 것이 당연한 일이라는 듯한 모습을 보였습니다. 그 사람이 어떤 모습이었는지는 제게 물을 필요도 없을 겁니다.

당신 자신이 오늘 밤에 예닐곱 번은 보셨을 테니. 당신은 다른 훌륭하신 분들과 함께 이 복도 끝에 있는, 바로 뒤쪽에 테라스가 있는 응접실에서 기다리셨습니다. 당신들 신사 사이에 섞여들 때면 그 사람은 머리를 숙이고 냅킨을 펄럭이며 나는 듯한 발걸음으로 걸어서 어딜 봐도 웨이터인 양 행동했습니다. 그 사람은 테라스로 뛰어나가 테이블 크로스 위에서 뭔가 놀라운 솜씨를 발휘한 뒤, 다시 사무실이나 웨이터들의 방이 있는 쪽으로 달려서 돌아갔습니다. 그 사람은 사무실이나 웨이터들의 눈에 띌 만한 장소에 이를 무렵에는 머리끝부터 발끝까지 전혀 다른 사람이 되어 있었던 것입니다. 그리고 어디를 봐도 손님처럼 여유롭고 방약무인한 태도로 웨이터들 사이를 돌아다녔던 겁니다. 만찬의 자리에서 벗어난 세련된 신사가 동물원의 짐승처럼 호텔 곳곳을 돌아다니는 것은, 웨이터들에게 있어서는 그리 새로울 것도 없는 일입니다. 웨이터들 입장에서 보자면, 무엇보다 종횡무진 제멋대로 돌아다니는 것만큼 상류계급 사람다운 특징은 없다고 생각하는 것은 당연한 일이니까요. 그런데 이 신사는 복도를 돌아다니다 싫증이 나면 이번에는 휙 방향을 바꿔서 사무실 앞을 지나, 그 바로 앞에 있는 카운터 뒤에서 마법사처럼 순식간에 모습을 바꾼 뒤 다시 공손한 자세의 웨이터로 변신해 열두 어부 속으로 들어갔던 겁니다. 불쑥 들어온 웨이터에게 신사들이 눈길을 주는 경우가 있습니까? 산책 중인 일류 신사를 수상하다고 생각할 웨이터가 있을까요? 그 사람은 한두 번쯤 사람을 완전히 무시하는 듯한 연기를 펼쳐보였습니다. 주인의 방으로 가서 목이 마르니 소다수 병을 달라고 가볍게 말을 건 것입니다. 그리고 자신이 직접 가져가겠다며 사람 좋은 척 말하고 정말로 자신이 직접 가지고 나왔습니다. 그리고 당신들이 한 덩이로 모여 있는 속으로 재빠르게 틀림없이 가져간 겁니다. 누가 봐도 짐작이 가는 일을 하고 있는 웨이터 같은 모습으로. 물론 이런 속임수가 언제까지고 계속될 수는 없지만 어쨌든 생선요리가 끝날 때까지는 계속할 필요가 있었습니다.

그 사람에게 있어서 가장 위험했던 순간은 웨이터들이 일렬로 늘어섰을 때였습니다. 그런데 그때조차 그 사람은 벽의 모퉁이 약간 앞에 보란 듯이 서 있었기에 그 성패의 짧은 순간, 웨이터들은 그 사람을 신사라고 착각했고 신사들은 그 사람을 웨이터일 것이라고 생각했습니다. 그 다음부터는 특별히 어려울 것도 없었습니다. 그 사람이 식탁에서 벗어난 모습을 웨이터가 보았다 할지라도, 그것은 웨이터가 귀찮기 짝이 없는 귀족 한 사람을 본 것에 지나지 않습니다. 그 사람은 단지 생선요리의 접시를 치우러 오기 2분 전의 시간을 가늠했다가 손놀림이 빠른 웨이터가 되어 스스로 접시를 치우기만 하면 되었던 겁니다. 그 사람은 접시를 찬장 위에 올려놓고, 은제품을 속주머니에 넣어 그 부분을 불룩하게 한 채 쏜살같이 달려서 (그때 저는 가까이로 다가오는 발소리를 들었습니다)

휴대품 보관소 앞까지 왔습니다. 거기서 그 사람은 다시 부자로 변신하면 됐습니다. 급한 일이 생겨서 자리를 뜨지 않을 수 없는 부자로 말입니다. 그 사람은 단지 보관소의 직원에게 번호표를 건네주고 들어왔을 때와 다를 바 없이 기품 있는 모습으로 나가기만 하면 되었습니다. 그런데 우연히도 제가 바로 그 직원이었던 것입니다."

"당신은 그 녀석을 어떻게 한 거지?" 이례적으로 대령이 강한 어조로 물었다. "녀석이 무슨 말을 했지?"

"참으로 죄송합니다만," 신부가 눈썹 하나 꿈쩍하지 않고 말했다. "이야기는 여기까지입니다."

"이제야 얘기가 재미있어지려 하는데."라고 파운드가 중얼거렸다. "녀석의 수법은 알았지만, 당신의 신부로서의 수법은 아직 잘 모르겠어."

"그럼, 저는 이만 가봐야겠습니다."라고 브라운 신부는 말했다.

두 사람은 복도를 함께 걸어 정면에 있는 홀로 갔다. 거기에는 체스터 공작의 혈색 좋은 주근깨투성이 얼굴이 있었는데, 그가 쾌활하게 폴짝폴짝 뛰듯 두 사람에게로 다가왔다.

"이리 와보십시오, 파운드 대령님." 숨을 헐떡이며 공작이 말했다. "호텔 곳곳을 찾아다니고 있었습니다. 만찬이 다시 성대하게 시작되었고, 포크가 무사히 돌아온 것을 축하하기 위해서 오들리 노인이 일장연설을 시작했습니다. 이 사건을 기념하기 위해서 뭔가 새로운 의식을 시작하고 싶은 겁니다, 그 물건들을 되찾았으니. 어떻습니까? 뭔가 좋은 제안 없습니까?"

"글쎄."라고 대령이 약간은 비아냥거리는 듯한 찬성의 뜻을 담아 상대방을 바라보며 말했다. "내 제안은 앞으로는 우리의 야회복을 검은색 대신 녹색으로 하면 어떨까 하는 거요. 웨이터들과 너무 똑같은 옷을 입고 있으면 어떤 엉뚱한 일이 벌어질지 알 수 없으니."

"그런 농담 마십시오!"라고 상대방 청년이 외쳤다. "신사가 웨이터처럼 보일 일은 절대로 없을 겁니다."

"웨이터가 신사처럼 보일 일도 말이지?"라고 파운드 대령이 여전히 상대방을 비웃는 듯한 미소를 보이며 말했다. "신부님, 당신 친구는 신사의 흉내를 낼 정도였으니 아주 영리했던 모양입니다."

브라운 신부는 어디서나 흔히 볼 수 있는 외투의 단추를 목깃 부분까지 전부 채웠다. 밤바람이 세찼기 때문이었다. 그리고 우산받침대에서 자신의 흔해빠진 접이식 우산을 집었다.

"그렇습니다."라고 신부가 말했다. "신사가 되는 것은 그리 간단한 일이 아닙니다. 하지만 어떨까요? 저는 종종 이런 생각을 합니다만, 웨이터가 되는 것도 역시 그만큼이나 어려운 일 아닐까요?"

그런 다음, "안녕히 계십시오."라고 말하며 신부는 이 쾌락의 궁전의 묵직한 문을 밀어 열었다. 밖으로 나오니 금색 문이 엄숙하게 닫혔다. 신부는 어둡고 눅눅한 거리를 기세 좋게 걸어 싸구려 버스를 찾으러 갔다.

옮긴이 **김진언**

대학에서 국문학을 전공 하고 세상 곳곳을 돌아다니며 삶의 경험을 쌓았다. 그 경험을 바탕으로 지금은 인류가 남긴 가치 있는 책들을 찾아 우리말로 번역 중이며 문학과 삶에 대한 탐구를 계속해 나가고 있다. 옮긴 책으로는『세계 3대 명탐정 단편 걸작선』,『무솔리니 나의 자서전』,『들꽃은 무엇을 입을까 고민하지 않는다』,『위대한 의사들』,『셜록 홈즈의 여인들 Ⅰ·Ⅱ』,『미녀와 야수』등이 있다.

옮긴이 **박현석**

대학 졸업 후 일본으로 건너가 유학 및 직장 생활을 하다 지금은 전문번역가로 활동 중이며 우리나라에 아직 소개되지 않은 유명 작가들의 작품을 소개하기 위해서 출판을 시작했다. 번역서로는 『판도라의 상자』,『갱부』,『혈액형 살인사건』,『사형수와 그 재판장』,『불령선인 / 너희들의 등 뒤에서』,『젊은 날의 도쿠가와 이에야스』,『다자이 오사무 자서전』,『붉은 흙에 싹트는 것』외 다수가 있다.

세계 3대 명탐정 걸작선 (알파)

1판 1쇄 인쇄 2017년 6월 20일
1판 1쇄 발행 2017년 6월 26일

지은이 아서 코난 도일 / 운노 주자 / 길버트 키스 체스터턴
옮긴이 김진언 / 박현석
펴낸이 박현석
펴낸곳 효 人
표지디자인 김창미

등 록 제 2010-12호
주 소 서울시 도봉구 덕릉로 62길 13, 103-608호
전 화 010-2012-3751
팩 스 0505-977-3750
이메일 gensang@naver.com

ISBN 979-11-88152-10-0